应邀为习总书记走进八步沙撰联以记：

守一颗初心　胸怀民生　绿水有约笑谈愚公志

持终身信仰　栽种梦想　青山为念魂牵八步沙

——著名“1号作家”、金牌编剧：陈玉福

纪实文学

治沙愚公

——中国绿色传奇八步沙

陈玉福 著

中原出版传媒集团
中原传媒股份公司

大象出版社
·郑州·

图书在版编目(CIP)数据

治沙愚公 : 中国绿色传奇八步沙 / 陈玉福著. — 郑州 : 大象出版社, 2020. 9
ISBN 978-7-5711-0668-3

Ⅰ. ①治… Ⅱ. ①陈… Ⅲ. ①纪实文学-中国-当代
Ⅳ. ①I25

中国版本图书馆 CIP 数据核字(2020)第 126486 号

ZHISHA YUGONG

治沙愚公

——中国绿色传奇八步沙

陈玉福　著

出 版 人　汪林中
书名题签　连　辑
策划编辑　杨秦予　邓艳谊
责任编辑　邓艳谊
责任校对　安德华　牛志远　吴春霞
装帧设计　张　帆

出版发行　大象出版社(郑州市郑东新区祥盛街 27 号　邮政编码 450016)
发行科　0371-63863551　总编室　0371-65597936
网　　址　www.daxiang.cn
印　　刷　河南瑞之光印刷股份有限公司
经　　销　各地新华书店经销
开　　本　787 mm×1092 mm　1/16
印　　张　15.5
字　　数　310 千字
版　　次　2020 年 9 月第 1 版　2020 年 9 月第 1 次印刷
定　　价　49.00 元

印厂地址　武陟县产业集聚区东区(詹店镇)泰安路与昌平路交叉口
邮政编码　454950　　　电话　0371-63956290

出版说明

八步沙，六老汉，三代人。这是一个真实、震撼人心的故事，这是一个当代的传奇。经过半个多世纪的不懈努力，数十万亩荒漠变成了绿洲！

甘肃省河西走廊武威市八步沙林场“六老汉”及其子孙三代人，先后治理荒漠近 40 万亩，形成了一条防风固沙的绿色屏障，让风沙线倒退了 15 公里，有效地遏制了沙进人退的被动局面，确保了当地工农业生产的发展和人民群众的生态安全。他们凝聚的精神脊梁，撑起了八步沙的一片晴空，书写了一段悲壮、豪迈、可歌可泣的故事……联合国权威调查报告显示，中国在植树造林方面的成绩堪称世界第一。在全球 2000 年到 2018 年新增的绿化面积中，中国占 25% 以上，对全球绿化增量的贡献比居全球首位。中国日益成为全球生态文明建设的重要贡献者和引领者。我们骄傲，在中国这片土地上，正是有了这样一群敢教日月换新天的奋进者、脱贫攻坚者，才有了这个人间奇迹。

无疑，八步沙林场“六老汉”及其子孙三代人是这个群体中最杰出的代表。八步沙“六老汉”即第一代治沙人最初治沙造林的目的非常简单，就是保住赖以生存的家园。第二代治沙人，创新思维，敢于突破，在完成八步沙治沙造林的基础上，带领沙乡人民脱贫致富，走上了共同富裕的道路。第三代年轻的治沙人，紧跟时代，科技治沙，引入机械化设备，使八步沙的治沙造林工作和多种经营工作取得了巨大的成绩。他们用机械压沙、种树，大大减轻了手工压沙、人工植树的艰辛；他们懂得在一望无垠的大沙漠里用 GPS 精准定位，操作无人机巡林，还成立了林下养殖合作社，在沙窝里养鸡，并通过互联网发起公益林实践活动，吸引了来自天南地北的志愿者加入植树造林的伟大壮举中。第三代治沙人为八步沙的明天注入了青春活力，给稳步前进的八步沙插上了腾飞的翅膀。

这是怎样的一个真实的现代版愚公治沙的故事？这是怎样的一段备尝艰辛的奋斗历程？八步沙林场“六老汉”三代人“不忘初心、牢记使命”，在严酷的自然环境中五十年如一日，吃苦耐劳，坚忍不拔，不屈服，不认输，敢于征服荒漠，建设美好家园，他们表现出来的这种精神，就是当代愚公移山的精神，也毫无疑问正是我们干事创业的新时代需要的中国精神。习总书记在八步沙林场考察调研时指出，新时代需要更多像“六老汉”这样的当代愚公、时代楷模。要继续发扬“六老汉”的当代愚公精神，再接再厉，再立新功，久久为功，让绿色的长城坚不可摧。这是习总书记的指示，也是我们工作的正确方向。作为出版人，我们有责任有义务把这个真实的故事挖掘好、出版好、宣传好，做强做亮“时代楷模”“脱贫攻坚”主题出版，在我国决胜全面小康、决战脱贫攻坚的关键时刻，发挥出更强大的社会作用，吹响决胜的冲锋号角，引导激励广大党员干部不忘初心，牢记使命，坚定信念，鼓足干劲，恪尽职守，拼搏奉献，凝聚起中国人民艰苦奋斗、吃苦耐劳、坚忍不拔、不屈服、不认输的中国精神，激起全国人民攻坚克难的磅礴力量，在奋进中生活，在生活中奋进。为生活、为时代鼓与呼，这是我们的初衷，也是我们的使命。

前 言

20 世纪 70 年代，“一夜北风沙骑墙，早上起来驴上房”是甘肃省武威市八步沙的真实写照。为了保护家园，以郭朝明为首的八步沙“六老汉”，自发地组织起来治沙造林。后来又在八步沙植树造林的合同书上郑重地摁下了手印，誓将“欺负死人”的沙漠变绿。经过第一代治沙人的不懈努力，治沙初见成效。以郭万刚为首的八步沙第二代治沙人，不但向沙漠要绿色，而且要效益，他们成功了。以郭毅为首的第三代治沙人与他们的父辈相比，更是“得寸进尺”，要绿色，要效益，还把现代化的治沙设备开进了八步沙。近半个世纪以来，八步沙“六老汉”三代人带领群众治沙造林近 40 万亩，植树 4000 多万株，让虎视眈眈、凶神恶煞般的大沙漠倒退了 15 公里。2019 年 3 月，八步沙林场“六老汉”三代人治沙造林先进群体被中宣部授予“时代楷模”称号；2019 年 8 月 21 日，中共中央总书记习近平走进八步沙，正式将“八步沙精神”定位为当代愚公精神。

第一代治沙人的坚守让八步沙萌生了绿色的希望

八步沙，是腾格里沙漠南缘、武威市古浪县北部的一个风沙口。据说，100 多年前，这里只有八步宽的沙口子，所以叫作“八步沙”。还有一种说法，这里的沙子又细又软，

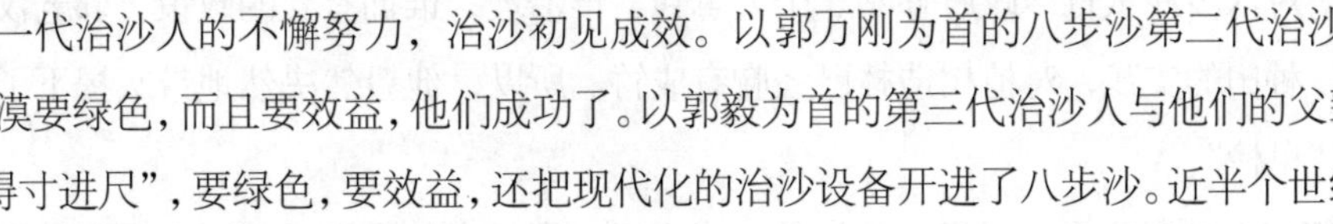

郭朝明　贺发林　罗元奎　石满　程海　张润元

人踩上去，脚就陷到沙里了，只能一步一挪地艰难“跋涉”，所以也叫“跋步沙”。随着气候干旱和过度开荒放牧，到20世纪六七十年代，这里已是寸草不生、黄沙漫地。沙丘以每年近10米的速度向南移动，严重侵害着周边10多个村庄和2万多亩良田，给当地3万多群众的生产生活以及过境公路、铁路造成巨大危害。面对步步紧逼的沙丘和没有收成的沙坡地，不少人逃离家乡，走上了沿街要饭的道路。

八步沙的村干部郭朝明面对沙漠的挑衅，没有妥协，他开始寻找坚守的途径。于是，他每天都在风地里观察，同样的沙坡地，同样下的种子，为什么有的地方有一点点收成，而有的地方就没有一丁点儿果实呢？时值秋天，沙坡地里种的是谷子。郭老汉决心找出影响收成的“罪魁祸首”。经过长期细致观察，郭老汉终于发现了“新大陆”。那有一点点收成的地埂上都不同程度地长着蒿草、红柳等植物，风沙吹来时，沙粒经过蒿草等植物的阻拦，都被吹到空中去了，所以，谷穗上那少得可怜的果实便可安然无恙。翌日，郭老汉就把村民们召集起来开会，把自己的发现告诉了村民们。第二年，村民们按照郭老汉的要求在沙坡地的埂子上种了不少的红柳、骆驼刺或梭梭等沙生植物，没有植物可种的埂子上也栽上了麦草、谷草等农作物秸秆。结果，这一年的庄稼长得格外好，每亩沙坡地的产量居然突破了130斤大关。这一发现，给八步沙的人们带来了希望。他们决心留下来守护家园，遏制自然环境不断恶化。到了1981年，作为三北防护林前沿阵地，武威市古浪县着手治理荒漠，对八步沙试行“政府补贴、个人承包，谁治理，谁拥有”的政策。郭老汉经过十几年治沙种田的实践，对植树造林已经胸有成竹。所以，他毅然决然地带头揭下了上面贴出来的“皇榜”。

在郭老汉的影响下，石满、贺发林、张润元、罗元奎、程海也站了出来。六位老汉，四位共产党员。他们以联户承包方式，组建了八步沙林场。老汉们的想法很简单，既然郭老汉挑头了，那他们何不联合起来和这可恶的沙漠斗一斗。“我们舍不得离开祖祖辈辈生活的这块地方啊，这可是我们自己的家园啊！我们自己不去管谁管？”在采访第一代唯一在世的治沙人张润元老人时，他激动地说。

就是这六位普普通通的八步沙治沙老人，被当地人亲切地称为“六老汉”。面对一眼望不到头、没有生机、没有水的沙漠，八步沙“六老汉”只能用“一步一叩首，一苗一瓢水”的土办法和郭老汉治沙种田的诀窍栽种树苗。他们头顶烈日，脚踩黄沙，整日在沙漠中拼命，辛辛苦苦种上了近1万亩的树苗。可是，一春一夏过去，几场大风刮过，活下来的树苗连30%都不到。这样的结果令六位老汉十分沮丧，但他们没有因此而减弱守护家园的倔强。

他们一次次失败，一次次再尝试，一边多方打听求教，一边在沙地里反复摸索。一天，郭老汉终于提出了用治沙种田的方法植树造林。经过无数次的试验，他们终于找到了“一棵树一把草”的植树经验。就是栽树的时候，在树窝的风沙口埋上麦草以便把沙子拦住、固定住，这样就把树苗保住了。在沙漠中，树就是希望。有了希望，老汉们更加坚定了

治沙“六老汉”

信心：“按照郭老汉治沙种田的办法植树造林，一定能行！”从那以后，“一棵树一把草，压住沙子防风掏”的治沙办法在八步沙得到推广。这个办法使造林成活率达到了70%以上。

第一代治沙人在八步沙植树造林成功了。为了把植树造林工作坚持下去，“六老汉”卷起铺盖住进了沙漠的地窝子里。他们从一开始的三块石头当灶到后来的黄泥锅灶，由开始的开水泡馍到后来的醒面揪片子……大风一起，沙子刮到锅碗里，吃到嘴里把牙硌得吱吱响。功夫不负有心人，经过艰苦创业，努力奋斗，到第二代治沙人接班的时候，他们动员家里人全员“参战”，6户人家40多口人齐上阵，已经把八步沙三分之一的沙漠治理完了。

第二代治沙人的创新理念让八步沙走上了共同富裕的道路

当黄沙肆虐的时候，八步沙人抱着护庄稼、保饭碗的质朴愿望，扛起共产党员应有的担当，不畏恶劣环境，无惧艰苦劳作，默默地用生命和汗水抵抗风沙的侵蚀，浇灌出了葱葱绿荫，不仅保住了自己的小家园，也守护了古浪这一大家园，随后才有了今天的黄花滩移民小区。他们的朴素情怀、坚定信念、勇往直前，点亮了治沙造林的希望之光，谱写了让沙漠披绿的生态壮歌。

以郭万刚为首的第二代治沙人，决心在第一代治沙人治沙造林保护家园的基础上，把植树造林提升到既能治沙造林保护家园，还能够让大家挣上钱的共同富裕的高度。

20世纪80年代末，只有30岁的郭万刚接替父亲进入林场前，还在古浪县供销社端着“铁饭碗”，他并不甘心当“护林郎”，甚至一度盼着林场散伙，自己好去做生意。他曾埋怨父亲：“沙漠大得看都看不到头，你却要治理，你以为自己是神仙啊！”然而，一场突如其来的沙尘暴，彻底改变了他的想法。

1993 年 5 月 5 日 17 时，武威市古浪县西北方向平地刮起沙尘暴，整个天地瞬间变得伸手不见五指。郭万刚当时正在林场巡林，还没反应过来就被吹成了滚地葫芦，狂风掀起的沙子转眼将他埋在了下面。最终，郭万刚总算死里逃生。

第二天早上，一个消息传来：黑风暴致使全县 23 名小学生死亡。郭万刚抱头痛哭："因为风沙，我们连身边的娃娃都保护不了，我们还能干什么？"此后，他再也没有说过离开八步沙的话。后来，郭万刚在八步沙林场场长就职演说中立下了"八步沙不绿，我哪儿都不去"的雄心壮志。

目睹父辈们治沙之苦的贺中强也犹豫过。他当时觉得，做啥事都比治沙强。"早出晚归不说，日头最大的时候还要去巡护林子，为了个啥？"然而，父亲临终前的叮嘱，成为贺中强一生坚守在治沙路上的信念。

就这样，在老一辈治沙人的感召下，郭朝明的儿子郭万刚、贺发林的儿子贺中强、石满的儿子石银山、罗元奎的儿子罗兴全、程海的儿子程生学、张润元的女婿王志鹏陆续接过了父辈们的铁锹，"六兄弟"成了八步沙第二代治沙人。在第二代治沙人的队伍里，还有一个幕后英雄，一直默默无闻地在为八步沙林场的发展工作着。他就是郭朝明的孙子郭毅。郭毅是大学生，为了八步沙的未来，他建议郭万刚不但要招聘大学生来林场工作，还要把外出打工的兄弟们都动员回来，参与八步沙治沙造林的工作。郭万刚采纳了儿子的意见，把外出打工的侄子郭玺"请"回来做了林场第三代治沙人的代表之一。不仅如此，郭万刚还根据郭毅的提议，招聘来了大学生陈树军等年轻人。至此，"六老汉"三代人将治沙的接力棒手手相传，将绿色梦想铸成黄金信仰，将庄重誓言融入传世家风，把人生的精彩华章写在了八步沙。

"六兄弟"的治沙之路也绝非一帆风顺。20 世纪 90 年代，由于国家三北防护林政策调整，加上连年干旱少雨，八步沙林场发展遇到了前所未有的困难。很多人甚至提议，干脆解散林场，但"六兄弟"不答应。郭万刚说："一提到散伙，当年父辈们的约定就在我们耳边响起。父辈们条件那么艰苦能干成的事，我们决不能放弃，更不能散伙。"对父辈们的承诺，让他们在最艰难的时候都没有卖过一棵树。郭万刚提议，在林场附近打井开荒，发展集体经济，贴补造林费用，通过治沙造林走共同富裕的道路。

在浩瀚的沙漠面前，人的确显得格外渺小。然而，这些不服输的西北汉子，以十足的耐心、苦心、恒心与风沙作持久斗争。他们披星戴月地四处巡护，夜里蜷进沙漠窝棚，每日步行 30 多公里，用坏的铁锹头堆满了整间房子。几经周折，通过贷款打井、开垦荒地，八步沙的治沙人终于走出困境，治理后的荒漠也逐步有了经济效益。

数十年岁月如风而过，如今"六兄弟"也都变成了老汉。但是，八步沙更绿了。据测算，八步沙林场管护区内林草植被覆盖率由治理前的不足 3% 提高到现在的 70% 以上，形成了一条南北长 10 公里、东西宽 8 公里的防风固沙绿色长廊，确保了干武铁路及省道和西气

第二代治沙人郭万刚（左）和群众在一起治沙

东输、西油东送等国家能源建设大动脉的畅通。如今，郭万刚不仅在八步沙实现了共同富裕的梦想，而且还顺利地让第三代人在八步沙的治沙造林工作中显露出了头角。

习总书记强调，造林绿化是功在当代、利在千秋的事业，要一年接着一年干，一代接着一代干。八步沙人坚信，“今天种活一棵树，明天就会种活千万棵树”。他们以再造秀美山川的非凡勇气，以功成不必在我的博大胸怀，一代又一代接续奋斗，终将害人的八步沙变废为宝，将不毛之地变成了绿色家园。

第三代治沙人科技治沙让八步沙插上了腾飞的翅膀

说到第三代八步沙人，就不能不说说八步沙林场场长郭万刚的儿子郭毅。八步沙林场引进大学生，动员青年人回乡创业，开办林下养殖场，开发梭梭嫁接肉苁蓉等新产品，运用新科技为治沙造林服务，GPS 定位，无人机巡林，机械化治沙造林等等，都出自八步沙这位幕后英雄之手。可在报纸上、电视里，我们都见不到这位幕后英雄的踪影。原因非常简单，就是郭毅低调，再加上郭万刚也不愿意把这个秘密透露给新闻媒体。不过不要紧，这丝毫不影响郭毅在八步沙林场的发展中付出艰辛和汗水。

如果说前两代八步沙人的坚守、创新是一个撬杠的话，那么，第三代八步沙人利用科技治沙则是一个支点。就是这个支点撬动了地球，把强加在八步沙人头上的风魔这座大山给撬起来了……

如今的八步沙，就像一条防风固沙的绿色长廊一样，将古浪县以及黄花滩移民区10多万亩农田紧紧抱在怀里。试想一下，如果没有八步沙治沙造林的成果，移民小区怎么可能出现在这里？我在古浪县林业局采访时，局长告诉我，在八步沙林场的怀抱里，周边农田亩均增产15%以上，人均增收730元以上。“有了绿色的八步沙，才有了今天的黄花滩！”

“六老汉”三代人在八步沙取得的成就告诉我们：当人类不爱护大自然的时候，大自然的惩罚是毫不留情的；当人类善待大自然的时候，大自然的回报往往又是毫不吝啬的。

在长达半个世纪的治沙实践中，八步沙“六老汉”三代人从最初“一棵树一把草，压住沙子防风掏”的土办法到创新应用“网格状双眉式”沙障结构，从全面尝试高科技治沙造林等新技术到因地制宜培育沙生产业、勇于探索发展生态经济，走出了一条“以农促林、以副养林、农林并举、科学发展”的路子。

党的十八大以来，以习近平总书记为核心的党中央站在中华民族永续发展的高度，坚定不移推进生态文明建设，使八步沙三代人治沙造林的事业迎来了新的春天。《西游记》里“点沙成金”“指水化油”的梦想，在今天的八步沙实现了。

八步沙第三代人在继承前人坚守、创新的基础上，用科技发展的理念在实践中探索出了“公司＋基地＋农户”的产业发展模式，在黄花滩移民区流转的1.25万亩土地上，种植梭梭嫁接肉苁蓉、枸杞、红枣等沙生作物。他们将科技治沙与产业培育、精准扶贫相结合，建立多方位、多渠道利益联结机制，运用科技发展致富，在八步沙人共同致富的基础上，带领全县人民共同富裕。

“绿水青山就是金山银山。”习总书记的教导使八步沙人对未来充满了信心，他们的目标正从最初的护卫家园向建设美丽家园转变。比如在郭毅这位幕后高参的指挥下，八步沙第三代治沙人发挥八步沙林区优势，发展林下经济，与周边农户合作成立了林下经济养殖专业合作社，修建鸡场养殖沙漠土鸡。同时，为了打造特色品牌，向外推广产品，第三代治沙人向省内外餐厅、酒店推销具有“八步沙溜达鸡”注册商标的沙漠土鸡，线上线下同时销售。经过努力，如今的“八步沙溜达鸡”不仅在当地家喻户晓，还走上了大都市大酒店的餐桌。

2018年年底，八步沙第三代治沙人利用网络争取到了1000多万元的公益治沙资金。同时，他们还联系到一些社会公益组织和志愿者到八步沙治沙造林。在活跃于八步沙的2000多名生态建设工人中，有300多名治沙志愿者长期坚持义务治沙。八步沙的治沙力量越来越壮大了！

习总书记在视察八步沙时强调：我们要实现从富起来到强起来，就要把生态文明建设当作大事来抓，建设美丽中国。当前，生态文明观念日益深入人心，要继续发扬“六老汉”的当代愚公精神，再接再厉，再立新功，久久为功，让绿色的长城坚不可摧。

八步沙人在甘肃内蒙古边界
开辟了治沙造林的新战场

视察完八步沙后，习总书记指出，“建设生态文明，关系人民福祉，关乎民族未来”。多年来，以“六老汉”三代人为代表的甘肃各族干部群众，依托三北防护林等生态工程，以护卫家园、勇挑重任的担当，以不畏艰难、实干苦干的拼搏，以矢志坚守、接续奋斗的韧劲，艰苦奋斗、锐意进取，为生态环境治理和构筑西部生态安全屏障做出了重要贡献。当前，甘肃生态环境整体仍然比较脆弱，省域面积中 45% 属荒漠化地区，28% 属沙化地区。作为地处生态保护前沿的甘肃，生态文明建设是必答题，不是选答题。我们一定紧跟“六老汉”三代人治沙造林先进群体足迹，用顽强的意志迎接挑战，用扎实的行动破解难题，一步一个脚印地推进工作，始终把建设生态文明、保护生态环境作为必须担好的政治责任和该完成的底线任务，不断提升生态文明建设水平。

陈玉福

2020 年 4 月 10 日凌晨于甘肃省永昌县陈玉福工作室

未治理的黑岗沙

一 宿命里的坚守

八步沙是腾格里南缘的一片沙漠，位于甘肃省武威市古浪县土门镇境内，与巴丹吉林大沙漠遥相呼应，二者大有联手侵占人类居住地的势头。从 20 世纪 60 年代起，武威市古浪县就开始了有意识的治沙工作，试图遏制当地沙化严重的生态环境问题，但因为种种原因收效甚微。其间有个别当地村民一直坚持着没有放弃，他们摸索着在沙漠里植树，积累起了一些行之有效的经验，在极有限的条件下持之以恒地治沙造林，为此后大范围的生态治理工作奠定了良好的基础。其中最有发言权，并且非常有自觉意识的就是后来被称作“六老汉”的第一代治沙人，而为首的郭朝明老人和他的儿孙们几十年如一日坚持治沙造林，在不同时期拼搏出了属于他们的精彩，为守护家园和建设美好八步沙竭尽全力，才有了新

第一代治沙人在寸草不生的荒漠上治沙

时代可歌可泣的一系列堪称传奇的故事。

传奇与传说仅一字之差，却大为不同。传奇是确切事实，是存在于现实当中的，传说则是虚幻并不真实的。因此传说大多被寄予美好的想象和理想型的刻画，给特定时期、特定事物或者特定的人物赋予美丽色彩，借此反映出大众的愿望和诉求，关于八步沙的一系列传说就是在这样的基础上衍生出来的。

八步沙的传说有多个版本，但无一例外都与一个叫作“沙洲城”的地方有关。传说这片土地上原本建有河西走廊最为阔大繁华的城池，这里的人们辛勤劳作，生活幸福，围绕城池有大片绿茵茵的大草原，还有成群的牛羊和广袤的水泽，是个世外桃源般如梦如幻的好地方，也是无垠沙漠里难得一见的沙海绿洲，所以取名叫“沙洲城”。

故事由此展开。

凡间的盛世太平给这片土地上的人们带来了幸福生活，甚至引起了天上神仙们的关注，让美丽的仙女也忍不住动了凡心，想要亲身体验一下这种烟火气息浓厚的凡人生活，于是便偷偷从天上来到了人间的沙洲城。仙女刚到沙洲城，果然就被眼前的繁华景象惊艳了。她甚至疑惑，这真的是人世间吗？她惊奇地徜徉在比仙境还要美丽的凡间流连忘返，并且结识了一位纯朴善良的小伙子尤狗娃。尤狗娃之前做了个美梦，早逝的老娘在梦里告诉他：只要你不停地绕着城墙跑，就一定能够遇到你命中注定的媳妇。尤狗娃是个孝子，虽然老娘早死了，但她老人家的话不能不听，就按照梦里的嘱托每天都去绕着沙洲城的城墙转圈，最后真的与下凡来的仙女不期而遇了。二人一见钟情，顺理成章结成了夫妻，愉快地生活在一起。仙女爱上了这样的生活，她甚至忘记了自己本来的身份，觉得尤狗娃找媳妇遇上自己的过程十分有趣，便给自己取了个名字叫“找来仙”，顾名思义就是尤狗娃找来了天上的仙女。从此，尤狗娃就和找来仙男耕女织，过着相爱的平凡夫妻该有的有滋有味的小日子，后来也水到渠成地有了下一代。

不幸的生活熬煎难耐，而甜蜜的日子总是一晃而过。找来仙因为在人间过得惬意，便忽略了戒律森严的天规。她忘记了，在天宫里神仙们一时的大意在所难免，但终究是瞒不了多久的。很快，执掌天庭仙籍的王母娘娘得知了仙女私自下凡的事情，她十分恼火仙人之恋，便派了天兵天将到人世间将找来仙抓回去治罪。面对可爱的儿子和丈夫，找来仙自然是不肯回去的，她放不下凡间有情有爱的一切，誓死都不愿意再回冰冷的天上去。这一举动惹得王母娘娘震怒不已，在惩治仙女的同时，也迁怒到了这片凡世绿洲。为了切断仙女的贪恋执念，王母娘娘决定彻底摧毁沙洲城，逼迫仙女了断凡根。

找来仙知道自己罪责难逃，便答应回到天宫去，唯一的请求是不要因为自己而牵连沙洲城里生活的人们。找来仙的请求传到天上，王母娘娘怒气更甚，在她看来一个小小的仙女是没有资格跟天宫谈条件的。为了避免类似事情发生，她怒而降旨，要毁了沙洲，让其变成人间地狱。找来仙没办法了，只能赶在天罚到来之前往城中四处奔走相告，劝人们赶快离开城池去外地逃命。可世世代代生活在这里的人们并不相信仙女的呼号，更不相信尤狗娃的媳妇是来自天上的神仙，没有人听从她的建议和忠告，反而都嘲笑她是在胡言乱语。找来仙没能劝服人们，只得回家向丈夫如实以告，尤狗娃这才知道自己的妻子原来真的是个神仙。面对即将到来的生离死别和沙洲城的灭顶之灾，夫妻俩没有任何办法去抵挡，只能眼睁睁看着家园覆灭。

天地不仁，以万物为刍狗。那一夜，狂风大作，黄沙滚滚而来，惊慌的人们已经没有了逃生的希望，因为王母娘娘搬来了城外的沙漠，风沙就像是瓢泼大雨一样灌向城池，根本不是人力所能抵抗的。找来仙眼看着越来越多的人被掩埋，水泽被填平，草原被覆盖，房屋被压垮，而她却无能为力，最后心痛如绞之下化身为一棵大树奋力顶住风沙，为自己的丈夫和孩子争取到了一点可怜的生存空间。

天亮之后风沙稍停，放眼望去到处都是黄沙，原本车水马龙、人声鼎沸的沙洲城在一夜间被夷为平地，彻底不复存在，满城的百姓人等都随着城池被永远掩埋在了黄沙之下，幸免于难的只有找来仙化身大树保护下来的父子二人。而经过与风沙的较量，找来仙耗尽了气力，已经彻底失去了恢复人身的精元，再也变不回原来的样子，只能以一棵树的形态留存在凡间。幸免于难的父子二人痛定思痛，发誓总有一天要打败王母娘娘，救活自己的亲人，让沙洲城重现昔日光辉。面对满目疮痍的境况，他们发现只有找来仙变成的这棵树，才能够抵挡风沙，给人生机，于是就在这棵树下安了家。尤狗娃父子从此日复一日、年复一年地开始治沙造林，希望用这样的方式来阻止王母娘娘时不时发动风魔带来的不依不饶的滋扰和残害。在尤狗娃的努力下，妻子找来仙变成的那棵树周围慢慢长出了成百上千棵小树。而那些小树和找来仙变成的大树一起抵挡着风沙的侵袭，不断生根发芽，在沙洲城的原址上长成了一块小小的、能够供人类生存的绿地，使得人们可以继续繁衍生息……

数千年过去了，传说中的尤狗娃父子二人早已随风而逝，但是他们的子孙却依然坚守在这片土地上不肯离去，尽管黄沙漫漫，但他们也不愿意舍弃曾经的家园，还在为重建沙洲城而不懈努力。那棵树的原名虽然无人记得，但人们为了纪念找来仙，把它称为“找来树”。又见它能在沙漠里存活，上面还会结出酸酸甜甜跟枣子类似的果实来，便取谐音叫作“沙枣树”。

传说固然悲壮，也一直在古浪人口中被传颂至今。也许生长在此地的人们骨子里那种锲而不舍的精神，与这个传说里的这对父子是一脉相承的吧！风沙的肆虐没有令他们屈服，他们一代接一代坚守在这里，誓要重建一座梦想中的沙洲城，誓要找回一方人间福地世外桃源。因此，抱着这样的梦想和信念，人与风沙的斗争就不会停止。这是一场宿命，属于八步沙所有生物的宿命，不管是人，还是树木。

二

发现了“新大陆”

这是 1972 年秋天的一个早上，天刚刚亮，郭老汉睁眼下炕，揉了一把皱纹纵横的脸，出门就被眼前的景象惊得大叫了一声。乖乖，自家白嘴灰背的毛驴咋还站到房顶上去了呢？再一瞧，院子里全是沙子，驴圈墙根下足有一人高的黄沙已经将圈门都给填没了，难怪毛驴能跑到房顶上去。也真是作孽！郭老汉看得出来，毛驴不上房顶就会被沙子堵在驴圈里，有可能被风沙给活埋了，为了自保，毛驴只能顺着堆积起来的沙子上房顶去避难了。毛驴看到郭老汉时，扯开喉咙欢叫了一声，顺着沙堆砌出的缓坡下了房顶，朝着郭老汉奔了过来。而此刻灰黄的天色就那么乌澄澄地罩在头顶，空气里都是沉重而呛人的土腥气。

郭老汉望了眼灰蒙蒙的天空，轻叹一口气。再看看院子里的黄沙，颇有些无可奈何地摇摇头，牵起毛驴出了院门往巷道里走去。才走了几步远，他的鞋子里就灌满了沙子，只好脱了鞋子光脚板踩着软绵绵的沙子走在七高八低的村道上。早起的人家已经开始清理院落里的沙子，隐隐约约还有咒骂黄毛风的声音。骂黄毛风有什么用呢？每年风沙不断，你还能把庄子外面那片沙漠给骂没了不成！郭老汉挂念着生产队种了谷子的那块地，也懒得去听那些骂骂咧咧的声音，牵了毛驴一径往村庄北面走去。在他的心目中，此刻最忧心的就是那一摆旱地里即将收获的谷子了，不知道昨夜一场黄毛风把那片谷子地祸害成啥样了。郭老汉紧紧抿着嘴唇，愤愤地却又满怀希望向着地头走去。

上了一道田埂，郭老汉把毛驴拴在地埂边一个砍得只剩半截秃墩子的枯树桩上。顺着地埂走上来，再攀上高高的沙梁，那一摆高高低低、参差不齐的几十亩旱田就展现在他的面前。郭老汉只看了一眼就腿脚发软。他慌慌地走到田里，抓住几根光秃秃的谷子秆，只感到一阵气血翻涌。就在昨天，沉甸甸、黄灿灿的谷子穗还在向他点头微笑，今天却都变成光杆司令了，一株株谷穗齐头折断倒卧在地里，与一尺来厚的黄沙掺杂在一起，穗上的谷粒一颗都不见了，想必是埋到沙子的更深处去了。这可是整个生产队一年的早饭口粮啊！没了谷子，那庄稼人早上的小米拌面汤拿啥下锅？没有了小米拌面汤，又哪来的力气去出

让人感觉无望的大沙漠

工种地？郭老汉一屁股坐倒在灌满田地坎沟的沙子上，抓着几根“光杆司令”欲哭无泪。

天色渐渐地亮了，灰澄澄的太阳隔着灰土弥漫的天空用并没有多少温度的热情抚摸着万物苍生。风是停了，可它造孽之后带来的沙子堆积得到处都是，就那么挑衅地向这块土地上的人们昭示着它的胜利。郭老汉在地里坐了良久，起身时眼前冒着细细碎碎的小星星，他痛苦地呐喊：这作孽的沙子啊，什么时候要是能像笼头拴住驴马那样把它死死制住该有多好啊！这一刻，给沙漠套上笼头的想法就这样狂妄地在郭老汉的心头噌噌疯长，像红柳、骆驼刺长在沙地里一样牢牢地长在了他的思想里。

适应了猛然起身的眩晕，郭老汉依旧步履蹒跚，慢慢走入他寄予希望和热爱的这片田地，皴糙的大手拂过只剩断秆和残缺叶子的谷子们。都没了，都没了！他痛心疾首地念叨着，一路走到了地埂边。突然，一棵颗粒虽不饱满但金灿灿的谷穗儿突兀地闯进了他的视线，在暗淡的天空下频频向他点头致意。郭老汉顿时欣喜至极，三步并作两步跑过去，小心翼翼地用手指挑起弯下腰的谷穗来看，确定这是一株完全没有受到风沙影响的谷子，而在他的眼前稀稀拉拉还有大约百十来株完好的谷子。他没有看错，这些谷子沿着地埂边一溜儿顽强挺立着，似乎昨夜的那场黄毛风对它们格外眷顾。郭老汉轻轻地抚摸着谷穗，隐隐看到了希望，这些谷子能够幸存绝对有什么秘密是他没有发现的。于是，他开始仔细寻找起来。终于，在地埂边走几个来回后，他找到了问题的关键——是地埂上的红柳、骆驼刺、芨芨草等植物挡住了风沙的侵袭，使谷穗少受了打击，红柳、骆驼刺、芨芨草的根部黄沙堆积，而靠近它们的那一溜谷子地里只有浅浅的一层沙子就是印证这个发现最有力的说明。

郭老汉像是发现了"新大陆"般的兴奋，顾不得老腿老胳膊能不能承受得住，飞也似的跑回了生产队，在大喇叭里气喘吁吁地通知队里主要的干部和社员来开会。很快，在郭老汉家的炕头上十几个人碰了头，大家都看向郭队长，听他的指示。郭老汉便激动地把今上午发现沙生植物护住谷子的事形象地说了一遍，说完，看着尽皆一脸不明所以的人们，郑重地提出了今冬明春全队人员在地埂上栽种红柳、骆驼刺等沙生植物的提议。

在地埂上种植红柳、骆驼刺、梭梭等树木杂草？这样真能挡住黄毛风吗？大家总算是听明白了郭队长的意思，却全都默默低下了头。在地埂上种草就能让庄稼有收成，这不是说梦话吗？祖祖辈辈活到如今，只有薅草除草的，还没见过专门去种草能够营务好庄稼地的，杂草就是杂草，不跟麦子抢长势都不错了，哪能靠它就让旱地有收成的。指望着这样不靠谱的办法护住庄稼地，这简直就是痴人说梦！大家都不约而同地选择了沉默。郭老汉兴冲冲的热情受到了打击，但他没有强求也没有气馁，而是叫过会计来为自己草拟一份在地埂上种植红柳等植物的计划书。"我就不信了，这风沙难道真的就没有办法对付了吗？我就偏要治上一治，总不能活人让沙子给欺负死！"郭老汉下定决心后豪气干云地说。

经过一个冬天的努力，生产队所有的旱地地埂上都栽上了从沙漠里挖来的红柳等沙生植物。到了来年的年底，会计把算盘噼里啪啦一打，好家伙，每亩旱地的产量达到了130多斤，这在生产队的历史上是从来都没有过的。果然是实践出真知啊！庄稼丰收了，社员们高兴地奔走相告。这之后，周围的生产队都来取经，都照着郭队长的办法在地埂上栽种沙生植物，结果无一例外地都有了喜人的收成。郭老汉防沙种田的土办法后来成了在沙漠里植树造林推广的实用方法：一棵树一把草，压住沙子防风掏。

三 揭“皇榜”吃“皇粮”

经过几年的摸索，旱地的收成越来越好，凡是靠天吃饭的沙坡旱地都不同程度地栽种上了沙生植物，也都或多或少有了收成。这样的日子持续到了 1981 年，八步沙作为国家三北防护林的前沿阵地，县上着手重点治理，对八步沙试行“政府补贴、个人承包，谁治理，谁拥有”的政策，公开张榜求贤招罗治沙志愿者。经过好几年治沙种田的实践，郭老汉对承包治理八步沙跃跃欲试。

但是，偌大的八步沙仅凭一个人的力量是万难撼动的，郭老汉踌躇满志，可他明白这件事并不是只靠血气之勇就能办成的。所以，他不敢只身一人就贸然去揭县林业局贴出来的“皇榜”。

正当郭老汉觉得孤掌难鸣的时候，在漪泉大队当主任的史老汉也站了出来。他的想法很简单，治沙造林人人有责，我们何不联合起来和这可恶的沙漠斗一斗。“我就不信了，这活人还能让尿憋死？”

郭老汉算是遇到了知音，他高兴地找上门对史老汉说：“史主任是大队领导，你都参与进来了，我们的力量不强大也不行啊！”

叼着旱烟棒子圪蹴在公社门口墙根处“侦察”情况、当过大队书记的贺老汉得知后，起身把手里的旱烟屁股丢到地上拿脚使劲踝了踝，望着郭老汉和史老汉只说了一句话：“我这样的老汉家能治沙不？能治就算我一个。”

当地农村里年过 50 岁的人都被统称为老汉，郭老汉看着比自己小不了几岁的贺老汉，开心地笑了：“咋不行？咱们老汉家不差啥！来来来，咱们大家一起揭了这‘皇榜’，八步沙就由着老汉们给它戴笼头‘拴’住它了。”

大家一听郭老汉要给沙漠“戴笼头”，觉得形象，便哄堂大笑。

玩笑归玩笑，但要真正承包那片不毛之地的确不是一件小事。三个人头对头商量了半天，觉得还是力量太薄弱，需要再动员发展几个志同道合的人才更有把握去揭榜。他们把目光放在了各自大队里能力比较突出、思想比较积极、眼光比较长远的几个生产队队长身上，然后分头行动去征求意见，动员他们加入进来。

时任台子村大队书记的秦为民闻讯自己来了，这倒是出乎老汉们的意料，他才只有 39 岁，按照常理是不会丢下“官帽子”跑来承包治沙的。可秦为民就这么毫无顾虑地自愿来了，他年富力强还有一定的文化，无疑为这个即将结成的小集体注入了一股强劲的力量。之后，钱老汉、雒老汉、蒋老汉等被大家看好的人也顺利加入进来，小集体初具规模，大家终于有底气去公社墙上揭榜了。

揭了榜签订承包合同，几枚鲜红的指印按下去，就等于把自己的余生都交给了八步沙，但他们没有一个人胆怯，还敢于在县上的领导面前立军令状，戏称治不好八步沙就不去见马克思。令人望而却步的八步沙就这么承包出去了，消息一出，整个土门公社不禁哗然，说好话的人有，说酸话的当然也不在少数。听闻承包治沙还有政府的补贴，那些既不敢吃葡萄还嫌葡萄酸的人就说了：“人家要么是大队干部，要么是生产队干部，思想觉悟高着咧！这是揭了‘皇榜’吃‘皇粮’去咯！”

老汉们听了一笑置之，这个时候他们还没有算过账，并不清楚往后的实际造林过程中，为了保证树木成活率有效防沙治沙，一亩沙地里栽活树苗的成本接近 15 元钱，而政府一亩地 5 元钱的补贴也叫“皇粮”的话，他们真是白担了个名声。说风凉话的人就让他说去呗！老汉们无暇理会，摆在自己面前的才是头等大事，那承包书上白纸黑字明明白白写着承包期 30 年，看看刚刚成立起来的小集体，除秦为民以外，他们已经是被叫作老汉的一群人了，还有 30 年可以活吗？

“管他呢！咱们活不到那个时候就让娃娃们接着来，老子不成有儿子，儿子不成还有孙子哩！我们就这样祖祖辈辈坚持下去，管教它沙老爷穿上绿褂子就行咧！”郭老汉望着红彤彤的指印这么说。

精明的人都谈沙色变，退避三舍，只有这几个“疯子”高兴地大声宣读着承包书，齐齐展示着他们对于沙漠的无畏无惧。“咱们是党员干部，做这样的事就得模范带头，我们的行动以后他们会知道的，人进沙才能退，活人不能让沙子欺负死。”老汉们互相鼓着劲。也许这是他们这辈子做的所有决定里最大胆也最痛快的一次，一种叫作豪迈的东西丰盈了他们的血肉，令人一下子仿佛年轻了 20 岁。

四 种树堪比修行

“沙窝窝里种树的确不是一件容易事，顶风冒汗地栽树苗不说，还要从十几公里远的地方用毛驴车把水拉回来，一棵树一瓢水，那过程比婆姨们生娃娃还要费劲呀！简直就是一步一磕头的修行！”这话是郭老汉那日渐长大的儿子郭万刚说的。

在每年的植树时节跟着老汉们进八步沙帮忙的日子里，郭万刚这个供销社职工的白嫩脸蛋总被晒得黝黑脱皮，几年下来树没栽下多少，一张脸却是再也恢复不了白净了。好在他已经娶了媳妇，也不怕黑不溜秋惹得姑娘家弹嫌（方言，挑剔、计较意）了。至于郭万刚娶媳妇的事郭老汉是没工夫管的，自从承包了八步沙，他的一颗心就全扑在了沙窝窝里，郭万刚的媳妇还是他自己张罗的，是他在一个学校里念过书的女同学，隔壁村庄上的姑娘李淑芳，读过书，识过字，又会操持家务，深得郭家人的喜爱。

这几年郭家院里的大事小事基本都是郭万刚在当家，郭老汉那是绝对指望不上的，有时候能连着十天半月不照面，吃住都在八步沙的地窝子里，他的眼里、心里只有八步沙，只有那看作宝贝一样的树和草。就这么尽心竭力地看护着，八步沙的树还是没有栽活多少，老汉们不禁着急上火，但是没用，因为除了自然气候的影响，人为的破坏让他们照管起来也十分费力。那些年种树的过程基本上就是春天辛辛苦苦栽种了，夏天流汗脱皮“伺候”着总算生了根，秋天一个不操心会被牲口啃掉树皮，而到了冬天有人还来偷着拔了去钉滚碘（压地用的石头碌子两边要钉上木棒子才能拉动）。村里闲汉编了歌子笑话“六老汉”治沙：“春种夏活秋剥皮，冬上拔了钉滚碘。”这是在赤裸裸地笑话“六老汉”的愚蠢和不自量力，因为多少辈人过来了，没有人在沙窝窝里种活过树木。老汉们听了不以为意，除了不遗余力地继续种树，还更加用心地管护着那些慢慢扎了根的沙生植物，有时候人为的破坏堪比无情的自然灾害。他们不但要和风沙斗，还要和人斗。相对于“一夜北风沙砌墙，早上起来驴上房”的日子，多栽活一棵树就多一分希望，郭老汉还是那句话，人进才能沙退，这个道理迟早他们会明白的。

难得回家一趟，郭老汉追着才学说话的孙子让他叫爷爷，小家伙也许是看着老汉陌生，无动于衷地只顾磕磕绊绊撵着一院子鸡跑，就是不肯给郭老汉面子。郭万刚推着自行车进门，就见像个土人似的老爹满院子地追着孙子笑，他黑色的褂子上全是汗渍，一张黢黑的脸也就那口牙还算有点白颜色，看上去也才像个活着的人。望着老爹佝偻的身躯，郭万刚不禁心里翻腾，如今家里的日子过得好多了，他在供销社捧着个令人眼红的“铁饭碗”怎么也够养活一家子的，偏他这死犟的老爹想不通，非要跑去沙窝里吃苦受罪，现在又不是队长了，还抱着党员干部带头的老思想不肯变通，不知道图的是什么。

腹诽归腹诽，老爹回来怎么也得尽一番孝心才是，刚巧今天供销社发了肉票，他回家时路过猪场去买了一块猪肉，正好炖了给老爹干瘪的肚腹里添点油水。八步沙里缺吃少喝的，郭万刚去帮忙的时间不算短，再清楚不过了。郭万刚跟他爹打了声招呼，支好自行车，从车上拿了肉进厨房，挽起袖子亲自动手，要为他爹做一顿好的。现在家里有他们父子两个“脱产干部”，庄稼地的活就只能由媳妇淑芳和老娘两个人去忙了，郭万刚也只有下班回来干些个做饭、挑水这样的小事。

郭老汉盘腿坐在院里的石磨上点起了一锅旱烟，他的目光从孙子的身上移到厨房里忙活着的儿子那里。郭万刚穿着挺括的蓝卡其布裤子，白衬衣扎在裤腰里，棕色的皮带紧紧箍出他年轻有力的腰线，八分新的黄胶鞋上更是一尘不染，一看就是吃公家饭的人。郭老汉看着自己的儿子，内心里半是骄傲半是为难，要怎么开口跟儿子说让他把供销社那份工作辞掉来八步沙接自己的班呢？八步沙太大了，过去他太小瞧那片沙漠，仅凭着他们几个老汉想要撼动它，想要给沙漠这匹烈马套上笼头的希望越来越渺茫了。不不不，八步沙绝不是一匹烈马，而是一条恶龙，要下海擒蛟龙那得有三头六臂的本事才行，而郭老汉眼里有本事的那个人就是自己年轻力壮的儿子。当初说好的老子不行儿子上，这也该是儿子接班的时候了……去年以来，他明显感到自己越发地精力不济，不得不承认他们这辈人老了，成了真正意义上的老汉了。

吃饭的时候，一盆土豆炖肉油亮亮地摆在炕桌上，在电灯的照耀下红亮亮的肉皮散发着诱人的香味，引得一家人垂涎欲滴。郭万刚亲自给郭老汉盛上第一碗，还特意从柜子里取出一瓶高度数的“粮白酒”来给他爹满上，他知道这是老爹最喜爱的一口。

一家人围坐在炕桌前高高兴兴地吃了晚饭，淑芳收拾了碗筷去厨房，老娘也下炕去烫猪食喂猪，一男一女两个娃娃像小尾巴似的跟着他们的奶奶出去了，屋里只剩下了郭老汉父子俩。

“爹，您抽这个试试，旱烟太呛人，对身体不好。”郭万刚掏出一盒“大前门”香烟递到了郭老汉手里。

郭老汉抽出一支，在儿子的殷勤侍候下点起来，浅浅吸了一口，还没尝出味儿来便违心地赞了一声好。其实他根本就不习惯这香烟的味道，抽着它就像是喝白开水一样，寡咿唧的，怎么都觉得没有自己抽了半辈子的旱烟有劲儿，之所以夸赞是为了接下来在儿子面前好张嘴。郭万刚见不苟言笑的老爹难得说了一句他这个儿子的好，开心地坐在炕沿上望着老父亲笑，多久了他们父子没有这样安静而和谐地坐在一起过了。

郭老汉无滋无味地勉强抽完了一支香烟，微微清了清嗓子，郭万刚便忙端了茶缸子递上让他顺顺。郭老汉喝了两口酽酽的老茯茶，这才下定决心正视着儿子的脸盘子，说出了憋在他喉咙口的话："我想着你把那个供销社的工作辞了吧！"他用的虽然是商量的语句，可又是接近命令式的口气，然后紧接着补充道："我老了，干不动了，你来八步沙替我干。"

电灯光下郭万刚的脸色比平常白了几分，他吃惊地盯住郭老汉没有言语。父子俩就这样互相对视了几分钟，都像是刚刚认识对方似的，要着力从对方的眼睛里搜寻自己急于确认的答案。最终郭万刚先垂下了眼皮，他把目光定在炕桌上白瓷茶缸子外壁那幅绘着毛主席头像和毛体书写的"为人民服务"的红字画上。茶缸子里红酽酽的老茯茶缓缓飘荡出袅袅的茶香，郭万刚张开嘴艰难而低沉地说："我想想吧！"说完就下了炕出门去了。

郭老汉目光追随着儿子劲瘦挺拔的身影，直到门帘停止了摆动才回过神来。此时此刻，屋里安静得能听见自己的心跳。他长长地舒了口气，把复杂的情绪和着一口酽茶咽进了肚子。儿子的不乐意他怎么能不明白，或许儿子还会因此而怨怅他这个当爹的吧？可是，治沙造林，子承父业，这是当年他给大家承诺过的，如果自己做不到，那今后还怎么要求别人呢？再说了，儿子接老子的班，这也并非离经叛道啊！作为一个农民的儿子，如果丢了种庄稼的本分，还是他老郭的儿子吗？要种好庄稼、好好种庄稼，就得先治沙，治住了沙才有地，也才有吃的啊！郭老汉不觉得自己哪里有错。一定是看到儿子那满脸的不情愿才让他想了这么多，这么一想就淡定了不少，郭老汉重新取出一支"大前门"慢慢品了起来。这是儿子的孝心，他不能不领情，明天回八步沙的时候还带回去，让那几个老家伙也尝尝这新式烟的味道。沙窝里的日子不好过啊！有人把他们的植树叫作修行，真是万分贴切。如果有选择他也不愿意儿子跟着自己去受苦，但沙漠治不好就不会有长久的好日子，人不能只盯着脚尖尖看。

五 “铁饭碗”砸不砸

这一晚郭万刚怎么也睡不着，在炕上翻来覆去，心神不宁。媳妇淑芳关心地问他怎么了，还拿自己的额头去试丈夫有没有发烧。郭万刚推开媳妇，干脆坐起来披着被子点了一根烟，只抽了一口却呛得咳嗽起来。淑芳赶忙爬起来给他拍背，埋怨他不会抽烟还瞎逞能，她看得出来丈夫是有为难的事装在心里。郭万刚几次张嘴想要跟淑芳说他爹今晚的话，可每每话到舌尖上了就是难以出口，最终只能三缄其口，心里那满满的憋闷翻腾到最后还是偃旗息鼓了。他太清楚这话一出口的后果了，以淑芳的脾气势必将有一场家庭战争。当初她心甘情愿地嫁给自己当农民，而没有选择已经在省城站住脚的同学大林，就是相信自己能够给她带来幸福和骄傲。一个时期郭万刚也很得意，他自认兑现了刚结婚时的承诺，让媳妇过得比许多女人都强，让她走出去既有面子又有里子，因为谁都知道这供销社的“铁饭碗”意味着什么，那是多大的权力啊！小小的肉票、糖票、布票、棉花票等等都不说了，唯独这“三转一响”（缝纫机、自行车、手表和收音机）是农村小伙子结婚必备的彩礼，没有供销社的关系，你就是有多少钱也买不到啊！所以，在当时的农村，当个国家干部都没有供销社职工“牛”！

而今，老爹却想着要他扔了这“铁饭碗”进沙窝窝种树去，这是“劈开肉架子吃豆腐——好赖不分”，是疯子才会干的事，莫说淑芳不会答应，就是他自己也想不通。尽管老爹常常挂在嘴边上说治理八步沙老子不行儿子上，儿子之后还有孙子，但他从来就没接受过老爹强加给自己的这个使命，对那片沙漠他也没有一点儿好感。多年来，他郭万刚没少进过八步沙，但那只是给老爹帮忙，每回到那里，看着一眼望不到边的沙漠就让人心生绝望。去八步沙是没有出路的，不过为了不打击老汉们治沙的热情，他才一直不说而已。

“睡觉！”郭万刚对媳妇说了两个字就烦躁地用被子捂了头假装打起了呼噜……不烦不行啊！老爹还在等着他回话呢，如果不去八步沙，这父子之间的别扭怎么才能够消除？但是，答应了老爹，他有滋有味的小日子就到头了，这才是最可怕的。他纠结了半夜最后打定主意决不向老爹妥协。这是原则问题，放着好好的日子不过，非要跑去八步沙干那吃力不讨好的事，他又不傻。老郭家已经有一个疯子了，他不允许自己也跟着老爹疯下去。老爹啊，你真的疯了，过去别人叫你疯子，我还生气，现在你让你儿子扔掉“铁饭碗”去八步沙受苦，这不是疯子又是什么呢？

八步沙是没有春天的，确切来说它是没有季节的。任何时候，荒凉和苍茫是它的一贯面目。这里荒芜得除了沙鼠偶尔探头探脑地出没，最有活力和生气的也许就只有那不间断的风了。大风、小风、不大不小的风，一年里头的每一天，八步沙都是风和黄沙的舞台，它们肆无忌惮横行八方，以自己难以捉摸的行踪称霸沙漠，去往它们愿意去的任何方向，随时随地。它们的霸道嚣张更是不可一世，不允许一切想要与其共存的东西在这里生存，哪怕一棵得天独厚的野草，才刚舒展开绿色的身躯还没来得及站直，就会被它们狂暴地连根拔起，尽数摧毁。

可是，却偏偏有这么几个倔强的身影，硬是要在这方舞台上争得一席之地不说，还扬言要彻底制服风魔。他们佝偻着腰身，艰难地要把绿色的尖刀插到八步沙裸露的丑陋躯体里……他们与沙抗争、与风共舞。但风魔也不是好惹的，它们负隅顽抗，一场风推着满地的黄沙一夜之间就堆出一座座小山似的沙包。八步沙，跛步沙，每走一步退半步，何其艰难啊！

郭老汉就是在这样数不清的沙包上，赶着毛驴车拉树苗时出了意外，翻倒的车恰好压在了他的一条腿上，等到其他几个老汉发现并把他从沙子里挖出来的时候，他的那条腿已经宣告残废。太久的压迫导致血脉不通，加上粉碎性骨折，从此他将永远与拐杖相伴了。

这样的意外无论对八步沙里的“六老汉”小集体，还是对郭家都是沉重的打击。因为郭老汉既是“六老汉”的带头人，又是治沙种树的重要劳动力，他受伤就意味着“六老汉”这个小集体很可能由此而面临解体。郭老汉不能接受这样的结局，他拿出当年摁了红手印的承包书给郭万刚看。这次，不需要老爹再多说什么，郭万刚即便再不情愿也只能无奈地答应去八步沙了。因为，老爹都受伤了，成了残疾人了，他看不得老爹那仿佛被掏空了心肺生无可恋的样子。为了老爹，为了老爹的八步沙，郭万刚被迫妥协，他忍痛割爱辞掉了自己的工作，离开了供销社。面对泪眼婆娑的老父亲，他终究做不到狠心拒绝，无奈地答应了：“您放心养伤吧，我一定到八步沙去，去接替您，完成您子子孙孙参与治沙造林的承诺。”

妻子淑芳的脾气既倔又好强，得知丈夫辞了供销社光鲜体面的工作要进沙窝窝里去种树，她震惊而又痛心。可是，哪怕有十万分的不乐意，老公公一条腿都废了，还不肯舍下那一摊子，淑芳没有理由站在丈夫前面阻拦，只是苦着脸一言不发，却把锅碗瓢盆弄得震天响。郭老太太愁眉苦脸抚着老伴儿的伤腿，听到那动静除了唉声叹气，只能装聋作哑。

郭万刚进八步沙替他爹种树去了！这个消息像是长了翅膀似的，传得四邻八乡都知道了，大家都笑这一家人是疯子，摔了“铁饭碗”却去啃沙子。乡邻的闲言碎语，还有揶揄、嘲笑灌进了淑芳的耳朵，她又开始把厨房当成了交响乐团的演奏台，发泄一阵后再偷偷躲在没人的地方去伤心。或许她真的嫁给了一个疯子了吧？可又有什么办法呢，嫁鸡随鸡，嫁狗随狗，这是农村女人们的宿命，她除了接受，别无选择。闹腾归闹腾，淑芳也忍不住地心疼，丈夫这才去了八步沙多久啊，那一张脸就皴裂成了榆树皮……

一段时间，郭家院里笼罩着阴沉低迷的气氛，与村庄相隔 8 公里的八步沙里却是热火朝天。现在正是春季植树的黄金时期，老汉们没日没夜地栽种树苗的同时，为郭老汉的受伤而痛心，但再怎么心有戚戚然也不能耽误植树大计。就在这个时候，郭万刚来了。他们一方面惋惜郭万刚为了八步沙丢掉了“铁饭碗”，另一方面又感到无限的欣慰。他们带着郭万刚一头扎进了八步沙，颇有种化悲痛为力量的干劲。郭万刚头一次认认真真地审视着八步沙，手上正在做着的活计并不生疏，可是以接班人的身份再来这沙漠中，他的感觉竟是如此陌生，如此复杂。

“一棵树一把草，压住沙子防风掏。”这是他父亲总结的沙漠植树造林的方法。大家按照这种方法种树多年，现在的八步沙已经种出了小有规模的一片林地，老汉们把这片林子当成宝贝，如珠似宝爱护着，看得比自己的眼珠子还要珍贵。但郭万刚很清楚，这离那份承包书上 7.5 万亩的目标还差很远很远，照这样的速度种下去，就是累死苦死，一辈子也完成不了这个任务。

绝望！郭万刚再一次感到了深深的绝望！越是近距离地接触，越能感受到人在浩瀚的沙漠面前是何等的渺小无力。愚公移山吗？那只是传说而已。郭万刚暗暗打着自己的算盘，他不可能把时光和精力浪费在这里，必须要想尽一切办法离开八步沙，就算是为了两个可爱的儿女，他也得走出去。一种浓烈的不甘比绝望的情绪更为尖锐地刺激着人心，郭万刚已然决定，等老父亲的腿伤好一些，心态慢慢平和下来，他就立即离开八步沙，决不在这里多耽搁一分钟。令人眼红的供销社工作没了，但不代表他没有能力东山再起。省城的老同学大林早就鼓励他到省城去，那里车水马龙连夜晚都是璀璨光华的，不愁没有出路。不过，在离开之前得负责任地站好最后一班岗，这是他一贯的风格，要么不答应，既然都应承下来了，他就会做到最好，不会让人戳着脊梁骨说出不满和闲话来，这一点他随了父亲。

六 果然人走茶凉

郭万刚辞了供销社工作的消息不胫而走，土门镇的人议论纷纷，让他一夜间成了明星一样的人物。大多数人谈论起来都是惋惜和不解，而还有一部分则是幸灾乐祸，譬如号称“土门四大天王”的四个人，以及围着他们屁股转专意巴结奉承的一些酒肉朋友。

所谓“土门四大天王”是村民们送给这四个人的诨号。“四大天王”在土门街上都做着一点小营生，一个开录像厅的，一个摆台球案子的，一个卖小人书的，一个给人掐八字算卦的。之所以被大家叫了这么个诨号，是因为这四个人在土门街上都做着买卖，有点小名气，白天开门营业，一到夜里或者闲暇时间就开始偷鸡摸狗，到各队里去专偷别人家的狗或者鸡来吃，没少祸害村民们。要是被人当场抓了，他们也不怕，就会拿自己做买卖的便利作为交换，不就一只鸡嘛，让你免费看两场录像就扯平了。吃了你家的狗也没什么大不了，还没一本小人书值钱呢！算个卦禳灾画符不得请人家吃顿好的，再送上二尺红布？村民们算账是算不过买卖人的，一来二去只能睁只眼闭只眼了，所能做的无非就是把自家狗拴牢一些，鸡窝加固一些罢了。“四大天王”算得上雅号了，村民们更愿意叫他们“四大闲人”，可见这四个人有多讨人嫌。

“四大闲人”也有让人嫉妒的本事，比如他们能从供销社里弄出来许多好东西，低价购出再高价卖给别人赚取差价，一段时间吃得脑满肠肥，相比于只知道土里刨食苦哈哈的普通村民，生活水平简直是天上地下的对比。自然，这样的好本事仅靠有几个钱还是办不到的，他们费尽心思找门路着意巴结在供销社工作的郭万刚。功夫不负有心人，久而久之，这些费尽心思的巴结有了结果，他们和郭万刚的关系处得越来越好了。

“四大闲人”为了奉承、巴结郭万刚，但凡吃肉都少不了拉上他去尝一口，郭万刚也不好意思空手赴约，每次聚在一起喝的酒都由他自己掏钱，时间长了，几个人的交情真是亲如兄弟般的铁。只是那个时候，郭万刚还没有想到以利益交换来的酒肉朋友，终究会因为利益而分道扬镳的道理。最后，他从心底里当作兄弟交往的朋友，竟然结结实实地给他上了一堂人生大课，而友情的坍塌源自他不再是供销社的职工了。

“郭疯子”的事迹在人们或惋惜或嘲笑的议论里不断发酵，成了大家茶余饭后的笑柄。当地人的方言里把傻瓜叫作“勺子”，后来就有人把郭万刚的绰号升级成了这个称谓，言下之意他就是个彻头彻尾的傻瓜，言语里极尽贬损。

“四大闲人”过去点头哈腰地奉承郭万刚，见他现在不得势了，就把那份热情统统收了起来，吃肉喝酒再也不喊他参与，称呼也从当初的郭主任、郭哥、兄弟，变成了随众起哄的“郭疯子”。反正郭万刚进了八步沙，鲜有时间再到土门街上来，人们叫他什么也听不见。

这一天，林业局为八步沙林场协调购买的树苗子有了着落，老场长就打发郭万刚去运回来。郭万刚风风火火去了趟县上，雇车从林业局联系好的国营林场里装了树苗，直到黄昏时分才赶到土门街上，眼看着离八步沙林场不远了，那卡车却坏了。司机捣鼓了一个多小时，最后无奈地告诉郭万刚，卡车是彻底走不成了，他还得到市里去买零件来才能修好，去市里来回就得一天，修车还不知道又是多久，最起码需要两三天的时间。郭万刚一听着急了，此时正值秋季造林的黄金时期，老汉们没日没夜地扑在沙窝里种树，就指望着赶在沙地封冻前把树苗栽下去，才能保证好的墒情，这样成活率才可能高。而他来的时候林场里的树苗子已经快栽完了，大家就等着这一车树苗去解燃眉之急呢！

不行，两三天时间林场耗不起！郭万刚不敢耽误，只得另想办法了。虽然进八步沙有许多的不乐意，但既然来了他就得负责任为林场着想，这一点郭万刚很坚决。看看天就要黑了，深秋的晚风已经开始有了寒意，他搓了搓手往街头的录像厅走去，那儿正是和他亲如兄弟的“四大闲人”之一干买卖的地方。

录像厅的生意一直很好，在这样闭塞的镇子上，录像是个新鲜事物，就跟今天的电影院一样。人们尤其是年轻人都很乐意在一季庄稼收拾完之后，从紧巴巴的生计里抽出一点毛票来，去享受一把看录像的乐趣。有单身的小伙子还会借着看录像的空当，约了心仪的姑娘偷偷见个面、拉个手，顺便把终身大事也就解决了。

郭万刚到录像厅时，里面正放映着火了许久的《大侠霍元甲》，而一直和他称兄道弟交情匪浅的店主李财国在门口收钱卖票。李财国跷着二郎腿坐在一把椅子上，数着手里的钱很有些志得意满。郭万刚走近，门头上架着的扩音喇叭里传出录像里打斗的嘶喊声，吵得他打招呼的声音都被淹没了。李财国没有听到郭万刚的招呼，正在低头用一根皮筋捆扎零零碎碎的毛票。郭万刚想跟他开个玩笑，一把将那捆毛票抢到手里，转身就跑了出去。李财国惊得跳起来，抬腿就追了过来，嘴里不知道骂着什么，因为录像厅里的声音太大，也听不清楚。

郭万刚在离录像厅几十米的地方停下，回头笑着等李财国靠近。这里是公路，铺着一层石子儿，稍大一些的石头被驶过的车辆碾到了道路两边，李财国气急败坏地追上来，弯腰捡了一颗石头就要砸过去。小镇子街上没有路灯，只有录像厅门口吊着的一只25瓦的灯泡，还是柴油机发电才带动起来的，借着昏黄的灯光郭万刚急忙大喊："别砸别砸，是我，你不认识了？"

李财国举着石头问他："你？你是谁？我怎么没有认出来，干啥抢我的钱？"

郭万刚走回来，笑着说："我呀，你郭哥，跟你开玩笑呢！"

李财国想了想，又凑近郭万刚仔细辨认了一下，这才恍然笑道："原来是你呀，几个月不见还真认不出来了。"

郭万刚明白，他在八步沙这段日子被风沙糟蹋得够呛，脸面上看起来比过去老了不下十岁，李财国一时没认出他来也能理解。他把跟李财国开玩笑抢来的毛票递给李财国，用一贯熟络的口气说："财国，老哥碰到了一点麻烦请你帮个忙。"

李财国把钱装进口袋，借着电流不稳闪闪烁烁的灯光打量着郭万刚，一开口就推辞着说："是什么忙呀？你看我这里也离不开人，怕是帮不上你了。"

郭万刚往身后一指说："有一车树苗子要拉到八步沙去，可是雇的车坏了，我想着借你的手扶子转运一下。"

李财国没有急于答复，从兜里掏出香烟给了郭万刚一支，慢吞吞地点着吸了一口，才笑着说："你也知道那手扶子不是我一个人买的，是哥儿几个七拼八凑一块儿买回来的，到现在借的钱都还没有还清。为了还账大家就商量好拿它挣钱，给人家拉煤运货、犁地打场都收钱，不挣钱的事情可没有干过。"

郭万刚心头微微有些不舒服，要是没有记错，过去他家打场就是用的李财国的手扶子，可他从来都没有收过钱。强忍着不快，郭万刚说："那行哩，多少钱我们这边给上，树苗子得赶紧拉到八步沙去。"

李财国为难地说："这个事我一个人说了也不算，因为手扶子让王道开到他家去了，你还得找他问去。"

正说着话，录像厅的喇叭里突然没了声音，李财国拍了把大腿说："你看看，我还得去换下一集，怎么给忘掉了。"接着看似颇为惭愧地又对郭万刚说："郭哥，兄弟就不陪你闲谝了，我这边还忙着哩！等哪天闲些了一起喝酒呀！"

郭万刚还想再问问手扶子的事情，李财国已经转身跑进了录像厅，不一刻喇叭里乒乒乓乓的武打声音继续震耳欲聋地传出来，而李财国却派了个别人来守门，他自己是"一去不复返"了。

郭万刚看看等不来李财国，就想既然手扶子在王道家，那就得去一趟了。顾不得心头的那一丝闷气，他又往王道家赶去。王道，是个会掐八字算卦的道士。说道士也不准确，这里的人们更习惯将道士叫"道爷"，平素四村八社的白事上，他们是不可或缺的重要角色，负责吹吹打打发送亡人，兼带念经超度和看风水择吉穴，是农村里收入和地位都相当高的一拨人。王道的真名字没人叫，大家都把他的职业和姓连起来当作称谓，好像这

黎明前的八步沙

种称呼由来已久，也已经约定俗成了。他们家是道爷世家，做了好几辈子的道爷了，就住在离土门街不远的王家庄上，郭万刚熟门熟路就找到了。

王道也是差点儿没认出他来，听郭万刚开门见山说是来借手扶子的，还把李财国说的那些话都复述了一遍，他的脸色瞬间就不大好看了，心里暗暗骂李财国不是个东西，给他踢皮球，把得罪人的事都推给了自己，但面上还是笑脸相迎地应付着郭万刚。他眼珠转了转，堆起一脸的假笑说："郭兄弟，实在是不凑巧啊！手扶子的确在我这里，但今天刚好没柴油了，还说明后天抽空去县上买柴油去呢，你就来了。"

接着觑了眼郭万刚黝黑的面孔又说："你说说怎么就这么不凑巧呀？机器这个东西它就是吃油的，尿上泡尿它也发动不着，不然我也不为难了，给你老弟跑个腿还用说吗？"

郭万刚站在王道家的院子里，看了眼就放在敞棚房下的手扶子，他也是无奈极了。王道说得对，这东西没有柴油跟废铁就没什么区别。他叹口气向王道告辞，王道客客气气地把他送到了巷道里，一个劲地表示过意不去，看天已经黑透了，还好心把自家的手电借给了郭万刚照路。郭万刚没空跟他客套，打着手电又往土门街上来。就在快出王家庄的路口上，他碰见两个村民，那两个人边走边说，所说的话却引起了他的注意。

一个问："王道说了没有明天啥时候给我们拉煤去？"

另一个回答："他说了九条岭路远，天不亮就得出发，赶天黑就回来了。"

其他的都不需要再听下去了，郭万刚只觉得热血直往脑门上冲，这两个村民的谈话无意间暴露了一个事实，那就是王道刚刚在说谎，他骗自己说没有柴油手扶子发动不着，却答应同村的人天不亮就赶往九条岭去拉煤，可见这是赤裸裸的欺骗，而睁着眼睛说瞎话的背后则是一份对他的排斥。什么时候称兄道弟的朋友竟变成这个样子了？郭万刚想不通。有心折回身去问个明白，又觉得那样做未免尴尬，人和人之间一旦没有了坦诚，说什么都是没用了，闹得不好还会就此结下仇怨，那就更没有意思了。想明白这个道理，郭万刚满心的灰暗，深一脚浅一脚地离开了王家庄，也没有再去找其他两个朋友，他再也不想领略这种人走茶凉的冰冷了。

那一夜，郭万刚守着一车树苗子想了很多，从起初的气愤难受和对人与人相处之道的怀疑，一直想到了他这些年走过的岁月，最后发现在八步沙的这几个月是多么的充实。每天赶着时间种树，在沙窝里奔忙，尽管没有之前大口吃肉、大碗喝酒的痛快，但却有目标有成就感，看到又种成了一片错落有致的林地，又覆盖了一道沙梁，就知道来年会有绿色的希望。这一晚，他终于对父亲无怨无悔埋首在八步沙的坚持有了深刻的理解，对自己的人生也有了一些其他的想法。或许自己不一定像父亲那样一辈子守在八步沙，但不管走到哪里，去做什么事情，他都没有理由浑浑噩噩得过且过，是人就得活出个人样来，到什么时候都要明明白白地活着。至于那些酒肉朋友，就让他们带着趋炎附势去腐朽发臭吧！

这么一想就心平了许多，郭万刚在深秋的薄霜里暗暗下定决心，以后一定要活出精彩来，做一个不平凡的人。这个时候他依然没有要长留八步沙的想法。思想是思想，现实的问题却摆在眼前亟待解决，天刚蒙蒙亮郭万刚爬出车厢，步行回家去村里找人帮忙。六家人听了都牵骡子推车赶到了土门街上，花了一天的时间才把一卡车树苗子运到了八步沙，当季的造林也没有耽误，赶在沙土封冻前，他们超额完成了那一年的秋季造林任务。

郭万刚始终没有向别人提及过这段往事，几十年过去，他的性格更加内敛，那些曾经深深伤害过自己的人有的已经过世了，健在的碰见了也还是会亲热地上前问个好。时过境迁，他早就无意计较这些琐碎小事了，只不过偶尔想起会感叹一声，原来无论多么要好的关系，只要志趣不同，迟早都会变成点头之交。

七 心中早有打算

郭万刚自己都没想到他会在八步沙一待就是好几年。他住在父亲留下的地窝子里，和老汉们一块儿种树种草，闲暇时为老汉们读报读书，最苦最累的活都抢在前头去做，老汉们对这个有文化又精力充沛的年轻人非常喜爱，事事都愿意仰仗他，他俨然已是这个小集体新的带头人。夜晚睡不着的时候，郭万刚总是仰望着沙漠的夜空，看着那漫天的繁星，他的心就会飘到很远的地方去。这里的天空很美很大，可是既大不过他的内心世界，也美不过他向往的外面的精彩世界。

这两年，随着腿伤的好转，父亲总算是心气平和了，不得不接受真正属于一个农家老汉原该有的晚年生活。他拄着拐，帮着老伴儿和儿媳妇带带孩子喂喂鸡，干些力所能及的事情，脸上笑模样也多了。郭老太太不止一次跟郭万刚念叨，说他爹的火爆脾气温和了许多。老娘说这话的意思郭万刚很清楚，她是用这种方式在弥合他们父子间的感情，对儿子的付出和牺牲老太太看得明白，知道他受委屈了，只能尽力地替老头子来疼爱他！自从答应到八步沙种树，郭万刚心里一直憋着难以言说的苦闷，跟他爹的话就更少了。好像大多数的农村父子都有这么一段隔阂期，成年的儿子与父亲之间莫名地就开始疏远不爱说话了。

淑芳又一次提醒，该到离开八步沙的时候了。这样的话，已经在郭万刚的耳朵里磨出老茧子来了，但他有自己的想法，就一直没答应淑芳。现在郭万刚却不得不认真考虑了，因为老爹腿伤致残已成定局，几年下来他也接受了自己瘸腿的事实，不再长吁短叹自怨自艾，开始有了认命的表现，郭万刚觉得老爹应该走出受伤的阴影了，而自己也确实要考虑离开八步沙的问题了。主意已定，他抽空去了趟省城拜访老同学大林，大林的绿化公司正需要郭万刚这样经验丰富的林业人才，他当场就承诺等郭万刚来上班就让他做公司的副总。得到确定的答案，郭万刚兴冲冲地回来了，把这个好消息跟淑芳说了，淑芳高兴得要跳起来。夫妻俩商量好了，等今年的春季造林结束后，就正式跟老场长谈离开八步沙的事情。自然，这事还得暂时瞒着郭老汉，小两口心照不宣地都想到一处去了，等要走的时候再告诉他会避免许多麻烦。

随着八步沙治沙造林规模的扩大，县上林业局对这个农民自发组织的小集体多有关注，已经在几年前就让正式挂牌成立了八步沙林场。当时选场长大家一致要选郭万刚，算得上众望所归了，可他还是极力推掉了老汉们的好意，把老汉们中最年轻的秦老汉选成了场长。别人只当是这个年轻人谦虚礼让，只有郭万刚自己知道，他从来就没想过要彻底留在八步沙，所以就没有必要去当这个场长。郭万刚不愿意给自己多一重枷锁和负累，以免捆绑住他想要走出去的脚步，这里原本就不该是束缚限制年轻人思想和力量的地方。

春季治沙造林工作马上就要结束了，郭万刚掩饰不住自己将要离开八步沙的欢喜，他的干劲空前高涨，只为每天赶着多种一棵树，多种一把草，好早一天心安理得地离开这里。

这天晚上大家都收工了准备回去，郭万刚发现少了一个人，就挨个儿到沙梁背后去寻找。正值造林时节，村里来帮忙的邻舍们可不能在八步沙出事，否则林场没办法交代。找了好大一会儿，他终于在一处沙梁后找到了这个人，正是来林场帮忙干活的同村吴老汉家的儿子吴四，他一个人躲在沙梁后面偷偷抹眼泪呢！一个大小伙子没事哭什么？郭万刚走过去询问，吴四刚开始还不肯说原因，郭万刚再三追问，他才吞吞吐吐说出是在为娶媳妇的事情发愁。原来吴四经人介绍定下了一门亲事，去年送的小礼下了聘，按照传统，今年就要把媳妇娶进门来，可是下大聘的彩礼还没有着落。在农村送不起彩礼那亲事就不算数，女方随时都可以退聘礼另择人家定亲，而被退婚的男方就再也抬不起头，没有好人家的姑娘愿意嫁进来了。郭万刚这才知道了这对父子为什么整日只知道低头干活，连句话都没有的原因了。俗话说“一分钱难倒英雄汉”，更别说家里本就拮据的农民了，吴老汉父子年年植树时节都来林场帮忙，虽说林场也想办法挤挪着给帮忙的人发了工钱，但那点微薄的劳动所得哪里够给儿子娶媳妇用？都是从困难中过来的，郭万刚看得万分不忍心，回家之后他背着淑芳把家里存的钱拿出来，第二天趁中午休息吃饭的空当，把钱偷偷给了吴四，只把吴四感动得热泪长流，这可是相当于救了他的命啊！

这笔钱还是郭万刚这两年趁着林场不忙的时候，从西安批发来服装等到赶集时卖掉攒的，一直都由淑芳保管，是他们两口子压箱底的私房钱，准备存起来将来给两个娃娃上学用的。他这个人就是头脑灵活，眼看着在八步沙没有来钱的路数，他就想出了这条搞副业的点子来，有了这个副业，家里几年来才不至于穷困潦倒，不然两个主要劳动力都帮不上家里，孩子又要上学，一家子的开销拿啥去填补啊！穷日子过来的人都明白财不外露的道理，淑芳发现家里的钱不见了也不敢声张，背着人跟郭万刚去说，还隐隐流露出家贼难防的担忧来。郭万刚一听赶忙就承认了是自己拿的，他可不能把爹妈给牵连进去让淑芳怀疑。那是存了好久的一点钱，淑芳自然是心疼不已，虽说是借给别人应急的，但钱财这个东西从来都是好借难还，她能不着急吗？狠狠数落了丈夫一通，淑芳一肚子闷气还是没处发泄，又跟郭万刚冷战了好多天才慢慢消了气。遇上这么个男人有什么办法呢？淑芳当然清楚，这两年郭万刚可没少拿自家的东西往外接济别人，他是把自己当成地主老财了不成，都是一样的家庭，哪有补贴别人的多余气力，自家还过得紧巴巴的呀！淑芳虽然生气，但气过了也只能作罢，丈夫是个心肠最软的人，她都理解。

郭万刚就是这样一个人，他自从到了林场以后，除了帮助大家解决个人家的难题，还解决了林场的不少困难。在他的积极奔走下争取到了林业局的支持，为林场修了房子后，大家再也不用睡那潮湿、阴冷的地窝子，老汉们总算有了能够遮风挡雨的固定住处了。虽然只是几间简简单单的土坯房子，但老汉们已经很满足了。还是年轻人有本事啊！桩桩件件的事情在困难中能够迎刃而解，老汉们都特别地信服郭万刚，有了他，林场的所有困难就不是问题。现在，他俨然已经是大家的主心骨了，不是场长胜似场长。只是，老汉们也清楚，这样有本事的年轻人是不属于八步沙的。人家本来就是吃公粮的人，这两年之所以来沙窝里替他老子受苦，那是为了尽他的孝道。说句实在话，人家迟早还是要离开八步沙去外面的。

多可惜啊！时任场长的秦老汉感叹。他早就在动脑筋想一个能够留住郭万刚的办法了，思来想去终于想到了一个自认为绝妙的好主意，只等这一轮造林结束后就付诸行动。他要把这样有本事、有头脑、有文化的年轻人留在八步沙。否则的话，他们这些老汉还有什么指望？八步沙还有什么指望？

巍峨的祁连山脉亘古屹立，千年不化的雪线遥遥在望。度过了冷冽的冬天，料峭的清冷中，西北的春天姗姗来迟，眼看立夏了，才感觉到了暖意。但田里的麦苗、谷物却总能敏感地抓住时令，顺应着节气适时地、不经意地就长成了一片翠绿。而在沙漠里，别看太阳公公笑得欢，可呼呼的北风刮过，还是冷得人一阵阵哆嗦。

郭万刚到八步沙的时候，也就三十岁出头，走起路来脚下生风。匀称的身板，浓密的黑发，眉眼间棱角分明，正是精力最好的年纪。这一晃好几年过去了，他从个个眼馋、人人羡慕的“公家人”变成了地地道道的农民，身上早已寻不出半点当年的细皮嫩肉了。媳妇淑芳几年来为这事没少跟郭万刚闹，甚至扬言要到省城她同学大林那里去，在大林的公司里打工，然后离婚、重新嫁人。郭万刚听了这话特别生气，因为大林是郭万刚和他媳妇共同的小学、中学同学，在他们结婚之前，大林一直都在追求他的媳妇李淑芳，这是公开的秘密。大林到现在还没有结婚，据说他心目中只有淑芳，没有别的女人。所以，淑芳这样说，无疑是在用刀子扎郭万刚的心。气过了的郭万刚依然心中有数，那时淑芳肚子里已经有了他们的第二个孩子，他自信淑芳走不成。不仅如此，他的大舅子还帮助郭万刚吓唬淑芳，他说他找算命的看过了，淑芳的肚子里怀着一个国家干部呢！淑芳信命，看在“国家干部”的面子上，见好就收，勉强接受了郭万刚从“公家人”变成了一个农民的事实。但是，她无时无刻不在想，让郭万刚重新做回“体面人”，让一家人过上好日子。大林不

治沙人郭万刚在栽植苗木

止一次地来请郭万刚到省城去，到他的绿化公司工作，可惜，被郭万刚一次次地拒绝了。郭万刚宁可面朝黄沙背朝天地在荒漠里劳作，也不肯接受大林的聘请。在淑芳锲而不舍、坚持不懈的软硬兼施下，这一回郭万刚终于松了口，答应去省城，淑芳总算可以放心了。不过离开前首先要跟林场做个交代，取得场长的同意后才能走，这是纪律问题，也是一个人做事有始有终的必需交代。

郭万刚要离开八步沙的事情还是没有瞒上多久，被郭老汉知道了。郭老汉在听说了郭万刚的打算后，一连几天都板着脸不搭理人，长吁短叹的样子真是让见者难受、闻者无奈，令原本就已经别扭的父子关系彻底跌入了冰点。可是，郭万刚是个打定主意十头牛都拉不回来的主儿，他自觉为八步沙、为老父亲做得够多了，牺牲得也够多了，他问心无愧。所以，这次再也没有任何可以动摇自己决心的事由了，他决定跟老场长摊牌，时间就在今天。

八　黑风暴下绝望

郭万刚和八步沙林场的护林员吕济仁，跟着老场长一起去巡视今年才栽下的数千亩苗木。

老场长蹲在一株花棒苗前惊喜地叫两个护林员：“快来看，发芽了！”最早栽下去的树苗，长到现在快两个月了，今年墒情好，有一部分率先吐出了嫩嫩的黄绿色叶芽来，

已见有绿色的荒漠

蹲在光秃秃的红褐色枝干上向人们挤眉弄眼。

郭万刚也在不远处观察树苗的长势，真心喜悦地笑着接话：“是啊场长，您看，还不止这一株呢，还有那株、那株……啊，都长出新芽来了。”一种叫沙米的短小枯叶扎进了老场长的裤腿，郭万刚说：“您快把裤腿上的枝叶拿下来，不然扎进裤管里难受哩。”

老场长呵呵地笑着说：“扎吧扎吧，这可是宝贝，到了夏天，它变成绿油油一片，可是防风固沙的功臣呢！”

在八步沙人的世界里，没有什么比在沙漠里种活一棵树、一片草，更值得让人高兴了。

老场长满脸的褶子里充满了喜悦，他爱惜地抚过一株株树苗，望着高高低低的沙梁上那些顽强直立的幼小树苗默默估算着，今年栽下的树苗成活率不错，要是夏、秋两季雨水多一些，等明年这个时候，这些树苗就彻底扎住根了。

吕济仁两手笼在袖子里，鱼泡眼抬了抬，漫不经心地扫了林地一眼，用他一贯慢吞吞的声调嘟囔道：“才抽芽高兴个啥？要是下的雨少了，十棵里头也不一定能活下一棵来，还不是白辛苦。”

郭万刚是个急性子，回头很不满地怼道：“你这个乌鸦嘴。我看还是叫你吕气人算了。”

吕济仁缩着脖子倚在背风的沙梁下，远远抛来一句：“郭万刚，你也就剩给人起绰号的本事了，哼！树苗子才发芽而已，你高兴得也太早了些吧？有本事你让它们全部成活！真是！我叫吕气人怎么了，气死你！”

吕济仁的懒散，八步沙人都知道，他平日里沉默寡言，一身半旧的军便服总是松松垮垮，将他高大的身躯装在其中，素日里喜欢把双手笼在袖子里，让人看起来格外老成，再配上一对半睁不睁的鱼泡眼，乍一看就是一个十足懒汉的模样。又因为他温暾的性子时常能把别人急死，所以大家就给他起了一个绰号叫“吕急人”。吕急人性子温暾，但那张嘴可一点儿都不饶人，八步沙人都看惯了他的这副样子，所以大家也不跟他较真。

郭万刚懒得再说，转身继续察看树苗。

老场长双膝跪地，小心翼翼地挖开一株树苗的根部，对待树木，他从来都是满怀虔诚，动作温柔细致地看了看又填埋好，然后坐到沙梁下卷起了旱烟。

郭万刚准备把离开八步沙到省城工作的事情跟老场长说清楚，便也跟过来坐到旁边，觑着老场长的脸色，趁他高兴的时候开了口：“场长，我有个事要跟您汇报。”

老场长把卷好的旱烟棒子拿到鼻子下面嗅着。他向来看重郭万刚，事实上，这些年林场的事情基本上也都是郭万刚在处理，依赖着郭万刚年轻，有文化、有头脑，凡事都放心地交给他管着，老场长自己乐得清闲。听到这话，他偏头看过来：“唔，我也正好有个事跟你商量。谁先说？”

郭万刚笑了笑：“那您先说吧。”

吕急人本来眯着眼睛打盹，听到他们的谈话，懒懒地睁开眼，好奇地往前凑了凑。

老场长把旱烟递给郭万刚，手上继续卷起另一支，满是感慨地说："岁月不饶人呐！当年在你爹的带领下，我们一起在治沙造林的承包书上摁了指头印。我们六个人中我算最年轻的，可一晃眼二十年过去了，不知不觉都已经六十岁咯。如今老哥哥们病的病、走的走，他们倒是自在了，可把造林任务都撂给了我。我愁啊！"

郭万刚用衣服挡着风，拿打火机给老场长点烟，静待老场长的下文。

老场长吸了一口烟，眼神锐利地盯着郭万刚问："小郭啊，当年因为你爹，才有了'六老汉'治沙。如今八步沙的造林才完成了三分之一，你说这半路撂挑子的事咱能不能干？"

郭万刚向来精明，听出老场长话里有话，十分无奈地笑着说："场长，您有话就挑明了说吧，还跟我在这儿打哑谜呢！"

老场长不理郭万刚的嬉皮笑脸，很严肃地在心里理着早就憋在肚子里的话，他重重地吸了口烟，表情凝重地看着郭万刚："我老了，这林场场长的担子你要接过去，把八步沙交给你，我放心！"这件事要是放在今天之前的任何时间来说，郭万刚都不至于当场拒绝，但此刻说出来却着实令他有些为难，他只能无言相对。

一旁的吕急人听到这忽然坐起来，难得瞪大了眼睛不敢置信地问："场长，你说啥？"

老场长瞥了他一眼，郑重地重复一遍："明天起，郭万刚就接我的班，任八步沙林场的场长。"

郭万刚不愿意让老场长失望，但他心里有自己的主意，迟疑着推托："场长，这个事我……"

话还没说完，吕急人却抢先一步叫道："这怎么能行？"说完，似乎觉得自己的表现出格了些，又自圆其说："我是说，场长您怎么能说退就退呢？"吕急人的心里气不打一处来，望着面前的棵棵树木，不禁暗骂：老子也辛辛苦苦地在这里种了这么多年的树，凭什么你上嘴唇一碰下嘴唇就说让郭万刚当场长，难道我以前的功劳都成空气了！他借着卷烟的动作用力地在沙地上啐了一口作为发泄，摊开手看了看自己那经年种树累变了形的骨节，不服气地想：老子种树比郭万刚早，担水种树腰都累弯了，这脸被风吹得沟壑纵横，蚊子都能安家了，他郭万刚半路出家，有我付出的辛苦多吗？我每天起早贪黑，住地窝子烟熏火燎地凑合活着，有一次差点儿让塌了的地窝子给压死……这些老家伙就是有眼无珠，看不着别人干活，我这没功劳还有苦劳呢，他倒后来者居上了！

老场长自然不知道吕急人的腹诽和牢骚，一听他这么说便笑道："这怎么就不能行？我早瞧出来了，济仁，你这些年虽然种树造林期间也没少吃苦，我们也都看在眼里，可是小辈中间论本事、论为人，就小郭是个能做大事的，他脑子灵还有文化，由他挑头带着大家干就能把林场做得更好。老实说，把八步沙交到他手上，也不是我一个人的意思。"

老场长吸了一口旱烟，又接着说："济仁，你也是咱们林场的老人了，种树可是你的强项，要积极发挥特长，往后可要跟万刚搭好班儿啊！他搞林场管理和外联，你搞技术和护林，兄弟强强联手，咱们八步沙肯定会越来越好！”

吕急人没有反驳，但不代表他没有想法，只是老场长话都说到这个份儿上了，他不好再多言语，眼神闪了闪，便转过头不说话了。他的心里在想什么，其实老场长大概能猜几分，才有意说那么多，他是在为郭万刚即将接任打基础呢！

可惜，老场长的一番深意郭万刚却不敢领受，事已至此，他不得不摊牌了：“场长，这个重任我还真不能接。实话跟您说吧，我明天就要离开这儿，到省城上班去了。”

郭万刚的话像晴天霹雳，打得老场长措手不及。他惊愕得声音一下子提高了好些：“啥？你要走？”

面对老场长近乎咆哮的质问，郭万刚微微有些心虚，但还是坚定地点了点头。答应了淑芳就不能反悔，何况这次要走也是自己的选择。淑芳期盼的大眼睛在他眼前像过电影似的忽闪着，无数细碎的往事涌上心头。这么多年，虽然磕磕绊绊常有，但她还是每一次都先妥协，受了那么多委屈还默默支持自己治沙，林场两季造林什么时候也没少过她的身影。当初结婚时细腻的、白白的皮肤，由于生活的操劳和风沙的侵蚀，干瘪得像晒干的丝瓜皮，皱纹、色斑铺满脸颊。老话说“嫁汉嫁汉，穿衣吃饭”，这回一定要让老婆、孩子到城里享受美好时光，让她也享受到城市女人那样优渥的生活，让她干瘪的脸蛋重新注入营养的水分。让她涂脂抹粉，再现芳华，成为大城市的一道风景。想到这里，他清了清嗓子，简短地解释说：“我在省城的同学大林自己开了家绿化公司当总经理，几次三番请我去当副总，这次再不去，我媳妇又该闹着回娘家了。”

老场长的脸色充分说明他是真的很恼火。他直接粗暴地反对：“不行，我不同意。”

气氛僵了，老场长呼哧呼哧大口吸着旱烟，一不小心呛了一下，佝偻着腰猛烈地咳嗽起来。郭万刚急忙给他拍背，被老场长赌气地推开。

吕急人见机劝和，替老场长顺气：“场长，人往高处走，水往低处流。人家郭万刚是高就去呀，您不能挡人高升发财的路。要是我有这么好的机会，我也毫不犹豫就去。”

郭万刚瞪了一眼吕急人，狠狠地把他拉到后面去，尽量柔和地对老场长说着自己的难处。实际上也不用他说，老郭家的情况谁都清楚，一家子上下九口人，郭万刚的小兄弟和妹子还上着学，而自从那年拉树苗的车翻了，他爹被压坏了腿就不能干活了。郭万刚说：“您看，作为家里的老大，我肩上自然担着一家人的责任，时时得为家里的柴米油盐打算。再说，那年从供销社辞职回家，淑芳要不是肚里有了娃，早就和我离婚了。村镇方圆几百里的人家都说我是傻子、疯子，这您是知道的。眼看着娃娃们大了，负担越来越重，我真的不能再把时间和精力耗费在八步沙了。所以，这次我是打定主意要走，不能再干疯事、傻事了！老场长，民以食为天，家里实在是困难，为了让娃娃们上个好学校将来有出息，我也是没有办法，还希望您能理解。”

老场长怎么不了解他们家的情况？只是才盘算好的要留住这个接班人的想法落空，让他一时间有些难以接受。听郭万刚说完这些，他渐渐地平息了怒气，落寞地长叹一声，默默地从兜里掏出裁好的旧报纸和烟袋又开始卷旱烟。郭万刚也知道自己说出这样的决定很突然，老场长还需要时间来消化，便沉默着再没有说话。一旁的吕急人还在愤愤不平，独自生闷气，也懒得说话，三个人便都低头各自想着心事。

每年的这段时间，正是风沙最盛的时节，时而猛烈时而狂乱的大风裹挟着沙尘，一路呼啸着从荒漠深处吹来。那沙粒哧哧啦啦碾过地面，也把人们的心碾得一片荒凉。而在远远的西北边天际，一片黑中映红的云彩翻涌着，不动声色地爬上了山尖。这时候已经是下午光景，太阳在前一刻还高高地挂在西边的天空，却很快被乌云遮挡，渐渐变成黄晕而朦胧的一坨。那些云彩一会儿变成张牙舞爪的怪兽形状，一会儿变成波涛汹涌的海洋形状，颜色也变得光怪陆离，红蓝相间的电光在乌云里头乍隐乍现，以迅雷不及掩耳之势涌向天幕正中，浩浩荡荡一路往东南方向杀来……

这一天是 1993 年 5 月 5 日，是一个黑色的日子，也是所有八步沙人终生难忘的日子。因为一场罕见的特大沙尘暴，武威市古浪县被载入了人类遭遇自然灾害的史册。

此时此刻，沙梁上的沙粒簌簌而动，细微的沙粒已经飞起来，扬到了郭万刚他们的头上，眨眼就积了厚厚的一层。老场长抹下帽子抖沙时，顺便往沙梁后看了一眼……然后，他就惊呆了："黑风来了！天呐，黑风怎么悄没声息地来了？"

老场长见郭万刚和吕急人也在抖落身上的沙尘，才意识到大事不好了，便惊慌地大喊："黑风来了，快跑！"

两个年轻人被老场长的大喊声吓了一跳，顺着他的目光往西北边一看，不由得都傻了眼。从天边滚滚而来的黑风暴中夹杂着闪电，诡异而恐怖，这情景看上去不像是黑风暴，倒像是书中所描述的大地震来临的前奏曲……郭万刚不敢把自己心里的揣摩说出口，只催着老场长和吕急人赶紧跑。逃跑是人在遇到危险时的本能反应，但如果真是类似大地震那样的自然灾害，跑又能跑到哪儿去呢？

郭万刚和吕急人顾不得观察天上的黑云翻滚，也顾不得身后是狂风怒吼还是天塌地陷，搀住老场长跑了起来。紧接着，天地陡然间黑成一片，能见度只有二三十步了……他们相互搀扶着艰难地在风沙中跋涉，只想快一点摆脱这种极端恶劣的境地。怒号的风沙暴躁狂乱，刮得人站都站不住脚，要不是他们三个人紧紧挽着手，下一刻被大风卷走是绝对有可能的。这是郭万刚第一次经历特大沙尘暴，而这次的经历让他终生难忘，每每想起来仍然心有余悸，他说当时的感觉就像是传说中的世界末日到了……

九 机会就在眼前

就在郭万刚他们在沙漠里跌跌撞撞逃命之前，他家来了一位客人，是郭万刚和淑芳的同学大林。淑芳对大林的到来十分热情，准备杀只鸡来款待他。大林的小车就停在郭家院子门口的巷道里，吸引了村里一帮子老少妇孺围着看稀奇。

采访八步沙时，郭万刚的儿子郭毅回忆起那天的情景记忆犹新，他清晰地记得，相对于那辆锃光瓦亮的小车，已经五岁的自己更感兴趣的是这个衣着光鲜的林叔叔从省城里带来的花花绿绿的各种糖果。

大林坐在郭家的旧沙发上，一边给郭毅剥糖纸一边和淑芳说着话。淑芳是个好客的人，沏了一杯花茶端过来，热情地对大林说："大林，你先喝口水，我这就让人骑自行车去林场找老郭回来。这人，今早还跟我说你要来家呢，可他倒好，又跑去林场了。"

大林含笑接过茶："没事儿，他闲不住我知道……老同学，你不用去找了，他一会儿肯定就回来了。"

淑芳说话既快又脆，抱怨着说："咱们老同学好几年没见了吧？我去杀只鸡给你们下酒，你俩难得一见，今天就好好聊聊，把你的成功经验给老郭传授传授。他那个死心眼子，前些年供销社里上着班，我也就不说啥了，可他放着好好的钱不挣，却跑到沙窝里种树去了。你说说，他这不是越活越回去了吗？这两年，说实话，我没少和他闹别扭！"

大林笑得意味深长："淑芳，你当初看上的不就是他那死心眼子吗，要死要活地非得嫁给他。我心眼儿活，可你那时正眼都不看我一下。"

淑芳扑哧笑出了声："那都是陈芝麻烂谷子的事了，还提它做啥啊？"

大林酸溜溜地说："算了，你就护着他吧！不过，他要不去沙漠植树这么些年，有丰富的经验，我们公司还不请他去呢！"

淑芳拿起面板上的菜刀准备去杀鸡，听到这话很意外的样子，转头笑道："知道你这是给我宽心呢！怕我怨怅你的老同学。你稍坐坐，我去做饭，这个点，老郭也该回来了。"

大林用他的大哥大接了一个电话后，急忙起身拦住了淑芳："淑芳，你别忙活了。我马上就去市里办事呢，饭就不吃了，老郭我也不等了。事情都是说好的，你给他拾掇拾掇，越快到省城越好，我都给他把办公室布置好了。"

淑芳既感激又真诚地挽留大林："咋这么急，连饭也顾不得吃？好歹也等他回来嘛。"

大林从桌上一大包带给她家的礼品中，掏出了一本漂亮的大红本子笑着递给淑芳说："呶，这是我们公司给郭万刚的聘书，今天我就是专程送聘书来的。咱那个老同学，我还不清楚嘛，人清高脾气还倔，他这回能答应去我们公司，我可得隆重相待，这也算是给我自己精诚所至金石为开的一个纪念啊。"

淑芳放下菜刀，双手接过聘书，一脸喜悦："看你说的，他这回准去。"

大林摸了摸郭毅的头顶，抬脚就要走："那这事我就交给淑芳你了，我在省城等着给你们全家开欢迎会！"

淑芳一边高高兴兴地送大林出门，一边替郭万刚打着保证："你放心吧！他这个人你是知道的，只要答应了的事，就一定会信守承诺的。"

郭毅在一大堆糖果里翻翻拣拣时，听院外的小汽车"嘀嘀"响了两声喇叭，大林开着他的小车走了。

淑芳笑容满面地进来，一把抱起儿子，狠狠地在郭毅脸上亲了一口，开心地说："儿子，咱家的好日子来了，你高兴不高兴？"

其实，淑芳这句问话并不需要任何人给予答案，因为她已经确定了，幸福已经在向她招手。因此，她抱着儿子转了一个圈，高声笑道："今天高兴，妈给你们杀鸡吃。"

那天的鸡最终还是没能吃成，就在淑芳磨刀霍霍的空当，突然毫无预兆地起了大风，紧接着就像黑夜降临一样，整个村庄都被卷进黑暗里去了。暗无天日，狂风呼啸，屋里不开灯就什么也看不见。几分钟之后，电灯也灭了，淑芳急忙取了蜡烛点上。郭毅那时只有五岁，还理解不了这突如其来的异常天色意味着什么，更不懂得妈妈满面的惊恐和慌乱，犹自在黑暗中尽情地享受着糖果带来的快乐……

屋外的风一阵紧似一阵，呜呜叫嚣着，像是什么大型野兽在咆哮怒吼，拍打得窗户哗哗地响。这时候，郭老汉和老伴儿相扶着推门进来了，淑芳急切地对他们说："爹、妈，你们二老看着娃娃，我去小学门口接秀娃去。"秀娃是郭毅的姐姐郭秀，才上小学一年级。

淑芳毫不犹豫地要冲出屋去，被郭老汉拦住了："这么大的风，你出去了能干啥？"郭老太太也说："这黄风黑浪的，出去了太危险。"淑芳忧心忡忡地从窗户向外张望，急得就要哭出来了："这可怎么办？我的秀娃呀……"

外面除了鬼哭狼嚎般的风，什么都看不到。郭老汉叹口气，恶狠狠地咒骂："不除掉这造孽的黑风暴，怎么得了啊？"

荒漠深处，黑风暴劲头稍减。郭万刚从沙梁下的沙子里爬出来，抖落满身沙尘，又急

目录

序场　夙愿

我的家乡武威市，是河西走廊东端的第一重镇，也是雍凉文化的发源地。这里在古代先后出现过好几个政权，前凉、后凉、南凉、北凉、西凉，其中四个政权都曾在此建都，因此就有了“五凉古都”“河西都会”的美名。在历史上，武威曾一度媲美中原大都市，拥有与今日的北上广等一线发达城市同样重要的地位。历史的车轮滚过几千年，到了20世纪的二三十年代，武威曾经的辉煌早已不再，随着土地沙漠化和自然环境变化的影响，取代这座昔日繁华大都市的是滚滚而来的风沙，干旱缺水让这块土地逐渐没落于先进文明里，以至于成了贫瘠荒凉的代名词。

新中国成立后，党和政府从来没有放弃过这块穷瘠的土地，家乡人民在党的领导下治理沙漠的脚步从未停歇，在此期间涌现出了许多可歌可泣的典型人物和故事，他们在守护家园治沙造林的同时，也为我们树立起了正能量的标杆，值得所有人尊敬、歌颂，进而学习。其中最具有代表性、取得最大成就的非八步沙“六老汉”三代人莫属了。

第一次听说这个群体还是好多年前，有一篇报道的标题——《六老汉的头白了，八步沙的树绿了》吸引了我。那是刊登在《甘肃日报》上的一篇通讯，因为标题新颖独特，我这才认认真真地浏览了一遍，因此了解到了“六老汉”三代人治沙的事迹。在这之后，我的脑海里一直有一个印象，那就是家乡有六个老汉在坚持治沙。那些年我还在北京，虽然一直都想去亲眼看看这个传说中的地方和这群传奇的人，可其时正在埋首《建军大业》改编为电视剧剧本《热血军旗》的创作当中，不得空闲而深以为憾。2017 年 8 月 3 日，根据我的原创作品《建军大业》改编拍摄的电视剧《热血军旗》终于成功登上了央视一套晚八点档，我这才腾出手来着手采访八步沙的工作。这个时候我觉得实现自己夙愿的时候到了。

于我而言，采访家乡，为家乡创作一部大作品，这不仅仅是个人的愿望，更是身为一个作家的社会担当，无须标榜。从那时起，我就立志要将这一群普普通通的平凡人的故事写成一部文学作品，还要将他们的故事搬上荧幕。其实这不单纯是一份乡情使然，也并非为了讲一个简单的家乡的故事，而是一个文字工作者本该具备的素养和情怀，弘扬主旋律、传播正能量，尤其是歌颂改变家乡面貌的治沙英雄，我责无旁贷。

为家乡做点有意义的事一直萦绕在我的脑海里，而讲好八步沙故事就是我诸多夙愿之中的一个。那片未曾踏足的土地和那群未曾谋面的人，令我魂牵梦萦了多年，一朝会面半点生疏都没有。我和八步沙林场的场长郭万刚先生一见如故，听"治沙六兄弟"用亲切的乡音把属于他们的故事娓娓道来，我便知道八步沙并非传说，乃是一个传奇，而这一群看似平凡的人早在年复一年与沙漠抗争之中已锻就成了英雄，可是他们自己却并不知晓，或者说他们还没有意识到自己的成就有多骄人，做出的贡献对这个社会有多伟大。

采访中，每一个人张嘴的第一句话都惊人地相似。"我们也没有做啥大事。"他们说。当我提出让他们讲一讲发生在自己身上，或者是父辈身上的精彩故事时，这些汉子无一例外都露出憨厚腼腆的笑来，像是商量好了似的，带着一点难为情说："也没啥精彩的事情，就是个种树嘛，谁种都会遇到一些问题。"他们的身上有着大西北男人纯朴务实的本质特性，还有着木讷谦卑不善言辞的一面，这是我始料不及的。原本以为获得过多次中央及省市表彰奖励，还上过报纸、电视新闻报道和受过专访的人应该都是侃侃而谈的，但他们却还是一如既往的腼腆。整个采访基本是一问一答式的，他们言简意赅，而从那些有限的话语里发掘出无限的精彩来，就是我的工作，说实话这是我迄今为止最为费劲的一次采访。就这样，我在八步沙住了下来，目睹了茫茫沙漠里的这片绿洲，也聆听了这个英雄群体三代人的故事。采访过程里一次次感动，也一次次叹服，最终完成了这部作品，以此来记录这些平凡的英雄不平凡的作为，我个人觉得这次创作是一气呵成的。应"治沙六兄弟"要求，作品里除八步沙林场场长郭万刚先生和他的父亲外，其余主人公一律使用化名。

忙去刨旁边的沙堆，挖出了老场长和吕急人。

老场长吐掉嘴里的沙子，看了眼天色，催促着郭万刚和吕急人赶紧走："趁风小了些，我们得尽快回到护林站，我估摸着这场黑风暴还不肯消停。"

三个人大概辨了辨方向，互相拉扯着继续在沙漠里踉跄前行。天昏地暗难辨西东，风沙又吹得人睁不开眼睛，只能凭借感觉走。不知道走了多久，他们发现前面的景物很陌生，不知什么时候已经迷路了。

这样的恶劣天气下，于偌大的沙漠里行走迷路是在所难免的。还好有老场长这个"沙漠活地图"，他眯着眼睛往四周看了一圈，用手指着相反的方向说："我们走反了，这冤枉路走的……"

大风中的沙漠里寸步难行，三道身影蹒跚着，顺着老场长重新指认的方向艰难跋涉。难怪叫八步沙（跋步沙），后来郭万刚说，他从没有像那次一样对八步沙绝望过，行走在沙漠里，他原本还觉得离开八步沙有些过意不去，但那刻却没有任何心理负担了。就像淑芳说的，这个鬼地方真不是人待的，这次一定要离开八步沙到省城去，真正地过一回正常人该过的日子。

行行复行行，当郭万刚他们筋疲力尽，艰难地回到林场时，已是夜里 11 点多了。留守值班的护林员史金泉正焦急地看着窗外坐立不安。为了排遣寂寞，也为了克服自己的恐惧，他扯着嗓子信口胡唱，把个好端端的凉州贤孝唱得鬼哭狼嚎。伴着屋内一盏油灯随着他的唱腔忽明忽暗，破锣般的嗓音听起来分外凄切。

郭万刚上前拍门，屋里的唱腔戛然而止。史金泉打开门，在昏暗的灯光下看到郭万刚他们时吓了一跳，惊慌大叫："你……你们是人是鬼？"

郭万刚吼道："你胡扯什么？哪来的鬼？是我们回来了！远远地就听你唱贤孝，把鬼都吓跑了！"

史金泉拍着胸口哈哈大笑，看着三个像是刚从土里头刨出来的"僵尸"，半带幽怨地说："吓死我了，你们怎么才回来啊？为了壮胆，我才吼凉州贤孝。你们不在，我一个人在这里六神无主的。"

郭万刚扶着气喘吁吁的老场长坐到炕沿上，急忙倒热水给他喝。

吕急人啐掉嘴里的沙子，一屁股歪在炕上骂道："妈的，差点儿没被老毛黄风卷走。"

老场长喝了水缓过气来，吩咐史金泉："起了黑风迷路了。金泉，你快去看看院里拴的骡子，刚一进院跟那畜生打了个照面，把它惊着了。"

史金泉咧嘴笑开了："也不怪骡子惊了，你们这副鬼样子，把我都差点儿吓死。"

郭万刚和史金泉是自小的玩伴，顺手给了史金泉一个"爆栗子"。但看看老场长和吕急人的样子，就知道自己跟他们也差不多，除了两只眼珠是黑的，一张嘴是红的，身上其他地方就像电影里抹了一层灰泥的僵尸，还是活脱脱刚出土的那种。

史金泉笑着说："你们一说话红口白牙，不说话就眼珠子是黑的，跟电视剧里的僵尸一模一样。再配上我这拐了几道弯的凉州贤孝，你们说骡子能不受惊吗？"几个人听了互相打量着对方也哈哈大笑起来。

老场长胡乱洗了把脸，盆子里的水就浑了、黑了，他只好对三个年轻人说："你们回家去洗吧，这水都稠了，不能用了。这回看着不像是普通的风沙，应该是传说中的黑风暴。今天晚上大家都不得安生。眼看后半夜了，你们都回家去报个平安吧，家里人该等急了。我留下来值班。"

郭万刚不放心："这架势显然就是黑风暴了。我们都走了，您一个人留在林场咋行？"

史金泉也不同意："今黑里本来就是我值班，我跟您一起。"

老场长盘腿坐在炕沿上，就着油灯点着了他的烟卷，不容置疑地吩咐："啥都别说了，你们都回去，金泉记得明天来的时候到商店去买包蜡，估计这作孽的大风刮断了线路，修好怎么着也得两三天。"

史金泉点头应下。

郭万刚还要再说什么，老场长便催促道："别瞎耽误工夫了，这房子比我们当年住的地窝子不知道强了多少倍。好了好了，都回吧！济仁你经过我家门口的时候，给你婶说一声，不然老婆子又要提心吊胆地睁眼到天亮了。"

吕急人痛快地说了声"好"，就出门了。郭万刚和史金泉走出门，屋外依然是黄风黑浪、飞沙走石。但比起黑风暴最猛烈的那会儿来，这已经是小巫见大巫了。

老场长追出来又喊："都大半夜了，黑灯瞎火的不好走，都把手电带上。"他把几只手电筒分发到郭万刚他们手上，催他们赶快回家。

似乎这一天注定就是一个泪水涟涟的日子。趁风沙小了，淑芳从学校接回女儿，正要吃饭时，念高中的小姑子风风火火地跑了进来，进门就惊慌失措地告诉淑芳，听说淑芳哥哥家的小宝和同班几个同学被大风卷走了，至今没有找到。淑芳大叫了一声就要冲出门去回娘家，却被自己两个孩子的大哭声拉回了理智，娘家不在这个村上，离这儿还有好几里地，这样的大风号喁里她一个单薄的女人根本没办法出门，何况天都黑了，还怎么走啊！她回身揽住两个孩子哄他们不要哭闹，但自己的惊慌却怎么也控制不住，颤抖着只掉眼泪。闻讯而来的郭老太太把小闺女狠狠掐了一把，撵她回自己屋里去了，又说了一些宽慰的话安慰儿媳妇，才勉强哄住了哭哭啼啼的娘儿仨。

在两个孩子的印象当中，平常放了假舅舅经常带小宝表哥来他们家玩，每次来都给他们带些羊骨子，在炕上一起抓骨子，可开心了。夏天来还会教他们编蝈蝈笼，上沙窝里去逮小虫子，秋天去摘枣子。上次来，他还送了郭毅姐弟一个沙包，说下次来带他们做游戏。两个孩子不明白大风卷走是什么意思，难道小宝表哥在和风沙做游戏？可是和沙子做游戏，多脏啊，一定是弄得满身满脸的沙子。但是妈妈那呜咽不成调的哭声到底吓坏了孩子。郭毅姐弟俩偷偷地想，小宝表哥一定是被风吹到很远的地方去了，如果被刮到树上了，他那么矮小，肯定是下不来了！

说起这段痛心的往事，郭毅不免神伤，他到现在也忘不了那个晚上妈妈的眼泪，和紧紧抱着他们姐弟俩身体却还在筛糠似的颤抖。

那天深夜，郭毅姐弟俩被一阵丁零当啷翻找东西的声音惊醒了。他和姐姐趴在被窝里傻傻地看着妈妈从柜子里找出来一幅画。那是一幅早就被收起来的观世音菩萨像，妈妈恭恭敬敬地又张挂了起来，跪在那里虔诚祈祷，反复地念叨着请救苦救难大慈大悲的观世音菩萨保佑他们的父亲平安回来的一些话……

郭毅不明白妈妈念的是什么，也不知道她为什么要这样，便问道："妈，我爹咋还不回来？"

姐姐懂得比较多一些，她胆战心惊地问："妈，今天的老毛黄风好可怕，我爹是不是也被风卷走了？"

淑芳气坏了，恶狠狠地转头对着两个孩子骂道："睡你们的觉！再胡说，我一顿笤帚把你们打死！"

两个孩子看了一眼门后面的笤帚，乖乖地闭上了嘴，可是却都大哭了起来。淑芳擦着自己的眼泪烦躁地走过来，顺手抓了一把大林拿来的糖果塞给了两个孩子，而后又继续去跪求菩萨保佑，祈祷着郭万刚平安回家。就在这个时候，屋门被推开，一个满身是土的人大步进来了。他的样子狼狈又诡异，以至于母子三人都没有认出是郭万刚。淑芳呆了呆，惊喜地扑过去拽住郭万刚的胳膊，声音都变调了："你回来了，你可算回来了！"

郭万刚拨拉了一下头发里的沙土，淑芳赶忙帮他脱下了外衣，只见那衣服上尘土扑簌簌往下掉。淑芳被土呛得咳嗽起来，但还是满怀庆幸又拿笤帚替丈夫扫裤子上的土。

虽然淑芳已经在尽力轻拿轻放了，但从郭万刚衣服上扫下的土还是弥漫了半间屋子，灰尘里头有着厚重的、咸腥的黄土味儿……

淑芳利索地打来了一盆水，放到了木制的脸盆架子上。郭万刚一边洗一边说："这都几点了，娃们咋还没睡？快弄口吃的，我都快要饿死了。"

淑芳抹着泪说："你不回来，我们能睡着吗？"

郭万刚痛痛快快地洗着脸，含糊道："哭啥，我这不是回来了嘛。"

古浪县在一个峡谷里，虽然五月了，但早晚还有些清冷。所以家里的火炉子还在睡觉的屋里，要等到真正暖和了才搬往厨房。

作为一个护林员的妻子，淑芳早有准备，留了饭在火炉上煨着呢！她手脚麻利地端了锅碗到桌边，接过郭万刚擦得脏脏的毛巾放到一边说："你要是再回不来，我们娘儿仨就剩上吊了。"

郭万刚伸头看了一眼炕上的两个孩子："胡说啥呢！家里没事吧？我们去巡林，遇上了黑风暴，迷了路。”

郭毅和姐姐正在比赛谁的糖纸更好看，献宝似的举着让郭万刚看。郭万刚伸手揉了一把儿子的头，笑着说：“黑里少吃糖，糖吃多了，长大了可牙疼。”

不谙世事的两个孩子不以为然，在被窝里继续笑闹。

淑芳盛好饭放在桌上，红着眼睛抱怨：“这日子什么时候是个头啊？你就不能离开这个破地方吗？也省得我们经常为你担惊受怕的。”

郭万刚吃得狼吞虎咽，回答：“你叨叨啥？我今天已经给老场长说了，明天就不去林场了，这回是我亲口答应大林的，再不去，那家伙就要跟我绝交咯！”

淑芳不太相信，歪头看着郭万刚再一次证实：“真的？这回你是真想通了？”她的眼睛里放着光，一脸期待。

郭万刚吃着饭胡乱点点头：“那还有假！”

淑芳难得露出点笑意：“那咱家可算是有盼头了，大林今天来过了，亲自给你送红本子来的。呶，这些都是他带来的。”

十 誓言掷地有声

旁边方桌上是大林带来的好些包装得花花绿绿的礼品，郭毅本来很好奇想打开来看看的，可是一场大风刮得全家人手忙脚乱，此时听妈妈一说，便光着屁股跑到沙发上倚在他爹旁边，想要看看那些漂亮的纸盒子里有什么。

郭万刚撂下碗，拿起那个红本本，打开看着笑了：“哟，还真是副总啊！他们公司副总一个月的工资是我在林场一年半的收入。”

淑芳今天的脸色特别奇怪，她总能在笑和哭之间随意转换，听到郭万刚这样说，她眼睛里含着泪水笑了：“你总算开窍了。等你在省城安定下来，就把孩子们接过去念书，也省得窝在这里受罪。今天的一场风正赶上散学，卷走了十几个娃娃呢，我哥哥的……我哥哥的宝娃也被风卷走了，到现在还没找到……”

郭万刚顿时震惊，他一下站起来，大声说：“你说什么？怎么会？”

孩子们胆小，被郭万刚的一声大喊又吓得哭起来。

昏暗的烛光跳了跳，闪烁间，郭万刚眼睛里骨碌碌滚出一串泪珠来。

有了主心骨，淑芳也没什么顾忌了，把满腹的心酸和惊恐都一股脑儿哭了出来，直哭得肩膀一抖一抖的，眼泪像是断了线的珠子不停地掉下来。她断断续续地跟郭万刚说，却又更像是在跟自己念叨：“宝娃……宝娃……那可是我哥的独苗啊……我们的孩子一定要去省城上学，离开这个鬼地方，我一刻也待不下去了！”

郭万刚双手抱着自己乱糟糟的头，低头坐在沙发里没有应声。

郭家遇到了前所未有的困惑，在希望与绝望间挣扎着的两代人，隔着一堵墙在各自的屋里烦恼。郭老汉“吧嗒吧嗒”抽着他的烟，眼睛盯在自己的一条废腿上，间或叹上两声。他在权衡，如果郭万刚离开八步沙，他继续进沙漠去种树的可能性。儿大不由父，对于郭万刚的选择，郭老汉没有理由反对，一大家子人的吃喝花销都背在儿子的身上，他也希望日子过得更宽裕一些。但是，这个硬气了一辈子的老汉，在腿废了之后，命令郭万刚放弃工作进林场顶替自己，已经觉得亏欠了儿子不少，现在若要再阻拦他，又怎么张得开嘴？郭老汉为自己而悲哀，并深深懊恼着拖累了郭万刚，耽误了他的前程，可又有一股无名之火在胸中蹿上蹿下，脑海里又浮现出当年承包八步沙时的场景。

他们六个老汉在承包书上按下了红指印，合同上写得分明——承包期 30 年。那时候他还是生产队队长，还有进军大沙漠的胆气和力气，他们向领导表态一定治理好荒漠的诺言掷地有声。如今，时间才过去了一半不到，八步沙的治理任务也才完成了三分之一，而他却要面临后继无人的困境。唉，奈何雄心犹在而廉颇老矣！这一切，都是这条不争气的腿惹的祸，要不是自己的腿废了，自己一定会毫不犹豫地再次到八步沙去治沙造林。想一想这些闹心事，真的是愁闷痛心啊！

“唉！”郭老汉在炕头声声叹息，他觉得自己的烦忧没有人理解。

老伴儿以为他是在担心郭万刚的安危，便劝他说：“儿子不是回来了吗？你就踏实睡吧！”

一句话激起了郭老汉的无名怒火，他索性把几天来的憋闷一股脑儿甩向老伴儿：“踏实啥？你没听见那屋又哭上了？这作孽的黑风还真正吃开人了！还有，今天那大林干啥来了你知道吗？人家给送聘书来了，咱儿子要到省城当总经理发财去呀，撂下八步沙那摊子不管了，你说说，我咋能睡得着？”

郭老太太是个好性子的人，传统里最受尊崇的贤妻良母大概就是她这样的。一看老头子发火，倒也忍不住发了两句牢骚，只是话语间还是耐心且柔和的：“你这个倔老头子呀！自己半辈子钻沙窝，那沙子还没吃够啊？儿孙自有儿孙福，你就不要为这事多想了，儿子也是三十出头的人了，他要做什么就由他去吧！咱们在这里受罪也就罢了，你不能眼见着咱孙子孙女在这里跟你吃沙受罪吧？你说说今天的黑风暴多吓人，幸好咱家的娃娃都好好的。”

郭老汉却是百炼成钢的脾气，根本听不得劝，继续发火道：“你懂个啥？简直是头发长见识短。谁都不愿意干，让沙子埋了庄稼地再埋了房子，我们吃风拉屁去呀？告诉你，要是沙漠治不住，今天这样的事情说不定啥时候就又遇上了！”

郭老太太习惯了老头子的臭脾气，在这种情形下，她只能选择默不作声。

郭万刚一个劲儿地在屋里来回走动，淑芳的哀哀哭泣让他更加烦躁不安，他一把一把不停地薅着自己的头发，突然间，他一个一百八十度的大转弯，拾起沙发上的聘书认真仔细地端详，用他那粗糙的大手无比爱惜地抚摸着那烫金的汉字，指甲盖里日积月累的泥垢在油灯下泛着瘆人的青光。

忽然，他“刺啦”一下把那红艳艳的精致的聘书一撕两半，顺势扔进了一旁的火炉，火炉里顿时爆起红红的火焰，待淑芳赶到，火焰已经张着大嘴将聘书吞噬了……淑芳惊得暂时忘记了哭天抹泪，扑上去忍着烫手把聘书捞了出来，拍打着火苗，惊怒交加地质问郭万刚：“你这是犯了啥病呀？好好的烧它做啥？”

郭万刚咬牙，痛心而认真地对淑芳说：“我决定了！我哪儿都不去了！我们活着不就是为了娃娃吗？如果连娃娃都保不住，活着还有什么意思？我不走了，就在八步沙种树。八步沙不绿，我哪儿都不去！”

“啊？”淑芳急了，“你说什么？”

郭万刚咬牙切齿地说：“走很容易，但留下却需要勇气！我不能看着黑风怪把我们的家园吞了，这辈子我就是要和它斗争到底！我要继续在八步沙种树，让黄沙长出绿色，挡住黑风怪的路！”

淑芳初时有些愕然，等她反应过来时，便瞬间愤怒了。今天，她的脑子里一直有一种深深的恐惧，这个鬼地方，不知道什么时候再来一场黑风暴，那会不会卷走她的娃呢？淑芳第一次与郭万刚闹腾，是郭万刚放弃了供销社的“铁饭碗”，当时没能成功阻拦住丈夫的决定，她到现在还耿耿于怀呢！所以这一次，她心中的怒火有着燎原之势，而且势不可当，她瞪大眼睛指着郭万刚的鼻子愤怒吼骂：“好好好，郭万刚我告诉你，你要留在八步沙你留，我走！我的娃娃再不跟着你受这风沙的祸害了，你跟你的树过去吧，你跟你的八步沙过去吧！”

郭万刚也火了，没有像往常那样阻拦淑芳，更没有像以前那样温言软语地劝说，而是用比淑芳更大的声音吼道：“你走！你走了就别回来。今天大风卷走的是别人家的娃娃，下一回可能就是自家的娃娃了。咱们活人咋能只顾自己？沙漠治不好，妖风就止不住！我郭万刚今天就把话撂到这儿了，八步沙不绿，我哪儿都不去！”

淑芳号哭着收拾衣服，一副要回娘家的势头。

许是郭万刚的吼声太大，惊得郭老汉不顾夜风寒凉到院里来探看。在风地里，他终于听到了自己最为期待且满意的答案，便用对儿媳妇略略有些幸灾乐祸的口气，大声提醒郭万刚早些睡，末了还特意加重语气说道：“明天一早还要去林场上班呢！”

郭万刚是个孝子，隔着门答应一声，把自己房里的烦恼严严实实关起来，不愿意爹妈跟着操心。而郭老汉则心满意足地回了屋，他那一把花白的胡子抖动着，像是在愉悦地跳舞。尽管屋外风声犹在，儿子屋里的动静，老两口早听得明明白白，郭老太太哭笑不得地埋怨老头子故意跑出去火上浇油。郭老汉此刻烦恼尽消，心情大好地任由老伴儿数落，脑袋挨上枕头便打起了呼噜，且睡得格外香甜，早把之前的纠结和对儿子的愧疚尽数奉送给了周公。

早上起来，郭万刚立马就去了八步沙林场。而淑芳则拉着睡眼蒙眬的孩子出门，准备回娘家跟郭万刚展开长久的对抗，以期他能屈服而改变主意。事实上，淑芳这套办法在郭万刚那里已经没有什么威慑力了，而她却并不自知，还在卖力地施展。郭老太太则一如既往地等候在院里，见淑芳出来了，果断地拉住她一番苦口婆心：“我们女人家，嫁鸡随鸡，嫁狗随狗，他们要干什么就让他们去折腾吧。你着急什么？嫁汉嫁汉，穿衣吃饭，你嫁给郭万刚了，就是老郭家的人，还发愁吃不上饭？再说了，你今天走了，过些日子还得回来。知道'出门时门槛低，进门时门槛高'吧？你今天脑子一热走了，过些日子怎么回来？要是以往，他一定会去请你回来。可今天你看不出来吗，他已经是吃了秤砣铁了心了。听你爹说，以他的估计，这场黑风暴已经把林场才栽植的3000亩林子都刮没了，他们一定会补栽补种。你想想看，这一折腾，没有一两个月，他还能回来去请你吗？你把毅娃带走了，秀娃要上学你带不走吧？我们老两口你带不走吧？你过上三天五天可以，可时间长了，你想秀娃了咋办？你想我们老两口了咋办？到时候，可就后悔都晚了。听妈的话，别走了！"

郭老太太的一番肺腑之言成功地将淑芳留了下来。其实，老太太的劝解半真半假，有诸多的哄骗在内，譬如她还说跟淑芳绝对是一条心，譬如说等郭万刚回来要帮忙劝他回心转意去省城，等等。

一个家庭想要和睦相处，必须得有润滑剂，郭老太太就是老郭家的润滑剂。而郭老汉骨子里就是一个十足的大男子主义者，总以自己固有的思想而对有些事产生很多不满，他认为，像淑芳这样动辄挡在爷们前头指手画脚的行事风格，那简直是对男权主义的一种挑衅，郭老汉说放在以前就该一封休书发还娘家。估计他所说的"以前"，应该是很早很早以前。

武威人的思想里男尊女卑的意识很严重，传统里一直有女人不上桌的规矩，尤其在来客时，女人是不能和男人一桌而食的，男人出门宴客也从不带女人一起去。当然，到了郭老太太那个年纪，这一规矩就自动失了效，这个年纪的老太太反被当作尊崇的对象，能够安心坐于上座而不必担心被谁说闲话。这是祖辈传下来的规矩，却似乎从淑芳这一代开始，慢慢有了被打破的趋势，妇女们但凡不是性子太过懦弱的，都有向陈规陋习示威挑战而不屈的心志。以淑芳为代表的新女性，敢于跟爷们叫板，不时拿"回娘家"这种举动来小小地威胁一下，以此证明自己在家庭里也有不可替代的地位。

岂知凡事过犹不及，淑芳自以为这次也能像过去若干次一样，闹上一闹，事情就会顺着她希望的结果进行。但是，这一回郭万刚的决心出乎她的预料，也超出了她的控制范围。

郭万刚一大早赶回了八步沙林场，大家正在一边谈论昨天的黑风暴一边收拾工具，研究补种补栽的可能性。而老场长痛惜新栽树苗可能遭到的破坏，天刚刚亮就跑到八步沙去察看了。

林区果然一片狼藉，惨不忍睹，今年栽下去的3000亩树苗半棵不剩，就连往年已经成活了的、胳膊腕子粗的小树也被连根拔起。老场长跪在沙地里号啕大哭，痛心不已，这是他们十多年的心血啊！他责问老天的无情，也责问这世道的不公，然而，回应他的是风暴过后依然迷蒙的天色和空气里还在不断翻飞的沙尘……

这场沙尘暴给林场造成的损失不可谓不大。相对于林场的惨淡，整个古浪县的损失就更加不可估量了。根据后来的县志记载，1993 年的“5·5”特大沙尘暴灾害中，古浪县死亡 23 人，受伤 173 人，风沙卷走或掩埋了大量的羊只和良田，造成全县直接经济损失近 3000 万元，成为中国沙尘暴灾害中一次死亡人数最多的沙尘暴。

老场长情绪发泄过之后冷静了下来，不得不重新考虑林场的未来。原本一心看定了郭万刚，想着让他接班把八步沙的担子挑起来，可是郭万刚却要走了，再没有值得依靠的人来接替他担任这个吃力不讨好的场长了。怎么办？难道就这样让八步沙荒了？当年承包治沙时的情景还历历在目，他想到了郭老汉，当年就是他带头到八步沙植树，把他们集合在一起，承包了八步沙。后来郭老汉腿受伤了，是自己自告奋勇接替郭老汉当上了场长。可是，现在自己也老了干不动了，林场往后怎么办啊？眼前风沙漫天，一场黑风暴之后 3000 亩林地没有了，同时没了的还有人的精气神。老场长很不甘心，可是又很无奈，让八步沙荒废那是绝对不能允许的，而要重新振作就需要自己豁出老命去干了。想来想去，除了郭万刚，把林场交给谁都不放心，老场长只好咬着牙从沙地里站起来，慢吞吞地回场部。他想：大不了就是个苦死，这把老骨头交待给八步沙也不亏当日的誓言了。

其实老场长的年纪并不多大，但这些年在沙窝里过度劳作，在风沙的严酷摧残下透支着精力，透支着生命，已让他看起来十分衰老，不知道的人见了总以为他七八十岁了。

老场长心事重重地回到场部，刚进门就听到吕急人不阴不阳地发着牢骚，说在沙漠里种树本就是白费功夫，而做这件事的人都是吃饱了撑的。言语之中多有鄙夷和嘲笑。这话一出，大家显然都生了气，却又懒得和他计较，都阴沉着脸不理不睬，任由他大放厥词。在众人心目中，吕急人除了自私点，其实心眼子不坏，就是心态不够积极，不够阳光，说过的风凉话也不止这一句两句，往往他随口丢出的一句话，害你生了半天的闲气，而他说完早就当作随风飘散的一阵气体罢了，你若较真，不过是恶心了自己而已。

老场长本想呵斥两句，却看见郭万刚大踏步进来了。

郭万刚正好听到了吕急人这句话，便顺口反击：“我说叫你吕气人还真叫对了，如果我们都是傻子，那包括你爹在内的老一辈子治沙人就是傻子头了呗？”

众人哄堂大笑，吕急人闹了个尴尬。严格说来，吕急人的爹也是第一代治沙队伍中的一员，只不过在签订治沙承包合同时，他没有勇气按下那个手印。所以，他虽然一直在林场里干活，但“‘六老汉’治沙”的故事里却没能浓墨重彩地留下他的名字。后来吕急人顶替他爹进了林场，一直为“六老汉”里没有他爹的名字而耿耿于怀。若不是因为有一份国家补贴的造林补助，每个月拿着百十来元的“工资”，吕急人或许早就离开林场了。

老场长看了看郭万刚，昨天的谈话犹在耳旁。他想着郭万刚一定是来跟大家告别的，所以带着赌气的口吻说：“你都是要走的人了，还管人家说啥？”

郭万刚笑了一下，坐在了老场长的跟前，含笑把一根卷好的旱烟卷递到了老场长的手里。

老场长别扭着默默接过郭万刚递来的烟卷，叹了一口气。经历了这场黑风暴，他也想通了，人各有志不能勉强，何况看看林区受灾之后的惨淡光景，每个人治沙的信心都会大打折扣。眼前的年轻人是他最为看重的接班人，但他却没有理由去留住，老场长内心里惆怅而落寞。为了掩饰自己的心境，他吸了一口卷烟，努力撑起笑脸，勉励郭万刚去了省城好好干，还开玩笑地说以后再去省城就找郭万刚带他下馆子去。

大家似乎并不意外，他们一直觉得郭万刚原本就是“公家人”，迟早还是要离开这里的，只是相处几年，都有些舍不得，停下手中的活计向他看来。

郭万刚含笑，极其认真地告诉老场长：“老场长，您的馆子恐怕是下不成了，我不走了。”

老场长不敢置信，强抑着激动问他：“真的？”

郭万刚站起身拍拍屁股上的土，大声说道：“真的！我今天不是来告别的，而是来重新报到的。”

在场的几个人惊诧不已，愣怔半晌才醒过神来，但还是一脸难以置信地盯着郭万刚，都想从他身上寻找着开玩笑的迹象。郭万刚这个出人意料的转变令所有人百思不得其解，他们实在想不通，在沙窝里种树和去省城当副总经理之间，他是如何对比优劣的。这可是鲤鱼跳龙门的机会，他却还要继续留下来，这不是犯傻吗？

能把郭万刚留住，这对老场长来说绝对是个非常的惊喜，他的激动心情不亚于郭老汉夜黑里在院中乍闻儿子所做决定时的喜悦。老场长试探着再次确认道：“你是说不走了？”问完，紧张地盯住郭万刚，生怕他是说了一句玩笑话来逗自己开心的。

郭万刚郑重地、一字一句地说出了自己的抉择：“对，我不走了。从今天开始，就在八步沙安心种树。八步沙不绿，我哪儿都不去！”

这是郭万刚的抉择，也真真切切是一个誓言，更是一个承诺。人说君子一诺价值千金，其实承诺是无价的，如果履行并实现了就叫千金一诺，甚至某些时候不止千金。而没有兑现，只是嘴上说说，那它就什么也不是，比之某种气体排放于空气中的分量相差无几。事实上，郭万刚说的话掷地有声，他的基因里有大西北男人说一不二的铿锵激扬和铮铮铁骨，此后半生，他都在为践行这一承诺竭尽全力。

十一 新官走马上任

郭万刚在这一天正式成为八步沙林场的场长，后来他曾不止一次地向我描述那天的情景。老场长听到他的话，老泪纵横着连声大赞：“好小子，老汉我没有看错你。”

淑芳伤心之余还是带着儿子回了娘家，当然不完全是“离家出走”，而是听说他大哥、大嫂舍不得埋掉已经死去的小宝后，专意上门去劝慰哥嫂，顺带以这次回娘家作为试探，看看郭万刚是不是真的不来接她。

这场黑风暴作孽不小，人们从水渠里捞出小宝时，孩子已经没有了生命体征。而小宝被淹死的地方，距离自己家门仅有几百米。家就在前方，几分钟就能到，而小宝却永远留在了家门之外，任凭他的爹妈几乎哭瞎了眼睛……

由于淑芳的劝说起到了效果，哥嫂这才把小宝埋在了沙漠的洼子里。之后，淑芳带着郭毅就住在了娘家。一个星期过去了，郭万刚没有来接她回家。一个月过去了，郭万刚还是没有一点点信息。

郭老太太知道淑芳的心思，就提出到淑芳娘家去一趟，要领淑芳回家来，却被暴躁的郭老汉挡住了。郭老汉料定了淑芳耍完“三板斧”后自然会回来，便坚定地对老伴儿说：“坚决不能助长资本主义的歪风邪气！”郭老汉吹胡子瞪眼说这话的时候，郭老太太忍不住笑了半天。

在郭老太太的记忆里，郭老汉当生产队队长的那些年月里，村里那棵白杨树枝杈间的大喇叭每天都会准点响起，播放着昂扬又热情的红色歌曲。当时还风华正茂的郭老汉站在沙梁上吼着要同大沙漠斗一斗的架势，颇有大将军挥斥方遒的气度。他的英雄形象，早就在老伴儿的心里树起了丰碑。所以，郭老汉即便老迈也是她心目中永远的英雄，还是一个吐口唾沫就能砸出坑的大男人，她只有服从没有违抗。就算跟着他上刀山、下火海，吃糠咽菜，哪怕黑风怪把她吹成风干腊肉，她都甘之如饴。

风沙过后满目疮痍，麦田里铺开了厚厚的一层黄沙，原本碧绿色的麦苗覆上灰黑色的尘埃，蔫头耷脑地在风中摇摆。水渠边歪歪斜斜地躺着一棵棵杨树、柳树，褐色的根系裸露出地面，那生生断裂的枝杈尖锐地朝着天空。它们将伤痛直白地袒露，控诉着这场天灾的无情。人们的心情跟天色一样，阴沉迷茫。太阳照常升起了，可是失去了往日的温度，像一个烙得半生的煎饼，惨白中一点昏黄贴在雾霭蒙蒙的天幕之上。天若有情天亦老，它麻木而残忍地俯视着世间百态，任由刚刚失去孩子的亲人悲痛欲绝、撕心裂肺，空气中飘荡着的不单单是浮尘，还有呜咽和惨淡、消极与悲凉。

生活在这片土地上的人们，天亮以后纷纷走出家门，看着眼前的景象，仿佛刚从噩梦中醒来，脸上还是梦魇后的愣怔懵懂，片刻之后才恢复了清醒，惊慌失措地奔向自家的田地，然后颓败地蹲在地头长吁短叹……

相对于垂头丧气的大多数人，八步沙林场的职工们已经抖擞精神，准备开赴沙漠进行补种补栽工作了。为了给大家加油鼓气，林场的广播里放起了一首当时的流行歌曲：“拍拍身上的灰尘，振作疲惫的精神，远方也许尽是坎坷路，也许要孤孤单单走一程……”

郭万刚新官上任，满怀壮志地先跑了一趟县林业局，找朱局长解决树苗问题。3000 亩荒漠，至少需要 10 万株树苗，刚经过春季造林大面积的栽种，林业局也犯了难，到哪儿去找这么多的树苗？郭万刚有股子拗劲儿，追着朱局长不放松，连朱局长上厕所，他也紧紧跟随，硬是逼着林业局从几家国营林场凑出了 10 万株树苗。后来朱局长逢人便说郭万刚是个无赖场长，郭万刚听了不以为意：若不是耍无赖，当年的八步沙可就真的变成荒滩了，为了林场，当一回无赖又如何？

风风火火的补种补栽开始了。八步沙作为农民自发组织联户经营的集体林场，自然比不得国营林场条件优越，树苗运送到治沙点上用的还是原始办法，毛驴车负重就会陷在沙子里寸步难行，只能靠人力肩扛手提，一捆一捆送进沙漠。

在沙漠里植树是个苦差事，同时又是个技术活。“一棵树一把草，压住沙子防风掏。”这是郭老汉无意间发现的一种方法，也一直被八步沙人作为实用方法沿用至今。郭老汉当年之所以敢于挑大梁承包八步沙进行荒漠治理，跟他那次的发现息息相关。正是有了那一次的发现，和后来在生产队的旱田地埂上栽种沙生植物试验取得的成绩，他才有那么大的信心在沙漠里栽树，也才有胆量去承包八步沙。而这个方法就是后来用草方格治沙的雏形和原理，八步沙一直用这个方法进行治沙造林，每年春、秋两季的造林运动中，收购大量的麦草秸秆运进沙漠，每栽下去一棵树苗，就在它顶风的一边同时栽下一把草作为防护圈，为树苗的成活提供保障。因此，麦草也是治沙造林中不可或缺的一大利器。

一天，负责运送麦草的史金泉急急忙忙跑来跟郭万刚说，毛驴车陷在沙窝里动不了了，郭万刚当机立断，派在一边的和生和吕急人跟史金泉去看看。“实在不行就人背！”郭万刚坚定地说。

吕急人冷笑一声，指着荒漠里零星的几个人反驳郭万刚，并给他兜头泼冷水：“人背？

你有几个人？那就光背草，树还种不种了？”

郭万刚没有遗传郭老汉的暴脾气，平素就是很有耐心的一个人。他明白吕急人的不情愿，便包容地看了他一眼，安顿他带着大家继续干活，他自己下沙梁亲自去背草。林场最年轻的护林员和生，去年刚顶替他生病的父亲来到八步沙，小伙子血气方刚，一把掀开吕急人，跟着郭万刚下了沙梁。和生向来憨厚，别人都以为他老实巴交，其实他并不笨，心里头亮堂着呢！他知道，没有麦草作防护圈，即便栽下树也活不了。几个人默默地看着郭万刚的背影，突然都扔下手中的铁锹等工具，追着郭万刚跑了过去，没有人理会站在原地一脸恼羞成怒的吕急人。

沙梁那头，一个个扛着麦草垛的身影蹒跚而来。荒凉的沙海里，他们负重前行的样子，如同驼队逶迤，又像不知疲倦搬运东西的一队蚁兵。据说蚂蚁的团队和献身精神是所有群居动物里面最让人望尘莫及的。每当山洪暴发，河堤和山地被洪水淹没，山地上的土堆上，走投无路的蚂蚁被洪水逼得节节后退，眼看别无选择，只有葬身汪洋时，它们不是坐以待毙，而是迅速聚拢成一团，形成一个蚁球，黑乎乎的蚂蚁密密匝匝地紧紧抱在一起，随波逐流，顺水漂流而去。波涛汹涌，在蚁球漂流的过程中不断有小团蚂蚁被浪头打开，一层层被剥离去，蚁球逐渐变小。最终，蚁球靠岸了，蚂蚁一层层散开，迅速而秩序井然地一排排冲上堤岸。虽然有不少的蚂蚁被洪水冲散淹死，但它们最终胜利了，得救了。这就是蚂蚁团结拼搏、勇于牺牲的团队精神。

扛麦草垛的身影

除此之外，蚂蚁还拥有永不言败、不屈不挠的精神。有篇《将军与蚂蚁》的文章讲述了这样一个故事。在14世纪的一场战争中，一位将军被强大的敌人打败了。他的军队溃不成军，他也被迫躲进一个旧马槽里逃避敌人的搜捕。当时刚好有只蚂蚁在马槽里忙碌着，它努力地扛起一粒玉米，试图爬上一堵垂直的“墙”，1次，2次，3次，4次……将军默默地数到第69次，每次玉米粒都被蚂蚁顶上去，然后又掉下来。但蚂蚁始终没有放弃，在坚持到第70次尝试时，终于把那粒玉米推过了“墙头”。将军被感动了，后重整旗鼓，最终打败了敌人。如果蚂蚁要奔向某个地方，而你设法阻止，设置障碍物，它们不会知难而退，就算走回头路，也会寻找另一条路线。它们或往上爬，或从地下钻，或者绕行，直到找到另一条路线，到达它们想要去的地方。

蚂蚁身上还具有积极进取、乐观向上的精神。在严寒的冬天，蚂蚁时刻都会提醒自己，严冬不会持续太久，春天很快就会到来。每当天气变暖的第一天，蚂蚁就会出去活动；如果天气变冷，它们再回到洞里。它们不会在洞里一味地等待，这样它们永远会在天气变得暖和的第一天走出去，重新开始崭新的生活。

深谋远虑、未雨绸缪应该是高等动物才具备的精神，但是蚂蚁这种个体弱小的昆虫却完美拥有了，并且将这样的精神品质发挥得淋漓尽致。蚂蚁不会天真地认为，秋天会永远持续下去，它们时刻都有危机感，秋天过去，寒冬就会到来。即使在盛夏，蚂蚁也会积极地为自己储备冬天的食物。

还有它们全力以赴、奋斗不止的精神更值得人类去学习借鉴。如果留心观察，你会发现，蚂蚁整天在忙碌地往自己的巢穴里搬运食物，从没停止过。它们竭尽全力，为冬天储备尽可能多的食物。

蚂蚁体量虽小，精神却显得多么伟大。正如八步沙的这一群人，明知不可为而为之，还要克服一切困难咬牙坚持下去，与其说他们是林场职工，还不如说是沙漠蚁兵更贴切一些。

连续阴霾的天气终于在十几天后云开雾散，天地重现清朗。这时候已然入夏，坚强的人们和农作物没有向黑风暴屈服，而是一起挺了过来。放眼望去，稀疏的麦苗依然高唱着希望之歌，用绿色装点着庄稼人的梦想。

林场的补种补栽如火如荼地进行，郭万刚已经连续20多天没有回过家了，就在沙窝里效仿父辈们，简单地搭了个地窝铺，在沙漠里拼命。淑芳终于在一个早晨拉着孩子的手回到了家里，她坦然地准备了一些吃食，挎着篮子又出了门。郭老汉和老伴儿望着淑芳的背影，笑容里有说不尽的欣慰。郭老太太告诉孙子，那是他妈给他爹送吃的去了。至此，老郭家又恢复了和谐安宁，淑芳不肯低头的历史第二次宣告结束。

淑芳去了沙窝里，找到郭万刚时，看着他黝黑清瘦、满面风霜，埋怨的话语噎在喉头，良久之后变成了号啕大哭。此刻，淑芳的热泪里也许饱含复杂的感情，但直击心灵的却是对郭万刚的疼惜。沙窝里的生活把一个才而立之年的汉子过早地摧残成了一个干瘦的小老头，怎不令她伤心？虽然淑芳还是不能理解郭万刚的选择，但并不阻碍她一颗心在泪水里逐渐柔软。在娘家的这些天，她跟着失去独子的哥嫂数次哭晕，那种悲伤感同身受，耳边却是郭万刚那掷地有声的话："今天大风卷走的是别人家的娃娃，下一回可能就是自家的娃娃了。咱们活人咋能只顾自己？沙漠治不好，妖风就止不住！"

淑芳嘴上没有服软，但她心底里却认同了郭万刚说的话，在补种补栽接下来的整个过程里，她的身影活跃在八步沙的荒漠里，用实际行动表达了对治沙的支持，也是对郭万刚的支持。郭万刚看到淑芳清瘦憔悴、渐渐黝黑的脸，既心疼又惭愧。刚结婚的时候，郭万刚发誓这辈子一定要好好工作，给予淑芳最好的生活，可是若干年过去了，不但没有改变生存状况，却让老婆孩子和自己一起在八步沙这个鸟不拉屎的地方受罪。郭万刚看着跟自己一起吃苦的淑芳，拿着淑芳递给他的馍馍，眼圈红了。

淑芳看见气呼呼地说："咋？你干了让我伤心的事，倒还先委屈上了，那我心里的苦跟谁说去？"

郭万刚扔下手里的馍，一下把淑芳紧紧揽在怀里，惭愧而心疼地说："一切都是我的错，对不起。刚结婚时，说让你过上好日子的承诺现在都成了泡影。你长得那么漂亮，本来应该有更好的生活。如果你当初选择大林，可能会比现在更幸福。是不是跟着我后悔了？"

淑芳抹了一下眼泪，用力地推开郭万刚，说："你这是什么歪脖子理论！感情的事，当初是自己选择的，我永远不后悔，跟上你了，就是吃糠咽菜我也认了。"

夫妇俩抱头痛哭，终于彻底和好了，感情比以前更好，也更懂得互相体谅了，这是所有人都乐见其成的。大家惊喜地发现，自从淑芳到八步沙帮着种树之后，郭万刚的精神面貌发生了极大的变化，他的话多了，笑容多了，整天都神采奕奕的。但是，还有一个变化他们却没有看出来，那就是郭万刚治沙造林的决心也更大了。

补栽补种的工作结束后，郭万刚累病了。大家提议他住医院治疗，可郭万刚死活不去。淑芳没办法，亲自去镇上的诊所请来了医生，在淑芳的监督下，他只好在林场办公室里让医生吊上了瓶子。其实，八步沙林场所谓的补种补栽实则是在和节令赛跑，他们没日没夜地扑在沙窝里就是为了赶在最利于苗木扎根的时候都栽植完毕，这样才能保证有好的成活率。高强度的劳动下，不仅仅是郭万刚，八步沙每一个人都累坏了。

也许是八步沙人的实干精神真的感动了上苍，这一年春末夏初的雨水十分充沛，连带着到了立秋之后也雨量非常喜人。拾掇完田里所有的农活后，八步沙接着又是一场秋雨，郭万刚带着大家伙儿一鼓作气，把秋季造林的任务也如期完成了。看着生长良好的树苗还有植被，郭老汉高兴地提出，非要在八步沙的露天地里睡一夜不可。郭万刚告诉他，以前住过的地窝子早就在八步沙没了踪影，根本就没有地方去睡。现在是晚秋了，晚上的沙漠里异常冷，不像是夏天。可郭老汉还是坚持要去。郭万刚没办法，只好到武威城里买来了一顶绿色的双人帐篷，拉到了八步沙。晚上，郭老汉在帐篷里给郭万刚说了不少，他们父子间已经很久很久没有这样亲近过了。

郭老汉用少见的软和态度，对儿子感激地说道："儿子，你是爹的贵人，也是八步沙的恩人。爹将来总算有脸去见马克思了！"

郭万刚明白老父亲说这话是什么意思。看着犹如风中残烛般的老父亲，他偷偷抹掉自己的热泪，却不知道该怎么去回应，这些年他一点儿都不轻松，一次次在困难面前咬着牙挺了过来，满腹的辛酸苦辣无人倾诉，却终于在此时得到了理解。他知道，这个世间能够真正懂得实属不易，明白自己付出了什么的，也许就只有他爹了，因为从骨子里他们父子就是一样的人。郭老汉的话语给了郭万刚莫大的慰藉，他望着父亲苍老的睡颜上流露的满足，久久地说不出一句话来……

从这一年开始，郭万刚每一年都陪着郭老汉在八步沙的露天地里睡一个晚上。直到2005年，也就是八步沙7.5万亩沙漠治理完成后，郭万刚陪着郭老汉最后一次在八步沙林地里那顶绿色的帐篷里睡了一个晚上后，郭老汉就安静地走了，享年85岁。

大灾之后的这一年，因为八步沙林场及时补救，荒漠治理并没有落下，一棵棵新生的树苗在沙地里扎根，眼看又是一片绿色的希望。而八步沙人虽然累得都快睁不开眼睛了，但他们没有人叫苦，反而觉得很充实。种活一片林，治住一寸沙，就是他们最值得骄傲的成就，虽苦犹荣。当然，如果没有那些不长眼的小毛贼前来捣乱破坏的话，那就更完美了。

八步沙一直以来都存在着人为破坏的恶行，从最早时候的拾柴割草，到后来的砍伐树木，村镇领导管不住，政府的号召也无人理会，几乎所有人的心目中都认为八步沙就是撂荒滩不归任何人管。如果非要给它划定一个归属，那它就归老天爷管。因此，虽然八步沙林场成立已经时间不短了，但绝对不能和隔壁的马路滩国营林场相比。一个农民自发组织的小集体没有人会放在眼里，毛贼们不敢去盗砍马路滩林场的树木，就把目光对准了八步沙林场，时不时偷摸着来砍几棵树出去贩卖获得一点儿见不得人的收入。

一到冬天农闲时节，除了专门偷树去卖的毛贼，还有一部分村民也开始打起了八步沙林场的主意。农村盖房需要的木材是个很大的负担，还在为温饱挣扎的农民，靠买木材盖房一点儿都不现实，房前屋后营务起来的树木没有个十年八年的指派不上用场，那还得自己的先人提前有计划早早开始栽种。要是家里老一辈人没有这个意识的，任凭居住了几十年的老屋成了危房，也是没有气力翻盖的，一家人只得缩手缩脚地凑合着过。有那心眼子灵活的，觉得光靠自己扒挣很难存储够所需材料的，就专门盯着别人家的劳动成果，趁半夜去偷树来存着。林场有专人照管的树木多而且质量好，就难免成了这些人眼里的香饽饽。

一天夜里，轮到郭万刚值班。他平素有个看书的习惯，什么《杨家将》《呼家将》《薛仁贵征东》等书堆在枕头旁，一有空就翻开来读上几章，这在百无聊赖的值班夜里倒也是个不错的解闷方法。这晚他正看到穆桂英大破天门阵，故事十分精彩以至于忘记了时间，林场不比村里，还没有电灯，等油灯里的煤油都熬干自己熄灭了，他才惊觉已经到了后半夜。

郭万刚撂下书揉着酸胀的眼睛准备睡觉，头刚挨到枕头上却隐隐约约听到几声铁锯子锯木头的响动，他爬起来仔细去听又什么都听不到了，只有屋外呼啸的西北风吹打门帘的声音。估计是熬夜之后幻听了，郭万刚暗笑自己太过于精神紧张，躺下去睡到了暖烘烘的被窝里，困意很快袭来，他睡着了。直到林场院里的狗叫声把他吵醒，他睡得迷迷瞪瞪也不知道几点了，摸过手电从枕头下取出电子表一看才三点多，正是人最犯困的时候。他按灭手电想要继续睡觉，院子里的狗却一声紧似一声地狂吠不止，郭万刚只好起来随手披了皮袄出去察看。林场养的黄狗虽然是一只土狗，但它胆子大很凶猛，轻易不会在深夜里这样狂叫，郭万刚意识到一定是黄狗发现了什么。

屋外西北风寒冷彻骨，但这是一个晴明的夜晚，天上还有一弯弦月斜斜地挂在西北方向。黄狗看见郭万刚出来，摇了摇尾巴又继续叫起来，而它面朝的方向正是林场最早栽起来，已经有着十几年树龄的一片林地。夜风冷冷地刮过来，一阵锯木头的声音再清晰不过地传到了郭万刚的耳朵里。难怪黄狗发狂，原来自己睡前并没有听错，有人跑到八步沙偷树来了。他赶忙提好了棉鞋，凭手感摸索着系皮袄上的扣子，撒腿就往声音传来的林区里跑去，临到大门口还不忘顺手抄了一把铁锨。

风风火火赶到林区，那种铁锯锯进树干的声音越来越清晰，“哧哧”的锯声仿佛拉在人的心上，让他一阵阵心疼而禁不住双手颤抖得差点儿握不住铁锨把。斜月如钩，朦胧的月光里他看得分明，两个男人正在扯着长锯锯一棵腰粗的白杨树，而他们旁边的林地里还躺着差不多粗细的好几棵。那是老汉们最先栽下去的一批树木，是难得在沙窝里能够长到那么大且不属于沙生树种的白杨树。林场最困难的时候有人看上了那几棵树，劝他们卖了应急，都被老汉们严词拒绝了，想不到被这两个人狗胆包天给放倒了。

郭万刚怒从心起，还没走到跟前就大声吼喊开了：“你们这些瞎（ha）怂，偷树偷到八步沙来了，没先人管教的东西！”

他喝骂着赶上前，那两个偷树的一看被发现了，陷在树干里的铁锯也顾不得拔就跑，做贼心虚之下还一连绊了好几个跟头。郭万刚赶到锯倒的树跟前，用手摸着新的白森森的大树断截面，杨树干里散发出带着苦味的清香气息，和沙漠里卷着沙粒的朔风一起扑面而来，他的眼泪便忍不住奔涌了。偷树贼糟蹋的不是树，而是老汉们的心血啊！他抹掉脸上的泪水，返身就向毛贼逃走的方向追了过去，敢这么欺负人的，他倒要看看是不是长了人心。

愤怒使然，郭万刚一门心思只想追上偷树贼问问他们有没有人心，一下子就追过了好几道沙梁。寒冷的夜里他硬是跑出了一身汗，总算把那两个偷树贼给追上了，在八步沙边缘的沙梁上把他们截了下来。

两个偷树贼跑得气喘吁吁，相互搀扶着才勉强站得住。见林场的人紧追不舍，他们再没力气跑了，其中一个哀求道：“大哥求求你别追了，我们都知道错了，不该偷你们林场的树，你就大人大量放过我们吧！”

郭万刚捞起衣襟擦着自己满头满脸的汗，愤慨地说：“知道错还要来偷树，你们真是狗胆包天，当我们八步沙林场没人吗？你们的眼睛里还有人没有？”

偷树贼作揖讨好：“有有有，八步沙‘六老汉’谁不知道呀！请问你是林场哪家的大哥？只要你放了我们，往后我们背上馍馍上门谢你去！”

郭万刚冷斥一声，怒冲冲地说：“谁稀罕你们的馍馍？今天的事情不能就这么悄无声息地解决，有本事你给我把放倒的树还长回去，我就放过你们。”

偷树贼见苦苦哀求不管用，从兜里拿出几张钱来利诱：“锯倒的树肯定是长不回去了，你就当没有看见我们吧！我们把钱都给你，你让我们把树拉走，这样谁也不吃亏。反正那些树长在沙窝里也是个浪费，你说行不行？”

郭万刚拄着铁锨站在几步开外，愤怒而轻蔑地说：“我不要你们的黑心钱，只要我的树好好活着！”他太生气了，那些树长到现在着实不容易，可以说是老汉们拿心血浇灌起来的，无法用金钱衡量价值，是完全能够叫作八步沙无价之宝的。

偷树贼这时候也无计可施了，两个人索性一屁股坐到地上破罐子破摔地说：“树已经放倒了，叫你发现算我们运气不好，就我们这两个人，怎么处理你看着办吧！”

郭万刚余怒未消，看到他们放弃逃跑了就也坐下来，离着几步外开始做起了他们的思想教育。黑沉沉的沙梁上，他讲起了为什么要治沙造林、八步沙未来的目标……苦口婆心地说了一两个小时，眼看天微微亮了，那两个人不知道听进去了多少，早都互相靠着打起了呼噜。

天亮之后，郭万刚才看清了这两个人的面目，原来是隔壁村的弟兄俩，准备开春盖新房，木料还缺一些，就跑来林场偷树了。而这两人也认出了郭万刚，垂头丧气地说：“我说是谁，原来是郭场长呀！难怪给钱都没用，还给人上政治课哩！”

周围村子里谁不知道八步沙的新场长是个黑脸包公？撞到郭万刚的手上他们也无话可说，何况这件事本来就是自己有错，也只能乖乖认罚了。按照当时八步沙林场制定的《护林公约》条款，如此恶劣的盗伐行为真要论起来得处以上千块钱的罚款，这两人自愿受罚认错态度还算诚恳，但让他们缴纳罚款肯定是不现实的，在那个年代一千块钱可是一笔巨款，谁也拿不出来。不罚款可以，郭万刚提出让他们每年来林场义务劳动“以工代罚”，弟兄俩只得接受。从这之后，周围村子里的村民再也不敢打八步沙林场的主意了，顶多偷偷摸摸进林区割点草、拾点干柴什么的，八步沙的树他们是不敢动了。而那弟兄俩在参与了八步沙的造林之后，终于深切地认识到了沙漠里种树的不易，从最初的被迫劳动变成了心悦诚服的自觉帮忙，倒也成就了八步沙林场的一段佳话。

十二 痛失三位老汉

很快就到了 1994 年的新年前夕。新翻盖的林场三间土坯房依然简陋，但有了办公室、会议室、储藏室，初步具有了一个场部样貌。会议室的内墙刷得雪白，侧面的墙壁上整整齐齐挂着三幅黑白照片，按照先后顺序，依次是蒋老汉、和老汉和史老汉。蒋老汉死于去年的煤烟中毒，而和老汉与史老汉则都患上了肝癌，在短短的一年内相继离世。墙壁上的照片里，三位老人家面容安详，但他们身上发生的种种，于八步沙来说、于武威人来说就当得起毛主席说的那八个字：生的伟大，死的光荣。

八步沙深处还建了一处小土房，那是护林员歇脚的地方，也叫护林站。普通的农民收拾完地里的庄稼就算农闲时节，但护林员们还要每天不间断地去巡林，随时看护树木不被牲口糟蹋、不被附近的村民砍伐。蒋老汉年纪大了，嫌每天一个来回跑起来折腾，干脆在护林站住下来，从家里带点干粮和面粉，自己生火做饭吃，免了许多脚力。他是个多面手，会盘炕，还会盘灶，用土坯垒了一个简易灶，像模像样地过起了护林员的野外生活。

那是一个朔风怒号的早晨，按照林场制订的护林值班表，该郭万刚去替换蒋老汉了。荒漠里风雪交加，郭万刚骑着自行车好不容易赶到了护林站，掀开用农家自己纺织的笨布做成的黑不溜秋的门帘，小土房里呛人的气息熏得郭万刚猛烈咳嗽起来。他一眼看到了土炕下蜷成一团的蒋老汉，急忙上前查看。蒋老汉脸色惨白，涎水直流，这是中了煤毒。郭万刚三两下撕掉门上的帘子，拿铁锹捅开因为寒冷而用土坯封住的窗户，屋子里的空气一下子流通开来，光亮也透了进来，郭万刚这才看清，土炕的另一边还躺着一个人，是和老汉。土炉子边上堆着半袋散煤，是昨天夜里和老汉给蒋老汉送来取暖用的。想必突然下雪，和老汉没有回去，便跟蒋老汉一起住在了护林站。

空气清新了，和老汉趴在炕沿上大声呕吐。郭万刚喂蒋老汉喝水，却发现他中的毒比和老汉要严重许多，基本上到了奄奄一息的地步。郭万刚吓了一跳，嘱咐了和老汉几句，就骑上自行车往最近的一个村上去找大夫。卫生院离八步沙太远了，根本就来不及，只能寄希望于村里的赤脚医生。附近村上的王大夫是个身体胖大的老中医，听闻郭万刚说的情况，知道救人如救火，便一屁股歪在郭万刚的自行车后座上往护林站急赶。

驮着一个胖人在沙地里前行，郭万刚筋疲力尽了才遥遥看到护林站的土房子。王大夫看郭万刚大汗淋漓，实在没有办法走了，便自己甩开肥短的双腿跑起来。郭万刚只觉得胸口疼痛难忍，呼吸困难，这是缺氧的表现。可是两个老汉还在护林站呢，是死是活还不知道……他稍微缓口气，又骑上了自行车……

和老汉喝了王大夫给的葡萄糖水，已经没有什么大碍了，但蒋老汉的情况不容乐观，一直处在昏迷状态。王大夫对郭万刚说，虽然打了强心针，但恐怕撑不了多久，要他赶紧想办法把人送到镇上的卫生院去。这里是八步沙深处，前不着村后不着店，连个电话都没有，要怎么把蒋老汉送到镇上去救治呢？郭万刚犯了愁。除了两条腿，再就是一辆自行车。如果在土路上，那没问题，可在沙漠里骑自行车送人谈何容易？为了抢救蒋老汉，郭万刚骑着自行车，到最近的村子里调来了一辆拖拉机，把蒋老汉送到了镇卫生院。这时候，郭万刚已经累得筋疲力尽了，他在卫生院的长条椅子上躺下就起不来了。

蒋老汉最终没有醒过来，而这件事成了郭万刚的一块心病，他咬着牙下了决心，等将来手里有了钱，一定要买辆车代步。

这一年注定是特别悲伤的一年。送走蒋老汉不久，和老汉又出了状况。与史老汉一样，他们都在感觉自己力不从心的时候，早早把儿子送到了八步沙锻炼，准备接自己的班。和生发现他爹饭量锐减已经有一段时间了，一直催促着他到镇上的卫生院看看，但农田里的活儿一茬接着一茬，刚刚给自己那一亩三分地送完粪还没开始播种，林场的春季造林就开始了，看病的事情就拖延了下来。开春的造林结束之后，和老汉骑着毛驴去八步沙巡林。这一天，他巡林未归，和生在一棵才抽芽的榆树下找到了昏迷的父亲，赶紧喊了人来把老汉送进了医院。检查结果出来，医生告诉他们和老汉的肝癌已经到了晚期，回天乏力，连治疗的必要都没有了。和生看着自己瘦骨嶙峋的父亲悲从中来，又怕老汉知道自己的病情思想上先垮了，就跑到医院外面偷偷大哭了一场，哭过之后和家里其他人商量先瞒着实情不让老汉知道，哄他说是严重的胃病，再不能进沙窝里去劳动了。和老汉一听是胃病不以为意，再三要求医生给他治疗，哪怕做手术也行，赶快把病治好了就可以继续去种树、去巡林了……可是，就算这病能治，医疗费从哪里来？几家人的日子都过得一贫如洗，面对数千块钱的治疗费，也只能望洋兴叹。那个年代的古浪农村，大多数家庭仅仅能够维持温饱，高昂的医疗费于他们而言就是天文数字。

到了最后，和老汉还是从大家吞吞吐吐的言辞里看出了端倪，他趁陪床的儿子出去的空当亲自跑到主治医生跟前咨询，终于知道了自己的真实病情。正像和生担心的那样，他爹在得知自己身患绝症无药可医的时候，彻底倒下了。和老汉的癌细胞很快扩散，他对来看他的几个老汉说，实际上他并不怕死，只是八步沙还没有治理好，他觉得非常不甘心。

几个老汉一听都忍不住流下了眼泪，都是黄土埋住半截身子的人了，他们鲜有这样泪流满面的时候，不治理好八步沙谁都不甘心啊！

八步沙的荒漠里，那个曾经骑在毛驴背上漫歌的刚强身影从此再也没有出现过。病情恶化把和老汉折磨得只剩下干瘦的一副骨架，即便这样，在弥留之际他特意叫过和生颇不放心地叮嘱他说："爹半辈子的心血都在八步沙，你要替我好好看住那些树，一棵都不能少！"

直到和生声泪俱下地答应了，和老汉才闭上眼睛溘然长逝。

无独有偶，几个月后，史老汉又病倒了，被确诊为肝癌。有和老汉的先例，史老汉很平静地接受了自己的命运。他拒绝住院治疗，随身带着止疼药片，依然每天去八步沙林区坚持护林。随着病情的持续恶化，史老汉直到连坐都坐不住了，才泰然安排自己的身后事。史金泉忘不了，他爹临终时依然不无骄傲地说："爹这一辈子啥都没有给你留下，只有八步沙的那一摊子树，你接着去种吧！"然后又交代，等自己死后埋在八步沙最高的地方，他要亲眼看着八步沙变绿……两位老人临终的遗言惊人地相似，都是对八步沙的念念不忘和执着热爱。尽管风沙漫天、苍凉荒芜，但他们每一个人都没有放弃过，因为这是养育他们的地方。

也许，每一个中国人的思想里都有根深蒂固的故土情结，所以才有世世代代传承不绝的扎根繁衍。人和树木都是一样的，只要有根就不怕风雨，也因为要扎根，对土地的依恋就会热切而执着。如果可以把这个三代人群体比作一棵树，毋庸置疑，生活在新时代的第三代人，已然是枝繁叶茂、花团锦簇的美好树冠，郭万刚那一代应该是支撑美好的坚强树干，而郭老汉那一代则是拱在泥土里努力汲取养分的树根。

于健在的老场长的描述里，不止一次地出现过这样的情景：茫茫荒漠里，六个年老的身影佝偻前行，他们一步一跪地栽着树苗，一棵树苗栽下去，紧接着浇上一瓢水。瓢底的一滴水也舍不得浪费，用来滋润自己干裂的嘴唇。幼小的树苗在风中孱弱摇曳，看到一棵棵长了叶子的树苗，苍老的脸上笑容灿烂……

夕阳西下，简陋的地窝子旁边升起烟火。几块石头搭建成的简易灶上烧着一口铁锅，锅里的几颗土豆就是他们的晚饭。六个老汉围着锅灶说说笑笑吃着土豆，背后是无垠的沙漠……

有人扯开嗓子唱上了凉州小调：

西路军来到咱武威
解放了凉州三县百十个乡
鲜血染红了八步沙
守好了这片好地方……

几天后，郭万刚领着林场六家人，老老少少40多口，站在遗像前默哀。为了这片家园，为了能在风沙中活下去，出路只有一条，那就是治沙造林。老子干不动了还有儿子，儿子干不动了还有孙子……这跟故事“愚公移山”何其相似？唯一不同的是，在“愚公移山”的故事里还有一个从天而降的神仙移走了大山，八步沙人却只能依靠自己的双手，一棵一棵地种下希望，一寸一寸地织就梦想。

郭老汉这一辈老人，生于中华人民共和国成立之前，沐浴着新中国的光辉成长，他们或许说不出什么华美的言辞来表达对家国的热爱，但生于斯长于斯，脚下这块土地无论多么贫瘠都不会让他们产生埋怨，他们的血液里流淌着泥土的芬芳，言语里传递着乡音的味道，把祖祖辈辈留传下来的这块热土看得比性命还重要。正是因为这种情怀，他们宁可忍受风沙的侵害，也要无怨无悔地坚守着故土。也许这就是他们辛辛苦苦、竭尽所能想要治理荒漠、保住家园的最初动机了。

“春蚕到死丝方尽，蜡炬成灰泪始干。”自小耳濡目染着治沙造林意义长大的郭毅说，当他从书本里读到这两句诗的时候，第一理解并不是诗人所要表现的对爱情执着坚忍的美好，而是一张张苍老的容颜，一双双粗糙的大手，他们弯着腰在沙漠中艰难跋涉的景象，在那些佝偻着腰背的人身后万亩绿色的森林正在葳蕤成长。前人栽树，后人乘凉，他们里面有当年的“六老汉”，还有很多或健在或逝去的八步沙人的面孔，郭毅觉得他们才是这首诗里描绘的主人公，是最值得人们歌颂和尊敬的人。

冬日的一个下午，郭万刚正在八步沙林场会议室里安排冬季巡林护林具体事宜时，县里林业局的朱局长来了，与他同行的还有李县长。郭万刚在土坯办公室里接待了县上的领导，开玩笑地说难怪外面喜鹊喳喳叫，原来是来了大贵人，又叫史金泉去找茶叶来招待领导。

朱局长跟郭万刚打的交道多，对郭万刚很是了解，调侃地笑道：“你郭场长哪回见了我不是哭穷就是说锅都揭不开了，今天怎么嘴上抹了蜜了，还是在哪儿发大财了？”言下之意，郭万刚说的“招待”实则是在说大话，是油嘴滑舌。

林场的确困难，郭万刚也不必遮掩，挠着头嘿嘿笑，把白开水坦然地放到领导面前说：“实际上我们是真穷得叮当响，既然局长都了解那我就不为难了，没有茶叶了只能用白开水招待首长。”

李县长看了一眼新刷的办公室墙壁，亲切地对郭万刚说：“郭万刚同志，我们这次来是给你们解决难题来了！”

郭万刚知道，大家伙儿也知道，年底了，李县长肯定是来给林场送造林补助款来的。八步沙林场在国家三北防护林体系的范围之内，每年都有一笔治沙造林补贴。八步沙林场是农民组建的集体林场，全靠着这份补助发工资呢，虽然每人每年的总收入只有一千八百块钱，与国营林场的职工根本没法相比，但大家的积极性还是很高。

李县长从秘书手中接过牛皮纸袋，递给郭万刚，含笑说：“打开看看。”

郭万刚双手接住，打开看了一眼，故意做出夸张的声调：“李县长，这么多钱？”

朱局长失笑地插言：“你小子也有嫌钱多的时候？别装模作样了，知道你是嫌少呢！

回回哭穷还哭出花样来了？”

被朱局长识破，郭万刚咧嘴笑着，把纸袋子交给史金泉保管，顺嘴应付着说：“朱局长明察秋毫，我们怎么能够瞒住您的火眼金睛呢？”

朱局长对郭万刚从来都是爱恨交加，但更多的是爱，他喜欢郭万刚敢想敢做的劲头，假意生气地瞪了郭万刚一眼，紧接着脸上却绽开了笑容。

李县长微微叹口气，颇为欣慰地说：“郭万刚同志，‘5·5’沙尘暴给咱们县造成了不可估量的损失，庄稼损毁、人畜受害，但是八步沙能够积极应对，及时补栽了3000亩的树苗，你们的行动给全县人民带了个好头啊！国家拨下来的造林补助款虽然不多，但我专门送过来就是为了让你们过个安心年，同时也感谢你们一年的辛苦。”

郭万刚搓着手，脑海里快速斟酌着接受领导夸奖的时候是不是应该说一句“这都是我们应该做的”诸如此类的话。可是，郭万刚最终还是没有说出来，他不擅长应对这样的场面。看着郭万刚不自在的窘迫样子，大家都笑了。

李县长略有些感慨地拍了拍郭万刚的肩膀，激励道：“国家的林业建设、三北防护林建设，就需要像你们这样有头脑、有觉悟的好同志去建设啊！”

这回，郭万刚向来能言善道的一张嘴真的是怎么也说不出话了，能言如他，其实是最说不出场面话的一个人，只嗫嚅着憨憨一笑，反倒有些难为情。

朱局长适时插科打诨，摇着头对李县长笑道：“李县长，您就不要夸他了，不然回头又该跑到我办公室，赖着要树苗去了。您是不知道，沙尘暴后补栽，他硬是逼着我到国营林场去给他解决了10万株树苗，等苗子装了车，两手一摊又说没有运费，跟我又要起了无赖。”

李县长失笑，这件事当时传遍了半个县委大院，他也听说过郭万刚追着朱局长到厕所守着他，硬是拿到了林业局的批条解决了八步沙林场的树苗紧缺问题。大家把这件事当成笑话来说的时候，他就对八步沙林场和郭万刚赞叹不已，要是人人都能像郭万刚那样执着地在沙漠里种树，还愁治理不了咱家乡的沙化问题吗？

郭万刚笑着实话实说：“那个时候本来就没钱嘛！可是没钱也得种树啊！县官不如现管，您不帮忙可让我再找谁去呢？”

一句话逗笑了李县长，他半开玩笑地说：“好一个县官不如现管。你郭万刚这是连带着把我这个县官也挖嚓（挖苦）了啊！”

朱局长目光转了一圈，开玩笑说：“大家伙儿看看，我说得不错吧？这就真真是个无赖场长嘛！”

办公室里挤满了人，大家满堂哄笑。从此，八步沙林场有个“无赖场长”的事儿就传扬开来了，但郭万刚却满不在乎。“会哭的孩子有糖吃！”他如是说。

十三 新年景新思路

转眼春节已至，空气里满是燃放鞭炮后的热烈气味，孩子们穿着簇新的衣裳欢笑打闹，家家户户猪肉炒酸白菜的浓香弥漫在乡村的上空。大红的对联贴上了门楹，五彩的幡胜把家门装饰得鲜艳、缤纷，年的味道就全都有了。“雪圃乍开红菜甲，彩幡新翦绿杨丝。殷勤为作宜春曲，题向花笺帖绣楣。”幡胜在当地叫“版帘子”，赤橙黄绿青蓝紫，七种颜色，七种造型，手巧的人还能剪出各种有趣的图形来，比如寓意“年年有余”的抱着大鲤鱼的胖娃娃，或者是喜鹊登梅等等漂亮而吉祥的图案，刻意剪出的长长流苏与大红的对联交相辉映，从巷道里走过，家家争艳、户户锦绣，过年的喜庆就在五颜六色里蔓延开来。

除了这些，武威人过年还有一个最重要的节目——“闹社火”。河西走廊，尤其是作为古中国三大城市之一的凉州，曾经与今天的北上广一样繁盛，而社火这一民俗也由来已久。传说，东汉开国皇帝刘秀被敌人包围，当时正值春节，为了脱困，文臣武将装扮成了一支庆祝新年的社火队。刘秀装扮成了春官老爷，摇着蒲扇走在最前面；左、右丞相装扮成了傻公子，紧紧地跟在春官老爷的身后，傻呵呵地走着十字步儿；武将装扮成鼓子匠，跟在左、右丞相的后边，打起节奏铿锵的鼓点；皇宫里的娘娘们和文官则装扮成妖娆的腊花子与鼓子匠前后夹杂排列，整个队伍花团锦簇，再添一两个负责扮丑要宝的媒婆形象吸引人的注意力，一支社火队就已经很有喜感和乐子了……社火队大摇大摆、闹闹哄哄地骗过了敌人，成功脱逃之后才建起了一代王朝。从此，社火就兴起来了，且经久不衰，直到今天。

当然，也有人说是杨家将西征时被敌人包围，没办法逃脱，在当地老百姓的帮助下，扮成社火队成功地逃出了敌人的包围圈。暂且不论哪个版本才是最准确的，从传说里可以看出，社火之由来可以追溯到千年以前，并且绝对是一个充满金戈铁马气息的民俗表演。因此，在社火队伍中也很有一些讲究。譬如，春官老爷的扮演者一定是当地非常有名望的老人，能够被大家推举做春官老爷，那是一个老人最高的荣誉，证明你在当地是受人尊敬、受人爱戴的。又譬如，数十个鼓子匠，打起腰间的鼙鼓精神抖擞，要打出武士的霸气和勇气。这些鼓子匠就要求魁梧挺拔的小伙子去扮演。而腊花子则需要女性或者身材瘦小的男子扮演，寓意锦上添花。总之，社火之所以冠以一个“闹”字，自然是越欢腾越红火，越热闹越有看头，这样才能引得四邻八乡的村民们都来捧场，都来喝彩。

郭万刚为了增加八步沙的人气，决定与村里合作，组织起社火队来闹一闹，除给八步沙带来欢乐祥和的气氛和吉祥如意外，还有增加人气的意思，同时，还能顺便为八步沙年后的治沙造林做一个宣传。于是，他和大家一合计，牵头组织了今年的社火队，把村里能发动的村民们都发动起来。闹社火需要购买相关的行头器具，这又是一笔开销。郭万刚在林场开了个会，跟大家伙儿说明了这次闹社火真实的用意是吸引村民们到八步沙来，借此宣传治沙造林的重要性，呼吁人们重视绿化，保卫农田和家园。大家一听，都觉得是有意义的事情，便纷纷同意由八步沙林场凑钱去城里买来行头，促成社火队的成立。

农闲无事，一年里头又难得开心几天，村民们都愿意凑个热闹，社火很快就闹开了。老场长被大家一致推荐为春官老爷，乐得他满脸的褶子都活色生香起来。而和生、史金泉也扮上了社火里的傻公子。其他的八步沙人都装扮成了鼓子匠、腊花子、膏药匠、丑婆子等角色，敲锣打鼓地欢庆春节。

一支社火队往往得有几个负责人联络演出事宜，这些人都被称作“会长”，郭万刚就是其中一位会长。他做这个会长可不单是为了跑演出、外联社火队到各村、各乡镇去拜年的事情。过去的社火词是流传下来现成的，社火闹到哪里就把社火词唱到哪里，大多是一些恭贺新春、祈求风调雨顺的吉祥话。而今年，郭万刚拉着几个年轻人，把社火词改了改，统统换成宣传治沙造林的内容，并让“傻公子”提前练习，记住了这些新编的社火词。

社火队首先在八步沙亮相。随着几串鞭炮的炸响，社火闹开了。喜庆的鼓点刚一响起，就引来了无数人观看，村民们扶老携幼赶来看热闹。大家跟在社火队后面，浩浩荡荡，尽情挥洒欢乐。调皮的孩子甚至不顾挂破新衣服，爬上了半大不大的榆树，骑在树杈上观看，偶尔向人群中扔一个哧哧冒烟的鞭炮。看着被鞭炮惊吓到的人群，他们幸灾乐祸地做着鬼脸嘻嘻哈哈。这个时候的恶作剧能够被无限包容，大家继续将目光投向社火表演，没空理会欠揍的捣蛋鬼们。

社火队热热闹闹走进了八步沙林场的大院。门口一千响的鞭炮还在噼里啪啦，老场长穿戴着春官老爷的行头，已经走到院里摆好的香案跟前。武威的风俗，春官老爷能在自家的香案前上一炷香拜一拜，就意味着这一年将得到上天的庇佑，一定会家宅平安、五谷丰登。

老场长脸上挂着一副长长的髯口，春官老爷的行头穿戴起来，让他活脱脱就是一个赐福的天官。他以手指蘸酒祭天祭地，香案前拜上三拜，一套礼仪行云流水做下来，春官老爷就被请到高位上就座，社火队便拉开场子上演精彩。

鼓声、锣声奏响了欢乐的序曲，载歌载舞的社火闹开了花团锦簇的美好生活。花花绿绿的服装和涂脂抹粉的扮相充满喜感，更别说“傻公子”“丑婆子”等角儿抖着袍服错步扭来的呆萌样子，人群里阵阵笑声和掌声此起彼伏。

“傻公子”在社火队中不仅是“春官老爷”的左右手，而且起着领唱的作用，必须得有一副好嗓子。一阵有规律的鼓点过后，“傻公子”左开唱：

这个地方好（哎）地方，

这里的沙子穿上了绿衣裳，

六老汉治沙是我们的榜样，

我们今天来给八步沙来拜年！

锣鼓声起，叫好声不断……

“傻公子”左唱完，“傻公子”右亮开洪亮的嗓门接唱：

八步沙六老汉治沙（呀）忙，

他们的下一代接了班，

如今的八步沙变了（呀）样，

八步沙的功劳上了榜。

看过社火表演的人都明白，这个时候就是两位“傻公子”在互相较量了，谁都不能服输。“傻公子”轮流唱过几曲后，把看点转移到了其他角色的身上：

高高山上一捆捆儿柴，

骨碌碌碌（儿）滚到八步沙来，

这一个曲儿谁也不要唱，

六位鼓子匠请到里边。

“傻公子”在社火队中相当具有话语权，六位鼓子匠一听，迈起特有的步调蹦到场子中央开始他们的表演。他们的表演虎虎生风，让人眼花缭乱，把打鼓这个技艺演绎得行云流水，炉火纯青。鼓子匠是武士打扮，金黄的武士服滚了大红色的边，前胸和袖口还嵌着金灿灿的亮片铆钉，腾挪跳跃间，身上明亮的服饰与手中鼓槌上五颜六色的流苏渲染出缤纷的喜庆。鼓子匠的表演进退之间步伐有度，六角形的队形兼有勇武和潇洒，欢腾的鼓点就像越来越沸腾的人心。这还不是鼓子匠最好的节目，接下来，鼓子匠按照六角形的图案翻开了鼓子，这才把社火表演推向了高潮……

鼓子匠翻鼓子累了，“傻公子”又把节目派给了高跷队。

高跷队表演的一般都是我们耳熟能详的人物和故事，比如《西游记》里的师徒取经、包青天巡按八府等等，都是老百姓喜闻乐见的片段……他们踩在跟人齐肩的高跷上，还要卖弄地扭着腰肢做出各种表演动作，引得人们赞不绝口。不仅如此，他们还高高在上，把糖果撒向四周，看着人们“哄”地一下子去捡拾糖果，他们就又迈开腿，驾驭着高跷悠然穿过人群，把欢乐和艳美留给了观众。胆子大的男孩子们仰着脖子看高跷表演，特别羡慕那些敢于踩高跷的人，暗暗盘算着等自己长大了也要架起高跷过过瘾威风威风。社火，装点了孩子们整个童年里所有关于过年的美好感受。

这时候，郭万刚让学生娃趁机把治沙造林的宣传单发到了村民们的手上。有人大声念着宣传单上的标语：

治住八步沙，保住庄稼地；

八步沙不治，村民们不富；

治沙造林，绿化家园；

改善八步沙生态环境，造福土门镇子孙后代；

植树造林滋沃土，防风固沙保良田；

保护树木就是保护我们自己。

…………

八步沙别出心裁的社火队在春节期间去了周边的各个乡镇和村庄，闹了整整十天，正月十五才落下了帷幕。由于宣传到位，过年后自愿报名到八步沙参加植树的村民达到了好几百人。正月十六上班后，每天陆陆续续前来八步沙报名的村民都有不少。看着村民们在场部大院出入，郭万刚的笑容就像盛开的葵花一样。这个效果正是他期盼的，可以说已达到了预期的目的。

正月到二月，报名工作进行了一个多月。这期间，史金泉负责报名登记，郭万刚带领其他人收拾工具，做好春季治沙造林的前期工作。几个已经退居幕后的老汉看到年轻人折腾得这么红火，也时不时跑来林场看一看，感受一下这种新气象带来的喜悦。毕竟是年轻人哪，想事情就是新鲜！老汉们捋着胡子赞叹，顺便再追忆一把自己年轻时的风采，每个人都是笑容满面。

十四 无奈的退堂鼓

就在大家踌躇满志，准备大干一场的时刻，林场老一代治沙人、“六老汉”之一的雒老汉却打起了退堂鼓。雒老汉是“六老汉”中年纪较小的一位，今年也已经62岁了，身体还十分硬朗。可他已经打定了主意要离开林场。郭老汉是第一代八步沙治沙人的场长，所以雒老汉就到郭家来找郭老汉讨主意。

自从郭老汉腿坏了，被迫窝在家里不能到八步沙去种树后，他的脾气就格外暴躁，并时常有些英雄末路的感慨。雒老汉来访，郭老汉是高兴的，两个人相对着吸旱烟，共同缅怀了一番当年在沙窝子里生活的时光，言谈之间，郭老汉对那段岁月充满了向往。他不无羡慕地感叹：“老雒啊，你看你身体没啥毛病，还能进沙窝子劳动，不像我这腿脚不灵便，有那个心却没有那个力气了。”

雒老汉浅笑着不动声色地给郭老汉戴了一顶小小的“高帽子”，赞叹地说：“老哥哥，你是个心强的人，要不是前些年拉树苗翻车压坏了腿，你的身体比我好呀！”

郭老汉果然高兴，抚着伤腿开怀道：“好汉不提当年勇咯！那份承包合同，咱们哥六个可都按了手印、下了保证的。我们‘六老汉’半生辛苦换来八步沙的万亩林木，也还划算。”

看着郭老汉如此豁达，雒老汉微微有些失神，那些共同的记忆、并肩战斗过的情景历历在目。当年，他们六个人按下手印，不单单是签了一份合同，还有党员对党的承诺在里头，他们都是老党员啊！而且，自己那时还是生产队的队长，其他人要么是村干部，要么是生产队的干部。“一定要把八步沙治理好，不然将来见到马克思，人家都要笑话咱们不是合格的党员哩！”开玩笑说过的话，大家却都在心里默默认同。那时是何等的豪言壮语，可如今自己却要打退堂鼓了……

雒老汉无奈而惆怅，出神地盯着烟锅子里残留的一丝丝青烟，像在问郭老汉，更像在自言自语：“老哥哥原来是这么算账的。可我怎么就算不过来了？”

郭老汉很不解地看了一眼雒老汉的脸色，关切地问：“老雒，你这是话里有话呀！今天来找我究竟有啥事？”

雒老汉知道郭老汉的脾气，真要说出自己的想法时难免支支吾吾。他避开郭老汉的眼神，嗫嚅着像一个做了错事的孩子：“老哥哥，我……我想退出林场。”

郭老汉一听这话一下子就火了，他心心念念着想要去八步沙却去不了，别人身体好好的还要嚷嚷着退出，这事他不能容忍。于是，他拔高了声音，对着自己当年的老部下不容置疑地吼道：“啥？你要退出？不行，我不同意。”

雒老汉鼓足勇气说出了心里的话，反而没有了顾虑和心虚，出奇平静地反驳郭老汉：“你不同意也不顶事儿，现在你又不是队长了，也不是场长了。”

郭老汉的炮仗子脾气一点就着，扔了手里的烟袋锅子，勃然大怒：“即便我啥也不是，可按了红手印的合同还在我这儿，你说不想干了，那也得我点头！”

雒老汉从来都是好性情，这次是抱着破釜沉舟的决心来跟郭老汉谈的，被郭老汉一顿吼，也微微生了气，涨红着脸努力忍了忍，极其僵硬地扯出一个淡笑：“你不同意我就找老秦去，再不行还有其他几家人，我挨个儿找他们说去。这个沙我不治了，谁爱治谁治去。”

郭老汉颇为笃定地冷笑了一声，带着点得意地给雒老汉泼着冷水：“老秦已经不是场长了，现在是我儿子当场长，他也不能同意。”

雒老汉激动起来，两个老人就像是孩子似的互相赌着气，你一言我一语，你一矛我一枪，谁都不让。但雒老汉一辈子都是个老好人，跟郭老汉对阵毕竟有些发虚，他颤抖着嘴唇，略有泄气地说：“那我就找郭万刚侄子给他求情下话去，牛不吃草强按头的事，他一个小辈也不能强迫老汉我吧？”说完这句话，雒老汉掀开帘子噔噔噔地出去了。

郭老汉觉得还没有谁敢跟自己这样叫板呢！拐棍“砰砰”地捣着地皮，气恼地冲着门外大叫：“你这是自毁炉灶，捅自家的锅底！”

郭老太太正从外面回来，闻声快步进门，赶紧给郭老汉的茶缸子里续了水，不解地问：“这是做啥呢？老雒咋还气冲冲地走了？”

郭老汉余怒未消，一屁股坐进椅子里，张口一说话倒把老伴儿逗笑了，他说：“人家要当甫志高叛变革命咧！”

郭老太太失笑不已，虽然不知道两个老汉之间发生了什么，她也不甚在意。郭老汉的暴脾气有个好处，往往争吵过后，对方还在气恼难当地想不通，他却一转眼就把不快抛到了九霄云外，看着别人还会来一句“你这是咋了”，让人哭笑不得。

郭老太太捋了细麻绳准备纳鞋底，低声笑道：“你呀，臭脾气一辈子都改不了。”

郭老汉气哼哼说：“改了我就不是治沙的郭老汉了！”

武威人把说软话求情叫“下话”，顾名思义就有委曲求全的成分在里面。雒老汉在郭老汉那里碰了一个大大的钉子，转身来林场找郭万刚“下话”。他倚老卖老地觉得郭万刚作为晚辈，肯定得卖个面子给自己，再说了，郭万刚脾气好，这是大家公认的。

郭万刚正在办公室里写计划，与会计史金泉计划着即将开始的春季造林事宜。门帘掀起，雒老汉与乍暖还寒的春风一起步入了林场办公室。屋里还生着炉子，暖融融的，夹杂着老茯茶的清香。郭万刚招呼着雒老汉坐下，又让史金泉给雒老汉沏一杯酽酽的茯茶来，八步沙的老汉们都爱喝这个。

史金泉倒了茶来，又回到桌子边埋头忙自己的事情去了。雒老汉含笑抿了一口茶水，茯茶的温润令他心里熨帖了很多，正琢磨着怎么跟郭万刚张嘴，郭万刚已经开了话头。其实，就算今天雒老汉不来，郭万刚也打算找他谈一谈。八步沙林场的林区虽然不大，但在沙漠里种树非常不容易，每一棵树都被八步沙人如珠如宝地爱护着，因此划分了几个片区由专人负责看护。林区管护划片分为六块，每家管着一块，平时巡林就是看着不要让附近村民们的牲口闯入糟蹋树木，还有防止冥顽不灵的村民砍柴割草、破坏植被。昨天，郭万刚去巡林时发现，雒老汉负责管护的那片是最差的，树木上挂满了羊毛，林地里羊屎蛋子铺了一层，而被啃掉树皮的那些树眼看着是活不成了。郭万刚当时就觉得气血上头，但想一想雒老汉素日的表现，认为是他出了什么事才疏忽了林区管护，正要找他问个究竟呢，雒老汉自己倒来了。

雒老汉垂首坐下，往后缩了缩身子：“万刚侄子，我……我说什么也不愿意管我管的林区了。”

“雒叔，我还正想着要找您呢！您管护的那片林地最近可不怎么行呀！您说说，那是你们‘六老汉’半辈子的心血，被那么严重地破坏就不心疼吗？”郭万刚尽量和缓地对雒老汉说。

雒老汉表情僵了僵，很不自在而又情绪激动地问郭万刚：“万刚侄子，我今天来找你就是说这个事的。你说是树皮重要还是脸皮重要？”

郭万刚还不知道雒老汉心里是怎么想的，更不知道他已经找过郭老汉了，便很疑惑雒老汉怎么突然说出这摸不着头脑的话，便十分耐心地问他：“雒叔，您是不是遇到了啥困难啊？您说出来咱爷俩好好唠唠，这阵子我也是工作太忙，前两天我就看见您负责的那片林场到处都是羊粪蛋，有些树的树皮都被羊啃掉了。我想，您一直对工作挺负责任的，不可能这样放任你们老哥几个的心血而不顾啊！说说看，究竟出了什么事？”

雒老汉这才红着眼圈，告诉了郭万刚这些天憋在自己心里的一件事。

十五 羊倌欺人太甚

古浪县是国家级贫困县。古浪穷啊！那一亩三分地里的庄稼只够一家人堪堪填饱肚子，那还是老天爷怜悯，少刮几场风、多下几场雨的情况下的收成。作为全国重点贫困县，没有副业收入，脱贫就是猴年马月的事情。这其中有一部分精明人悟出了这个道理，在营务庄稼之外动上了脑筋。俗话说“靠山吃山，靠水吃水”，八步沙人既无山可靠又无水可依，只能将目光放在沙窝里。广袤的腾格里沙漠，若是天气好一些，几场雨水过后，也能长出些草棵子来，何况还有八步沙偌大的林子，那里面丰茂的草就是羊的好饲料。村民们有了这个打算，便纷纷养起了羊，闲暇时赶到沙窝里放牧，既经济又省事。为了寻求出路，几乎家家都养了几只羊。因为这个需求，就出现了一个特殊的群体——羊倌。有些羊倌不但放牧自家的羊，还代放别人家的羊，大的羊倌甚至管理着数百只羊的羊群，这样的人家往往因为养羊放牧而家境殷实，人称“羊户子家”。

在八步沙边上的土门村就有这样一户人家，姓刘。老刘年老歇业后就把放羊的营生交给了儿子刘尕五。为什么叫尕五？刘家弟兄五个，刘尕五排行老小，又占了个“五”字，因此得名。人多力量大的农村，也因着刘羊户子家人多势众，一贯在周边的羊倌中是领头人物，他家的羊群在哪一片，别人家的就不往那儿赶，惹不过总还躲得过。

刘尕五其人，二十来岁的年纪，小时候特别不爱念书，别人家的娃娃背了书包上村校，他就半路往柳树丛里一躲，或者拐出村一径跑到沙窝里去玩，其他孩子朗朗地读着“鹅鹅鹅，曲项向天歌。白毛浮绿水，红掌拨清波”时，他在撵蚂蚁、掏树洞、逮野兔子、捉壁虎……总之不学无术。

后来，老刘发现自己这个小儿子每天揣着馒头却没有去上学，反而到处胡溜达，便气哼哼地对儿子说：“你小子现在逃学不好好学习，以后没文化可怎么办？”

“我放羊啊，多自在。”刘尕五歪着头，不屑地回答他老爹。

老刘背着手气愤地问：“那羊大了呢？”

刘尕五扬起脸："卖钱！"

"卖完钱呢？"

"你给我娶媳妇！"

"娶完媳妇呢？"

"生娃娃呀！"

"娃娃长大了呢？"

"跟我一样，放羊！"

这一番与儿子的对话，气得老刘哭笑不得。从此，老刘便打消了逼着儿子上学的念头，干脆带他放起了羊。嗨，这刘尕五还真是个放羊的料，放了三天半，那一手"炮肚子"（也叫炮鞭）就打得特别准。没有几天，那领头羊就被刘尕五用炮肚子制得服服帖帖了。于是，老刘就把羊鞭交到了刘尕五的手里。现在，刘尕五接了他爹的班，已经很少有人叫他的名字了，大家都称他"刘羊倌"。

那天，雒老汉一大早赶去八步沙自己的片区巡林，才到林子边缘就听到了咩咩的羊叫声。雒老汉急忙跑进林区，一大群羊肆无忌惮地在林地里啃食植被，看地上的羊屎蛋子数量，这群羊进来已经有段时间了。雒老汉气愤地冲过去，把羊群往林子外头赶。

羊群在圈里饿了一夜，清早放出来正是贪婪进食的时候，好容易遇上这么一块肥美的草场，哪里肯轻易离开？雒老汉把这边的赶出去，那边的又闯了进来，正在气恼的当口，刘羊倌不知从哪个犄角旮旯里钻了出来，一看有人敢跟自己过不去，就大声叫骂开了："老家伙，你为啥撵我的羊？"

终于找到了羊的主人，雒老汉气喘吁吁地说："你说为啥？三番五次给你们说不让在八步沙放羊，你还来？"

刘羊倌不服，漫不经心地问他："咿呀，这就奇怪了！八步沙是你家的？"

雒老汉管护林区，这种问题回答得多了，随口回道："不管是谁家的，规定了不能放羊就是不能放。"

刘羊倌假装不懂，看了看雒老汉是一个人，又在心里快速衡量了一下，怎么看雒老汉也不是自己的对手，便放肆地龇牙笑起来："啥规定？我咋不知道？我是土门村的人，你雒老汉也是土门村的人，咋还光撵我的羊？"

雒老汉这才认真看了看眼前的羊倌，原来正是他们一个村的蛮不讲理的小淘气，比自己的小儿子大不了几岁的刘尕五，也不由得用带了几分铁面无私的口吻道："不管是哪个村的人，谁来放羊我就撵谁！"刘羊倌是野惯了的性子，大字认不得几个，倒总把些小人书揣在怀里翻来覆去地看，自觉身上的那份痞气正和小人书里的那些大英雄符合，平日里拿羊群当自己的兵将来过过书中大将军调兵遣将的瘾头。在他看来，雒老汉撵着羊群就是撵着他的兵将，胸腔子里那股混账劲儿就一下子被激发出来，很有些嘲讽地讥笑道："哎哟，你这个老汉是拿上鸡毛当令箭哩，自己谋（mǔ，掂量的意思）不着自己是哪个了嘛！"

雒老汉没想到刘羊倌这么一个碎娃娃敢这么跟自己说话，动怒地质问道："我认得你，是羊户子刘的尕娃子是不？按辈分，你还得叫我一声大，有你这么说自己大的吗？"

刘羊倌撇嘴，嘴里叼了根干树枝子，不以为然地回道："我可没你这样的大。在我眼里，连光知道吃草拉粪的羊都比你亲。"

这一句话当真可恶，恶言相向的人雒老汉也见过，但如此没有教养的年轻人，他还是第一次碰见。雒老汉气急，弯腰拾起地上的一根树秧子，照着刘羊倌就抽过去："你这个崽娃子，敢骂老汉我不如畜生？"

刘羊倌挨了揍自然不服，扑上前和雒老汉厮打起来。

雒老汉年迈，被年轻的羊倌按在地上，一顿拳头打得翻不起身来……

雒老汉说着撩开衣襟让郭万刚看他身上的伤痕。

郭万刚起先并不知道在雒老汉身上发生了什么事，看着雒老汉青青紫紫的瘀伤才知道了这件事。他气愤难耐，埋怨雒老汉没有及时来跟自己说。如果雒老汉第一时间来告诉他，作为场长，这个头他是一定会替雒老汉出的。林场管护艰难也不是一天两天的事了，附近的村民愚昧蛮不讲理的也不是一个两个，但仗着年轻就打骂老汉们的事还真是第一回碰到，莫说郭万刚，就连一旁的史金泉都气得站了过来，挽起袖子就要去找刘羊倌拼命。

雒老汉急忙拦住史金泉，表示完感激又说，一回两回可以来告诉场里，可见天淘不尽的闲气，他总不能回回都来找场长告状吧？场里不乏年轻人，还个个孔武有力，但雒老汉觉得，自己一把年纪了，没有道理大事小事都找场里解决。这样的心思固然有不愿意麻烦别人的原因，但最大的顾虑其实是他丢不起这个人。年轻的时候，雒老汉也是在村里当过干部的人，自觉还有一分脸面在，若要把自己被羊倌打了的事说出去，他觉得自己就会颜面扫地。所以，宁可打落牙齿和血吞，都不想把挨打的事情闹得尽人皆知。今天也是处处碰壁，谁都不同意他离开林场，这才迫不得已把心里的伤疤和身上的伤疤一起抖搂出来，他是铁了心要退出八步沙了。

郭万刚总算明白了雒老汉的心病。雒老汉一辈子都是个老好人，平时一个人都不得罪，现在为了护林，不但得罪了周边的羊倌们，还挨了一个娃娃的打。这样的事情，别说是雒老汉了，就是任何一个人也接受不了。郭万刚默默地抽了一根烟，平息了一下激愤的情绪，对着颓丧的雒老汉叹息道："所以，雒叔您就觉得脸面大过一切，窝在家里不管不顾，任由人家赶着羊糟践我们的树林？八步沙有句顺口溜说'春种夏活秋剥皮，冬上拔了钉滚碶'，这是在打我们的脸，在嘲笑我们八步沙人种不活树哪！您这么做可就真正让人家看笑话了。"

雒老汉微微红着眼圈，大有士可杀不可辱的悲戚，委屈地说："我也 60 多岁的人了，黄土埋到了脖颈子，年轻时当生产队长，一辈子受人尊敬。现在为了看个树吵吵嚷嚷，被那毛都没长齐的崽娃子骂成畜生不如，还挨了人家的打，我的老脸也没地方放了。”

郭万刚对雒老汉的遭遇感同身受，但不忍有之，不满意更有之。雒老汉的心情他能理解，如果老汉肯当时就告诉他这事，郭万刚有的是办法帮雒老汉去争回这个脸面。实在不行，还可以通过派出所解决。对于这样不知道大小的混账东西，一定要狠狠地教训一下。可是老汉悄没声息地不让人知道，还把林区撂下不管，这是郭万刚不能接受的，无论什么情况也不该破罐子破摔。要是谁都有了这个心思，那八步沙还种不种树了？林区不管护，那辛苦种树还有必要吗？三分种七分管，八步沙跟其他地方不一样，自然地理条件限制了树木的生长，这是八步沙脆弱的一面，树木根本就不具备自愈能力，死了一棵就是死了，需要重新栽种，从小树苗再慢慢长大，这个过程需要几年甚至十几年，因此管护就显得尤为重要。而雒老汉自暴自弃，放任树木被糟践而逃避不管，就尤令郭万刚气恼，所以就不得不批评他了。

一番有礼有节的批评，雒老汉听得心服口服，可他还是过不了自己心里的那一关，低着头为难地说：“你是场长，说的也有理，这个批评我得接受。不过，今天来不单是这事，我还有事给你下话呀！”

郭万刚很痛快地点头，又给雒老汉续上茯茶：“雒叔，有难心事您尽管开口，只要我能帮上忙的，绝无二话。”

雒老汉迟疑了片刻，现在才发现郭万刚要比郭老汉还难对付，虽然没有一句重话，但就是让他不由得生出些胆怯和心虚来。不过，这两日来的憋屈郁结在胸，逼得他不吐不快。他深吸了几口气，借着茶杯的遮掩，眼睛看着脚面轻声说：“我想着退出呀！”

此话一出，郭万刚和史金泉都十分诧异，相互看了一眼表示不可思议。

郭万刚颇有耐心地劝解：“雒叔，您这是啥念头？快收回去。莫说是我，就是老场长、我爹，还有其他几家人都不会答应的。”

史金泉接过话头，不解地说：“林场现在慢慢有了起色，我们正要大干一场，您老怎么能说退出就退出呢？是不是还为刘羊倌的事转不过弯儿来？那我带几个人给您讨个说法去。”

雒老汉站起身来再次阻拦，拍了一把自己的大腿，几近哀恳地叫道：“大侄子，你们还嫌老叔的脸丢得不够大吗？你们就让我清清静静过几天安闲日子吧！”

史金泉恨铁不成钢地看了一眼雒老汉，一扭身坐到旁边不说话了。

郭万刚总算彻底明白雒老汉的来意了，看来他是吃了秤砣铁了心要离开八步沙了。面对钻进牛角尖的雒老汉，郭万刚暂时还想不出怎么去做他的思想工作，只能选择沉默相对。

雒老汉唉声叹气地蹲在长椅边上，似乎全身的精气神儿都被抽空了的样子。他语气沉沉地声明：“我是下定了决心走呀！”

办公室里静静的，谁也不说话，火炉上“哧哧”冒着热气的水壶提醒主人水开了。史金泉平日话少,此时生着气更不愿意说话了。郭万刚掐掉手里的烟头,走过去提开了水壶，又耐心拨了拨炉里的炭火，眼睛却瞄到了蹲着的雒老汉那一头乱糟糟的花白头发上。看到这里，郭万刚心里顿时难受起来。他慢慢走过去，搀起雒老汉将他安置在椅子上，给他递上一支烟，极其诚挚地说：“雒叔，不是我非要拦着，我知道您心里是舍不得八步沙的。这八步沙能够变成现在这个样子，哪个角落没留下您的汗水呀！去年几个叔伯相继离世，您就开始闷闷不乐，话少了，饭量减小了，精神也垮了。这些我都能理解，我们大家跟您一样伤心。叔，您是八步沙的功臣啊，怎么能打退堂鼓呢？”

雒老汉拿烟的手一抖，默默低下头去。

初见成效的北部沙区

十六 往事留在风中

郭万刚的眼前浮现出一幅幅画面来，那些场景里每每都有雒老汉的身影。在郭万刚的言语里，雒老汉的神思也飘向了从前。

那个时候，六家人刚刚承包了八步沙，一到假期，几家的娃娃就跟着大人进沙窝帮忙干一点力所能及的活儿，可以说，包括自己在内的娃娃们就是在沙窝里打着滚儿长大的。沙漠不比别处，老哥儿六个搭的地窝铺简陋粗糙，白日里阳光晒着窝棚能闷死人，一到晚上气温骤降，又把人冻得直磕牙。老人们普遍认为女娃娃娇气受不得苦，所以每天干完活，早早就让各家的姑娘们回家去了，而男娃娃“泼皮”，可以留宿，地窝子就成了他们几个小子的游乐园，他们上蹿下跳玩得不亦乐乎，好几次还因踩塌了地窝子被大人追着打屁股。

沙漠里没有什么休闲娱乐的游戏，大家打发时间的方式就那么几种，要么打牛九牌，要么喝散酒侃大山，再不然就是扯了嗓子漫花儿，最高雅的活动就是磕磕巴巴地读报纸，但几个人都没有正经念过书，完整地读一篇文章简直不可能。因为有娃娃们在，酸溜溜的花儿显然不合适唱了，喝酒又怕带坏娃娃，那就只剩下打牛九牌了。

牛九牌是武威的地方性纸牌游戏，俗语叫“掀牛”或者“挖牛”，三个人一局，此外还有数个“坐家”，大家轮流坐庄斗牌。现在有拿扑克牌来玩的，但过去的牛九牌都是专门制作的，细长的纸质牛九牌或塑料牌上下两头用红色和黑色标明点数，中间绘以工笔人物肖像画，不同的人物对应着牌面的大小。最常见的就是水浒人物了，比如画了宋江的那张就是最大的牌面，俗称“天”，而一张“天”配上八和十就能组成一个组合，叫作“一路摆”，用来吃掉由二、三、四组合而成的“一窝鱼”。牛九里头以“牛”和“喜”为主，牛是九，喜是五，又以两张以上不同花色的牛对和喜对，或者“三牛”“三喜”为赢得其余两家的决胜牌。当然，如果你手里的牛和喜是同花色的一对，就被称为“母牛”和“母喜”，那便没有了威力，不顶用了……总之，武威人的“掀牛”独具地方特色，玩法和讲究变化多端，不一而足，独有一套输赢计算方式。

一人一张拿够了牌，雒老汉是头家，一看在手是一副“重天摆”和“三老虎”，可惜只拿了一张牛，没有可以赢人的东西，便说要“扣牌”。扣牌就是弃牌的意思，头家觉得没有胜算可以率先发话放弃这一局，但是其他两家要是牌好就会要求他出牌，这个时候打出来的牌一手就叫作“一掀”。二家里坐着史老汉，底家是和老汉。史老汉不掀，和老汉应该有好牌，就很豪气地叫了声“我掀”。旁边老场长轮到“坐家”，伸长脖子往和老汉的手里看，脸上露出了讳莫如深的笑。底家要掀，雒老汉只能出牌。他先打出了一张“天”，这是最大的牌，自然谁也要不起。和老汉要了“一掀”，但没有接住，老场长就劝他放弃。和老汉摆摆手表示不服，仰着下巴又要“二掀”。

雒老汉嘴里念叨着估算二家和底家的牌，思谋片刻又打出“三老虎”来，他这一把出得有些冒险，“三老虎”只有“三天”或者“三牛”才能吃掉，而自己前面出了“一扇天”，手里还有“一副摆”，“三天”就不可能有了。看和老汉的架势，莫非拿到了“三牛”？要是他真有“三牛”，那自己就必输无疑，但雒老汉就是想看看和老汉到底拿了什么好牌。牌打出去，结果二家不要，和老汉也拍起了大腿——“三老虎”是大牌，而他只有一对牛，接不住。雒老汉放了心，眨巴着眼睛又说了一句“扣”，却挑衅地看向和老汉，问他还掀不掀了。

三个人斗牌，另三个人当“坐家”观战，都劝和老汉不要掀了。和老汉搓着头表示为难，但左看右看自己手里的牌势，觉得如果不掀太可惜，就一副豁出去的架势，把手往地上拍了一把，表示还要掀。

“他顶多就抱着一窝鱼子，还能有啥好牌？”和老汉很笃定地对几个老汉说。雒老汉淡定地抽出牌，要甩到场子上时却憋不住了，得意地嘿嘿笑了起来，把“一副摆”很有气势地摊明了。几个老汉往里一看都笑起来，和老汉瞪大眼睛不敢相信地说：“你咋还有‘一副摆’呢？我这不是上当了吗？”

老场长在一旁笑着说：“我说叫你不要掀你非得再要，这回还掀不掀了？”大家一致劝和老汉认输，和老汉也有些后悔，但还是不服气地问雒老汉接下来要出啥。

雒老汉望了一眼二家里的史老汉，笑着说：“不论我出啥，你也没机会了。我一张花十交给老史，你还敢再掀吗？他手里肯定还有‘一扇天’。”

史老汉点头，亮出他的牌，果然手里还有一张“天”牌，除了这个还拿着两窝“鱼”，还有一组“小三副”。和老汉也把自己的牌亮明，原来他连“小三副”都不吃，就指着一对牛抓牌，再有就是“四喜儿”。

和老汉指着自己的牌让大家看：“你们说，这个牌不掀，直接扣掉能甘心吗？”大家都笑起来。和老汉认输，起身去做饭，还满脸可惜地说：“你说轻易能拿上‘四喜儿’吗？我是拿了个头家牌啊！如果是我的头家，你俩就输得连明儿个的饭都承包了！”

老汉们笑得前仰后合，雒老汉咧着大嘴笑得最嚣张：“我就是等着叫你掀哩，不然这会子做饭去的就是我了！”新的一轮又开始了，和老汉去拿锅做饭，其他人继续热火朝天地玩。

老汉们掀牛的赌注往往是谁输得多谁做饭，其次是去巡林。沙地里画道道计数一目了然，几把过后，总输家就垒石块搭灶，开始给大家做晚饭，晚饭后第二个、第三个输家就骑着毛驴到八步沙深处巡林。“六老汉”就是这样在大沙漠里自娱自乐，认真地守护着他们辛辛苦苦在沙漠里种下的树木，日复一日、年复一年，慢慢地种出了一片小有规模的林地。

八步沙的伙食主要是各家摊份子拿来的面粉，还有清油、土豆、酸菜等最常见的食物。这些东西都是大家轮流背进沙漠里的。几个大男人本也没有什么高超的厨艺，胡乱揪了面疙瘩下锅，竟也能做出一顿香味四溢的晚饭来，大家把这个饭叫作“手把揪片子”。娃娃们吃得尤为欢实，直言比家里头的饭香。只可惜沙漠里风大，一碗饭吃到底，碗底上就积了一层沙粒。饶是如此，六家人没有谁喊过苦叫过累，各家的娃娃、婆姨也没有谁哭着喊着不让当家人去受那份罪，反而是只要空闲了就背着米粮送来，春秋两季造林时不用谁发话就自己收拾了工具，全家总动员地来支援植树造林。

那个时候的八步沙里经常有这样的情景：毛驴车在前面缓慢行走，车里拉着铁皮水桶往沙窝里运水，娃娃们打打闹闹，撵着驴车在后面接水喝。虽然苦，却并不孤单……

郭万刚清楚地记得，有一年春天，雒老汉和郭老汉进沙漠巡林，一去就是七八天杳无音信，把家里人都急坏了。于是发动六家子所有人去找，最后在沙漠深处发现他俩昏倒在了沙梁背后，再晚去一会儿，他俩就渴死在那儿了。救醒了两个老汉一问才知道，事情起因竟是他们发现了一株野生的白榆树。那是一棵半死的白榆，人腿粗的树因为干旱少雨快要干死了，这是他们不能容忍的事情。两个人就把他们喝的水全浇了那棵白榆树，而自己却渴得再也走不动了……

往事历历在目，回想起来仿佛就是昨天才发生的一样，雒老汉的思绪久久沉浸在那些难忘的记忆里，颇为向往的神情出卖了他内心的真实世界。半晌，他感慨道：“是啊，那株白榆树现今成了我们进沙漠的指向标，看着它就能辨清方向，不会迷路了。”

郭万刚见他有所触动，语重心长地劝说：“雒叔，那么苦的日子都熬过来了，您现在却突然提出要离开，我不知道您是怎么想的，只怕这么做了您将来后悔啊！您刚刚还说你们用自己喝的救命水救活了那棵白榆树，怎么还想着要离开呢？八步沙的绿色是你们用汗水一步一个脚印地浇灌出来的，您要是放弃了，等于放弃了以前所有的付出。就为了一个淘气的刘尕五，放弃您付出一生的心血和承诺，值吗？”

谁说不是呢！雒老汉在留恋和留脸之间犹豫不决，深深地吸了一口烟低头不语，烟雾缭绕里，一张黝黑的脸沧桑而痛苦。

郭万刚叹了一口气：“雒叔，您再想想，或许还有其他的办法。”

雒老汉蓦然抬头，浑浊的眼睛盯住郭万刚问：“别的办法？那……那我让兴国来可以

第一代治沙人
艰辛的开篇

吗？”

办公室里凝滞的气氛顿时活跃开来，史金泉望了郭万刚一眼，脸上绽开了笑容。郭万刚呆了呆，继而又愉快地笑道：“可以啊，太可以了。雒叔，兴国来可以，但您也闲不下，还得做咱们的顾问呢！”

雒老汉神情舒展，似乎卸下了千斤重担一样全然放松，难得有了点欣然的笑意，摇摇头说：“我老了也干不了啥了，兴国来就好了嘛！”说着起身往门口走，脚下也有两分解脱了的轻快。

事情最后的处理结果超出了预期，天知道郭万刚心里有多么喜悦。一个年轻人的加入不单单意味着接班和延续，雒兴国可是地地道道的高中毕业生，八步沙林场太需要有文化、有知识的年轻人来补充新鲜血液了。史金泉跟郭万刚一个心思，他早已敏锐地捕捉到了雒老汉这个决定有多么令人期待。雒兴国能来，那就是林场的新生力量。郭万刚和史金泉之所以对雒兴国的加入充满希望，是因为仅仅靠自身经验已经跟不上林业科技的发展需要了，新技术的应用把文化的重要性凸显了出来，林场正迫切需要一些像雒兴国那样有知识的年轻人。

郭万刚高兴地追出去，冲雒老汉的后背喊：“雒叔，让兴国明天早上就来报到，春季造林马上就开始了。”

雒老汉摆摆手表示知道了，然后拐出了场部大院。

十七 接班人也困惑

雒兴国今年20岁，高中毕了业正放假在家。在去年的应届高考时，离录取分数线差了23分，复读了一年，今年终于考出了比上一年更好的成绩，可分数线也相应地提高了，他又一次遗憾地与大学擦肩而过。小伙子有些心灰意冷，干脆赌气不念书了，跟着村里的副业队去城里打工，半年下来受了些苦，不但把心气儿磨平了不少，还把原来麻秆似的书生身体锻炼得满身肌肉。雒老汉对此也准备认命，打消了让儿子继续复读考大学的念头，正寻思着找机会让他进八步沙磨炼磨炼呢！这样的打算只是雒老汉的一厢情愿，他并不知道自己的小儿子还有一个小秘密。雒兴国上学时，有个同村的女娃娃跟他要好，两个人一直同学念书，是真正的青梅竹马，那姑娘虽然也名落孙山，却去了村小学当民办教师，雒兴国就怕那女孩子因为自己安心当个农民而看不上自己，所以，还在为要不要继续读书而犹豫。尽管那个姑娘并不是“势利眼”，昨天两个人遮遮掩掩地见了一面，姑娘还亲口告诉他，自己并不在乎身份，只要他懂得上进就行，还支持他今年到新疆去打工。听说那里的工资高，雒兴国想着多挣点钱，将来也好向人家提亲。

这样的小目标原本是十分有希望实现的，两个年轻人正在憧憬自己的美好将来的时候，雒老汉却忽然提出要儿子到八步沙林场接班，这个武断的决定给了雒兴国当头一棒，让小伙子措手不及。真是计划不如变化，盘算好的事情全被老爹给打乱了。雒兴国对雒老汉要他到林场上班的事万分不情愿，那叫什么上班？明明就是个沙窝子里种树的苦差事，苦也就罢了还没有收入，老爹这不是在断送自己的前程吗？

为了将来能过上好日子，雒兴国就不得不抗争，他梗着脖子叫嚷：“爹，林场我不去，您打死我，我也不去。”雒兴国的牛脾气比起他爹来真是青出于蓝而胜于蓝，父子俩嚷得惊天动地。

雒老汉也气恼，平生就好个面子，怎么能出尔反尔呢？便也强硬地对着儿子一顿吼：“不行！你就是死也得给我死在林场。我已经答应郭场长了，明天一早你就报到去。”

雒兴国眼睛里转着泪花，不明白向来偏疼自己的老爹哪根筋不对了，委屈地问道："那你咋不让大哥、二哥去，凭啥苦活累活就让我去？"

雒老汉也有苦衷啊！老一辈人的心目中，娶媳妇单过的儿子在某种程度上就几乎跟自己平起平坐了，户口簿上人家可是户主了，他哪里还能随意使唤呢？何况是这种顶替自己去受苦的事情。就算哪个儿子愿意为老爹分忧，不是还多了儿媳妇那一关吗？雒老汉只能对着小儿子实话实说："你大哥、二哥娶媳妇分家单过了，我只能指派得动你。"

雒兴国怔了怔，从来没有意识到娶媳妇还能多出这么一个优势来，想起正跟自己秘密要好的姑娘，他不由得红了脸，为了以后的好日子也顾不上害臊了。他继续嚷嚷："那我不娶媳妇了？进了沙窝风吹日晒的，一年半载过去就给折磨成干瘦小老头了，谁家的姑娘还愿意嫁啊？再说了，沙窝子里去了能挣上钱吗？没钱拿啥娶媳妇？本来……本来英子还说跟我好，等我今年去趟新疆挣了钱回来就请媒人上门。您这不是害我吗？哪有当爹的像您这样的，盼着儿子打光棍呀？"

一口气嚷完，雒兴国只觉得心都要从胸腔里跳出来了，只希望老爹看在自己的实际困难上改变主意。那个鬼地方他才不要去，整日里跟风沙打交道，把人折磨得不成个人样，他十分怀疑他爹额头的皱纹里是不是随时都能抖搂出沙子来，或者里面还有一只过冬的蚊子也不一定呢。

雒老汉也很意外，儿子的吵嚷声里竟然提到了这么重要的事情。原来在不经意间，儿子已然长大成人了，懂得为自己的将来打算了，还悄没声息地把终身大事也解决了个七七八八。雒老汉欣慰的同时又有些愧疚，半辈子都扑在了八步沙的治沙造林上，不知不觉，那个拖着鼻涕、细胳膊细腿的小子就长成了高高壮壮的小伙子了。看着他嘴唇上方青青的胡茬，雒老汉是骄傲的。但是，儿子瞪着眼睛、梗着脖子的神情又提醒他，此刻还不是心软的时候。他硬起心肠拍了一下桌子，使出最后的撒手锏："放屁！是你爹重要啊还是那八字没一撇的丫头重要？你要不去八步沙，就不要认我这个爹！"

雒兴国果然被雒老汉彻底唬住了，无奈而激愤地跺了跺脚，一转身跑了出去。村小学在农具厂和村委会大院的边上，过完年刚开学，校园里的背阴处，沿墙根还残留着一线雪痕。正是下课时间，孩子们追逐嬉闹，欢笑嘈杂。一位年轻的女老师在与学生们玩耍，两条辫子在她的肩头跳着青春的舞步。雒兴国站在校门口偷偷往里看，校园的味道触痛了他的鼻翼。揉了揉酸酸的鼻头，雒兴国打了一个响亮的喷嚏。年轻的女老师并没有注意到校门口的动静，老校长却晃晃悠悠走了过来。等雒兴国意识到准备要走时，老校长已经站在了他的面前。

"小伙子，你找谁？"老校长已经认不得这个他曾经教过的学生了。

雒兴国下意识地站直，仍然像小时候被老师提问时一样，急忙回答："没……没找谁……"

老校长狐疑地打量了他一遍，很负责任地警惕起来："这里是学校，看你这个年纪也不像家长，说，你鬼鬼祟祟的到底要做什么？"

雒兴国张嘴想要争辩，老校长严厉的目光却让他迟疑了一下，如果跟他说自己来找英子，估计老校长就得拿棍子赶人了，他只好讪讪地笑着，转身走开了。老校长或许觉得这是一个游手好闲的混混儿，锐利的眼神刮了一眼雒兴国，亲自动手关上了学校的铁门。

雒兴国走了几步，背后传来上课铃声，他带着丝丝哀愁、满腹心事，极不情愿地离开了学校。此时此刻，他竟不知道该往哪里去。

雒兴国胡乱溜达着，还是回了家。刚进院子，就闻到了妈妈的味道，那是晚饭熟了……清油炸羊胡子花的香味飘满了院子，引诱得雒兴国流下了哈喇子。哎，不对呀，妈今天不是去姑爷家看外孙子去了吗？还说了要在姑娘那儿住几天……妈妈不在家，那晚饭肯定就是老爹的手艺了。想到是爹做的饭，雒兴国一下子泄气了。可是一闻到饭菜的香气，肚子就很不争气地"咕噜噜"唱起了空城计……他不由得咽了咽口水，一步一蹭地走进了屋里。

父子俩互相赌气，谁也不肯让步，沉默地吃着手把揪片子，只有筷子和碗碟碰撞的声音以及各自嘴巴里咀嚼和吞咽饭菜的响动。也许，彼此还一边吃饭一边动脑筋，为了说服对方而费力琢磨。

屋里安静，就显得屋外的动静格外清晰。正在尴尬中，外面一个清脆的女声传来："兴国在家吗？"

雒兴国眼皮抬了抬，偷偷看了一眼老爹，略有些扭捏地放下碗筷走了出去。

雒老汉木着脸，极力装出不屑一顾的淡定，等儿子出去，他赶紧搁下碗筷起身，悄悄走到门边向院里看去。

院子里俏生生地站着一个姑娘，夜黑看不清长相，但今天兴国已经嚷嚷过了，想必是那个叫英子的姑娘来了，姑娘怀里还抱着两本书，跟儿子面对面站着说话，好像挺般配的样子。雒老汉嘴角扯开了一丝笑，走到窗口处，继续看着这对年轻人，他想知道，他们的关系究竟发展到了什么程度。

院里，雒兴国站在英子面前局促地挠着头，不好意思地问："你怎么来了？"

英子大方地笑道："我不是带信让你今天下午去趟学校吗？你没去找我，我只好自己来了。"

雒兴国想起自己下午在学校门口的糗样，还微微有些懊恼，都这么大了，见了老师还会紧张成那样，这让他觉得丢脸，只好顺口撒谎："我忙，所以……"

英子明白雒兴国是害羞。农村里还是封建，她和雒兴国自由恋爱，在城里不算什么，要是在村里传开，那就成惊天大新闻了，会被大家当成笑料来谈论。英子也胆怯，只能借着是同学的关系而假意送书，实际却是来看看雒兴国为什么爽约。听了这话，英子便笑嗔道："你有多忙我还不知道。不是说要再复读一年吗？我给你找了参考书，可你总不来取，我只好送来了。”

雒兴国心里的痛苦没办法说，瞥了一眼自家窗户里的灯光，只觉得灰心。心爱的姑娘含笑站在面前，这么美好的英子，如果自己去了八步沙，恐怕就只能是望洋兴叹了。想到这里，雒兴国干脆直白地说：“其实，我骗你的。复读了一年也没考上，我今年不准备复读了。”

英子早就听雒兴国说了要去新疆打工，于是便点点头给他打气：“哦，三百六十行，行行出状元。不论干啥，只要用心做，都会有出息的。”

雒兴国深感英子的确是个善解人意的好女孩，他没有看错她。为了能够对得起两个人自小的情谊，他不能容许自己有事瞒着英子。这样一想，他释然了，不无落寞地又说：“可是，我爹今天说，非让我去八步沙林场呢。”说完急忙盯住英子的眼睛，此时，他的心情复杂得难以描述，既不希望看见英子对他失望，又情愿英子对此能明明白白地有个态度，如果因为这个事英子选择跟自己分手，他又怎么接受得了？他多希望永远跟心爱的姑娘在一起啊。

英子愣了一下，雒兴国清楚地看到她意外的表情，他的心就沉沉地冰凉了一大半，颓丧地转头不敢再看下去。是啊！雒兴国，你凭什么会以为英子真的不计较你的身份，愿意像很多农村妇女那样一辈子跟着你翻地、割麦，泥头泥脚地蹉跎光阴呢？英子是个有文化的人，是受人尊敬的老师，尽管她现在只是一个民办教师，但依然是有别于自己这个农民的。雒兴国纠结着、痛苦着，正要开口体面地告别，结束这段不可能有结果的感情时，英子却突然笑了。

英子一把揪住雒兴国的袖子，眼神明亮得如同夜空中的星星：“那也挺好的呀！绿化八步沙，保卫我们的家园，这是环保的主要内容啊！也是大事业，我支持你！”

被英子揪住袖子，两人离得那么近，英子淡淡的体香让他心里突然升腾出一股暖意，如喷泉一样汩汩上涌。雒兴国定定地看过来，不确定地问：“英子，你真是这样认为的吗？”

英子爽朗一笑：“对呀！那可是既伟大又高尚的工作，比我在村校当民办老师还要有意义。告诉我，你啥时候去？”

雒兴国已经蒙了，脑袋里晕乎乎的，他微微气喘道：“我爹说明天，只是……”

英子打断他，开心地说：“太好了！明天星期天，我和你一起去，顺便看看我们学校去年在八步沙里义务劳动植的树长得怎么样了。”

雒兴国还在发蒙，不敢相信眼前的一切。

英子把怀里的书按到雒兴国手里，替他做了决定：“就这么说定了，明天你在村口等我，咱俩一块儿去八步沙。”

雒兴国木木地点头，说出来的话不似自己平时的声调：“那……那我明早等你。”

英子笑着剜了他一眼，一转身快步走出了雒家的院子。

雒兴国呆呆地盯着院门，驻足目送着英子的背影。直到此刻，他还是没有回过神来，

接班人的广阔舞台

像在做梦一样。

偷偷目睹了院里两个年轻人见面的雒老汉，这时候把心妥妥地放到肚子里了。他回到饭桌前，把一碗饭吃得呼噜山响。这是个好女子呀！如果真的成了我雒家的儿媳妇，我就完全可以昂首挺胸地走在人前了。

雒兴国眉头舒展，脚步轻快地回来了。这时候，他明显地感觉到屋里的气氛已经不再沉闷了。父子二人相互看了一眼，雒兴国难为情地低下了头。

雒老汉笑眯眯地问儿子："那女子就是英子？"

兴国微红着脸，鼻子里嗯了一声。

雒老汉适才完完整整地听到了他们的谈话，对深明大义的英子非常赞赏。这个犟牛一样的儿子，自己费尽唾沫都没有说动，却被那丫头三言两语给说转了，就这么乖乖地听话愿意去林场了。英子这丫头，这件事办得漂亮，令他甚为满意。雒老汉不由得点头称赞："是个好女子！"

兴国脑子转得极快，明白他爹是听到了自己和英子说的话。心爱的姑娘得到家长的称赞，他有些莫名的骄傲。可是，关于去林场报到的事，兴国有自己的打算。虽然英子同意他去八步沙，但他的心里依旧是不情愿的，即便不是为了英子，他也没想过把自己的人生和前途交给八步沙。

前些天英子推荐给他一本书，是女作家三毛的作品。说实话，他看不进去，主要就是因为书名，一看到沙漠，他就条件反射般地排斥。但英子笑骂他不懂感情，不懂浪漫。兴国嘴上没说什么，心底里却是反驳的、质疑的，如果在沙漠里流浪也叫浪漫的话，那自己的老爹他们，难道半辈子都是在浪漫之中度过的吗？天哪，不要幼稚了好不好？一辈子灰头土脸、弯腰撅屁股地种树，什么时候是个头啊？再说，“5·5”沙尘暴的教训还不足以说明沙漠的残暴无情吗？反正，兴国对沙漠既厌憎又畏惧。沙漠沙魔，那就是一个魔鬼，无论如何让人生不出什么亲近和好感来。

大不了先去应付几天，等找个合适的时机再离开林场，这样既不得罪自己的老爹，又能兼顾英子的情绪，真是两全其美。兴国有了盘算，嘴上不再抵触，却还是有些愤愤不平的低落，嘟囔着说：“好有什么用？很快她就看不上我了，人家可是老师呢，而我将来就是个黄天背上老日头，在大沙漠里下苦的农民，钱少还老得快！”

雒老汉看不上儿子不自信的没出息样儿，想了想便安慰他：“那有啥？不还没转正嘛！等你将来成了正式的林业工人，再把八步沙治理成世外桃源，说不定英子也会想到咱们的八步沙来工作的。所以，你们配得上。”

兴国单纯得厉害，抬头热切地盯住老爹：“正式工人？真有这个希望吗，爹？”

雒老汉逼自己坦然起来，心里打着鼓，脸上却十分镇定地回答：“那当然！迟早的事情嘛！再说了，将来八步沙绿了，不就成了鸟语花香的地方了？到时咱们也修高楼，洋房别墅的任你挑，给你个省城的高楼大厦你都不换。”

对于这样的话雒兴国半信半疑，他默默思考着他爹描绘的未来八步沙的美景到底有几分可能，在自己的心里打着算盘。如果真的能成为正式的林业工人，英子和自己的事肯定就板上钉钉了。可是，八步沙林场就那个样，有多大可能呢？至于爹说八步沙会治理得跟世外桃源一样，他就更质疑了，这样的事情，说不定是老爹给自己宽心的，又想哄人咧！别说我不相信，恐怕他自己也没什么把握吧？不过，既然英子支持，还说去八步沙意义非凡，那自己怎么着也不能让英子失望，到底去八步沙有没有前途那就得自己亲身体验一回才知道了。要是都能实现该有多好啊！雒兴国其实在潜意识里还是盼着八步沙能够变成世外桃源的，为了和英子朝夕相处不再分开。天知道出外打工的日子里他有多想念她，要是有选择他还是情愿留在村里，那样就可以每天都见到英子了。想到这里，兴国咧嘴笑了：“爹，我听您的话，明天就去林场报到。”说完，收拾了碗筷刷锅去了。

兴国没有看见自己老爹此时的脸色，那眯着眼睛的样子，十足十就是一块辛辣的老姜。雒老汉自以为成功地哄骗了儿子，自以为儿子已经相信了那个遥不可及的“世外桃源”了。他掏出烟袋慢悠悠地卷了一根旱烟，含着笑在心里嘀咕：“不给点秕谷子，哪能套上雀娃子！”

十八

如果以爱为名

场部大院挤满了人，都是报名来八步沙植树造林的，其中就有淑芳的哥嫂两口子。一场沙尘暴生生夺走了他们唯一的儿子，夫妻俩几乎哭瞎了眼睛，悲剧却无可挽回，那个年仅8岁的生命带着亲人无尽的怀念化作了一抔黄土。这一切，都是可恶的黑风暴惹的祸！在哀戚伤痛中萎靡了这么长时间，再走出家门时又到了一年中风沙最猖狂的时节，他们这才深深理解了郭万刚的心思。现在回头再想一想郭万刚的话，很多人便觉得万分有道理，“我们活着不就是为了娃娃嘛！沙漠治不好，妖风就止不住”。郭万刚说的话字字敲打在他们的心上，所以，人们决意治沙，大约也是有一份对风沙刻骨的仇恨在其中。

和生和史金泉坐在条桌前做登记，一遍遍地告诉报了名的人几月几号进沙漠，顺带不厌其烦地交代每一个人自带干粮和水，还要多备一件厚点的外套以防变天。人们都高高兴兴地答应着，一个村民凑上来笑嘻嘻地问道：“我年年都帮你们治沙，早都知道该怎么做了，就是不知道今年干活工钱涨了没有。现在武威城的工地上当一天小工可8块钱了。”

史金泉刚写完他的名字，抬头望着他挖苦道：“武威城上的工价是高，可那高楼大厦修起来跟你有多大关系，还能分你一间住去？八步沙治好了保护的可是你的一亩三分地，过去没有工钱的时候人还不治沙了？”

村民被说得一愣，撇撇嘴很不服气地说：“你看你这个史会计，不涨就不涨吧，我就是问问，你出去打听打听，事实上现在工价就是涨了，值当你说话这么难听吗？”

史金泉有点气恼，瞪着说话的村民说：“你要是嫌我们的工钱少可以不干，我不知道工价涨了吗？隔壁的马路滩林场工人工资还是我们的两三倍呢，要是都按你说的这么计较，我们还活不活了？我们又不是发了财的大老板，就这都是从大家伙儿牙缝里抠出来的，为的啥？还不是为荒漠治理好能让那块庄稼地多打两担粮食嘛。”

村民不好意思了，挠挠头说：“算了，我说不过你，你们说多少就是多少吧！要不是马上就地里下种了，不适合出门去才打两天短工，好像谁稀罕你们那一天3块钱似的。”

史金泉一听生气了，“噌”地站起来就要跟村民吵架，其他人一见急忙拥上前七嘴八舌地劝架，有向着八步沙林场说的，也有向着那个村民说的，你一言我一语胡乱嚷嚷倒把巡林回来的郭万刚给吓了一跳，还以为他们是在打架。

郭万刚急忙走到乱哄哄的人群里去看看到底发生了什么，人们见他来了慢慢都安静下来。有人提醒：“郭场长来了，都不要乱嚷了，听他怎么说。”

史金泉也看到了郭万刚，把手里的花名册拿过来给他看，还有点生气地说：“已经一百多人了，还有不停前来报名的，一天3块的工钱，整个造林任务完成下来可是不小的支出，还有人嫌钱少嚷开了。”

原来是为工钱的事，郭万刚心中有数，拍了拍史金泉的肩膀表示安慰，就面对把他围在中间的村民们说：“3块钱的确委屈了大家伙儿，年年植树辛苦没少一分，工钱却涨不起来，我也感觉挺对不住你们的。”

郭万刚说完这句顿了顿，他看了看周围村民们脸上的表情，就知道这些人里大部分并不是为了挣钱才来的，他略觉欣慰，微微笑着又说：“可是，八步沙林场是个什么情况想必咱们谁都清楚，说是个林场其实穷得叮当响，就是当年几个老汉不服气被风沙欺负，搭伙成立的一个小集体，没有那么大的事发（古浪方言，阵仗或是排场的意思）。头些年老汉们住地窝子趴冰卧雪地种树，很多人也都是看在眼里的，这个林场不容易。要论挣钱那就更谈不上了，治理一亩荒漠5块钱的补助，那还是栽活了树上头验收了才拨钱，而实际上购买苗木的钱、购买麦草的钱，还有给大家伙儿发的工钱等等开销，加起来一亩成活的林地光本钱就是15块。这笔账怎么算我不说你们心里肯定也明白，八步沙林场从来都是透明的，我们没有必要瞒着大家伙儿，对不对？”说完，郭万刚再次停顿，给村民们留出算账思考的时间。

有的村民就蹲在地上算开了，写写画画，一算惊异地叫道：“还真的是15块，郭场长说的是实话。”

还有人就问开了：“这么说八步沙林场是在赔着干，那你们图什么呀？”

郭万刚轻叹一声，望了一眼人群中站着的一脸痛苦未减的大舅子，语重心长道：“我们图什么？不就是为了治理好沙漠，止住妖风作乱，让它少祸害人嘛！去年那场黑风大家还看不明白吗？再不治理咱们土门就没有活人的余地了。黑风一来埋了庄稼，推倒了房子，害了我们的牛羊牲畜不说，还开始吃人了。大家伙儿说说，在治沙造林保卫家园和挣钱发财之间有没有联系？”

他问完看了看人群，自我肯定道：“联系是相互的，只有确保咱们的家小安全，你们出门打工去才会没有后顾之忧，才不会担心那不知道什么时候就会跑出来害人的风沙。而我们图的和你们一样，就是为了保住庄稼地和我们的娃娃不受欺负，为着这个几辈子人都活下来的地方好好的别让沙子埋了。我们的先人在很多年前搬来这里安家，这里就是我们的根了，有人要撅我们的根，我们能答应吗？”

郭万刚一番晓之以理动之以情的说教，把村民们的热情都点燃起来了。话音刚落，他的大舅子就第一个大声说：“你说得对，治沙造林本来就是我们应该做的，我不要钱，只要能把妖风治住就是为我的娃娃报仇了。”

还有两家也是去年黑风暴中痛失孩子的家庭，闻言高声附和：“我们也不要钱，只为给娃娃报仇。”

更多的村民站出来，纷纷表示不要工钱。郭万刚说得太好了，把风沙治住了才有人们的活路，都是抬头不见低头见的邻居，怎么好意思为那点钱就争得脸红脖子粗，比起八步沙林场的这些人来，他们当真惭愧。

郭万刚含笑看着众人，等他们慢慢静下来，又开口说：“大家伙儿的心意我都知道了，我代表林场所有人感谢你们的理解，但是工钱该是多少就是多少，不能让大家白干活，你们不嫌少就是在支持我们了。”

嚷嚷了半天，眼看就到晌午了，已经报了名的村民心悦诚服地离开林场回家去了，还没有报名的也积极踊跃地排队登记，再没有什么不和谐的声音冒出来。

郭万刚满意地看着院里的人群，看到越来越多的人认可防沙造林并乐于加入，他的眼前仿佛出现了八步沙荒漠一寸寸变成绿地的动态景象来。

不知什么时候老场长来了，他缓缓地从林场大院的南墙根那儿站起来，拍打着后背上的灰土走到郭万刚面前，满脸的褶子里都溢出笑来对郭万刚说：“我就知道八步沙林场交到你手上是交对了。只是可惜了那些个工钱啊，他们都说不要了，你怎么还非要给呀？”

郭万刚笑笑先不急着回答，掏出盒烟递给老场长一根，又拿出火石打火机熟练地凑到老场长跟前给他点上，这才说道：“大家都不容易，都是土里头刨食的庄稼人，谁也不比谁家富裕，让他们义务劳动我过意不去。其实人家说得没错，外头的工价这两年涨得厉害，他们出去搞副业挣的就是多。再说了，工钱虽少可也是个激励人心的办法，这样他们干活不是就更积极了？”

老场长没再说什么，这个道理他岂能不懂，刚刚郭万刚给村民们算的那笔账他也验证过无数遍，不过是在为林场的前景担忧罢了，还能真不给人家发工钱吗？那跟过去地主老财的剥削有什么区别？何况自家的情况根本不能自比地主老财，就像郭万刚说的，林场穷得叮当响。他笑着接过郭万刚递给他的烟，深深吸了一口，对自己亲眼相中的这个接班人的夸赞从来不吝口舌：“你说得对着哩！唉，毕竟是年轻人，脑子就是灵泛，都按你说的办吧！”

说完看着报了名高高兴兴离去的村民，又说：“看来你的点子一个比一个更高明，看看这阵势，八步沙啥时候这么受欢迎过？你的社火没有白闹啊！”

郭万刚谦虚地说：“这都是大家齐心协力的结果，过年闹社火时宣传得也到位，这才

浩浩荡荡的治沙队伍

能吸引来这么多人一起治沙。”

“再说，人多力量大嘛！动脑筋和干活都一样，人多了就能想出办法来，这是大家的功劳。”郭万刚骨子里有如泥土般实诚。

老场长赞同郭万刚的说法，坐到台阶上又重新点了一烟锅旱烟，才跟他唠叨起别的事情。他昨天也见了雒老汉，听了他想要退出林场的请求。毫无悬念，雒老汉在他那儿也碰了一鼻子灰。当初六家联合承包时有约定，哪有说走就走的道理？不过，听说雒老汉让郭万刚给说转了，要让小儿子来顶替的事，老场长气就顺了很多。

郭万刚还是有些担忧，虽说他看好雒兴国，但就怕那娃娃才出学校门，年纪太轻吃不了苦。

老场长微微有些懊恼，在郭万刚跟前继续唠叨：“老雒呀，真是年纪越大脸皮子越薄了，他是活出花花心思来了。看林子、护林子，打架骂仗不是常事？就他那张老脸值钱，在八步沙护林，哪有不得罪人的道理？难怪你爹夜黑里来找我抱怨呢！”

都是老小孩的行为。郭万刚忍不住大笑：“您也知道我爹那个脾气，估计昨天雒叔也没落什么好。不过，林区管护再有困难，总打架、骂仗也不是事，伤和气还伤身体。以后不论对谁，还得尽量以说服教育为主。毕竟法治社会了嘛！再说咱们林场也得适时编写一些制度，来规范职工和震慑外面的人祸害树木，这样我们将来再遇到像雒叔遇到的那样的问题就有章可循了。”

老场长在鞋底上磕了磕烟灰，站起身对郭万刚越发欣赏：“要不说长江后浪推前浪呢！林场有你们，我们老家伙们放心。”

雒兴国如约前来报到，从场部院里络绎的人群中走过，来到办公室门前。英子对着踟蹰的兴国努努嘴，示意他大胆进去。雒兴国掀起门帘站在旁边，意思让英子先进。英子好笑又好气地瞪了他一眼，大大方方地走进了林场办公室。

刚送走老场长，郭万刚正准备出去帮忙，看他们进来便热情地招呼：“哟，王老师和兴国来啦？快请坐。”

英子笑着打趣：“万刚哥，你咋还跟我这么客气！什么王老师啊，你还是叫我英子吧，不然我也叫你郭场长了！”

郭万刚含笑打量了一眼英子和雒兴国，他很敏锐地觉察到了两个年轻人之间甜腻的关系。当下自由恋爱在农村还不被接受，老人们的封建思想根深蒂固，认为婚姻必须要遵守父母之命媒妁之言。看来这两个年轻人的恋爱之路道阻且长呀！他也不说破，转而对雒兴国进行了一通鼓励，欢迎他成为林场的一分子。

雒兴国最关心的问题并不是八步沙的明天如何，而是他爹说过的另外一个话题，就是在林场工作有没有出路的问题：“万刚哥，我爹说将来的林场是花木的世界，是世外桃源，还说在八步沙工作也可以成为正式职工，这是真的吗？”

听到这样的询问，郭万刚的第一反应就是雒老汉为了说服雒兴国，还真是下了一番功夫的。但他也意识到，这是雒老汉为了哄这娃娃来八步沙而编的借口，可见雒兴国开始肯定是不愿意的。前面的话没有任何问题，可这后面的话就不好回答了。雒老汉这是把包袱甩给了郭万刚：说了实话，雒兴国肯定不干；如果为了留人帮着雒老汉圆谎，将来谎话穿了帮，雒兴国也不能只怨他爹。雒老汉打的好算盘！郭万刚哭笑不得，脑子里快速想着该怎么回答。

英子聪明，一个眼神就让她大概明白了问题的关键，于是赶在郭万刚前面打岔：“万刚哥，你知道吗？你们现在可是我们的偶像呢！”

郭万刚很不解，但乐得此刻有个话题给自己解围，便颇有兴味地看着英子笑道：“哦？我们就是一帮子钻沙窝吃沙子、面朝黄土背朝天撅着屁股种树的土农民，咋还成偶像了？”

英子发亮的眸子带着崇拜，一脸的与有荣焉：“农民又咋了？八步沙林场治理荒漠的先进事迹都上报纸、电视了，你们是名副其实的英雄了，不知道是多少人心目中的偶像呢！”

郭万刚似乎有点明白英子这么做的意思了，便又打量了一眼旁边的雒兴国，笑着道：“你们年轻人还真时髦，追星追到我们八步沙来了。”

果不其然，英子调皮地使了个眼色给郭万刚，一本正经地说："郭场长，其实我今天是陪兴国来的，我这个老同学马上也要成明星了，我怎么也得送他来吧！"

雒兴国微红了脸，英子聪明的打岔让雒兴国忽略了疑问，腼腆地低声道："英子，你别胡说。"

郭万刚用眼神求证，英子微不可察地点了点头，他便心中了然，爽快地接话道："英子老师的意思我明白了，我一定把兴国培养成咱八步沙的明星，将来让你也脸上有光。"

英子再从容大方，被郭万刚道破也不由得羞赧，和雒兴国双双红了脸。郭万刚也向英子点了个头，两人默契地笑了。而雒兴国还在害羞中一脸懵懂，完全忘记了继续追问能否转正成正式林业工人的事情。

雒兴国接班进林场的事皆大欢喜，雒老汉的动员和哄骗在前，加上英子的极力促成和郭万刚的配合，三方默契地合作，将这个小伙子成功地留在了八步沙林场。

郭万刚一直都很佩服英子的眼光，那个时候林场还在起步阶段，她是凭什么肯定将来的八步沙会有所作为，而劝雒兴国留下的？很久之后，在英子和雒兴国的新家里，英子才告诉郭万刚，没有任何依据，她就是为了一颗不肯屈服的心，还有和许多人一样对沙漠的仇恨。因为，那年的沙尘暴，她是二年级的班主任，而淑芳哥哥家的小宝正是她班上学习最好的一个娃娃。如果没有那场风暴，她断定大家能够看到小宝考上大学的一天。英子一直有个遗憾，就是没能上大学。不是她不上进，而是家里姊妹多，家境不好，没有让她复读的条件。她多么希望村里能多出几个大学生啊！也好圆一圆自己的大学梦。英子为了这个原因，才极力促成雒兴国留在了八步沙林场。只有治理好荒漠，风沙才不会继续为害，那八步沙的明天，就是光辉灿烂的了。

这些天，林场里依然热火朝天地壮大着治沙造林的队伍。林场大院外的墙上用白灰刷了标语："治沙造林，绿化祖国。"这斗大的八个字醒目而张扬，表明了八步沙人治沙造林的决心。郭万刚和史金泉为了把大字写得好看，之前可是在地上练了又练。史金泉把过年给大家伙儿写对子的劲头拿出来，终于完成了自己的四个字。等到郭万刚也写完，两厢里一对比，都各自夸耀着自己写的某一笔比对方的要好，甚至还拉了和生跟钱老汉去评判。可惜两个裁判几乎都是文盲，他们只是胡乱应付着夸赞。可不管怎么样，大家还是非常开心的。

一般情况下，这种场合吕急人是不参与的，他就像一个离群索居的另类，对什么事都嗤之以鼻，与其让他丢冷话来刺激你，还不如主动把他忽略，尤其在郭万刚当了场长以后，吕急人除了做些场里分派给他的事，其他的事情，包括力所能及的事情，他一概不理会、不问津。八步沙林场的人都习惯了他的阴阳怪气，每天早晨看他懒洋洋地前来点个卯，然后懒洋洋地出场部大门去巡林，他给大家的印象仅此而已。

不过，吕急人负责管护的林区却是几大片中最齐整的了，他能把附近放牧的羊倌挨个儿叫出名字来，与他们相处得也十分融洽。那些羊倌见了他都要礼让三分，从不把羊群赶到他负责的片上去放牧。大家都很好奇他有什么秘诀，也有向他请教的意思在内，但吕急人总是鼻子里哼一声，用那种只可意会不可言传的眼神瞄你一下，然后懒懒地、自得地走过去，什么话也不说。

“有啥了不起的？不过就是没有当上场长就要闹情绪，好像大家都欠他什么了，跟神经病似的。”雒兴国第一天巡林见到吕急人，遭到他的蔑视以后还在耿耿于怀，见到英子后，他如此在英子面前抱怨。

英子像姐姐般地开解雒兴国：“你行啊兴国，才去了几天就知道了林场这么多的内部情况了！对了，你咋知道人家是因为没有当上场长就变成那样的？”

雒兴国挠着头笑，得到英子的夸奖让他很开心：“我也是听别人说的，如果不是万刚哥改变主意又留下来，吕急人很有可能接任场长呢。不过那么一个自私自利的人，他要是当场长，八步沙就彻底完了，估计我们住的地方都得变成沙漠了。”

英子笑着说：“你们才几个人，还都是大老爷们儿，怎么也传闲话！”说着话锋一转：“你看，林场也没你想象的那么不能忍受吧？加油，我相信你！”英子知道，兴国就是一个刚刚步入社会的小呆瓜，还需要好好地锻炼。

兴国最乐意听英子的话，满口答应了，一扭身从兜里扯出一条红纱巾，温柔地给英子围上，蓝天下，红色的纱巾与英子美丽的面容交相辉映，英子站在沙丘上，整个画面活脱脱一幅美女写真图。

两个人四目相对，彩霞顿时飞上双颊，羞得不知说什么好……

兴国不知道下了多大的决心，才红着脸抓住了英子汗津津的手，眼睛里喷着爱的火焰，喃喃地说：“英子，你真美，简直……简直像个仙女。”

英子羞涩地甩手跑了，一边跑一边回头喊：“傻瓜，你说我是仙女，难道我是传说里的找来仙？那你就不叫雒兴国，改叫尤狗娃才是！”

雒兴国一听英子把他们俩比作夫妻就觉得万分喜悦，撒开脚丫子追了上去喊：“我就是尤狗娃，来找自己的媳妇来咯！”他开心极了，每次跟英子见面，总有不少的收获和喜悦，要是没有英子的鼓励和支持，也许他不会在八步沙安心待下来的。雒兴国心里明镜似的，英子希望他长留八步沙，现在他的肩上不但有他爹给予的治沙担子，还有眼前这个美丽姑娘的愿望。如果以爱为名义，那他为着这份青梅竹马不离不弃的感情，也必须心甘情愿去受治沙的罪，再苦都得咬牙坚持。

十九 羊脖子须留着

这一天，吕急人一如既往地去巡林，他自然是不在乎别人如何议论他的，谁吃谁的饭，谁干谁的活，谁怎么说就让他说去，天塌不下来。

吕急人晃晃悠悠地蹬着自行车进了林区，正要找个暖和避风的沙坡睡觉，却听到了羊叫，循声过去，看见一大群羊正在他的片区上吃草。是谁这么不懂事，跑到这儿给自己添堵来了？

吕急人心里窝着火，大声喊着走到了跟前：“哎，谁家的羊？有没有人管？”

树背后钻出一个瘦猴样的小羊倌，一边低头系着裤带一边趾高气扬：“我家的，咋了？拉个屎都不让人消停啊？”

吕急人刚好站在高处，听声音就知道是谁，抓了一把沙子扬到羊倌的头上，瞪眼骂道：“我当是谁，原来是狗娃你这个怂啊！”

羊倌狗娃也认出了吕急人，抬手拍着帽子上的沙子，嘿嘿笑道：“哦，是三大呀！”

狗娃殷勤地迎上前，从怀里掏出一盒香烟来孝敬吕急人。

吕急人伸手接过一支，转身往林区外的沙坡上走，林区是不允许抽烟的，以免引起火灾。

狗娃更加殷勤，赶紧掏了打火机给吕急人点烟。

吕急人坐到沙堆上，美美地吸了一口香烟。咂巴着嘴慢慢品，这烟就是香，难怪叫它香烟呢，就是比自己随身带的烟袋里的旱烟好入口。一支烟两三口就吸没了半截，狗娃又抽了一支，笨手笨脚地给吕急人别在耳朵上，讨好地挨着他坐到了一旁。

吕急人满足地吐出一个烟圈，看着它被风瞬间吹得不成样子，转头问狗娃：“不是早跟你爹说这儿不让放羊的吗，咋还来？”

狗娃笑得理直气壮，两手一摊回答：“三大，不让到外面放羊，那羊吃啥啊？没了羊，我们家吃啥？”

吕急人伸脚踹翻了自己的侄子。

狗娃挨了一下，搓着腿无辜地嘟囔：“三大，你干啥还动手了？我说的是实话嘛！这么多羊，不赶出来放，难道还圈在家里跟人抢着吃？八步沙的草白白长得那么高，不让咱们的羊吃，留给哪个？”

吕急人责备地瞪了一眼侄子，从耳朵上取下另一支烟，往只剩了烟屁股的那支上接，很不满地说：“你懂个屁！那你不会赶到别人的片上去放，故意给你大找事呢？”

狗娃抠着鼻子嘿嘿笑，颇有些幸灾乐祸：“别人的片上更不让放了，下话又下不进去，闹不好还要打架咧。那天，刘羊倌还和雒老汉打架来着。”

吕急人没好气：“那你就不怕我也捶你？”

狗娃故作委屈，怪声大叫起来：“三大如果都不顾我们的死活，那我们养羊的人家可就真没活路了。”

吕急人比较满意狗娃的态度，含笑叱骂他：“尽给我惹事。你去告诉刘羊倌，让他买点罐头啥的去看看雒老汉，别把自己的路走绝了。”

狗娃高兴地站起来，拍着自己屁股上的沙土爽快道：“哎，都听三大的。他们说，过两天我们几家杀羊凑份子请三大喝酒去。”

吕急人嫌弃地推了一把狗娃，让他离自己远一些，狗娃屁股上的沙尘顺风刮到他的脸上来了。吕急人抬手遮挡着风沙，也站起来，在狗娃的屁股上又踢了一脚，命令他：“羊脖子给老子留着！”

狗娃忙不迭地答应。

“我去那边转转，你的羊就在这边头边脑的地方放吧，差不多了就赶回去，别落了别人的眼，让你三大难做。”吕急人甩下这句话，转身往另一边去了。

狗娃不敢违逆，在他身后点头如捣蒜。

原来这就是吕急人管护工作比别人优异的缘故，他秘不外传的本事竟是各人自扫门前雪，为了自己的片区好看，教唆羊倌去别人的林区里放牧。要是雒兴国知道他一心想要取的经是这个真相，不知道会是什么感受。

吕急人晃晃悠悠地在林地里慢吞吞走过，看着茂盛的草木他真心是有成就感的，没有当上场长怎么了？他偏要做得比别人好，让他们看看自己的本事。这么长时间了，他还在为没能当上场长而耿耿于怀。一样的种树，一样的管护，他不觉得有哪里比不上郭万刚的，要论人际关系的处理，他自认在八步沙林场还没有人能够强过自己呢！看看他们和那些羊倌剑拔弩张的情形，还有村民们明里暗里的骂声一片，吕急人忍不住地幸灾乐祸。让你能！为几棵树把四邻八舍都给得罪了吧？每当听到有人说郭万刚的坏话，吕急人都要暗中高兴很久。呵呵！八步沙林场如果还有一个好人的话，那就非自己莫属了。他很有些得意，这可不是自己的一厢情愿，到外面打听打听谁不夸他吕急人会办事，是个眼色蛋蛋儿（古浪方言里知情识趣的意思）？

吕急人自鸣得意，踱着方步像个检阅三军的首长似的，穿过自己管护的林区，来到外面的沙梁上坐下抽烟。居高临下地看着划分给自己的这片林地，他越看越满意，不远处沙梁下面往北的地方叫四道梁，是钱老汉管着的片区，那个倔老汉哪怕再用心，跟他这边比还是差了一些。吕急人满足地吸了一口旱烟，就远远地看见有个人影往他这边来了，等离得近了吕急人清楚地看到是他的大丫头。这么热的天丫头怎么来了？他站起身喊了一声，向闺女挥手招呼她过来。沙窝里找人跟捉迷藏一样，要是不知道明确的方位，或者没有个标志性的东西当参照，是要走不少冤枉路的。

吕家大丫头看到了他爹，挎着一只竹篮子很快走上沙梁。她走了很远的路，脸上都冒了汗。丫头把篮子递给吕急人笑着说："爹，我来给你送饭。这是我学着做的第一顿饭，你快尝尝行不行。"

吕急人揭开蒙在篮子上的花布一看，是他喜欢吃的黄毛菜籽长面，上头放了红艳艳的油泼辣子和嫩嫩的青蒜苗，一股浓浓的香味扑鼻而来，让人食欲大增。他正好肚子饿了，拿出篮子里的搪瓷大碗在丫头的期待目光中尝了一口，然后笑眯眯地夸赞："嗯，做得还不赖嘛！"说完大口大口吃起了午饭。在沙窝里巡林基本都是自带干粮当午饭，有时候遇上特殊情况一天都得吃干馍馍，哪里有香喷喷的便（bian）宜饭（古浪方言：现成饭）给你吃？

吃罢了饭，吕急人还沉浸在可口的饭香味里，觉得十分满足，就听他的大丫头吞吞吐吐说："爹，我有个事哩，不知道你答应不答应。"

吕急人瞥了眼丫头为难的样子，心情甚佳地笑着说："啥事？你说。"

他有两个丫头，前些年政策紧，躲躲藏藏总算生了个儿子，现在有儿有女也没啥大的心理负担了，儿女的事上他很满足。眼前的老大已经十五了，已然长成了大姑娘，懂事又聪明，还知道大热天的给她爹送来第一次学做的饭，也算一片孝心了。尽管他们两口子平日里都比较偏疼儿子，但面对着不经意间长大了的姑娘，他还是有一份欣慰的。

丫头看着他爹的笑脸，似乎觉得十分为难和胆怯，但最终还是咬着嘴唇鼓足勇气说："爹，我想上高中。"

"啥?!"吕急人变了脸色惊异地问道。

丫头很执着，手指绞着自己的衣襟大胆地又重复了一遍："我要上高中。"然后又赶紧补充着说："我们老师说了，以我的学习成绩上了高中肯定能考上大学。"

吕急人彻底黑下脸来，张口就是一顿数落："是你们的哪个老师说的？真正是站着说话不腰疼哩！一个女娃娃家念几天书眼睛掰开就行了，上什么大学？你还想做啥，你上天哩还是入地哩？"

丫头红了眼眶，梗着脖子嚷嚷："我不管，我就是要继续上学。你嫌我是女娃娃，那当初把我生下来干啥？"

吕急人扬手打了丫头一巴掌，气哼哼地说："把你能得不行了是不是？怪不得给老子送饭来了，原来是黄鼠狼给鸡拜年来的。你以为老子愿意生个丫头？要早知道这么不听话，当初还不如一生下来就填了炕洞去。”

丫头气得大哭起来，边哭边嚷：“你们就是重男轻女，就是偏向弟弟，星星月亮你们也恨不得摘下来全给他。”

吕急人毫不掩藏他对儿子的偏爱，恶狠狠地说：“对，就是的。养儿子是给老子顶门立户的，你一个黄毛丫头能干啥？迟早是人家的人，我枉费那个精神划不来。”

丫头眼泪巴巴地看着自己的父亲，简直不敢相信这些伤人心的话是她爹亲口说出来的。

吕急人被丫头盯得有些心虚，烦躁地起身往沙梁下走，背对着闺女下了最后通牒：“好好地回家跟你妈学针线去，那些话以后提都不要再提。”说完又十分不满地嘱咐：“还有茶饭上的事，油泼辣子不许再做了，多费油啊！女娃娃家第一要学会的是怎么过日子……”

唠叨声里吕急人大步走下沙梁往林子里去了。丫头追了两步没追上，不甘心地一屁股坐在沙梁上“呜呜”哭开了。哭了良久再没见她爹的人影，丫头才收拾篮子准备回家。她爹决绝的背影早已经看不见了，可他说的那些话还在脑子里一遍遍回响。丫头想不通，爹妈平日里偏向弟弟、多给他一颗鸡蛋、偷着冲麦乳精给他喝也就罢了，那都是小事，作为姐姐能够理解，可是上学是大事，他们居然也偏心到只让弟弟读书而不同意自己继续上学，世上哪有这么不公平的父母？在这件事情上她绝对不会让步。丫头擦干净脸上的泪水，想了想，一狠心就朝八步沙林场的场部走去。

场部办公室里郭万刚正好在，见吕急人的大丫头来了，亲热地招呼她坐下，笑着问：“找你爹来了？他去巡林还没回来哩。”

丫头对郭万刚并不陌生，在土门中学念了三年书没少听他的传奇事迹，别人怎么评价是别人的事情，但她一直都把郭万刚当作英雄来崇拜。已经初中毕业的丫头有着自己的认识和见解，在自己的偶像面前，望着他和蔼可亲的面容，丫头的眼泪由不得控制唰唰唰就流了下来。

郭万刚感到很诧异，赶忙询问：“怎么一进门就哭上了，是不是家里发生了啥事？”

丫头哭得委屈，哽咽着说：“郭家爸，您能不能给我爹说说让我继续读书，他不让我上学了。”

原来是这个事，郭万刚觉得问题不大，含笑说：“我还以为什么了不得的事情呢！上学是好事，你爹怎么会不让你去呢？放心吧，他肯定是吓唬你的。”

丫头抹着眼泪，一个劲儿地摇头：“不是吓唬，是真的不让我上学了，他说女娃娃家念书没用，要让弟弟给他顶门立户。郭家爸，我真的很想继续念书，您就帮帮我吧！您是我爹的场长，您说话他一定会听的。”

郭万刚一听就明白了，这话百分百吕急人能说得出来。看来吕急人是真的不打算让闺女读书了，他自来偏爱儿子，当凤凰蛋一样养着，就难免冷待两个丫头。时下农村里像吕急人这样的家庭不在少数，甚至有人为了生个儿子把丫头随随便便送人的，重男轻女的思想非常严重。看丫头哭得双眼红肿还巴巴地期待自己帮忙，郭万刚心下大为不忍，抬手抚了抚她的头，郑重点头答应："行，我帮你跟你爹说说，劝他继续供你念书。"

丫头破涕为笑，不好意思地绞着自己的衣襟，眼睛里却亮晶晶地堆起了喜悦："郭家爸谢谢您！我一辈子都忘不了您的恩情，等将来考上大学挣了钱，我会报答您的。"

郭万刚好笑地看着这个孩子，开玩笑说："尕尕的一个娃娃家知道什么是报答？不过，要是你将来真的考了大学就学林业，毕业了来八步沙帮我。怕就怕到时候你成大学生了还弹嫌这沙窝窝，你郭家爸迎面碰上都假装认不得咧！"

丫头被彻底逗笑了，笑罢认真道："郭家爸，我答应您，只要您能做通我爹的工作，我就考林业大学。"

郭万刚只是开了个玩笑，生怕让孩子觉得这是在挟恩讲条件，淡淡笑道："好了，你爹那儿就交给我了，你赶快回家吧！都哭成花脸猫了。"

丫头不好意思地抹了抹脸，起身向郭万刚深深鞠了一躬就挎起送饭的竹篮子跑了出去。郭万刚目送丫头像个小麻雀似的蹦蹦跳跳出了场部，就拾掇了一下手头上的工作，出门往林区找吕急人去了。

吕急人负责管护的是三道梁林区，离着场部还有段路程。郭万刚骑着自行车找到他的时候，他正在沙坡上打盹儿，看到郭万刚来还以为他是例行巡林，斜斜倚在沙坡上懒洋洋地掀起嘴角说："报告领导，一切正常。"

郭万刚早就习惯了这个人的阴阳怪气，支好自行车走过来坐在吕急人身旁，开门见山地问他："听说你不让丫头念书了？"

吕急人鼻子里嗯了一声，眯着眼睛看向郭万刚，心里在猜测他说这话是出于什么目的。

郭万刚掏出香烟递给吕急人一根，不疾不徐地说："是这么个情况，你家丫头跑到场部找我去了，让我帮忙来跟你说说，她想继续念书去。"

吕急人"呼"地坐起来，难得眼睛瞪大了看着郭万刚。

郭万刚继续说："按说这是你们家的家事，我不好说什么。但是丫头哭着求到我这儿了，这事我就不能不管。咱们农民家庭里的娃娃，只有念书上学才能有个出路，不然一辈子就得跟咱们一样在沙子里刨食了。为了娃娃们有个好前程，多让他们念几年书也是应该的，你说呢？"

吕急人经过初时的惊疑开始生气，他万万料不到丫头胆子这么大，不但不听自己的话乖乖回家，还跑到郭万刚跟前告状去了。这辈子他就没让人看过笑话，尤其是在郭万刚这里，他的面子更不能丢。结果呢？自己半辈子扒挣来的一点脸面，却被亲生的丫头给撕下来扔到地上狠狠磋磨了一通，简直让他颜面扫地。吕急人铁青着脸，恼羞成怒地说："站着拉屎腰不疼，你说得倒轻巧！多念几年书？上高中得到县里去，吃穿住行不要钱吗？听着是个林场职工，可一年下来那几个小钱还不如人家养几只羊卖钱来得划算，让我拿啥去供养他们念书？再说了，女娃娃家天生就是人家的人，把娘老子的皮扒了供养她们，将来还得给别人家挣钱去，头被驴踢了的人才费那个劲。”

郭万刚惊讶地看着吕急人，知道他自私但没想到竟然自私到这种程度，儿子女儿应该一视同仁，可在他的意识里却把内外区别得这样分明，看来丫头想要上学是没什么指望了。郭万刚懒得计较吕急人对自己的恶劣态度，只是答应了丫头的事情没有办成让他心里很不舒服，看着油盐不进的吕急人，却又一点办法都没有，说到底是人家的家事呀！何况，吕急人刚刚说的虽然难听但也不是完全没道理，供养孩子到县里上学，以后说不定还得继续供他们到省城或者更远的地方上大学，这些花费的确不是一笔小数目，对于普通的农户来说是个巨大的负担。因此，好多人家倾尽全力供儿子读书，却只能牺牲闺女的前途，这已经是司空见惯的现象了。郭万刚不能说什么，但难掩满心的气恼，看看吕急人对自己爱搭不理的样子，他知道再劝不了了，这本身就是一件令人无可奈何的事情。

郭万刚最终无功而返，他生气不是单纯为了吕急人的呛口，也不是单为应承了一个孩子却没能兑现。推着自行车走在异常难走的沙窝里，放眼看去黄沙漫漫，那些正在顶风摇摆努力扎根的小树苗，跟胸中有着大大梦想却流着泪在命运面前挣扎的孩子们何其相似！而自己能为他们做的还非常有限，又怎么能不气恼呢？一切的祸根都是贫穷啊！郭万刚愤慨地想着，要是有钱就不会有那么多的孩子上不起学了。丫头亮晶晶的眼睛仿佛就在面前盯着他看，那是一双充满希望饱含期待的眼睛，让他觉得惭愧，不敢正视。该怎么跟那个孩子交代，又有什么办法能解决跟丫头一样上不起学的孩子的难题呢？郭万刚犯了愁。

还没等郭万刚去找丫头解释，第二天一大早就有乡政府和派出所的工作组来到了林场，他们是为调解吕急人的丫头状告自己父亲一事来调查情况的。原来昨天郭万刚找吕急人谈话后，晚上回去吕急人就把丫头吊起来一顿好打，那孩子也是吃了秤砣铁了心地非要念书，半夜趁爹妈睡着偷偷跑到土门乡上把自己的爹给告了。听了事情的原委，郭万刚不知道该说什么好，他一边为丫头敢于抗争的勇气叫好，一边又觉得这种做法太过激进，土门的历史上还从没有过儿女状告父母的先例呢！俗话说没有不是的父母，只有不是的儿女。郭万刚虽然觉得这话未免武断，但对丫头告了吕急人的事也有些难以接受。

不一会儿吕急人来到林场，他一如既往地懒洋洋踏进场部办公室，准备点个卯就去三道梁了，抬眼却看到穿着制服的民警正上下打量他。

郭万刚忙介绍：“这就是我们林场的职工吕济仁，有啥你们就问他吧！”

说完又向吕急人道：“乡上和派出所的同志是来向你了解情况的。”

吕急人猛地一怔，他还不知道自己被丫头给告了，心里突突地想着会不会是盗卖林场树木的事被发现了，那可是重罪呀！他怔怔地站在办公室地上，硬是在大夏天里惊出一身冷汗来，大气都不敢喘。

派出所的民警也是第一次遇见这样的案子，用探究的眼神看着吕急人问道："你是不是有个丫头叫吕小红？"

吕急人脑子里蒙蒙的，点头嗯了一声。他此刻还没有回过味来民警怎么会问他家丫头的事。

民警做了记录，又问："你知不知道吕小红把你告到我们所里了？你勒令她辍学，还实施家庭暴力殴打未成年人，有没有这回事？"

"啥？"吕急人惊异莫名，总算知道民警为什么找他了。还好不是为了树木的事情，他暗自庆幸的同时又忍不住一阵阵恼恨，只觉得老脸上一阵发烧，让他羞臊得恨不得找个老鼠洞钻进去。世上哪有当爹的被亲生孩子告了的道理，这就是活生生的扳住坟门子欺先人啊！让他以后还怎么出去在人面前走？

民警看着脸色阴晴不定的吕急人说："看来吕小红说的都是实情了。她身上的伤我们看过了，一个孩子，还是个女孩子，你这个当爹的怎么下得去手？这在法律上是要被判刑的。"

吕急人吓了一跳，打了自家孩子也犯法？他不敢置信。但民警的话肯定不是信口胡诌，当下只得嗫嚅着试图解释："我就是吓唬吓唬她，没有……没有下狠手啊！"

"那也不行！"民警打断他，措辞严厉地说，"你还想下狠手？就没见过你这种当爹的，孩子身上的伤还在，要是送去司法鉴定你敢不敢？你说说你，自己亲生的骨肉，有啥话不能好好说，至于把孩子吊起来打吗？"

吕急人不敢还嘴，低头看着自己的脚面只觉得没脸见人。

见民警说得差不多了，乡政府的同志又接过去说："我们今天来不是要把你抓起来还是怎么样，就是了解一下你们家的实际困难，顺便跟你谈谈对孩子的教育方式。很明显，你打孩子是不对的，她也是没办法了才找政府部门寻求帮助。我们已经向吕小红所在学校的班主任了解过情况了，老师说她学习成绩相当优异，是个可造之材，你为什么不让她读书了？"

吕急人抬了抬眼皮，带着哭腔说："不是我不让她上学，实在是家里困难供不起啊！"

乡政府的同志跟民警交换了个眼神，和颜悦色地说："因为家境原因上不起学倒也情有可原。这样吧，鉴于吕小红同学品学兼优，我们民政上可以酌情考虑给她提供助学帮扶，你自己再想想办法，让孩子继续上学吧！"

吕急人从骨子里就不愿意让丫头念书，今天还闹出这么丢脸的一幕，他虽然不敢和政府来的同志硬顶，但满心里老大的不忿，压着恼恨挺有情绪地说："我自己哪里来的办法嘛，要是有办法也不至于让自己的亲生丫头给告了。"

民警一看吕急人想要耍无赖，瞪起眼睛厉声说道："你这是什么态度？政府已经尽力在帮助你了，你还想怎么样？不行就跟我到所里去说。"

吕急人被呵斥了一顿再不敢心存侥幸，低头又不言语了。

郭万刚一看，忙上前沏茶添水，悄悄拉了一把吕急人，然后笑着对乡政府的同志说：“你看这样行不行，我们林场虽说也困难，但吕小红毕竟是我们林场职工的娃娃，我们不管也说不过去。不过，各家也有各家的难处，林场也没有钱，但娃娃的前途是大事，我郭万刚负责，只要这娃娃能考上大学我保证让她把大学念完就是了。”

工作组的同志一听也笑了：“这就对了嘛！十年育树，百年育人，你们是治沙造林的先进工作者，最懂得这个道理了，有你郭场长的保证，我们就放心了，这次调解也算圆满成功了！”

吕小红上学的事就这么定下了，工作组又批评教育了吕急人几句就走了。场部办公室里只剩下吕急人和郭万刚，站在门外等候上班的史金泉等几个人这才进来，一个个看着还傻站在那里不好意思、垂头丧气的吕急人，劝也不是不劝也不是。

为了化解这份尴尬，郭万刚准备交代几句就安排大家干活，手头上都有活了就没空理会这份难堪了。他刚要张嘴，就见一个小巧的身影从门外面走进来，却正是吕急人的闺女吕小红。

吕小红进屋也不看她爹，往郭万刚面前一跪，哭着说：“郭家爸，我都听到了。您拿钱供我读书，我一定会给您和八步沙林场争气，一定会考上林业大学报答您的。”

郭万刚吃了一惊，原来刚刚这孩子就在门外。他伸手扶起瘦瘦小小的丫头，就看到她手腕上被绳子勒出的两道青痕，不禁狠狠瞪了眼一旁的吕急人，然后对吕小红说：“我昨天就说了，愿意支持你继续读书不是为了你的报答，只要你们有出息，就是咱们八步沙的骄傲。丫头啊，你得知道，当父母的只要条件允许谁不盼着娃娃们有个好前程！”

吕小红点点头：“郭家爸我都知道，您放心，我不会记恨我爹的，我用卖旧书本攒的钱给我爹买了他最爱吃的羊脖子，回家就做给他吃。”

一句话惹得办公室里所有人都感动了，好几个都转身偷偷去擦眼泪。就连吕急人也满面复杂地看过来，望着自己的丫头不知道说什么好了。

“急人呀，你看看这是多么懂事的娃娃啊！”郭万刚看着吕小红对吕急人和大家说，“我们八步沙从现在开始，要寻找脱贫致富的路子。只要八步沙富裕了，我们的后代就不可能上不起学了！”

从此以后，郭万刚的思想里就有了如何让八步沙走向富裕的思考了。

二十 生活有苦有乐

八步沙的一切水波不兴，忙碌而枯燥是常态，沙窝里的四时并不如外面那样分明，仿佛只有冬夏两个季节在循环交替，要么是寒冷，要么是酷热。但无论哪季，白天夜晚的温差都很大，让初到这儿的人很难适应。

古浪人把向阳的山坡叫“阳洼”，顺带就把山下的大路叫成了“阳路”，时间长了很多的道路统统被叫成了阳路，方言如此大约也是取阳光大道的含义吧。“六老汉”当年刚进沙窝子的时候，就是选择村庄通往沙漠里的阳路与八步沙交界的一处沙坡边作为林场宅基地，在沙坡上挖出两三米长宽的沙壕，然后在沙壕上面担些木头，铺上麦草再压一层沙土就搭成了简易地窝铺。老汉们习惯把这样的住处叫地窝子，当时的条件还不允许他们盖什么像样的房子，只勉强能藏住头，生活别提有多艰苦了。而地窝子并不如传说中的那样有趣，沙漠气候下也根本不存在冬暖夏凉的说法，所以相对来说，他们更喜欢夏天，冬天的严寒简直是所有人的噩梦。

直到郭万刚主持林场工作时期，得到县林业局的帮助解决了两方木头，这才盖起了几间土坯房子，有了一个稍微像点场部样子的初始规模。饶是如此，每每到了冬天大家还是在严寒中饱受摧残，以至于手脚上的冻疮层层叠叠，不遇热还好，一旦放在火炉上烤热，或是晚上在被窝里捂热，那种狠痒能难受到人的骨头里去。不去巡林管护肯定不行，一年甚至多年的心血就会遭到破坏，而只要坚持每天巡林看护，冻疮就不可避免，这对于八步沙来说简直成了仅次于沙尘暴的第二大危害，让所有人都苦不堪言。

那个时候商店里也卖护肤品，一种从石油里头提炼出来的油脂，擦手擦脸能够达到润肤防止皴裂的效果，人们把这个一指头粗细、二寸长的油脂膏体形象地称为“棒棒油”，也有人叫它“劳动油”的，大多数家庭里都有，是公认的护肤佳品。

“棒棒油”自然也是八步沙林场的必备物品，跟手电筒拥有同等地位。但是八步沙的这群人都是粗手大脚的大老爷们儿，一支“棒棒油”用不上两天就没了，还得在大家你让我、我让你的谦让中节省着用。“棒棒油”只能防止皴裂却不能治冻疮，也就起个聊胜于无的辅助作用，要想根治冻疮还得另寻门道。据说有高明的大夫能配制一种治冻疮的膏药，但经过打听价格很离谱，就谁都歇了那个心思，任由冻疮作孽，每晚闲下来大家都抱着自己的手和脚比赛挠痒，成了八步沙林场的一大奇观。

后来淑芳实在看不下去了，不知道从哪里弄来一个偏方，说是用童子尿浸泡麻雀粪能够根治冻疮，就发动六家子的女人、娃娃到村口的大树下去捡鸟粪。捡来的鸟粪用罐头瓶子盛了，再让家里的男娃娃尿上尿浸泡一夜，自制的冻疮膏就做好了。农村里对童子尿有一种谜之崇拜，认为可以祛除一切风邪不祥，男人们自然不排斥这种散发着臭烘烘味道的“冻疮膏”，毫无嫌弃地开始用上了。不知道是偏方真的管用，还是心理暗示的作用，反正自从用上童子尿泡鸟粪的膏子，冻疮竟然有所缓解。这可高兴坏了家里人，从此这群家庭主妇除了操持家务、伺候一家大小的一日三餐和纳鞋底做针线，她们的必做任务里就加入了捡鸟粪这一项，整个冬天里她们结伴捡拾鸟粪，一边为自家爷们儿在沙窝里受罪感到心疼，一边又觉得能为他们帮上忙而满心愉悦，家庭关系都格外和睦起来。

冬天林场的活少，没什么家小人等必须帮忙干的工作，林场里就成天只是男人的世界了，娃娃们怕冷也不大去玩了，场部就显得更清冷。六家人按照分工，轮流前来林场值班，晚上就睡在场部的土炕上，要想不挨冻，烧炕是必修功课，这是一个技术活，会干的不浪费柴草就能烧得被窝里暖烘烘的，而不会干的把东西浪费了还烧不热，只能半夜里冻得发抖。

郭万刚才到八步沙的时候就不会烧炕，一天夜里轮到他值班，媳妇淑芳知道丈夫不会干这个就主动提出去帮忙烧，郭万刚不以为意，谢绝了媳妇的好意，只身一人去了场部。西北农村的土炕与东北有着很大的区别，这里是把炕洞留在屋外的，烧炕用的除了柴草还有羊粪、牛粪等动物粪便晒干了的粪末子。在古浪，他们把粪末子混杂在柴草中的烧炕方式叫作“填炕”。掺杂了牛羊粪的填炕能大大增加供热时间和火力，但因为气味难闻就不得不把炕洞留在外面去排烟。

往常老汉们填炕是常见的事情，郭万刚觉得也没什么难度，一到林场就拿背篼揽了晒好的粪草倒在炕洞前，用特制的有着很长一根把柄的铁锨往土炕的炕洞里填塞。等全部填完，再拿干燥的柴草填进去半背篼当作引子，点燃柴草它就会缓慢地煨烧到里面，把之前的粪末子点着，在逐渐煨烧的过程中土炕均匀散热。这个过程可考验一个人的烧炕手艺了。不亲手操作一回你永远不知道看似再简单不过的事情，亲自上手实地去做有多难。

郭万刚拿着长把铁锨好容易填好了炕，点了火回到房子里天就已经黑透了。他往土炉子里加了一点煤块，照例爬到被窝里看起了书，现在正是一年里昼短夜长的时节，才七点不到天就完全黑尽了，漫长的冬夜只有靠看书打发时间。其实，这也算是难得的好时光，一年里头忙得脚不沾地，能够安安静静看书的时间非常有限，郭万刚乐得享受这点时光，私心里就想，黄连树下弹琵琶大约说的就是自己现在的生活了。

看书一直看到深夜，困意渐渐袭来，郭万刚放下书准备睡觉了，才后知后觉地发现被窝里越来越没有温度，屋里的空气也随着炉火的熄灭寒凉起来，一阵阵冰冷的寒气侵入屋内，冻得他鼻子和耳朵都要麻木了。难道是炕洞里的柴草没有烧起来吗？他只得爬起来穿好衣服出门去看。外面又是西北风怒号，不知道什么时候开始下了雪，地上已经积了薄薄的一层银白了。郭万刚打着手电往炕洞里一看，门儿上的柴草是烧完了的，再里面起主要供热作用的粪末末似乎也烧了一些，但早早就熄灭了。他没有经验，想了想觉得可能是自己填的粪草不够，就又各背了一背篼来填进炕洞，然后重新点燃柴草，在风雪里看着柴草烧着，红红的火苗向黑乎乎的炕洞里烧进去了，才搓着冻麻的耳朵进屋上了炕。

看了半晚上的书，又填了个二回炕，眼看夜已深沉，郭万刚很有些乏困，就脱了衣服安心睡下了。身子下面很快有了热气，烫腾腾的让人感觉舒服极了，他很快沉入黑甜乡，甚至还做了个梦，梦见夏天在沙窝里种树，酷热的大太阳晒得人大汗淋漓，嗓子眼儿里焦渴焦渴的，连空气都像被烤焦似的，散发着烟熏火燎的气息……不知道睡了多久，忽然从梦中惊醒，郭万刚鼻子里充斥着一股什么东西被烧焦了的煳味，而紧挨着土炕的半面身子烫得生疼，就像睡在烧红的石板上一样。他倏然清醒，意识到是炕烧着了，急忙爬起来连棉袄都顾不得穿就打开屋门通风换气，再跑到屋外的炕洞前一看，塞炕洞的土坯裂成几瓣掉在地上，离地面五寸高的炕洞里烧得红彤彤的，把土炕几年积攒下来的炕油子都给烧着了。

这还了得？郭万刚呼吸了几口冰冷的空气感觉嗓子好受多了，就折回身跑进屋里去把炕上的铺盖等等东西往外面抱，这些铺盖被窝六家人的都有，搬运起来还是挺费工夫的。等他冒着满屋子的黑烟把被窝抢救出来的时候，土炕最下面铺的一层麦草就彻底燃烧起来了，被烤了半天的麦草很快燃烧殆尽，屋里再没有什么容易点燃的东西了，火舌才逐渐暗沉下去，而此时屋外的雪却突然下大了。

大片大片的雪花在西北风里翻卷飞舞，这样的天气下炕洞里的火也没什么能耐继续发威了，一点一点地冷却下来，直到完全没了火气天色才刚蒙蒙亮。就这样，郭万刚在扬风搅雪的夜里，硬是头顶被子坐在外面挺到了早上。等到早上接班的老汉们前来，看到眼前的一幕还以为是林场里遭了贼，及至雪人似的郭万刚说了情况，老汉们都忍不住地哈哈大笑起来，到底还是年轻人，需要好好学着呢！后来再轮到郭万刚值班，淑芳不管他说什么都执意要去林场帮他烧炕，生怕他再来那么一次把场部都点了，自那之后郭万刚其实也真正学会了怎么填炕，不过是顾虑着淑芳的一片好意也就由着她去了。

八步沙林场的变迁是从许多小细节上都能反映出来的，从地窝子到土坯房算是重大的事件了，而其他变化却是随着社会进步不经意间就发生的，譬如取暖用的火炉就是其中一项。那已经到了 90 年代初期，铁铸的炉子开始取代泥炉子成为农村家庭的时髦用具，人们觉得新鲜就把这种炉子叫作洋炉子，条件好的人家都以能用上洋炉子而傲视四邻。八步沙林场应众人的一致要求也赶了回时髦，从县里买来了一个货真价实的刘家峡洋炉子。新式炉子的添置着实让娃娃们高兴了一段时间，他们从家里拿了土豆来放在炉膛里，一顿饭的时间焦焦黄黄的土豆就烤好了，比在泥炉子里烤得干净还香脆，是娃娃们拿出去炫耀的资本。

等差不多的人家都基本有了洋炉子的时候，娃娃们早过了新鲜劲也不大爱往林场来了，炉子的使用权才重归大人。晚上开会或是值班的时候，也会烧几个土豆来解馋，有时候还打了麻雀烧来吃，那种香味能顺着烟筒飘出去老远，闻闻都让人流口水。

有一天郭万刚去巡林带回来两只野鸡，这可把大家高兴坏了，那晚谁都没有回家，就聚在林场里等着打牙祭。野鸡个大肥美，炖了一锅还有剩的，吕急人就突发奇想割下鸡胸肉片成片，贴在洋炉子的外壁上烧着吃。这倒是个新鲜吃法，雒兴国跟和生看了也学吕急人吃烤肉去了，其他人围坐在炕沿上一边闲聊一边静等肉熟。好长时间没有吃过肉了，谁都馋得厉害，闻着锅里冒出的香味一个个咽着口水，聊天聊得也有些心不在焉，就盼着鸡肉快点熟呢！

雒兴国三人围在炉子一转烤肉，薄薄的肉片烤出油，抹点盐和辣椒面，翻过面再一烤就能吃了，比锅里煮的大块肉熟得快。雒兴国拿筷子揭下烤熟的肉，也就六七片的数量，小伙子很有谦让品德，端着盛了肉片的碗到炕沿边笑嘻嘻地非要让郭万刚先尝一片，又招呼其他人："快来快来，这可是跟烤羊肉串的新疆人学来的手艺，咱们先一人尝一片过过瘾。"

郭万刚看着碗里烤得金黄的肉片就觉得十分有食欲，但雒兴国相对于他们来说还是个孩子，见他虽然招呼众人却一副垂涎欲滴的样子就不忍心去分食了，笑着说："才几片肉还不够吃个满嘴的，我们等锅里的肉熟了慢慢吃，这些就留给你自己先吃去吧！"

史金泉也笑着说："就是，我们不急，能等，你拿去自己吃吧！"

大家都笑着推辞了雒兴国的好意，小伙子开心极了，端着碗又回到炉子边上去，边吃边继续往炉子外壁上贴肉。还没贴几片，却听和生惊奇地叫了一声："急人，你恶心不恶心？"

雒兴国偏头看过去，只见吕急人拿起一片肉往上面吐一口唾沫，然后才贴上炉子进行烧烤。雒兴国也顿时皱眉，嫌弃地说："你这么个弄法让别人还吃不吃了？"

吕急人厚颜无耻地笑道："我就是怕别人吃我的肉才要这么做。"

雒兴国吸着鼻子说："谁稀罕似的，锅里还有一大锅呢！"

吕急人贴完最后一片肉，站起身拍拍手说："那可不一定。我尿急得出去一趟，别等我尿完回来肉都被你们偷吃了，这才想办法号住些，你们要是不嫌弃就尽管吃去吧！"

说完，他得意扬扬地出去尿尿了。

雒兴国惊讶了半天没回过神来，这个世上怎么会有这么自私的人哪，真正是让人叹为观止！

而见惯了吕急人德行的大家却都见怪不怪了，只是觉得这种做法简直不可理喻，都齐齐爆发出一阵大笑来，给无甚娱乐的冬夜增添了不少欢笑。

八步沙的生活就是这样，有苦有乐、有声有色，正如郭万刚所说的那句话："黄连树下弹琵琶——苦中作乐。"

二十一　沙漠春潮涌动

轰轰烈烈的春季造林运动开始了。今年的规模不同往年，通过八步沙林场的宣传和县上的支持，村民们自发报名，再加上县里各机关单位组织的队伍，还有各校师生等总有近千人的架势。车辆停在公路那边，进沙漠依然要徒步，而且每个人都不能空手，或背草或扛树苗或拎水桶，还有种树的工具等，老场长卸下肩上的一捆树苗，站在沙梁上看着长长的队伍走来，顿时激动起来，这样的场景一下子勾起了他的回忆，曾几何时，那些风华正茂的年纪里热火朝天、干劲十足的样子已经成了许多人永远的回忆。

浩浩荡荡的人群投入到广袤的大沙漠，瞬间就显得微不足道了。对于腾格里来说，这些人何其渺小，跟一队蚂蚁走在荒漠里没有什么区别，大漠拿出狂暴的风沙毫不留情地对付这些充满豪情的血肉之躯。在这乍暖还寒的时节，朔风夹着沙粒一遍遍地从人的身上扫过，粗糙而冷硬的空气就像是后娘的手，拂上脸庞阵阵生疼。

护林员们此时都担任了技术指导，到处跑着给大家做植树示范。郭万刚亲自带着由附近村民组成的一个小队，向他们传授沙漠种树的一些必要知识。只见他跪在沙地里，把一株树苗小心地栽进挖好的沙坑里，填埋沙土的时候利落地抓了一把麦草，在树苗一边围起了一道小小的屏障。起落间行云流水，村民们还没有反应过来，一棵树已经栽好，郭万刚熟练的动作引起了人们一片称赞之声。

有村民不解地问："郭场长，栽树为啥还要用麦草把它围一半？"

这个问题是许多人共同的疑惑，郭万刚耐心地给大家解说："为了防风呀！有麦草做防护圈，抵御了多半风力，树苗就能安然扎根。一棵树一把草，压住沙子防风掏嘛。"

另一个村民问得更细："一把草就能压住沙子？不如多压点麦草进去呗！"郭万刚不由得好笑，诙谐地说："风沙不但吃树苗子，还吃票子。一斤麦草五分钱，只够分三把、压三棵苗。收你家麦草的时候，可没见你大方多给几斤，跑到这儿败我的家来了。"

众人哄堂大笑，都按照郭万刚刚刚示范的流程栽起树来。看着容易做着难，村民们笨手笨脚、歪歪扭扭地种了一排下去，与旁边郭万刚又快又整齐栽下去的一行形成了鲜明的对比。大家这才知道，看似简单的劳动，要做好还有很多学问，便逐渐收起玩闹的心思，认认真真地效仿着干起来。半个上午过去，腰酸腿疼的、龇牙咧嘴的人比比皆是，人群已不复初进沙漠时那般踌躇满志了。本以为是“谈笑间，樯橹灰飞烟灭”的事情，没想到实际情况却成了“芭蕉不展丁香结，同向春风各自愁”。原来荒漠治理竟是这个样子的，里面的苦累超过了人们的预料。看看还在佝偻着腰默默劳作的林场工人们，其他人真是别是一般滋味在心头。

咬紧牙坚持着干到了中午，平时习惯了做农活的人还可以，县里机关来的干部同志们却都一屁股歪倒在沙地里，呻唤着开始休息。大家三三两两坐下来，从包里拿出自带的干粮吃午饭。这又是一项考验。馒头、烙饼就着凉透的白开水，八步沙治沙造林期间的一顿午饭仅此而已。

中午有一个小时的休息时间，有些人吃饱了就跑到沙梁上去看风景，这类人基本是来自县城机关里的女同志，她们大多有一颗浪漫的心，还有充满想象力的头脑，首次进入真正的沙漠，劳累之余更有新奇的感觉。而另一些人却趁着中午难得的好阳光，四仰八叉地躺在沙坡上小眯片刻。

郭万刚身旁围着一群村民说说笑笑。有人提议：“郭场长，你是有文化的人，给咱们讲个故事吧！”

郭万刚爽快地答应：“行，我就给大家讲一个。”

年轻人鼓掌期待。

郭万刚起身，指着荒漠缓缓道：“大家听过杨家将征西吧？其实，咱这儿就是当年杨家将屯兵牧马的地方，过去这里是风吹草低见牛羊的牧场。后来，树木被砍伐，草坡被破坏，水流也逐渐干涸，慢慢就变成了今天这个样子。”

一个村民插言问道：“不是老辈儿传下来说这里先是有个沙洲城的吗？”

郭万刚拉开架势继续讲，沙洲城的传说由来已久，甚至还有“先有沙洲城，后有凉州城”的说法，武威人口口相传，既当作故事又当作历史来听。究竟有无实据可查，因为年代久远，谁也说不清楚，但不可置疑的一点就是，这里曾经土地肥沃、水丰林茂，存在过人类文明。传说之类大多具有浓郁的神话色彩，种种关于沙洲城的传奇故事，都离不开一段人与仙相爱相杀的桥段。故事里总有一个具有绝对权力的可恶的掌权者，然后美丽的仙女爱上了当地的纯朴小伙儿，不被礼法允许的爱情触怒了天神，一场天灾毁灭人类，真心相爱的两个人被迫分开，但女主人公舍命搭救，这才为人类带来了一线生机，繁衍了血脉……

传说尽管离奇，但又何尝不是人们理想的体现？郭万刚含笑给大家普及沙洲城的情况：“全国有四百多个沙洲城，我们这儿就算其中一个，说明咱们生活的这片土地过去是有过草场的，并不是一开始就荒无人烟。”

村民们更加好奇了："郭场长，既然这儿以前是草场，现在还能恢复吗？"

郭万刚循循善诱："能啊，为啥不能！只要咱们都来种树，树木把风沙挡住了，将来就一定能让沙漠变回草场。到那个时候，你们就会成为比杨家将还厉害的人了。说不定也有人像今天一样，坐在这儿讲起咱们的故事呢。"

村民开玩笑地冒起了酸水："真要到那个时候，人家肯定是坐在树荫下讲故事，哪像咱们黄天背上老日头啊！"

郭万刚笑他："啥人家？那是咱们的后人呀！孙子、重孙子……前人栽树后人乘凉就是这么来的。"

大家深有感触，七嘴八舌道："对着哩！为了咱们的后人子孙，这个沙得治！"

众人你一言我一语地聊着天，沙漠里一阵一阵的谈笑声随风飘远。

沙梁背后有人颇有兴致地唱起了花儿，清亮亮的嗓音、酸溜溜的词儿，给大家提神又解乏：

石崖头上的山丹花、刺玫花把人的手扎，人前头见了不好搭话，你大眼睛一闪给了个回答……

吕急人在远离人群嘈杂的地方找了一块沙坡斜躺着闭眼休息。有人鬼鬼祟祟靠近，吕急人听到动静但懒得睁眼，眼皮子抖了一下，说明他是醒着的，来人便快速往他兜里塞了一包烟。

"别来这一套，有啥事就说！"吕急人这才睁开眼睛，看见来人是同村的尕娃。

尕娃谄笑着坐在吕急人旁边道："三哥，我屋后有块林子，年年栽树都活不下几棵，人说是树苗子不行。你看，你们林场的树苗能匀给我一点不？"

吕急人一听瞪起了眼，掏出烟扔回了尕娃怀里："滚！我就说你尕娃不是个心甘情愿来挖沙种树的，原来还打着这个主意呢！"

尕娃把烟又塞回去，世故地说："三哥，这烟你先抽着，兄弟这不是专门找你来的吗？今晚让我家婆娘到你家去跟嫂子学针线，不白学。"尕娃连说带比画，做了个数钱的手势。

吕急人不动声色地往四周看了看，确定没人偷听，才故作为难道："你倒是眼睛毒，看出这些树苗都是精挑细选来的。不过，林场的树苗子是花大价钱从其他的大林场买回来的，场长说了一棵都不能少，你这不是让我为难吗？"

尕娃急忙拍马屁，讨好地对吕急人说："三哥一向对人和善谁不知道？这个忙务必要帮啊！再说了，当初要不是郭万刚又留下来，你可就是场长了，几棵树苗子的主还做不得了？"

吕急人哼了一声，不说成也不说不成。

尕娃掐准了吕急人的脾气，执着地继续问道："三哥，兄弟好容易张一回嘴，到底行不行你给句话吧！"

吕急人想了想，低声道："明晚上我值班，林场后墙根那儿等着，利落些，别让人看见。"

尕娃连连答应，笑着离去了。

二十二 愚公还是包公

俗话说一年之计在于春，经过了一个月的辛苦劳作，大家披星戴月在八步沙鏖战，终于如期完成了今年的造林工作。这当中有些人整个过程都坚持下来了，但也有些人干了几天或者是十几天就不来了，都能理解，在沙漠里植树毕竟不是个轻松活，吃不了苦或不愿意吃苦也在所难免。尽管上千人的植树队伍到后面就剩下了百十个人，但总体还是跟预期的差不多，栽下去了近四千亩树苗，比往年增加了近一千亩。放眼望去，随着沙坡的起起伏伏，一块块林地在沙漠灰黄色的皮肤上刻画下棱角分明的线条。奋战三十天，育林四千亩，苦虽苦，但这个辛苦异常有价值。

每年春秋两次造林活动，是八步沙人最辛劳的时节。郭万刚常说："人与沙漠的抗争是一场没有硝烟的战争。"人们将树木栽进沙漠，逐步有了盎然生机的同时，沙漠也不会坐以待毙，它天生就是一个暴力分子，总会以各种破坏行为来负隅顽抗，或者刮一场大风吹跑幼嫩的树苗，或者一夜间把沙梁移平，让前一天才抽了芽的树木裸露在外，干枯而死……人们只好日复一日地奔波在与沙漠抗争、无休止的补种补栽劳动里，八步沙人与沙漠旷日持久的拉锯战一直在进行着。

沙漠里风大，紫外线强，郭万刚红黑色的脸庞就是沙漠对他的"馈赠"，也是他跟沙漠较量的见证。一场造林结束后，郭万刚他们几个年轻人还生龙活虎，年长的老场长、钱老汉等人却脱了一层皮。尽管如此，八步沙人依然没有彻底放松的时候，因为紧接着令护林员们最头疼的日子也来了。随着春暖，地面上的植被开始返青，林区里因为有专人管护，茂密的青草郁郁葱葱，看起来格外喜人。也正因为这样，八步沙相对于白惨惨的荒漠就成了引人瞩目的"肥肉"，使得那些养羊的人家垂涎三尺。每年，为了管护林木，护林员们没少和村民发生冲突，忍受着他们的恶言相向。在此之前，大家都习惯了类似事件，并没有觉得矛盾尖锐到了不可调和的地步。但是，自从雒老汉被刘羊倌打了，郭万刚的心里就压了一块大石头，他想了很久，终于想出了一个理论上能够解决问题的好主意。

这一天，就在林场会议室，郭万刚召集了一次不同寻常的会议。这个“不同寻常”有两层意思：一是会议的内容，二是会议的形式。林场伙房的大灶上架了柴火，一口大锅正翻滚着散发出香味儿，里面煮的是白水鸡，六家人摊份子一家一只捉了来待客的。土鸡都是自家养的老母鸡孵化出来，然后捉到林场的沙地里从小“溜达”到大的，肉质自然不同其他，远远地就能闻到浓郁的肉香。淑芳领着几个媳妇准备午饭，她们都是平常熟惯的，几个人有说有笑地忙碌着，给林场平添了许多烟火气。

参会的除林场六家主事的人外，还有十多个新面孔，他们都是八步沙周边各村的村干部，是郭万刚花了好几天工夫，特意逐个拜访才邀请来的。为了能够顺利召开这个会，他跑去乡政府找主管林业工作的领导跟前请求支持，乡政府破例派了一位办事员前来参会，当是给这次会议压阵了。有了乡政府的态度摆在这里，各村的村干部都没有推辞顺顺当当地来了。

这一个月大家都辛苦了，每个人脸上都有不同程度风吹日晒的痕迹。

郭万刚绕一圈给所有人都敬了香烟，然后才坐下来清了清嗓子，看大家都安静下来了，便缓缓开口，把刚刚结束的造林结果做了通告，给八步沙人提气鼓劲，也让各村的村干部对八步沙今年的治沙造林有了一个大致的了解，然后话锋一转，正式进入今天会议的主题说：“大致形势还是很喜人的，不过，三分种七分管。只有管护得当，我们才不至于白辛劳。否则‘春种夏活秋剥皮，冬上拔了钉滚碳’就成了常态。所以，今年我特意制定了一个管护方案。今天我们把各村的支书、主任们请来做个协商，来个约法三章。”

会议室里静悄悄的，几位村干部互相交换了眼神，自然明白郭万刚请他们来不单是为了吃白水土鸡，肯定还有央及（拜托、请求）他们帮忙要做的事情。

郭万刚不疾不徐，跟讲故事似的接着说：“过去有句老话，‘一夜北风沙起墙，早上起来驴上房’，大家都不陌生吧？”

有人嘴角挂起了笑意，这句老话八步沙娃娃大小的人都不陌生，每每提及都觉得哭笑不得，但又有什么办法呢，这就是八步沙存在的事实啊！

郭万刚继续道：“我们和我们的先人已经吃够沙子的苦头了，还想让子孙后代继续吃下去吗？谁都不想，所以才开始种树。治沙造林是造福子孙后代的大事，是为了我们的娃娃将来有一块地，有一口粮，还要能够有地方安下个家。”

有人开始点头认同了，郭万刚很满意，一边观察着大家，尤其是那几位村干部的脸色，一边微微提高了声音问道：“为了这个目标，我们现在就要担起责任来。我们多栽活一棵树，娃娃们将来就少吃一粒沙。可是，把树栽活不容易啊！栽要有人栽，管还要有人管，栽下去、管得住，才能活下来。领导们看我说的是不是这个理呀？”

众人点头，窃窃私语。

吕急人却慢悠悠地插话道："说起来容易做起来难，管得住个别，管不住多数，那管到多会儿是个头啊？"

郭万刚瞥了一眼吕急人，微笑着将目光定格到了雒兴国脸上："兴国，你来给大家伙儿讲讲愚公移山的故事。"

雒兴国被突然点名，红着脸愣住了。这个小伙子向来腼腆，年纪轻脸皮薄，说话动辄脸红。只是，来林场才两个月时间，原本白净的脸盘子也糙黑起来，此时脸红倒看不出来，只是因为不好意思，扭捏着不知所措。

郭万刚打趣着鼓励他："兴国是咱们林场文化水平最高的人，放心大胆说一说，如果连这点胆子都没有，将来还怎么能够做八步沙的主人，把喜欢你的姑娘娶回咱八步沙来呀？"

全场哄笑，这倒激起了雒兴国的牛劲儿。他暗暗做了两个深呼吸，鼓足勇气开口，讲起了愚公移山的故事，当然一开始还结结巴巴着，可看着大家慢慢被吸引，他的故事便越讲越顺了。

讲到最后，雒兴国沉稳有度、从容自信的声音也大了很多，流利地叙述道："即使我死了还有儿子，儿子又生孙子，孙子又有儿子，子子孙孙无穷无尽，可是山却不会增高加大，还怕挖不平吗？"

雒兴国高中毕业，肚子里也算有墨水，把愚公移山的故事讲得虽然不是多么声情并茂，但足以使大家都听得明白。郭万刚带头鼓掌，紧接着，会议室里掌声响成一片。雒兴国含笑，还带着点不自在，跟上学时一样向大家鞠了一个躬，会议室里顿时哄笑声更响，农村人都是在电视机上看见过鞠躬，在现实生活中哪里能受得了这个洋气的礼节。

会议室外，英子静静地听着里面的声音，脸上的笑容越来越灿烂。从门缝里看进去，雒兴国摸着鼻尖尴尬的样子分外可爱，英子心里就荡起柔柔的情愫。兴国成熟了呢！都敢在人前长篇大论地讲书本里的故事了，她怎么能不为兴国鼓掌叫好？英子觉得与有荣焉，在门外也轻轻鼓着掌。

史金泉提着暖瓶出门去灌水，刚好与英子打了个照面。英子的动作僵在手上，保持着半鼓掌的姿势愣住了，目前她还不想让自己和雒兴国自由恋爱的事情被更多人知道。不过，史金泉是八步沙林场仅次于郭万刚的第二位掌门人，他早就觉察到了雒兴国和英子的事，对年轻人的新婚姻观倒也不反对。况且兴国现在成了林场的人，而眼前这个姑娘的积极促成在其间起了至关重要的作用，史金泉就更加支持和理解两个年轻人的自由交往。他热情招呼道："英子来啦，干啥站外面？进去听。"

英子并不知道史金泉的想法，她急忙摆手，推辞道："不了不了金泉哥，我和嫂子们是来给大家做饭的！"说完转身快步离开，很快进了林场的厨房。史金泉无奈地摇摇头，径直去办公室灌水。

英子进了场部厨房，趁淑芳她们各自忙着没人注意自己，暗暗拍了拍自己的胸口以示安慰，暗自庆幸没有被史金泉看出破绽来。她今天来找雒兴国，是因为她爹已经知道了她和兴国的事，正如兴国一直担心的那样，英子的爹坚决不同意他们交往。老汉看重名声和面子，一来反感自由恋爱，认为这种事是私相授受、有伤风化，二来也看不上雒兴国的家世，觉得自己的姑娘在学校教书是体面人，雒兴国既没有工作，还接替雒老汉进了八步沙，在沙漠里刨食能有什么前途，便严厉地警告英子跟雒兴国断绝来往。英子自然跟她爹大吵了一架，把上门来提亲的人赶了出去。眼看着她爹找棍棒要来教训她，英子便一溜烟地跑出门，到林场来找雒兴国。农村早婚，英子才刚 20 岁就遭遇了包办婚姻，这令她十分郁闷。莫说现在还小，不愿意定亲，即便真要结婚，那也还有兴国呢！她才不想把自己的一辈子交给那些莫名其妙地通过七大姑八大姨扯成亲戚的陌生人身上。英子从来就是一个有主意的姑娘，她敢于挑战封建思想，追求自由恋爱，有掌握自己命运的魄力。适才看到兴国越来越成熟，英子顿觉信心百倍，便开心地开始择菜、洗菜，满目青青的菜蔬就像是展开叶子的树木，竞相焕发出了生机，恣意伸展的叶片更像她情窦初开的心，她的心情也一如这季节一般躁动热烈……

会议室的掌声停下后，郭万刚端正了神色，郑重其事地对大家说："兴国给大家讲了愚公移山的故事，是说人做事要有苦心、耐心和恒心，要我说，咱们不单要做愚公，还要当包公哩。管护林木，没有包公的六亲不认，就管不住人为的破坏。为了子孙后代过上好日子，就不要怕得罪人。各位书记、主任，这就是我今天请你们来的原因。"

漪泉村的村主任很痛快地回应："郭场长，你今天是给咱们上了一课嘛！我们大队一直以来都是治沙造林的积极拥护者，你说咋办，我们全力配合。"

台子村的支部书记不无赞赏地接口道："郭场长的口才比乡长还厉害哇！"

郭万刚幽默地回敬："书记、主任们，如果我真是乡长，这会子还用费唾沫吗？一个红头文件下去，工作就落实咯。"

"郭场长这一课跟红头文件差不多了，我算是听出来了，要是我们不支持治沙，就是在祸害子孙后代呀！你就说吧，要我们做啥？"土门村的支部书记也表态了。

郭万刚也不拐弯抹角，直接提出要求："只要各位理解并支持，往后但凡进林区放牧的，一经抓到就得按林场的规定严肃处理。到时候，领导们不要来跟我寻麻搭（找麻烦）就行。"

村干部们面面相觑，各自权衡着窃窃私语。村民工作不好做，这一点郭万刚很理解，他也不急于催促他们答应，毕竟该说的话都说了，里面的利害关系相信村干部们也清楚，郭万刚愿意给他们留出充足的时间考虑。

半晌，漪泉村的主任首先发话："好！为了咱的子孙后代，我们村同意这个要求。"

其他村也相继赞成："我们村也同意。"

"我们村也愿意支持八步沙的治沙造林工作！"……

治理后的麻黄塘封禁保护区

郭万刚十分感激，急忙起身，上前给各村干部敬上香烟，并一一诚挚地握手感谢：“谢谢理解，谢谢支持啊！有了你们的这个态度，以后八步沙林场的工作就轻松太多了，我真是感激不尽啊！为了表示感谢，等一下我们请大家尝一尝我们八步沙人自己养的土鸡，这可是在沙漠里吃虫子、沙子长大的，绝对环保！”

接下来，水煮鸡一碗一碗地端进了门，配上农家自己烧制的炉盔子（武威特有的一种馍馍），让人闻一闻都垂涎欲滴。会议室里大家边吃边谈，将八步沙《护林公约》的细节都一一敲定了，一顿饭吃得相当和谐，众人都相谈甚欢。

二十三 好个狭路相逢

春暖花开的时节，林区的树木吐出了嫩嫩的叶片，柠条也有了笑脸。西北的春天矜持如情窦初开的少女，步履姗姗，欲语还休，春姑娘似乎不愿意痛快地露出她美丽的脸庞，遮遮掩掩着不肯现身，但风儿却渐渐少了些许刻板，摆动着柔软的腰肢一拂一拂地走来。寂寞了一整个冬天的八步沙鲜活起来，枝头上多了小鸟热烈的交谈，与沙地里探头探脑的野兔子、沙鼠们欢快地渲染着春的丰满，野草也尽情地在沙地里打着滚。这是一个最为美好的季节，万物都充满了梦想，乐呵呵地尽情施展，拼命怒放独属于自己的风采。

春季治沙造林结束后，八步沙林场进入了一年中相对清闲的时节，护林员们管护着各自片区的树木、林地，终于有时间可以坐下来想想心事。背后是无垠的荒漠，眼前却是绿意融融的林区。“这就是一条分界线，楚河汉界泾渭分明，既是人与自然的对抗，也是人与人的对抗！”雒兴国富于哲学意味地这么想着。此时他嘴里叼了一根草秆，望着远处的沙丘与天空相接的地方，颇为苦恼地琢磨着想不通的人生。英子把她爹的态度告诉了雒兴国，让这个初尝情思的单纯小伙子有些懊恼又有些迷茫。对接替他爹来八步沙，雒兴国从最初的不情愿到之后的满怀希望，苦也吃了，累也受了，他的内心渐渐沉静下来，对八步沙也并非想象中那样排斥。相反，亲眼见证了一株株苗木抽芽、扎根，它们积极生长、努力活着的样子令人不由得产生怜惜之情，雒兴国深受触动，每每心头有点挣扎的时候，就有更加坚定的信念自动扑灭那些想要离开八步沙的蠢蠢欲动。雒兴国常觉得自己的身体里好像住着两个人，时不时要相对着掐一架，而他就像屁股下的这片土地，一半是荒漠，一半是绿洲。

自从前段时间林场里邀请了各村的村干部开会商讨后，护林工作好做多了，来林区放牧和割草的人一下子少了很多。要是人们都能认识到沙漠治理的重要性，理解护林员们的难处，八步沙变绿指日可待啊！雒兴国优哉游哉地靠着一棵树，抬起手腕看时间，手表的指针显示快到中午了，他的肚子也唱起了空城计。扯过背包正要取出馒头垫两口时，忽然有羊叫声清晰地传来。雒兴国微恼，真是不知好歹啊，居然还有人来放牧？他起身朝着羊叫的方向寻了过去。

一只羊、两只羊、三只羊……雒兴国非常气恼，还真是来放牧的，一眼望过去，羊总数不下七八十只呢，它们正在肆无忌惮地啃食青草，而一个羊倌还撅着屁股在那儿挑拣着割比较高的青草。

雒兴国走到羊倌背后大声地叱问："哎，谁让你进林子放羊割草的？"

羊倌正比画着镰刀往一丛茂盛的草上割去，嘴里还哼着不知名的凉州小曲儿，闻言一惊，转头来看，打量了一下雒兴国，紧接着便捧腹笑道："哈哈，我当是谁呢？原来老子不中用又换了娃子来啦？"

雒兴国也认出了这个羊倌正是刘尕五，小时候不爱念书成天逃学，光一个二年级就留级留了两三年，是老师常拿来教育其他同学的反面教材，有哪个学生不好好学习，老师就会说："你们再不好好念书，就跟刘尕五做伴儿去，留级留到胡子长过脚巴骨吧！"

还真是冤家路窄啊！雒兴国生气地指着刘尕五说："你是羊倌刘尕五？早前打了我爹的那个？"

刘羊倌很不屑地斜眼看着兴国："咋？你还想替父报仇啊？"

雒兴国跟刘尕五毕竟不一样，他是念过书受过教育的人，虽然心里对刘尕五打了他爹的事情耿耿于怀，但不愿意用武力报复，便忍住怒气道："狗咬了人一口，难道人也咬回去不成？我不跟你说别的，你把你的羊赶出去，咱们就啥事都没有。"

刘羊倌也在心里悄悄做了一个权衡，看雒兴国单薄的小身板，说话文绉绉的样儿，一看就是个白面书生，哪里是自己的对手。他就变得有恃无恐起来，挑衅道："你娃子骂人还不带脏字，老子不跟你骂仗。你说让把羊赶出去就赶出去啊？那我还就偏不答应呢！"

雒兴国气得涨红了脸，果然秀才遇到兵有理说不清，刘尕五就是个蛮不讲理的土匪。雒兴国只能也强横一些，硬邦邦地说："你要不答应，我就把你的羊都赶回林场，场长说了，谁在林区放牧就罚谁的款。"

"我呸！还罚款？"刘羊倌要起了无赖，张口骂人的样子十足十是学了村里的泼妇架势，他叉着腰又揶揄道："你们林场是乡政府还是县政府，还罚起老百姓的款来了？"

雒兴国初出茅庐，一身的书生意气，自然招架不住刘尕五的撒泼耍横，不由得急了眼，说服教育的话冲口而出："植树造林，绿化祖国，这个道理你不知道啊？"

刘羊倌鼻子里冷哼一声，吊儿郎当地说道："我不知道！绿化祖国跟我有屁关系！我就知道我的羊每天得吃草，不放羊我就没饭吃。有本事你给我赶回去一个试试。"

雒兴国此刻气得够呛，被刘尕五一激，也顾不得君子动口不动手的圣人训导了，拾起沙地里一根细树枝跑上前就开始赶羊。

刘羊倌本以为雒兴国不敢动手，看他居然真的开始赶自己的羊便也恼了，顺手捞起脚边的一根死树干，猛地一下往雒兴国的后脑勺上抡去。

雒兴国只顾着赶走羊群，没防备挨了刘羊倌的一闷棍，脑袋里嗡的一声差点栽倒，他捂着头慢慢转过身盯住了刘羊倌看。

事情发生得太突然，刘羊倌也有点蒙了，他只是要教训一下雒兴国，没想要打他的头，见雒兴国的神色不对，刘羊倌略显惊慌地嘴硬："你再撵我的羊试试？"

后脑勺一阵阵生疼，雒兴国把手拿到面前，一看满手的鲜血，原来头被刘羊倌打破了。雒兴国从小就是个乖孩子，都没跟人吵过架，更别说这么血腥的打架了。他看着满手的鲜血，只觉得气血呼呼往上冒。这个刘尕五先是打了他爹，现在还越发嚣张地打破了自己的头，真是欺人太甚了！雒兴国骨子里的血性被激发出来了，他盯着刘羊倌步步逼近，眼神颇为瘆人。

刘羊倌色厉内荏，一边往后退一边结结巴巴、单调地重复着："你再……你再撵我的羊，再撵我的羊！"

雒兴国冷笑一声，阴沉沉地咬牙道："我今天打不死你就不姓雒。"说着扑上前抓住了刘羊倌的领子。

刘羊倌也不甘示弱，两个人厮打起来，推搡间一个不小心跌倒在地，双双骨碌碌滚下了沙梁，依然互相钳制着翻滚撕扯。

狭路相逢勇者胜。雒兴国把所有的力气用上要制服刘羊倌，连带着他爹雒老汉受到的委屈，一股脑儿都发泄出来，竟和健壮有力的刘羊倌打了个平手。

这一架打得飞沙走石、人喊羊叫，雒兴国按住刘羊倌，喘着粗气质问："还敢不敢再来林场放羊了？"

刘羊倌也呼呼喘气，嘴硬道："人民的土地上人民放羊，你娃子管不着。"雒兴国哭笑不得，掐住刘羊倌的脖子。刘羊倌是打架老手，腾出一只手来往雒兴国的面门打去，两个人又缠到一处不依不饶起来。

刘羊倌骑在雒兴国身上嚣张道："你还敢不敢撵我了？"

雒兴国翻身推倒刘羊倌，发狠道："你今天要是打不死我，往后你的羊就一只都别想钻进林子里来。"

厮打继续。良久，两人气喘吁吁地瘫倒在沙地里，力气都使完了，却谁也奈何不了谁，各自四仰八叉地躺着爬不起来。

刘羊倌骂骂咧咧地不服气："你娃子敢跟我动手，比你老子硬气。"

雒兴国筋疲力尽，但毫不怯他，偏过头蔑视着道："刘尕五你这个留级生，少来这套。我告诉你，只要我在八步沙一天，你就进不了八步沙，放不成羊，不信咱就走着瞧！"

刘羊倌冷笑了一声："老子还就不信！等老子回去吃饱了，攒足了力气再来与你雒家娃子大战三百回合。"

2018 年秋季拍摄的北部沙区管护区

雒兴国抓了一把沙子扬过去，平生第一次骂脏话："滚你娘的，老子等着！"刘羊倌爬起来啐掉嘴里的沙子，腿肚子打着战一步一瘸地离开了。

雒兴国放松下来后，才感觉全身跟散了架似的又累又疼，干脆闭上眼睛躺着慢慢恢复体力，只是后脑勺跟钝刀子割着似的，一阵一阵地疼。隐隐听见刘羊倌呼喝着羊群往远处去了，雒兴国自嘲地咧嘴一笑："这王八羔子念书不行，倒长了一副好身板，又糙又壮，简直就是一头野猪！"打了一架，尽管身上到处都疼，但雒兴国感到心情从未有过地舒畅，老爹受的那些冤枉气总算讨回来了，他便觉得自己完成了一项责任，守护林区、守护亲人的责任。

二十四 成长就在瞬间

雒兴国和刘羊倌打架这天刚好是个星期天，英子往挎包里装了一盒特意给雒兴国准备的饼干，趁她爹出门，偷偷骑了自行车往林场赶来。她已经摸清了雒兴国的工作时间，知道他这个点就在八步沙巡林。但八步沙太大了，到底在哪一片她就不知道了，想了想，只能先到八步沙林场找到郭万刚，那样就知道雒兴国具体在什么地方了。

英子起了个大早，9 点来钟就到了八步沙林场。她不想被八步沙更多人看见，只好在林场大门外放好了自行车。之后，她寻思着找个什么借口进去，恰好遇上郭万刚从办公室出来，她急忙压低声音喊了一声："万刚哥！"

郭万刚见是英子来了，就知道她来的目的，又看她探头探脑的样子，明白这姑娘是有所顾虑，便主动走到大门口招呼道："英子，来找兴国啊？"

英子不好意思地点点头，局促地问："万刚哥，兴国在吗？"

郭万刚瞄了一眼英子背着的鼓鼓的小挎包，对善解人意的英子格外欣赏，含笑道："他去巡林了，应该在二道梁那片上，你自己识路不？"

英子摇头苦笑："我统共就进过三回八步沙，第一次还是学区组织植树去的，第二次、第三次在林场办公室，哪分得清二道、三道的啊！"

郭万刚想了想，英子是雒兴国的定心丸，只要英子支持，兴国就能安心待在林场。他这样想着，也有心成全一对小儿女，便快速在心头盘算了一下手边的工作，把不太紧要的事往后排，对英子道："这样，我正准备到各片上去看看，你先等我一阵儿，我这点活安排完了就带你过去。"

英子喜出望外，有郭万刚带着她进沙窝就事半功倍了，于是她很干脆地答应着："行，我等着，你先忙你的。"

古人云：一日不见如隔三秋。郭万刚是个开明的人，更理解热恋中的年轻人那种急于见面的心情。他对新鲜事物也一直保持着包容的心态，自然对英子和雒兴国的交往是支持鼓励的，虽说有一点点私心在里面，想借用英子的力量留住雒兴国。所以，像英子这样深明大义的好姑娘，能够一心一意跟林场的小伙儿处对象，他非常乐意帮助她，也非常乐意替她跑这个腿。

郭万刚赶忙把手头的事情做了安排，推了自行车就带英子往二道梁林区走。一路上骑车费劲，沙地表面看着干绷绷的，车轮轧上去瞬间就崩裂开来，露出黄澄澄的沙子，自行车陷进去更加难行。郭万刚提醒英子，让她不要被沙漠的伪装骗了，应该跟着之前的车辙往前走，这样既不会在沙漠里迷路还省力。英子答应着跟在郭万刚后面，顺着他的车辙走，的确省了不少力气。不过所谓的省力也只是相对而言，二道梁不近，等看到林区时，英子已是大汗淋漓，鬓间的碎发沾着汗水，一绺一绺地贴在脸颊边。事实上，她已经累得不行了。

到了二道梁，郭万刚放好了自行车，又帮着英子把车子支好。他让英子坐在一边休息，自己爬到一个比较高的沙梁上，放开喉咙喊道："兴国，兴国，听见应一声，英子找你来了。"这是八步沙找人最直接最经济的办法，站到高处一声喊，只要你的嗓门够洪亮，别说二道梁，三道梁的护林员都能听得清清楚楚。

英子被郭万刚的嗓门惊得一怔，仰头望着沙梁上害羞地说："万刚哥，你这一嗓子，十里外都听到了。"

郭万刚大笑，从沙梁上走下来不以为意道："这有啥？自由恋爱，两情相悦，有啥藏着掖着的？再说这儿就我们的几个护林员，没有旁人，不打紧的。咦？兴国也不应个声，该不是睡着了吧，走，咱们去里边找找。"

英子起身跟着郭万刚往林区里边走，难为情道："我爹还没点头呢，再说了，他反对我和兴国在一起呢。"

郭万刚颇为关心这事，不能眼睁睁看着两个年轻人苦恼，那样也影响雒兴国的工作，闻言便极其认真地问："怎么，爱情遇阻了？要不要大哥帮你去跟你爹谈一谈？"

英子蛮自信地一笑，目前的形势，她在和她爹的斗争中还稳占上风，但她很感激郭万刚的关心和支持，笑着说："暂时还不需要，等真到了那个时候，我再来请万刚哥帮帮忙。"

郭万刚相信聪明的英子有能力处理感情上的事，也不再过问，诙谐地笑道："小同志，有困难跟组织提出来，组织上一定会帮助你们的。"

英子捧腹大笑："万刚哥你可真幽默，这是哪部电影里的词儿？"

郭万刚收了笑，边走边巡视着林区的树木，微微叹气道："不幽默不行啊！治沙本来就很苦，也难免寂寞，我们得学会苦中作乐。"

英子的视线也四下里找寻，听到郭万刚的话，她十分动容。是啊！这么苦的活儿，她当初劝兴国留下来，不知道是对还是错。她暗暗决定，等找到雒兴国就跟他好好谈一次，把自己之所以动员他留在八步沙的动机都如实地告诉他，该走该留，应该让他自己拿主意，而不能为了她一个人的私心就左右了兴国的意志。

说到这里，我不得不说，我们可爱的英子老师还真的是一个好姑娘，她的身上总有种种令人惊喜又敬服的闪光点。

两个人一直往林子深处走去，始终没有见到雒兴国的影子。郭万刚又连喊了两声他的名字，寂静的林区里只有微风穿过树木的声音。郭万刚不由得疑惑："咦，兴国怎么不应声？"

英子担心地问："他会不会不在这儿啊？还是遇到了什么麻烦，比如狼啊啥的？"

郭万刚摇头："不会。林场划片管护，二道梁就是归兴国管的，那孩子又实心眼，这个时候一定在。八步沙贫瘠，更不存在狼呀啥的野兽，狐子嘛可能有几只。"说着看了一眼英子，故意开玩笑道："兴国是个白面书生，该不会被成了精的狐子哄去了吧？"

英子略微紧绷的神经顿时松懈下来，笑出了声："他来林场没几个月，却早都不是白面书生了，脸晒得跟包公似的，哪个狐狸精能看得上他啊？"

"也是！"郭万刚说着哈哈大笑起来……

已经过了午饭时分，雒兴国打完架筋疲力尽，背包也在厮打中不知丢到哪儿了。听到有人喊他的名字，雒兴国用尽力气手脚并用地爬到了沙梁高处，一眼就看到了林子里走来的两个人。

雒兴国高兴地大喊："英子，场长，这边——这边——"

二人终于看到了雒兴国，高兴地快步向他走近。到了跟前才看到，雒兴国满脸的血迹，衣服更是片片缕缕，狼狈得不成样子。

英子吓了一跳，赶忙过去扶住兴国，掏出手绢来替他清理脸上的污垢，焦急地问道："兴国，你这是咋了？"

郭万刚往山梁下看了一眼，沙地里的痕迹让他大概猜出了几分，转头问："兴国，你跟人打架了？"

雒兴国咧嘴笑，很解气地说："嗯对，是刘羊倌，我把他打跑了。"

郭万刚一直在跟大家说，与村民们的矛盾以说服教育为好，但刘羊倌恶名在外，简直成了八步沙的头号大敌，屡次好言相劝都没能奏效，还接连打伤了雒家父子，实在有些欺人太甚。郭万刚尽管不赞成武力解决，但看到雒兴国的伤势也不由得又气愤又心疼，叹口气蹲下来关切地问："伤到哪儿了？"

英子也心疼地轻抚雒兴国瘀青的脸："疼不疼？"

伤处被碰到，雒兴国吸了口气，龇牙叫道："疼，咋不疼？那死狗搞偷袭，从后面打了我一棍子，差点没给我开瓢了。"

英子几乎就要哭了，心里的歉疚更深了，要不是她，兴国也不至于跑到这里来挨打，她咬着嘴唇慢慢红了眼圈。

郭万刚很生气也很无奈，林场管护困难重重，他以为和各村达成了协议就能解决这个棘手的问题，但事实证明，这个办法的效果并不是很乐观，林区禁牧执行起来依然任重道远，目前也没有一劳永逸的法子来杜绝类似今天这样的事发生。想到这里，他赌气地皱着眉对雒兴国说："走，先回去，到医院看伤，回头再慢慢收拾他。"

郭万刚和英子从两边扶起雒兴国要走，雒兴国又喊："我的腿，腿……"

郭万刚蹲下来摸了摸雒兴国的腿，发现小腿腓骨翘起来了，吓了一跳："这是骨折了呀。"

英子心疼极了："万刚哥，这可怎么办啊？"

郭万刚二话不说，一躬身背起雒兴国往沙梁下走去，在英子的帮助下，轻轻地把雒兴国放在了自行车后座上，然后郭万刚推着自行车，往镇卫生院赶去……

雒兴国伤得不轻，除了脑袋后面要缝针，还有就是左腿腓骨骨折了，只好听从大夫的建议住院治疗。为了杀鸡儆猴，打击刘羊倌的不法行为，林场不少人提出向派出所报案，让刘羊倌接受法律的制裁。这个方案郭万刚没有完全同意，他认为还是应该征求雒兴国的意见，毕竟雒家父子是受害人，如果他们同意报案，再去派出所不迟。

郭万刚来征求雒兴国的意见，雒兴国却有他自己的想法。他说："我学习过治安处罚条例，如果报案，刘羊倌可能会被抓进去，这不是我的初衷。"

同来探病的史金泉巴不得让刘羊倌吃点苦头，不赞同道："我们就是要派出所把刘羊倌抓起来，这样才能以儆效尤，才能让八步沙周边的羊倌们吸取教训。"

雒兴国摇摇头说："我不同意报案。如果那样的话，我们就和刘羊倌成了死敌了。我的意思还是教育说服为主，只要他以后不祸害咱们的林子，就放过他这一次吧！"

郭万刚赞成雒兴国的想法，这也正是他的意思。管护林木是个长期的工作，不能光凭血气之勇和耍横斗勇，还得从思想上让那些人彻底悔悟。几个人商量了一下，最后决定把雒兴国被打受伤的所有证据都留了下来，如果刘羊倌这次之后还不改正自己的错误，再以八步沙林场的名义向派出所报案管制他。

雒兴国腿上打上了石膏不能走路，每天躺在病床上百无聊赖。镇卫生院离英子教书的学校不远，英子每天放学都来陪护，还带了书给雒兴国看，让他安心养伤。两个人的感情也与日俱增，更加深厚了。

这天下午，英子又送来了自己亲手做的青稞面搓鱼子。

雒兴国已经习惯了英子按时前来陪他，原来遮遮掩掩的羞涩也减轻了不少，很坦然地笑着撑起身子："你来照顾我，别耽误了自己的事。"

英子嗔怪地睨他一眼，端了碗来照顾雒兴国吃饭："你这句话说了八百遍了，放心吧，耽误不了！倒是你这一受伤，雒叔又回去替你了。"

雒兴国不好意思地挠挠头，接过碗嘀咕："说到底，我爹从心里还是舍不得离开八步沙，却非要我去。"

英子微微动容，一丝歉疚又蹿上心头，她认真地问雒兴国："那你后悔了吗？"

英子想，如果雒兴国说后悔，她这次就绝不拦着，再也不坚持着让他去八步沙了。

雒兴国不以为意，淡笑道："刚开始是不情愿，想着应付几天就找个茬溜了，可是现在觉得没那么难熬了。"

英子不解："那为啥？"

雒兴国吃完搓鱼子，借着喝汤的时候低头道："我以为去了林场，你就嫌弃我了。"

英子无奈地给了他一个白眼。雒兴国的回答，她是满意的，虽然他受伤让自己歉疚，但内心深处却暗自欣喜，她没有看错，兴国就是自己一直喜欢着的样子。英子含笑柔声道："要是嫌弃，这会儿还能在这儿伺候你？"

雒兴国抬头看着英子咧嘴笑了："再说了，郭场长他们都是很好的人，我敬佩他们，想和他们在一起，共同治理八步沙。"

英子了解雒兴国，他单纯善良又腼腆内向，让他说什么甜言蜜语基本是没指望的，但雒兴国想要表达的意思英子却都明白。她帮着分析道："其实，你骨子里对八步沙是有感情的，只是你以前没有意识到。"

"是吗？我对八步沙有感情吗？"雒兴国脑海中涌出了小时候跟着老爹进沙窝的情景、帮着老爹栽树的场景，还有老爹那黝黑的脸庞和深深的皱纹……雒兴国陷入了沉思。或许英子说的都是对的，他跟刘羊倌打架时，是什么在支撑着自己愿意去拼命呢？是的，那就是在拼命，这毫不夸张。以他单薄的身体，本不是刘羊倌的对手，但最后他还是在后脑勺受伤的情况下，把刘羊倌打跑了。不仅如此，他还成功地制止了羊群对绿地的继续啃食。

那个时候，他只有一个念头，正是他跟刘羊倌发狠时说的："你今天要是打不死我，往后你的羊就一只都别想钻进林子里来。"这不是感情吗？对八步沙的感情，也是对护林员这个身份的自我认同。只是，得到这样的认知代价似乎有点惨烈呢！雒兴国抚着腿上厚厚的石膏自嘲地想，要用拳头来解决事情，这是他过去 20 年中压根儿没有遭遇过的特殊经历。

不知什么时候，英子已悄然离去，雒兴国前后左右看了看，都没有发现英子。他本想大声喊英子回来，但就在这时候，他突然想通了留在八步沙这件事，心情豁然开朗起来。英子说得对，他对八步沙确实有着非常深的感情。直到此时此刻雒兴国终于发现，他的心田里早已不知不觉栽下了一株青青的树苗，那树苗正舒展着枝叶，努力长大，长大，长大……

二十五 林场花棒热销

秋天，八步沙林场迎来了最令人欢欣鼓舞的时节。经过几年的栽种、营务，各种树木拉开了架势，长势良好。尤其是花棒，一大丛一大丛的，生机勃勃、叶茂花繁。

这些年，随着农村经济的发展，村民们手里有了点闲钱，所以大家都争先恐后地在镇政府规划的居民点上盖新房子。尤其是今年，农村里掀起了盖新房的热潮。一方面，村上、镇里有要求，大家都要按照规划在居民点上盖房子。另一方面，村民们几代人生活在破旧、狭小的老屋里，更需要拆掉旧屋，搬到崭新而宽敞的新房里去。

祖祖辈辈依赖着泥土过活的农民，对盖房置地的向往近于虔诚。在居民点里盖新房，砌墙依然是用黄泥拓成的土块，但难得弃旧迎新一回，讲究的人家必定开了箱柜，拿出所有积蓄，奢侈地从砖厂买一些红砖或者红瓦来，沿着新房的屋檐砌上一溜红灿灿的瓦沿，再用白灰将墙壁里里外外粉刷一新。远远看去，白墙红瓦分外显眼。

河西走廊一带农村的房屋建筑大抵相似，所用的建房材料自然也大同小异。盖房除土块、砖头、大梁、檩条、椽子外，还要在压麦草之前把花棒铺上去，铺在一排排椽子上面。花棒铺在房子上，称谓也变了，叫房梢。有钱人家可以花大价钱购买竹帘子做房梢，而八步沙周边的农民却不愿意花那个冤枉钱。因为花棒就是特别结实、耐潮的材料，而且价钱是竹帘子的三分之一。所谓靠山吃山靠水吃水，八步沙周边的村民盖房都是就地取材，就买这沙漠里长大的既经济又实惠的八步沙花棒。

花棒，是一种专门种植在沙漠干旱地方的灌木树种，它根系发达，抗旱抗寒，靠天然降雨量就能维持生命并顽强生长，尤其适合种植在像八步沙这样的流沙环境里。花棒萌蘖力特别强，越压长得越旺盛，而且茎干强韧、枝条坚硬，是上好的房梢材料，同时还有观赏的价值。夏秋季开花，粉紫色的花朵累累缀缀，在荒凉的沙漠里形成独特亮丽的风景线。因为花棒有强大的再生长能力，今年割去，来年就又长出来了，八步沙为了增加经济效益，决定出售花棒。

消息刚刚传出，八步沙林场就迎来了一批又一批买花棒的人们。他们或套着马车、骡车来拉，或雇了手扶拖拉机来运，还有雇了汽车来拉的。八步沙林场的花棒销售处，整日沉浸在骡马声、机动车辆的轰鸣声和人声的喧嚣里……看着这激动人心的场面，郭万刚他们脸上的笑和花棒那灿烂的花朵一样绚烂。

史金泉作为林场的会计，负责记账结算。他抱着账簿一趟趟往返于林场和林区之间，脖子里挂的算盘油光发亮，可以随时取下来拨拉着算账。

时近黄昏，一天的繁忙暂告结束，送走最后一个满载而归的村民，郭万刚擦着汗走进了办公室。他一边舀了缸里的凉水解渴，一边问："金泉，今天怎么样？"

史金泉眉开眼笑："都记在账上了，场长，今天我们一共卖了9车花棒，总共7378斤。"

郭万刚走过来，拿起账簿翻看着感慨："现在老百姓手里宽裕了，都在盖新房。咱们的花棒是上好的房梢材料，物美价廉，又韧又耐潮，都快供不应求了。等这季忙过，我想着把咱们场部也翻修一下，给咱们林场提提精神。"

史金泉赞同地点头："是该翻修一下了。看看村里人家的新房，那盖得叫一个攒劲啊！"

正说着，和生光着膀子进来道："场长，外面又来车了，说是买花棒的。"

郭万刚哈哈一笑："这是要给我凑一个十全十美呢！"

三个人都高兴地出门，和生憨厚地说："那我再进趟沙窝去，院里的都卖完了，恐怕不够一车。"

雒兴国正在把散落的花棒枝条往一起收拾，郭万刚走近，接过他手里的木杈："兴国，你的腿还没好利索，今天又忙了一天，歇歇吧！"

雒兴国用手抹着额上的汗，笑道："没事场长，你们天天这么忙，我咋能闲得住？"

郭万刚含笑拍了拍雒兴国的肩膀，转头问和生："老吕呢？还没回来？"

和生推了自行车，招呼着买花棒的人跟他走，闻言回头答道："今儿一天都在沙窝里割花棒了吧？没看见他。"

郭万刚也推了车子出门："走，我和你一起去，替换替换他。"

忙碌的日子虽苦，但八步沙人心头比吃了蜜还甜，朝着好光景往前奔，苦一些又怕什么？

晚霞如血，在远远的西边山尖处勾勒出一幅落日唯美的盛景，向人们昭示着明天又是一个好天气。

一大丛花棒树后，吕急人和一个人鬼鬼祟祟地说着话，正是他熟识的村民尕娃。

吕急人往指头上蘸了点唾沫，把一沓零钞数了数装进了兜里。

尕娃殷勤地递给他一根烟问："吕三哥，我今黑再拉一骡车就够了。我们队上还有两户也要盖房，你看能不能也给解决了？"

吕急人摇头："那不行！就你家，也是看在和我大哥是干亲家的分上，我才冒险给你低价处理一些。这事要让其他人知道，捅到林场那里，问题就严重了，这可是盗卖集体财产，犯法的。”

尕娃往花棒丛外张望，撇嘴道：“要我说，三哥你就是太实心眼儿了。这么大的八步沙，长了多少花棒呢！少几车不见得就能看出啥来，三哥你还是给想想办法吧，只要我们互相闭严了嘴不说出去，谁能知道？”

吕急人沉默着不说话，暗地里却掐着指头算账。两个姑娘就不说了，他也不抱啥指望，尤其是大丫头，当初为了上学还把自己给告到乡政府和派出所去了，让他丢人不说还差点气死，哪怕后来上学都是由郭万刚管着的，他也不能原谅她，就当自己白生一回罢了。但是儿子可就不一样了，好容易在政策的空当争抢着生了个带把的，他一直当凤凰蛋养着，将来给自己顶门立户呢！这眼看马上要开学，儿子就要上中学了，他早就打算着把儿子送到县里的一中去上初中。那是全县最好的学校，他就是砸锅卖铁也要把儿子供上大学，让他跳出农门，不能像自己一样在沙地里打滚了。但是，在县里上学就得住校，吃啊住啊的势必就多一笔开销，再加上将来上高中、上大学，那又是多少钱？吕急人算过账，让儿子跳出农门至少需要小十万元，那还不算娶媳妇、将来住在城里要买楼房的钱……

时势逼人啊！为了这样一个宏大的目标，吕急人只好尽自己所能，攒一点是一点，说不得就需要铤而走险了。

尕娃见吕急人半天不吭声，有点急躁地催促道：“三哥，成不成你倒是给句痛快话啊！”

吕急人是出了名的慢性子，缓缓地吐出一句：“让黑里来吧！不过……”他看了看左右无人，又道：“以后你们自己把钱数算好，找机会送到我家里去，不要直接给我，免得落人眼。”

尕娃大喜，恭维着说：“我就知道三哥你是个亮豁人！放心，你给我们的花棒比直接到林场买的便宜一半，你帮了我们，大家也不给你添麻烦，到时候我们几家盖房立梁，一定请三哥你去喝最好的凉州烧酒，吃手抓。”

吕急人扯着嘴角笑了笑，居功自傲地刚要开口，被尕娃率先截断。尕娃笑着说：“三哥的口味我知道，羊脖子给你留着。”

吕急人满意地咂咂嘴，似乎羊脖子就在他眼前。

两个人转出花棒丛，尕娃拉了缰绳吆喝着骡子就要走。吕急人指挥他：“往那边走，从后沙梁那边绕出去。”

尕娃再三感谢后赶车走远。吕急人捂住兜里的一沓钱，懒懒地打个呵欠往沙地里一躺。“真他娘的累死人了！”吕急人短促地低声骂了一句。

二十六 真心负荆请罪

树遇雨水长得慌，人逢喜事精神爽。随着花棒的畅销，八步沙林场的效益越来越好，大家兴高采烈，都觉得更有盼头了。就连雒兴国的伤势也恢复得格外快。俗话说伤筋动骨一百天，雒兴国毕竟年轻，再加上英子的悉心照顾，养了一个月就能活蹦乱跳了。出院后，他迫不及待地回到林场，参与到林场的劳动中。

收割花棒成了八步沙目前的主要工作，但巡林也是雷打不动的，甚至为了更好地保护树木，防止眼红的村民来偷割花棒，这巡林工作反而比之前更加重要了。外面的人不理解，以为林场的管护是怕花棒被偷走少卖了钱，其实单就怎么割也是非常有技术含量的事情。八步沙人懂得在一片花棒林里该割哪从不伤花棒的元气，过一阵儿花棒还会再长出来。而外人，尤其是偷盗者，往往胡砍一气，伤到了花棒的根系，就会造成不可挽回的损失。要知道，一株花棒从栽进沙漠到能够割下来为人所用，短则三四年，长则七八年，可不是说长就能长起来的。防风固沙、保持水土，全靠这些树木呢！

雒兴国现在是恋爱、工作两不误，人也外向了很多。这一天，他照样高高兴兴地到二道梁巡林，尽一个护林员的责任，刚走到林区边上，就听到沙梁后一群羊在咩咩地叫唤着。

真是屡教不改！雒兴国气冲冲地三步并作两步爬上沙梁，一看居然又是刘羊倌，真是冤家路窄啊！

刘羊倌仰头，也看见了沙梁上高高站着的雒兴国，他吓了一跳，呆呆地仰着脖子往上看。两个人谁也没有说话，就这么一高一低地彼此看着，气氛立刻诡异起来。

半晌，雒兴国卷袖子抹胳膊，居高临下地睥睨着刘羊倌，很霸气地问他："刘尕五，说吧，今天怎么打？"

刘羊倌后退两步，满脸戒备地看着雒兴国。

雒兴国冷冷地盯着他："我说过，只要我没死，你就别想进八步沙来放羊。"

刘羊倌的气势弱了几分，恨声回道："雒家娃子，你就不是人！"

雒兴国像个王者，仰头哈哈大笑，在刘羊倌的注视中飞跑下沙梁，捞起一根干树枝冲进羊群里疯狂地驱赶起羊来，惊得羊群四散跑开了。

刘羊倌怔住了，后退一步跌翻在沙窝里，呆呆地看着疯魔般的雒兴国，嘴里胡乱嘟囔着："雒兴国，你这个疯子，你这个疯子……我走还不行吗？"他拿起炮肚子，把石子儿扔到了头羊的身边，石子从沙子上飘过，在沙坡上犁下了一条浅浅的沟。刘羊倌接下来响亮地打了一声口哨，那头羊就领着羊群浩浩荡荡地离开了二道梁……

雒兴国看着离去的羊群大声喊道："刘羊倌，你给我记住了，下次我随身带把刀子，你要是再敢来林区放羊，我见一只捅一只，连你也一块儿捅！"

雒兴国的声音蹿出沙梁，在二道梁的上空回响，余音缭绕，惊得刘羊倌一边走一边朝着雒兴国张望，生怕这疯子真的追过来把他当羊给捅了……

这些天，林场大院里越来越热闹，前来拉花棒的各色人等川流不息，颇有车水马龙、门庭若市的盛景。雒兴国前段日子养伤，其他人都忙得昏天黑地，他回到林场来就主动抢着干活，想为大家多分担一些。这不，才送走装得满满的一车花棒，院里还有些零碎枝条，雒兴国就推着大家去休息喝水，自己拿了木杈来收拾整理。

就在这时，刘尕五鬼鬼祟祟地来到了林场大院门口。他探头探脑地往里一瞅，正好看到了雒兴国，待要喊他，张了张嘴又停了下来，低头寻摸着找了一块土坷垃，照准了雒兴国的后背丢出去，不轻不重地砸在他的身上。

雒兴国正在干活，感觉到后背挨了一下，转头一看，瞧见了大门口鬼鬼祟祟的刘尕五。他对这个人自然是没有好感，也不想搭理他，便狠狠瞪了他一眼，又继续做自己的事。

刘尕五见雒兴国这般冷漠，有心进去找他，但往办公室那边看看，还是停住了脚步，一手掩着嘴压低声音喊道："兴国，兴国，你出来。"

雒兴国不愿意搭理这个仇人，但刘尕五的行为让他很恼火，拄着木杈没好气地回他："你要做啥？打架就进来。"

刘尕五嘿嘿笑着，很有耐心地又喊："你出来，我找你是真有事，你出来了咱们单独说。"

雒兴国并不怕他，放下工具，拍着手上的土走出来，站到门口问："说吧，啥事？我没空跟你谝闲传。"

刘尕五一伸手把雒兴国拽到大门旁的墙边上，从怀里掏出一瓶上好的白酒，对他说："你看，咱俩打了架，虽然你受伤进了医院，可我也没占着便宜，我在家也躺了十几天呢！这样，你把这个酒喝了，咱们就算扯平了行不行？"

雒兴国盯着刘尕五的脸极力探究，语带不屑道："你这是黄鼠狼给鸡拜年吧？我不喝酒，你少来这套。扯平可以，除非你答应再不去林区放羊。我们栽活一棵树、种绿一片林容易吗？谁都像你似的去破坏，再来场黑风暴就能把咱们都活埋了！你知道吗你？"

刘尕五把酒按进雒兴国怀里，痛快地笑道："行哩行哩，我再不去八步沙放羊了，这个没问题。你看你说话还跟乡长似的。不过我今天来找你还有一件事，你得替我办了！”

雒兴国一副“果然如此”的表情，把怀里的酒塞回刘尕五手上：“我就知道你刘尕五不怀好意，你把你的酒拿上了滚蛋。”

刘尕五是不受拘束野惯了的人，放羊这些年更是天大地大，除了风吹日晒下磋磨出的一张沧桑脸看着憨实，其实他心里非常精明，就是没怎么念书，受的教育少，令他身上带着几分匪气。此时，见雒兴国不给自己面子，刘尕五也沉了脸，攥着酒瓶子准备摔了，却被雒兴国喝住。

雒兴国指着刘尕五的鼻尖喝问：“你想干啥？又要撒泼打架是不是？”说着挽起了自己的袖子，做出随时应战的样子又说：“上回要不是我们场长手下留情，你娃子就该被送到派出所吃罐罐饭去了。八步沙人手下留情，没有把你送进劳改队，你倒好，居然还敢欺负到我们门上来了。”

刘尕五收起自己的脾气，急忙解释：“不是不是，我真的再不敢跟你打架了，我知道你是条真汉子，我打心眼儿里敬着呢！这回真是来求你帮忙的。”

雒兴国见状，口气软了几分，但还是没好气道：“你也别想贿赂我，还是那句话，你再到林区放羊割草，我还得跟你干仗。除了这件事，其他的都好说，说吧，啥事？”

刘尕五敛了笑，挠挠头破天荒地腼腆道：“咱俩其实还算同过学的，你能不能给郭场长说说，让我也当个护林员？”

雒兴国满脸疑惑，刘尕五说的话让他觉得既震惊又可笑，瞪着眼睛问道：“你说啥？你想当护林员，别不是为了更便宜你放羊吧？”

刘尕五黑红的脸上涌起懊恼：“我说话你咋就不信嘛！”

信你个鬼啊！雒兴国心里默道，皱着鼻子看向刘尕五：“要我相信你能当护林员，除非三九天的冰滩上长出个马莲，你不是跟你爹说过，将来连你儿子都跟你放羊吗？”

刘尕五把酒瓶子塞进雒兴国怀里，一屁股坐在大门口耍起了无赖：“我不管，反正你去跟郭场长说，你们不让我当护林员，我就天天跟着你雒兴国不走了，你跟学校的那个女老师谈对象我也跟着。”

那个年代，农村里头自由恋爱被看作是有伤风化的大事情，被人家揭穿还拿来做要挟，雒兴国又羞又怒，瞬间涨红了脸，气呼呼地转身就往院里走，骂了一句：“你就是个赖皮！”

刘尕五似乎觉得抓住了雒兴国的把柄，得意地靠在门边上笑了两声。

买花棒的村民们来了，八步沙人即刻出去过秤，装车发车，很快就把买花棒的村民们打发走了。郭万刚和史金泉正在办公室对账目时，雒兴国满脸恼怒地进来了。他捞起屋角水缸边的瓢，舀了一瓢水就直着脖子往里灌，喝得急了点，还呛了一下。和生以为他是干活渴了，就提醒他慢点喝。

一瓢水下肚，雒兴国的恼怒并没有平息，他一抹嘴走到旁边坐下，兀自生着闷气，大家这才看到他的脸色不对，都觉得莫名其妙。

郭万刚转头问："兴国你咋了？为啥要生这么大的气？"

雒兴国调整了一下自己的情绪，懊恼里带着无措地对郭万刚说："场长，那个死狗（赖皮）刘尕五揣着一瓶酒在大门口堵我呢！他说他要当个护林员，要我来跟你说说，如果我不帮他，他就……他就拿我和英子的事来威胁。你说咋办啊？"

这话一出，办公室里响起了一阵笑声。雒兴国红着脸，怒目瞪着众人："你们这些人太不厚道了，我都遇上麻烦了，你们不想办法帮我，还看笑话……"

大家急忙收敛，但还是忍不住偷偷笑上两声。多大点事啊，就让这小伙子慌成这样！还不如姑娘家大方呢！

郭万刚不由得好笑："兴国，你是不是冤枉人家了？或许刘尕五是来给你请罪来的呢，你也不问问清楚。"

雒兴国气咻咻地看了一眼窗外："他不是请罪来的，是将我的军来了。"

郭万刚打趣地笑道："你瞧瞧你这为难的样子，难道比追人家英子还难？"

众人又都大笑起来。

雒兴国红着脸埋怨："你们竟然也跟着刘尕五一起笑我，不仗义。"

郭万刚收住笑，拍拍雒兴国的肩膀说："走吧，我陪你去问问，看那刘尕五要干啥。"

午后的暑气正盛，大院外面的杨树叶子蔫蔫地打着瞌睡，连小鸟都偷起了懒，不知道躲到哪里去了，只有偶尔刮过的风，热乎乎地贴近人的身子，濡湿了人的额头，顺带着送你一阵迷迷瞪瞪的睡意。

刘尕五倚着门墩，头一歪一歪地打着瞌睡，听见脚步声，抬头来看，见林场众人都出来了，急忙起身拍打屁股上的土。说实话，他对林场的年轻一辈都挺怵的，以前那几个老汉虽说也倔，但他自恃年轻力壮，就没怕过，还故意赶了羊群去林区附近转悠，趁人不注意再割点草、挵根死树带回去。但是，自从和雒兴国打过一架，八步沙人那副不要命跟你硬磕、死磕的架势让他胆怯。尽管八步沙的人没有到派出所告他，但这家伙有点小聪明，自己跑到派出所去咨询了一下，当时民警跟他说过的话他记忆犹新，民警说："破坏林地，你已经犯法了。你不但不认错，还将人打伤，又犯了故意伤害罪。两罪并罚，最起码要判你三年徒刑。可人家雒兴国没有起诉你，八步沙林场也放弃了追究你的刑事责任，否则的话，你就进班房去了。"刘羊倌听了这样的话还不服气地问："那他雒兴国也打了我，这是什么罪？"民警告诉他："是你到人家的林场里打人的，还差点儿把人家的脑袋开瓢了。人家反击你是自卫，要是把你打死了都不会承担法律责任的。"

回到家里，刘羊倌认真而磕磕绊绊地读了民警送他的《法律读本》，那上面把"破坏林地是犯罪"说得清清楚楚，把什么是自卫也讲得明明白白的。这时候刘羊倌就想，雒兴国是个厉害人，惹不起。而八步沙的这些人还算仗义，没有把他送到班房里。所以，要报恩。怎么报？他想了两天才想明白，眼前只有两条路，第一条是再也不能去八步沙放羊，第二条是再也不敢像过去那样打人了，真要出了事，你不蹲班房子谁蹲？

还有一个问题也让刘羊倌百思而不得其解。这雒兴国不就是八步沙的一个护林员吗，一年也拿不了几个钱，比起自己来更是要家底子没家底子，要钱票子没钱票子的，咋就为着几棵树、一把草，就能豁出命来跟人干仗呢？

刘尕五从小放羊，十多年来见得最多的就是羊，给他带来财富的也是羊，可是，谁都不知道他心底里最厌烦的也是羊。这次跟雒兴国打完架，他回家躺在炕上养伤的日子，突然觉得异常清静，再也不用整天看着羊群听那讨厌的咩咩声了。摸一摸浑身的瘀青，刘尕五心里就有了不少的疑问，雒兴国一个白面书生，干点什么不好，为什么非要跑到八步沙去种树呢？在八步沙林场那些人眼里，难道树木真的比人还值钱吗？这两个问题，刘尕五越想不明白就越想弄明白。

他在信用社里也有一本存折，上面的数字保障他称得上"万元户"了。刘尕五不再为生计发愁了，他想换个活法。想来想去，他决定去干自己弄不明白的事情，就是到八步沙林场当护林员，看一看那些人到底长了一颗什么样的脑袋。刘尕五是家里的老小，他爹已经不在了，几个哥哥也是分家单过，互相不干涉各自的家事。于是，他下定决心把羊都卖了，然后来投奔八步沙。是的，就是投奔，跟小人书里说的故事差不多。刘尕五自以为是地这样想。

可是，八步沙林场，他也就和吕急人熟一些。但是那个人他其实并不喜欢，不像雒兴国那样有血性，还爱占小便宜。刘尕五喜欢有血性的人，虽然挨了打，他还是打心眼儿里喜欢雒兴国那样的人。想到这里，他揣了瓶好酒就找到八步沙林场来了。

雒兴国带着郭万刚到了刘羊倌的面前，他余怒未消，质问道："刘尕五，我们场长来了，你说你到底要干啥？"

刘尕五起身拍着屁股上的土，龇牙一笑道："我不是说了嘛，我要当护林员。"

雒兴国对他有成见，气恼地说："你胡扯！谁信呢？"

刘尕五难得正色，竖着大拇指夸赞："真的，你别不信！我刘尕五这辈子就认一个死理，谁厉害我就服谁。你雒兴国是条汉子，我服了。"

雒兴国怔住了，一时无话可说。刘尕五要横他能应付，可他忽然态度大转弯，倒令人不知道怎么处置才好了。

郭万刚好整以暇地看了半天，这才开口问道："刘尕五，我这八步沙林场，可不兴耍二杆子江湖匪气。你照实说到底干啥来了？"

刘尕五擦了一把热汗，一本正经地说："郭场长，我卖掉了家里所有的羊，投奔你来了。"

这件事很出乎大家意料，郭万刚也觉得意外，和其他人交换了一下眼神。

雒兴国还是不相信刘羊倌会卖了羊，不耐烦道："你痛快说，别云里雾里的。"

刘尕五诚恳地对着郭万刚说：“郭场长、雒兴国，我真的没啥其他想法，就是想当个护林员，你们就把我收了吧！”

此时院里有四五个人，对恶名昭彰的刘羊倌戏剧化的转变都难以接受，狐疑地盯着他。

郭万刚挑眉微笑，想试一试刘尕五的诚心：“可以啊！不过我有个条件，你看能不能办到，能做到就好说。”

刘尕五热切地望着郭万刚，匪气十足道：“你说，是上刀山还是下火海？”

郭万刚笑道：“不用你上刀山下火海，你到林区扫羊屎蛋子去，你拉的羊屎蛋子你自己去收拾掉，什么时候把二道梁林地里的羊屎蛋子扫干净了，你什么时候就能当我们八步沙的护林员了。”

众人笑着看向刘尕五。

刘尕五歪头叫道：“哎！那都是羊拉的，咋就成我拉的了？”

郭万刚慢条斯理地说：“不愿意是吗？你不愿意我们绝不勉强……”

刘尕五毫不犹豫地打断郭万刚：“行，我明天……不不不，我现在就扫去。”说完一转身跑了出去，跑了两步又停下来，转头笑道：“我的羊全都卖了，不过留了一只，回头杀了请大家伙儿吃肉，谁让它们吃了八步沙那么多的草呢。”

院里众人看着刘尕五远去的身影，大眼瞪小眼。

郭万刚摇头，笑着感叹道：“看来有些人光靠说服教育还真不行，这个刘尕五就是个门槛材料，你不踩他，他就不服你呀！”

和生憨憨地问：“场长，你不是不让打架吗？”

郭万刚含笑转身进门：“我啥时候也没说过让你们打架呀！”

众人又笑，心情愉悦地进了大院。

从此，八步沙又多了一个护林员。那之后的很长一段时间里，人们常常能看到刘尕五扛着大扫帚、哼着小曲儿穿梭在林区之间的身影，“刘羊倌”这个称呼也慢慢换成了“尕五”。

“尕五，今天又扫羊屎蛋子去啊？”清晨，路遇人们或真心或取笑的问候，刘尕五都乐呵呵地应一声，脚步轻快地往八步沙走。此时，大大的太阳正从无垠的沙海边升起，把刘尕五的身影拉得老长，并染出红彤彤、金灿灿的色彩来。

于是，人们就在背后议论：“这又是八步沙的一个疯子呀！”

笑声里，八步沙新的一天开始了……

二十七 虫害面前无奈

时光匆匆，消失于八步沙的日升日落里；日月如梭，把八步沙的故事一下子推到了 20 世纪 90 年代末期。

因为有了经济效益，又有国家对治沙造林的专项补贴，八步沙林场已经步入了良性循环的时代。同时，年轻的八步沙第二代也逐渐接了老一辈的班。按道理说，八步沙的日子从此就越来越红火了。

可是，天有不测风云，人有旦夕祸福。事实上，八步沙的境况并不尽如人意。为了增加效益，三年来八步沙在栽植其他林木的同时，适当扩大了种植花棒的规模。花棒的栽植

虫害前的花棒

面积上去了，这经济效益也就自然而然地上来了。可花棒天不怕地不怕，就怕大旱没雨下，一旦遇上大旱，随之而来的就是虫害。这一年，虫害在干旱的助威下，给八步沙林场带来了毁灭性的打击。

花棒毒蛾，也叫灰斑古毒蛾，追根溯源就是因为单一的种植，再加上干旱而专门针对花棒这一类树生出的虫害。那一年，它们在八步沙肆意为祸，花棒大片枯死……不仅如此，毒蛾还蔓延到了沙枣树等其他树上，危害之大已经到了闻者色变的程度。

这一天，八步沙林场的会议室里气氛异常沉闷，屋子里烟雾缭绕，旱烟、香烟的气味浓烈刺鼻，每个人脸上都写着焦急和凝重。

门帘掀起，以老场长为首的几个老汉走了进来，一下子被满屋子的烟熏得咳嗽起来。雒兴国这个原本不抽烟不喝酒的“五好青年”，进了八步沙林场，近朱者赤，近墨者黑，也就自然而然地爱上抽烟喝酒了。因为白天在林场值班是一个人，到林场巡林也是一个人，晚上值班、巡林也就两个人。为了打发寂寞这个魔鬼，就只有喝酒和抽烟两条路了。烟抽的是棒棒烟，酒喝的是塑料桶装的散酒。当然了，在八步沙还有一个活动，那就是读报纸、讲故事。第一代八步沙人基本上没有文化，就是读个报纸也是磕磕巴巴的，读不利索。到了第二代八步沙人这里，雒兴国算是最有文化的人了。他值班的时候，不是读书就是看报，可就算在这样的情况下，寂寞还是无孔不入。这样一来，如果不抽烟喝酒，就没有办法熬过那些寂寞的时光。

雒兴国见老汉们咳嗽，急忙去把会议室的窗户都打开，通风换气。大家忙起身让座，郭万刚把一瘸一拐的郭老汉扶到椅子上坐下。

郭老汉是个急脾气，张口就急切地问：“虫害咋还没有治住？”

郭万刚叹气：“我们已经想尽一切办法了，还是没有找到灭虫的办法。”他这些日子被虫害弄得焦头烂额，脸颊都瘦削下去了。

雒老汉十分惊讶：“啥虫子厉害成这样？喷药也不管用？”

为了防治花棒毒蛾，雒兴国还去县上学习了一回，他便详细介绍道：“县上的技术员说，这种虫子叫花棒毒蛾，学名叫灰斑古毒蛾，是沙枣和花棒的天敌。目前还没有特别有效的药物来防治，过去在宁夏、青海发生过，主要靠人工摘除。可是……”

郭老汉瞬间不淡定了，瞪着眼睛问：“人工捉虫？那又不是自家的菜园子，巴掌大点的地方说捉就捉完了。八步沙那么大，怎么捉？我活了一辈子，还没听过杀虫药杀不死的虫子，这到底咋长成的？”

雒兴国继续介绍说：“这种害虫，国外也发现过，因为繁殖速度快，耐药性强，基本拿它没有办法。如果能多下几场雨，自动就缓解了。一句话，这还是旱情造成的。再有，就是从科学的植树原理上来说，咱们过去因为经济效益的原因，加大了花棒种植的面积，单一的种植不利于防治病虫害。这样一来，病虫害一旦发生，花棒就会整片整片地死亡。”

还有这种说法呢？老汉们是第一次听，都惊讶不已，面面相觑。

钱老汉是第一代治沙人里头依然能坚守在沙窝里的人，他和老场长一样，每天还要去巡林，守护着四道梁的一片林区，听了雒兴国的解说，万分惊疑地问："那不是跟过去的蝗灾差不多？"

雒兴国点点头无奈道："钱大叔，这的确跟蝗灾类似。"

屋里一片叹气声。蝗灾，那是过去的事了，老辈人见过的也没几个，但祖辈口口相传，把蝗灾看成是跟大地震同样可怕的灾难，这样的事怎么能不让人惊恐？1927 年的那场大地震，郭老汉才 5 岁，他亲身经历过的浩劫终生难忘，并经常向我们讲起如何半夜从倒塌的土屋里爬出，看到整个村子被夷为平地，死人无数的场景。

郭老汉脸色灰白地垂下了头，深深为多灾多难的林场悲伤。老场长不甘心地看着郭万刚问："真的没有办法了？"

郭万刚颓丧地摇了摇头。

众人脸上都布满了愁云惨雾。

八步沙在烈日骄阳下，已经完全不见了往日绿洲的样子。白榆树细碎的枝叶泛出灰白的浅绿色，极力挺直凹凸皴裂的树干与沙漠和干旱做着不屈的抗争，在沙漠独有的热风蹂躏下，轻颤着身躯屹立不倒。

一丛光秃秃的花棒树下，钱老汉拎着水桶，舀起一瓢水浇到树根处。他的身旁是拉着水桶的毛驴车，白嘴的毛驴脊梁干瘦，像刀子一样。但它身上的毛色斑驳，跟它的主人那一头花白乱发颇为相似，很有一些患难之交的意思。

钱老汉抚着即将死透的树干，喃喃低咒："该死的蛾子，该死的蛾子……"

吕急人负责的是三道梁，回家正巧路过，上前问："钱叔，您咋在这儿？"

他问这话的意思也是好奇，如今树木死得所剩无几，难得见谁大热的天还来巡林护林。当然，吕急人自己之所以来，是因为他要在自家院里搭一间搁杂物的棚屋，前来林区搜寻一些即将枯死的树干回去用。完全枯死的只能当柴烧，他要找的是将死未死的那种，趁着还有利用价值，提前放倒了也不至于浪费嘛！吕急人一直都是这么认为的。

钱老汉不搭理他，单调地重复着往花棒根上浇水的动作。

吕急人对钱老汉的行事嗤之以鼻，觉得好笑地劝道："钱叔，这大热的天，您还是赶着毛驴车回去吧，就不要白费力气了，救不活的。"

钱老汉闻言顿住，转身对着吕急人勃然大怒："王八羔子，你胡说啥呢？"

吕急人尴尬地说："天不下雨，您这么一瓢一瓢地浇，能活几棵啊？"

钱老汉气得胡子都要翘起来了，怒吼道："八步沙一开始的树，不就是我们几个老汉一瓢水一瓢水浇活的吗？"

吕急人无奈地耸耸肩，他不想和这个老家伙纠缠，两手向外扬着，做了一个你请自便的手势："行，行，您浇吧。"

钱老汉气哼哼地瞪了他一眼，吃力地提起桶，往远处另一丛花棒走去。吕急人转身回家，不由得嘀咕："这老倔头真是疯魔了。"

尽管林区一片惨淡，但郭万刚他们始终没有放弃救治树木。经过好多天的摸索，他们发现一个规律，就是选择在夜间喷洒灭虫药效果好一些。因为夜里略有潮气，对于喜旱不喜湿的花棒毒蛾是相对不利的时间段。虽然干旱使得昼夜湿度相差不大，但这是八步沙人唯一的反击机会。大家在黄昏配好了药物，等吃过晚饭就向林区进发，凌晨喷洒，早上就会见到部分害虫僵死，这是一个喜人的发现，大家都愿意昼伏夜出，去当树木的保护者。

晚上，郭万刚他们在林场后院刚刚按照说明配好了杀虫药，一个老妇人仓皇地冲进了场部大院，后面跟着两个青壮年男子。

老妇人放开嗓子喊："万刚侄子，万刚侄子，不得了了……"

郭万刚听到动静，立即和其他人从后院出来，大家的肩上还背着喷雾器呢。老妇人是钱老汉的老伴儿，大家称她"钱婶"。

钱婶见了郭万刚，惊慌地哭诉："大侄子，你钱叔不见了。"

郭万刚吃了一惊："啊？"他马上意识到了什么，安抚道："钱婶，您别急，慢慢说，您说……我钱叔不见了？哦，他肯定在林区呢，咋会不见了呢？"

钱婶跌脚哭喊："不不不，他真的不见了。"

看情形，这钱婶也说不明白，郭万刚向两个青年看去，他们是钱老汉的两个儿子，老大比较木讷，老二钱林 30 来岁，是一个耿直、爽快的汉子。

钱林忙向郭万刚说明情况："郭场长，是这样，我爹这两天一直用毛驴车拉水进沙窝，一天跑个三四趟，但今早出去，到现在没见回来，我妈打发我们进沙窝去找。我骑着摩托车直到四道梁那儿，光看见了驴车，可我爹却不见了。"

还有这事儿？大家伙儿都觉得不可思议。

钱婶软在地上，拍着地面哭道："那个死老头子，这几天我看他神神道道的，八成是疯了、勺了（傻了），一个勺了的人肯定不知道远近，他跑到哪儿去了呢？"

郭万刚跟钱林一块儿搀扶起泪眼婆娑的钱婶，极力安慰她："您先别急，我们这就全部进沙窝去找人。"

和生掂了掂喷雾器问："那这药？"

郭万刚看了一眼天色说："马上天黑了。沙窝里白天热死人，夜里气温下降却并不好受，就怕钱叔真在沙漠里出了事……现在，只能是找人要紧。"

众人放下手头的活计，都骑上摩托车一溜烟出了大院。

二十八 那是海市蜃楼

夜晚的沙窝里月光明亮，放眼望去，果然是一派大漠沙如雪的奇景。对于八步沙人来说，这大好的景色谁都顾不得欣赏，也没有心情去欣赏，他们的心思和精力都放在了寻找钱老汉上。这老汉就怪了，他究竟到什么地方去了呢？大家走遍了四道梁前后，依然不见钱老汉的踪迹……

郭万刚带着两个人，骑着摩托车从四道梁那边的五道梁找了一遍转回来，听了大家找人的情况后，吩咐大家："不要着急，我们都寻仔细些，沟沟坎坎都不能放过。"

刘尕五忽然高声喊道："场长，你快过来看。"他从沙土里找到了一件衣服。

郭万刚看了一眼衣服，又喊大家来看，见钱林也来了，就把衣服交给钱林确认。

钱林一把拽住衣服，打着手电筒照了照，点头道："郭场长，这是我爹的褂子，没错，就是他的。"

"钱叔的衣服在这儿，人肯定也走不远，继续找。"郭万刚一声令下，众人又分散开往四周去找，一边找一边喊着钱叔的名字。

与此同时，林场的大院里聚集了一院子的青年男女，他们都是听到钱叔失踪的消息后赶来的。郭老汉和老场长等几个老汉闻讯也急急忙忙赶来了。大家都很焦急。

老场长向村民们深深地鞠躬，感激地说："乡亲们，人到难处见真情啊！你们能来帮忙寻找老钱，我谢谢大家了。"

一位村民在人群里说："老场长，你就别客气了，都是乡里乡亲的，我们这就进沙窝里找人吧。"

老场长再次鞠躬："麻烦乡亲们了。"

众人呼啦啦地出发，分头往八步沙各道梁去寻找失踪的钱老汉。

搜寻钱老汉的人都派出去了，老场长和几个老汉还在林场守着，他转身安慰钱婶："他钱婶，你放心，这么多人去寻了，老钱一定没事儿。"

钱婶点头抹泪："等找到人，我说啥也不能叫他再进沙窝子了。"

几个老汉相对无言。此刻还能说些什么呢？只希望钱老汉没事，尽快平安回来！

一夜马不停蹄地寻找，所有人都疲惫不堪，都乏了、累了，但除了那件衣服，没有找到钱老汉的任何踪迹。村民们也帮着找了一夜钱老汉，可依然一无所获，这让人不得不忧心钱老汉的生死。郭万刚见大家都尽力了，便让大家先返回林场，再做打算。

郭万刚的双眼里布满血丝。这些天忙碌得几乎是连轴转，他甚至感觉自己睁着眼睛都能打呼噜，太累了就靠抽烟来缓解。

送走也在林场熬了一夜的几个老汉，郭万刚心头并不轻松，有个词叫什么来着？多事之秋。此刻他真是深有体会。

雒兴国见大家在办公室里着急，都不说话，也不睡觉，就试探着提议："郭场长，不行就报案吧？"

蓦地，大家都向雒兴国看过来。

郭万刚恍然，一边欣喜着年轻人就是办法多，一边给其他人打气。报案也是个办法，这已经到万不得已的时候了，向派出所求助，请警察来帮助寻找，也许这个问题就解决了呢。于是，他信心大增地说："这天已经亮了，大家抓紧时间睡一阵。一个小时后，兴国去镇上派出所一趟，我们大家再往远里去找。一个大活人，全村人找了一晚上硬是不见踪影，我就不信，他还能插上翅膀飞了？"

林场有一间不大的伙房，忙时可以自己动手做饭。淑芳和几个婆姨早早赶来，一个小时后，她们做好了凉州小吃山药米拌面（土豆、小米拌面汤），还有酸菜和烙锅盔（大饼），端进来招呼大家吃早饭。众人又累又饿，一个个端起碗来狼吞虎咽，只有钱林蹲在角落里抱着头不吃不喝。

淑芳看见，给郭万刚使了个眼色，郭万刚搁下自己的碗从淑芳手里接过饭碗，走到了钱林身旁："人是铁饭是钢，你不吃饱肚子，等一下咋去找你爹？快吃，吃了咱就出发。"郭万刚把饭碗递到钱林手里。

钱林抬头含泪看着郭万刚，像一个无助的孩子："万刚哥，你说我爹他是死是活啊？"

"别胡想。老汉们过去进沙窝，一去好几天不回来的事情也常有，钱叔估计是迷路了。"此时的钱林不需要安慰，他需要一个家长，郭万刚如是认为，所以他得撑起钱家的希望，还有大家的希望。

林场大院里那几辆蓝色的嘉陵摩托车是去年买的，自从史老汉中煤毒以后，郭万刚就暗暗下决心要买辆摩托车。这两年花棒的收益给了几家人底气，去年大家就商量着一起买了摩托。时下流行摆阔，但凡家底子殷实的人家都有一辆摩托车，也有那不稳重的，"嗖"一声从人群中穿过，故意博取别人的关注。但八步沙人买摩托车，比炫富更重要的一点是方便、高效，去巡林的时候省时又省力。当然，要说有炫富的成分也无可厚非，沙窝窝里种树，过去是被多少人嗤之以鼻的事情，而八步沙人不但种活了树，还因为种树成为先富起来的一批人，对周边的村民们无疑是一种具有吸引力的引导。种树还能致富，原来这都是真的！八步沙林场因为这个，一度激发了村民们植树的热情，他们也跟着栽了不少的花棒。

唉！如果不出现今年的花棒毒蛾虫害，不出两年，土门镇也许会成为花棒的海洋吧？

郭万刚几口扒拉完了饭，先出门来检查摩托车的油路。在八步沙的沙地里来来回回跑，摩托车的耗损格外严重。

淑芳跟了出来，低声问："你说那钱叔能找到吗？我咋有种不好的预感？"

郭万刚一直是积极向上的人，不愿意听消极的话。听淑芳这样说，郭万刚不高兴了，轻斥淑芳："胡说啥呢，你的预感哪一次灵过？"

淑芳瞪眼看过去："咋没灵过？你当初三番两次推托着不去大林的公司，我就预感你是铁了心要一辈子钻沙窝子了。"

郭万刚不由得好笑，讥笑道："你拉倒吧，那回往娘家跑了，有没有预感到我不会去央你回来？"郭万刚说的是 1993 年那场沙尘暴后，因为自己改变主意没去省城，而淑芳跑回娘家又主动回来的那件事。这是淑芳的软肋，一提起来淑芳就受不了，就要和郭万刚戗戗一顿。

这一回淑芳也不例外。她略有些恼怒，难怪郭老太太当时说了一句"出门门槛低，进门门槛高"的话呢！那件事被郭万刚攥了小辫子，时不时提起来笑话上一回。淑芳伸手在郭万刚的胳膊上拧了一把，替自己澄清："哪一回我真跑了？还不是看着你成天吃苦受累不容易，回回都心软。"

郭万刚挨了不痛不痒的一下不以为意，整理好摩托车后起身对淑芳说："思想觉悟提高了嘛！我不跟你闲扯了，这就招呼着找人去。你等一下回村里去看看钱婶去，老太太别给急出啥毛病来。"

淑芳点头答应了，嘱咐郭万刚骑车慢一点。

郭万刚转头向办公室喊了一声，屋里的人纷纷出来，迎着朝阳骑车出门。太阳刚刚蹿出地平线，殷红如血。

淑芳到钱家，进门就看见钱婶躺在炕上呻唤，两个儿媳妇在边上默默伺候着。村里人待客都是请到炕上，淑芳被钱家妯娌俩让到炕上坐下。

钱林媳妇提高了一下嗓音，对着昏昏沉沉的婆婆说："妈，郭嫂子看你来了。"

钱婶慢悠悠地睁开眼，浑浊的眼里顿时涌上希望："淑芳，你咋来了？是不是你钱叔有消息了？"

淑芳微笑着安慰她："钱婶，您别着急上火，老郭他们又进沙窝了，还说要请派出所的民警帮忙咧！夜里不好找，今儿白天一定能把我钱叔寻回来。"

钱婶的眼神黯淡下去，两行清泪滑过枯槁的面颊，哭诉着：“我黑里做梦，你钱叔穿的新崭崭一套衣裤，他跟我说要去见一个马什么的大人物，我就估摸着他是回不来了。”

淑芳僵住，“马克思”三个字瞬间冲上舌尖，几乎就要脱口而出。这是郭老汉常挂在嘴边的一句。听说他们六个老汉当年按手印承包八步沙时还曾笑言，治不好八步沙没脸见马克思。此处的“马克思”没有任何政治成分，跟马克思喝茶就跟问孟婆要汤喝一个意思。多洋气的隐喻，又是多冷酷的黑色幽默。

淑芳担负着安抚钱婶的使命，还要含笑劝慰：“钱婶，梦都是反着解的，我钱叔呀，一准好好的呢，您就宽心吧！”淑芳握着钱婶干瘦的手说。

钱家妯娌也附和着，端了一碗荷包蛋递到了钱婶跟前。

钱婶慢慢地接过了碗，低头间一滴老泪落进了碗里。淑芳看不得人流泪，只觉得心里沉甸甸的难受，便急忙辞了钱家妯娌，走出了那方院落。

第二天黄昏，钱老汉终于被找到了。准确地说，是第二天天快擦黑的时候。在离着八步沙五道梁以外 20 多公里的荒漠里，一株野生的花棒旁边，钱老汉倒卧着气息奄奄。钱老汉为什么会跑到八步沙外的荒漠里去？谁都不知道，谁也说不清楚。也许只有等钱老汉醒过来，自己告诉大家这个谜底了。

郭万刚指挥大家把昏迷的钱老汉抬上了派出所的吉普车。救人如救火，闪着警灯的吉普车吼叫着一路疾驰，直接把钱老汉送到了县医院。在决定谁陪着钱老汉去医院的时候，郭万刚作为场长责无旁贷，与钱家弟兄俩一起去了医院。临走时，郭万刚还不忘叮嘱大家，钱老汉昏迷的事先不要告诉钱婶，免得吓着她。

二十九 不抛弃不放弃

在古浪县医院病房外的走廊里，郭万刚见钱老汉从急救室转到了普通病房，就马上问大夫：“钱叔的情况怎么样？”大夫说后背有棒伤，现在已经没有了生命危险，其他的问题，等检查项目出来后才知道，也才能确定治疗方案。听到医生这样的话，郭万刚的心安了一大半。现在只需等钱老汉醒来，问问到底是哪个龟孙把他打伤的。

把钱老汉安置到住院部后，钱林陪着郭万刚从病房里出来。郭万刚看着钱林蓬乱的头发和干裂的嘴唇，知道他这两天来非常焦虑，可见钱林的的确确是一个孝子。郭万刚坐在医院走廊里的长条椅子上，终于撑不过困意，蜷缩着沉入了甜蜜的梦乡。钱林定定地看着郭万刚陷入了沉睡，便脱下外套轻轻地盖在了郭万刚身上，然后坐在一边叹了口气。或许他这声叹息只是无意识的，却惊醒了熟睡的人。

郭万刚有个怪毛病，听不得人叹气，打雷不会影响他的睡眠，但只要有人叹息，他无论睡得多熟，总能一下子惊醒过来。他睁眼坐起来问钱林：“钱叔咋样？醒了吗？”

钱林摇头，下意识地再次叹气：“万刚哥，你都为了找我爹累成这样了，我该怎么感谢你呀？”

郭万刚伸个懒腰清醒了不少，拍着钱林的肩膀说：“从老辈们按了手印承包治沙造林开始，咱们六家人就拴在一起了。谁家有事都是自家的事，一家人不说见外的话。”

钱林感激地说：“万刚哥，这些年你没少帮我们，我都记着呢。”

郭万刚打个呵欠，摆摆手：“见外话我不爱听，最近事儿多，我再睡会儿，有事你喊我。还有，你进病房去看着钱叔，你在这儿我睡不着。”

钱林点点头，起身进了病房。

夜色浓郁正当好眠，郭万刚躺倒在长椅上，很快又睡着了。

第二天继续是个万里无云的艳阳天。一大早，县城里的早晨喧嚣嘈杂，医院外面的街上叫卖吃食的声音勾人垂涎。郭万刚走到街上，吃了一碗凉州面皮子，顿觉精神抖擞。

面皮子是大凉州一带常见的食物，用面粉和了面团揉匀，然后放进盆里加凉水反复捏洗。洗面是制作面皮至关重要的一个步骤，而且非常有讲究，更是个技术活。反反复复捏洗过好几遍之后分离出面筋，面水澄清，撇去多余的水分，剩下的加入煮好的蓬灰水就可以上蒸笼蒸，一般需要一个小时面皮子就蒸制好了。面皮子出锅后晾凉，切成条状或者块状，用自家酿制的老醋加了葱花熬煮成卤子，在碗里盛好面皮子，上面搁点油泼辣子和蒜末，拿醋卤子一浇，那香味就把人的口水勾下来了。因为制作比较麻烦，大多数家庭主妇虽然都掌握着洗面皮的技艺，但只有到农闲时，她们才会花上半天的工夫去做一顿。每每谁家蒸了面皮子，独特的香味总会飘出自家的院墙，满巷道都是酸酸辣辣的面皮子味道，特别馋人。

吃罢面皮子又回到医院住院部，迎面就碰上了满面阳光的钱林。

“万刚哥，我爹他醒了！”钱林雀跃得像看到了八步沙的绿树红花，高兴得手舞足蹈，连头发丝都快乐得竖立着。

郭万刚一听也十分高兴：“太好了！”他立即拉着钱林，以百米冲刺的速度往病房跑。

钱老汉已经醒了，除了虚弱，精神倒还好。他睁开眼睛就见郭万刚坐在病床旁边，便断断续续地说起了他那天失踪的经过。

那天，他给花棒浇水，太累了，就在一棵树下睡了一觉。他醒过来后，远远地看见了一大片绿洲，那里草木繁盛，湖水碧蓝，一大群牛羊还慢悠悠地啃食着青草。他只是非常好奇，想要上前去看个究竟……因为在他的记忆里，这里并没有那样的林地和绿洲。钱老汉也曾怀疑过是自己眼花，但揉了几回眼睛，碧绿的大草原就在他的面前，他一步步走过去，不顾炎热更不顾疲累……可是，任凭他怎么走都走不到那片草原上。看上去很近，可到跟前又发现那草原还在前面不远处，所以他就一直走下去。他走呀走，从中午走到了黄昏，大草原却渐渐模糊了，直到彻底消失了。

“那是海市蜃楼。”郭万刚平日爱看些杂书，他听出来钱老汉是遇上了海市蜃楼。也许，他看到的正是八步沙还是草原时的景象，那时候，八步沙确确实实是绿草如茵、牛羊遍野的草场。郭万刚向往地说：“那该是多么美妙而又壮丽的风景啊。”郭万刚能够理解钱老汉当时的如痴如醉，老人们一辈子面朝黄沙背朝天，最大的梦想不就是让荒漠变绿吗？这不单单是他们的心愿，也是郭万刚追求的梦想啊！钱老汉不甘心，他承认自己那个时候有些疯魔，但依然固执地顺着那个方向走了下去，直到天黑，才知道离家越来越远，已经到了八步沙外的一片荒漠。

“可就在这时，我看见前面有一棵野生的沙枣树，总有腿粗吧！我正想上前去看看那棵树是怎么在荒漠里长到了那么大，却见有人拿着斧头、锯子的也靠近了，他们二话不说就开始砍树。沙漠里能长成那么大一棵树可不容易，怎么能让人无端地砍了去？我气得什么也没想，一边喊他们住手，一边就冲过去了。”钱老汉说起那场遭遇还是气呼呼的。

"那您看见砍树的贼长啥模样了吗？"郭万刚问。

钱老汉摇头说："他们脸上围得严也没看清，不过我和一个人撕扯时把他头上的帽子拽了下来，发现他好像没头发，是一个秃子，我不认识他。我正想质问他为什么偷盗八步沙的林木时，后背上突然挨了一棍子，我就什么都不知道了……"

郭万刚不甘心："钱叔，这么说，您不认识这个光头，也没有看清楚袭击您的人？"

钱老汉点点头，表示就是这样。

正说着话主治大夫走进来，通知说："哪位是病人的家属？病人的检查结果都出来了，请到医生办公室来一下。"

郭万刚安顿好钱老汉，让他好好休息，说："钱叔，您好好养病，啥都别多想，先把身体养好，打伤您的盗贼迟早会找到的。"安抚罢钱老汉，郭万刚便与钱家兄弟一道去了医生办公室。医生把几张化验单递给了钱家兄弟，转身又去接诊其他病人。

钱老大接过来看了看，递给了钱林，兄弟俩看不懂上面的检查结果，只能大眼瞪小眼。还是钱林明白怎么做，他追到医生那里，疑惑地问："大夫，我们两兄弟没啥文化，这上面咋说？"

医生瞥了他们一眼，用悲天悯人的神情摇摇头缓缓地说："初步诊断，老人得的是肝癌，只是你们来得太迟了，现在已经是晚期了……"

钱林兄弟听了，惊得不知所措。郭万刚上前接过化验单，一脸的难以置信，怎么又是肝癌呢？这个病的名称，他知道意味着什么，和老汉、史老汉不都是得上这种病离开人世的吗？这样的噩耗之于郭万刚就像是听到了一声惊雷，他拿着化验单的手都开始颤抖起来……

钱林面如土色地问："大夫，还能治吗？"

医生摇摇头："没有治疗的必要了，拉回家去，爱吃啥让吃点啥吧。"钱家兄弟的惊吓里还有悲苦，呆呆地望着彼此。

郭万刚一把将化验单拍到桌子上，斩钉截铁的声音震惊了所有人："我们八步沙已经有两位老人得这种病走了，我们不能让钱叔也走在这个病上。我们上市医院，上省城的大医院，钱叔必须得救回来！"

医生扯了一下自己的白大褂，气呼呼地责备："你这人，急有什么用？你们要是提前半年送来，那我们说不定还有办法。现在老人都病成这样了才送来，你们早干啥去了？"

是啊，早干啥去了？世上最怕的就是"早知道"三个字，最残酷的也是忽视了"早知道"而造成的难以挽回。郭万刚一言不发，转身走了出去。

钱林跟过来蹲在郭万刚身旁，涩声问："万刚哥，接下来咋办？"

郭万刚红着眼，坚决地说："肯定得治，咱们这就上市医院。"

钱林有些犹豫。他们家没有什么积蓄，恐怕很难拿出进市医院给他爹看病的钱，低头为难道："可是……"

"那也得治！至于医疗费，你俩别犯愁，我想办法。"郭万刚也清楚钱家的情况，但钱老汉的病只要有一线希望，他都不能放弃。已经亲手送走了两位得了同类病症的老人，郭万刚再也不愿意眼睁睁地看着又失去一位。这些老辈人不光是林场的元老，更是八步沙精神的脊梁。只要钱老汉的病有一线希望，他都要想方设法筹钱去治疗。

钱林很感激，但是他不答应去市医院："那咋行？现在林场遇到难题了谁也不宽裕。我知道花棒都快死光了，你整天都在东奔西走地想办法呢，我咋能让你再为我们出钱？"

郭万刚更加坚决，摆摆手说："啥话都别说了，林场现在是很艰难，但再难也得给钱叔治病。"

钱林点点头，像个孩子似的泪流满面。

郭万刚的心情异常沉重，低垂着头无力地坐在走廊里的长条椅上，眼前又浮现出几个老汉在沙窝里谈笑风生的画面来。

武威市医院的条件比县医院好太多了，但各种费用也相对高很多，就连吃食也比县上贵不少。郭万刚用东借西凑的钱交完住院费就没剩下几个钱了。就这点钱，他还得精打细算着花呢。不过，再怎么计划，钱老汉的营养也得跟上，人家大夫说了，老汉身体太虚，急需补充营养。接下来还有一系列的检查和用药，没有一个好身体怕是不行的。其实，在来市医院的第一天就已再次确诊，钱老汉的确是得了肝癌，且到了晚期，医生也劝他们回家，可郭万刚仍然坚持让老汉住院治疗。他对钱林说："不管啥病都没有直接不管不治的说法，即便是绝症也得试一试。"

钱林感激得落泪："万刚哥，你对我爹这么好，我都没办法报答你了。只是……我担心会白花钱……"

郭万刚没有直接给钱林说更多的话，只是在心里暗忖：我没有一点点侥幸的想法，但只要有一分的希望就必须用一百分的努力去尝试。钱叔是第一代八步沙人，也是三个得癌症的人中目前还活着的一位，我说什么也得想想办法、尽尽心意吧？

当初和老汉、史老汉得上这种病时，八步沙连一分钱的收入都没有，所以只能眼睁睁地看着老人离去，连个像样的医院都没住就回家等死了，那是多么令人悲痛的事情。现在不管怎么说，八步沙林场比起过去有富余了，大家手里都或多或少地攒了一点钱，即便从眼前的困难来看仍然步履维艰，但郭万刚很早就给自己立下了一个目标，在上辈人单纯治沙造林保护庄稼地的基础上，还得创造收益改变贫困。他未来的规划里，最大的愿望就是要让大家伙儿都有收入，要通过治沙造林让八步沙人富起来，不至于有病没钱看，娃娃想上学却交不起学费。事实上经过这几年的努力，八步沙林场实现脱贫致富的愿望已经有盼头了，要不是今年遭受了这场要命的大旱，导致灰斑古毒蛾虫害的肆虐破坏，年末大家就可以高高兴兴坐等分红，可以阔气地到土门街上买年货要人（炫耀、显摆）了。

只是……好事多磨呀！眼看着虫害得不到有效的控制，年底要人的愿望是要落空了。年怎么过都是些小事，当务之急是得想办法把钱老汉的命救回来，不能让他和前面的两位老汉一样不治而亡。

想到这里，郭万刚主意已定，无论如何也要争取一下，花再多的钱，他也得想办法凑出来！他要在这件事情上让大家明白，只要是八步沙林场的人，在他这里都是至亲，不会因为哪个人得了疾病或者年老而抛弃或者放弃。

郭万刚买来了糖水罐头，打开罐头，笨拙地喂到了钱老汉的嘴边。

钱老汉吃着甜甜的糖水罐头，很过意不去地说："场长，咋能让你伺候我啊！"

郭万刚微笑着，又递上一块苹果，这是他听老汉说嘴里发苦时特意去买来的。看着钱老汉吃得香，郭万刚笑道："钱叔，您咋又叫我场长了？叫我名字，或者叫小名也行。钱林我让他先回去了，这两天秋收了地里的活离不开人。我作为场长，不能把您一个人撂在医院。而且，我正好在市里还有事情要办，所以才顺便伺候您几天。"郭万刚撒了一个善意的谎，他哪有在市里要办的事情，就是专门伺候钱老汉才留下的，不过是为了不让钱老汉有心理负担才这么说。

钱老汉感慨地笑了："我记得你小时候最调皮，每回都踩塌地窝铺，被你爹撵着满沙窝里打……这一眨眼，都是我们这些老汉的领导了。"

郭万刚觉得好笑，瞅着钱老汉打趣："这算啥领导啊？小时候，我爹每回打我，都是你们几个叔伯替我遮掩说情。现在我来伺候您，算是报答不？"

钱老汉愉悦地夸赞："这话说得让人舒心，比我家那两个崽娃子强。怪不得你爹明里板着脸，暗里总跟我们夸他儿子贴心咧！对了，伐木贼找到了吗？"

郭万刚说："已经报警了。等您出院了，警察还得向您了解情况呢！"

钱老汉听了还是不太放心，又叮嘱道："一定要严惩伐木贼，打了我这老汉家不要紧，那树可千万不能再被他们祸害了。"

隔壁床的病人也是一个老人，但无论脸色还是穿戴一看就是城里人，他闻言好奇地看过来说："老哥，原来这个不是您儿子啊？看他这些天给您伺候得这么仔细，我们都还羡慕您有个孝顺儿子，有福气呢！"

钱老汉笑呵呵地转头答话："这个呀，是我们林场的场长。"

隔壁床的大爷又笑着夸赞："哎呀，真是好干部啊！这样的好干部现在可是不多见了。"

郭万刚不由得失笑，向对面的病人说："大叔，您老看错了，您见过我这样黑不溜秋的干部吗？我就是个沙窝里种树的。"

这话一出，他家来陪床的家属倒很惊讶，从正在翻阅的书本里抬起头看过来问道："沙窝里种树的？你们不会是报纸上说的八步沙林场的吧？"

这是一个十分清秀的年轻人，戴着眼镜，看起来文质彬彬的，几天来跟郭万刚见过不少回了，每次只是礼貌性地点个头并不多说话，这还是第一次跟郭万刚主动搭话。

郭万刚含笑点头："对，我们就是八步沙的。"

年轻人放下手里的书走过来，客气地与郭万刚握手："您是郭场长吧？我叫王天云，是咱们甘肃日报社的记者。那篇《六老汉的头白了，八步沙的树绿了》就是我同事写的。你们的大名可真是如雷贯耳啊！"

郭万刚也很高兴，没想到能在这里见到省报的记者，他对记者这个群体从来都是充满好感的："王记者你好！我们八步沙还要感谢你们的报道呢！"

王记者镜片后的眼睛炯炯有神："一直很敬佩你们，在报纸上读到八步沙林场的治沙事迹，觉得你们太伟大了，没想到却在这儿见到真人了。什么时候能去你们那里做个实地采访啊？"

郭万刚对记者的采访是非常欢迎的，因为八步沙几次翻身都是和记者的帮助分不开的。于是，他笑着回复王记者："欢迎你到八步沙采访，只是最近可能不行，你看我们这……"

王记者表示理解，朗声笑道："不急不急，我这也有病人呢，等过段时间再去拜访您。"

两个人一见如故，热络地攀谈起来。

此时的农村里正值夏收时节，虽然是大旱年，但稀稀落落的庄稼基本上已经黄了，都到了收割的当口，各家都忙着割麦。这种时候，人们都忙得脚不沾地，而钱婶却闹上了脾气。她好多天不见钱老汉的身影，心里的担忧和挂念就越来越重，尽管两个儿子一再说他爹没事，可她如何放得下心？老人家就坐在院里的石磨上对着两个儿子唠叨着质疑："老头子不明不白地挨了一闷棍，住了这么些天医院，说啥也该出院了呀！你们说人已经好了，那他为啥还住在医院里不回来？这是人人都拿我这个老婆子当勺子（傻瓜）来哄呀！你们别以为我真勺了，我的心里明白着呢，一定是老头子出了啥不好的事了，难道把内脏打坏了？那我怎么着也要去医院看看他才放心啊！"

两个儿子各自坐在一旁磨镰刀准备下地，都没有应声。这几天老娘这种类似的话说得太多了，他们听得也快麻木了，不是故意不理会她，而是他俩知道老爹的真实病情，却一直都不敢说出口。医院里本来就住着一个，要是老娘再吓出个好赖，他们兄弟俩可就真的没有一点办法了，所以，只能先瞒着她，多瞒一天是一天。

钱婶见两个儿子不言不声的就像锯掉嘴的葫芦，越想越生气，起身进了屋门很快就收拾了一个包袱出来，挎在臂弯里执意要进城去看自己的老头子。钱林弟兄俩这才急了，扔下正磨着的镰刀上前阻拦，各自的媳妇也出来前后拦住，把钱婶堵在了院里。

钱婶哭着叫喊："你们这两个没良心的，你爹是死是活都不管了是不是？你们不去照管他也就罢了，为啥还拦着不让我去？"

钱林赔笑劝她："妈，您这是干啥？我爹过两天就回来了，您就安心在家等着吧！再说不是有万刚哥帮着照顾我爹吗？"

钱婶愤愤地对着儿子说：“我不信，我要亲眼去看了才放心。你们都说他好着，那为啥拦着不让我去？”

钱林拽住包袱苦劝：“妈，是我爹说了不让咱们去的，再说还有万刚哥在呢，有啥情况他比我们哥俩懂得多，您有啥不放心的？现在可是农忙时节，各家都在割麦了，您要去市里又不认路，还得我们陪您，那就得耽误庄稼地里的活呀！今年本来就收成不好，收得迟了，万一赶上连阴雨，那可就真正害死人呢！”虽说大旱，但难保入暑后不突然变天，要是真的遇上连阴下雨的天气，收不及的麦子在麦壳里就长了芽，那接下来的一年就没办法解决吃粮问题了。

庄稼人自然以庄稼为重，钱婶听了这话，有些松动了，任由儿媳妇察言观色后大胆夺下了包袱。她叹口气说：“我是怕你们哄我，你爹从沙窝里寻到就送去了医院，人好人坏我也没看见，咋能放心嘛！”

钱林并不善于劝慰，而他哥木讷，从来也指望不上，他不得不使出浑身解数去安抚：“看您这话说的，我们是我爹的亲儿子不？如果爹的情况严重了，我们还能自己回来不管他吗？您放心，等割完麦子了，我爹就回来了。”

钱婶不确定地看着小儿子，眼睛里满满的希冀说明她已经妥协了：“割完麦你爹就回来？你可别哄我。”

钱林信誓旦旦地保证，生怕他妈不信，又扯过自己的哥哥钱老大来做证：“一定回来的，不信您问我哥。”

钱老大憨厚地点头：“妈，就是的。”两个儿媳妇见机也忙不迭地点头确定。

钱婶这才相信了，一扭身坐到院里的石凳上吩咐：“那好，你们快点割麦，完了如果你爹还不回来，我再进城去。老麻烦人家郭场长也不是个事，我心里也过意不去，他家也要收麦子的。”

钱林偷偷吁了口气，极力绽开一个轻松的笑脸来：“妈，您就放心吧。万刚哥城里有事情，顺便帮我们在医院照顾爹，他家的麦子我们都帮着割呢！”

听到这样的话，钱婶彻底放心了，对两个儿子的做法也颇为满意，絮叨着说：“那就好，咱们活人可不能只顾着自己，要懂得知恩图报哩。”

见老娘没有再起疑，钱林赶忙给自己媳妇和嫂子使个眼色，两个儿媳妇亲亲热热地搀着婆婆进了屋。

钱林弟兄俩看着彼此，无奈又凄惶。

三十 死也死在林场

刘尕五自从到了林场，算得上是洗心革面、重新做人了，现在他接替钱老汉管护着四道梁林区，巡林、护林那叫一个认真。那些羊倌们以前就奉他为头头，现在虽然不放羊了，但他余威犹在，硬是震慑得其他人不敢来八步沙放羊，不单是他负责的四道梁，各个林区都一下子安宁多了，这倒给大家解决了好大的问题。史金泉笑着对大家说，刘尕五简直是八步沙的警犬，有他一个人到处转悠羊倌们都望而却步了。刘尕五听了不但不生气还觉得这是对自己最高的褒奖，嘻嘻一笑就又扎到林区去了，八步沙林场用他还真是开发了一个人才。

最近大家一心扑在地里忙各自的事，刘尕五就一个人挑起了大梁，每天顺带着把其他几片林区也照管上了。虽说花棒遭了灾，但还有别的树木，所以管护也决不能放松，这是郭万刚说的话，刘尕五十分信服地遵照执行，不论剩下几棵树，他都是护林员。刘尕五半路出家，却俨然成了八步沙最负责任的护林员。刚刚巡林回来，他躺在林场办公室的长椅上扇着扇子取凉。一阵摩托车驶进院里停靠的声音响起，刘尕五起身隔着窗户一看，是会计史金泉来了。

史金泉进门，急慌慌地掏出一个小包递给刘尕五，要他到市里去找郭万刚送钱。原来大家都知道了钱老汉的病况，每家各尽所能地凑了些钱，拿去给钱老汉治病用，他们对钱老汉的感情跟郭万刚是一样的。

“我们都有庄稼要收，走不开，你给场长把这钱送过去，这可是钱叔救命用的。先头的钱都是场长自己拿的，这些钱是我们几家子凑的，你千万仔细着别丢了。”史金泉把小包交给了刘尕五，嘱咐他说。

刘尕五过去一直放羊，把自己的两亩地给了几个哥哥去种，他没有麦地需要忙活，还真是农忙时节最闲的一个人。听完史金泉的嘱咐，他拍着胸脯答应：“史会计你放心，我这就出发，两个小时的路你瞎担心啥？我一定把这些钱一分不少地送到场长手上。”

史金泉又叮嘱了两句就出门，骑了摩托车一溜烟走了。

刘尕五整了整衣服准备进城，嘴里嘀咕道：“看来没投错门哪！林场这几家人真仗义，都自家拿钱给钱老汉治病，这也太感人了……”话没说完，他忽然顿住，想了想，把兜里的几张毛票都翻腾出来，也装进了小包里，然后高高兴兴地骑了自己的摩托车直奔武威市而去。

陪护病人是一件很苦闷的事情，郭万刚心里装着林场的鸡零狗碎，还要忍受夜里蜷缩在硬条凳子上蚊子的叮咬骚扰，也是苦不堪言。但对自己所做的这一切他无怨无悔，只要能为钱老汉争取到一线生机，受这点罪算什么！可是他的美好愿望，还是在医生的再一次催促出院中支离破碎。

主治医生无奈地告诉郭万刚，不是医院和医生不让钱老汉继续住下去，实在是没有治疗的必要了。郭万刚做着最后的努力，恳求大夫再想想办法，不行就动手术。

医生也很直接地表示，但凡有希望，医院能不治吗？钱老汉已经是肝癌晚期了，开刀也于事无补。再说，病人年纪大，身体底子又差，手术别说没必要做，即便做了，能不能从手术台上下来都是问题，不开刀或许还能多挨些时日。

这是最残酷的回复。郭万刚其实心里清楚，但要接受却是另一回事。想想钱家兄弟俩，再想想钱婶的泪眼婆娑，郭万刚叹息着离开了医生办公室。而他出来的前一刻，钱老汉的身影刚刚消失在医生办公室的转角处。

钱老汉脚步踉跄地从外面进来，一下子瘫坐在病床上。

隔壁床王记者的父亲看见，很关切地问：“老哥，我看你脸色不对，没事吧？”

钱老汉摇摇头，默默地发起呆来。他听到了医生和郭万刚的谈话。面对死亡，不害怕是假的，只不过他放不下的还有很多，比如家里头牵挂着他的老婆子，比如他使唤惯了的毛驴，比如……他放心不下的很多很多。但最后，一切都抵不过他亲手栽下的那些树，那些浸润着他无数汗水和几千个日夜守护下来的树。大夫说得对，实在没有必要把时间和金钱浪费在医院里了，他要回家，回去再看一眼他放不下的八步沙林场，到了那时，就是死了也能闭上眼了。

午饭是郭万刚从外面买回来的凉州醒面，还有一份香味扑鼻的卤肉。一个上午，钱老汉思前想后已经想通了，生死由命，富贵在天，他活了60多岁了，没有做过一件有愧良心的事情，也没有什么值得懊悔和放不下的了，人活一辈子清清白白的，就是死也没什么好伤心的。于是，他痛痛快快地吃完了饭，出去找郭万刚，准备办理出院手续回家。在医院的小花园旁，郭万刚正就着开水吃一个馒头，顺便想些事情，以至于钱老汉走近他都没有察觉。钱老汉看着郭万刚手里有些干硬的馒头，眼睛里泪花直转，如果没有记错，这是昨天早饭时自己吃剩下的。

郭万刚狼吞虎咽地吃完，一转身才看到了钱老汉，见他脸色不对，忙问：“钱叔，您咋出来了？是不是有事找我？”

钱老汉忍着心底的酸涩，努力装作若无其事的样子对郭万刚说：“我想着回家去呀！来了这么多天，看不到那沙窝窝里的树，到底心里不踏实，我想回去看看。”

郭万刚劝慰：“树就在那儿呢，又跑不了，您老急啥？还是安心住院吧，等身体好了，咱们爷俩再回去。”

钱老汉摇头，脸上有一丝解脱了的轻松：“我自己的身体自己知道，后背受的伤也好利索了，这不疼不痒的哪有病？就是前些日子看咱们辛苦栽植的花棒大片大片地枯死，心里着急才有的毛病，现在已经都好了，就不花这冤枉钱了。明天，咱们就回去吧！”

郭万刚无言以对，看着眼前黑瘦的老人，有许多许多的不舍。八步沙里的朝夕相伴，已经让本没血缘关系的他们亲如一家，不是父子胜似父子。

钱老汉又继续说：“我呀天生就有个贱毛病，一天看不到八步沙的树和沙子就浑身不自在，吃饭不香了，睡觉不踏实了，就愿意在那沙窝窝里干点啥。双脚踏着沙地了，人才有精气神。”

郭万刚不由得笑了：“这是你们老辈人的通病，我爹也经常这么说。”

钱老汉听了这些也有了笑容，感慨地一叹：“是啊，你这一说，我都想念那几个老家伙了。那时候老哥儿六个一门心思要治理荒漠，在沙窝里哪怕苦点、累点，但只要能栽活一棵树，那些苦和累就不算什么了。”

郭万刚沉默了，钱老汉说的何止是他们那一代，自己不也是这样想的吗？花红树绿的八步沙是林场所有人的奋斗目标，看着沙漠一点一点地被绿色覆盖，其他的烦恼就全都忘了。只是……今年的花棒虫害给了林场一个巨大的打击，数年的经营和努力就这样毁灭了，怎不令人痛心？

钱老汉认真地给郭万刚交代：“该办啥手续就赶早办了，咱明天就回。”

郭万刚张嘴还要再劝。

钱老汉坚决地拍了板：“这回听我的。”

“好吧！都听您的。”郭万刚无奈地点点头。

第二天，郭万刚和钱老汉坐班车回到村里时，都快到中午了。新麦子已经打下来了，钱家的院子里摊开晾晒着刚打下的新麦，金灿灿的一片格外喜人，在大旱年景下这些麦子显得尤为可爱。

钱婶握着一根木棒轻轻搅着，等晒干就可以装袋储存了。钱老汉一脚跨进院门，先深深吸了一口气，嗅着混杂了泥土和阳光味道的麦香，他满足地长长叹息了一声，这就是庄稼人最喜欢的味道，带着泥土和草木的清新，让人踏实又安心。

钱婶听到声音，转身一看，竟愣了片刻，回神后急忙跑上前，上上下下把钱老汉打量了一通，这才惊喜而又嗔怨地说：“你个死老头子，怎么才回来呀？都快把人吓死了。”

钱老汉看着老妻温和地笑道：“我这不是好着了嘛！”

钱婶忙不迭地点头，眼睛里的泪花儿直打转，欣慰地说：“好着就好，好着就好。快进屋吧！我给你熬一壶你最爱喝的老茯茶，你说是加盐还是加糖？”

钱老汉在老伴儿的热情搀扶下向屋里走，笑呵呵地说：“随便加点啥都行，你熬成啥味道我就喝啥味道的。”老两口相扶着进了屋，他们苍老的背影诠释着“执子之手，与子偕老”的美好。郭万刚没有打扰他们，放下手中的东西悄悄离开了。

晚饭时，郭家一家人也算团圆了，淑芳特意杀了鸡犒劳郭万刚连日来的辛苦。这段时间大家都辛苦了，家里、地里的活全是淑芳在照料，割麦、打场也没指望上郭万刚，好在还有钱家兄弟和林场其他几家人的帮忙，一季庄稼总算是全部收到了粮仓里。

饭后，郭老汉抽着旱烟问钱老汉的病况，郭万刚犹豫着要不要告诉他爹实情。郭老汉目光如炬地盯过去，看郭万刚的表情，他就猜到是不好的病。郭万刚只能如实说了。郭老汉一听，手里的烟锅子顿时掉到了地上，怎么和老史、老和一样的病症呢？要是那样的病，就没有啥希望了。

淑芳很惊疑地插言：“怪了，咋都是肝病？”

“可能跟长期住在沙窝里缺少营养有关吧，这个真的不好说。”郭万刚把自己的想法跟淑芳说了，淑芳的脸色惊骇起来，她用目光扫了一遍郭万刚，一言不发就收拾着刷锅去了。

和老父亲说了会儿闲话，郭万刚忍不住困意就回自己屋里去睡觉了，这段时间他就没睡过一个囫囵觉，好不容易回到家里他得好好地补个觉。

淑芳收拾完了家务进来的时候，郭万刚已经打起了呼噜，四仰八叉地横躺在炕上酣睡正浓。

“这人真是的，衣服不换脚也不烫，一身的臭味怎么能睡得舒服？”淑芳一边唠叨着，一边又出去打了热水来，细心地为郭万刚擦了身子换了衣服，帮他盖好了被子便守在一旁盯着丈夫的脸看。吃饭的时候他说的话着实令自己吓了一跳，林场三个老汉得的都是同一个病，这个病显然是要命的、可怕的，郭万刚还说病因可能是长期在沙窝里熬下的。听听，多么可怕的事情！沙窝里的艰苦淑芳是亲身领教过的，知道那是什么样的生活条件，过去虽然也闹腾着不让郭万刚留在八步沙，可经过一次次的事件，她早就看透了，想让郭万刚离开八步沙比要了他的命还难。淑芳已经不再试图劝他，或者是逼他走了，这些年认命地留在这里，还要帮他一起实现把荒漠变绿洲的梦想。可是，今天郭万刚说的话再一次深深刺激了她，在八步沙里待久了是不是就会得上那种要命的病呢？六老汉里三位得的都是那种病，她实在是惊恐，不得不又动起了劝丈夫离开林场的心思。

看着丈夫熟睡的脸庞，淑芳能够想象他连日来的疲累，可心里无限的恐惧还是让她没能忍住自己的急切，硬是推着摇着地把郭万刚叫醒了，然后沉沉地问他：“要是我现在提出来让你离开八步沙，你答应不答应？”

郭万刚一脸睡意，半眯着眼睛随口说："别闹了！我不是说过吗，八步沙不绿，我哪儿都不去！"

淑芳拉着脸，掐了丈夫一把，怒气冲冲地说："八步沙、八步沙，你眼睛里除了八步沙就没别的了吗？要是让你死在八步沙你也干？"

郭万刚吃痛清醒过来，推开淑芳的手看着她的眼睛说："我知道你在担心啥，是不是钱叔的病把你给吓着了？"

淑芳红了眼眶，转过头抹去眼泪，哽咽着说："我真怕有一天你也成了那样，到时候我该怎么办呀？"

郭万刚在枕头上叹了口气，然后笑着安慰淑芳："你也是念过书的人，怎么不明白一个道理，人固有一死，迟早而已，与其瞎担心胡思乱想，还不如趁身体好着多做一些自己分内的事情，将来真要有那一天，回想起来才不会觉得虚度一生啊！"

淑芳瞪了丈夫一眼，埋怨着："就你能，种个树还种出学问来了，说话一套一套的。"

然后又接着道："我知道你的心是铁疙瘩，谁也改变不了了。只是真的没想到，钱叔怎么会也得了那种病？我可以不阻拦你继续留在八步沙，但你得答应我，往后不能随便凑合，树得栽我没说的，但人必须得吃好把身体保养好，你说行不行？"

郭万刚含笑拉过淑芳的手，在枕头上努力点头答应："好，只要你不逼我离开八步沙，你说啥我都无条件答应。"

淑芳这才破涕为笑，一把甩开丈夫的手下了炕，似嗔含笑地说："我就知道你要说这个条件，等我想想再说吧！好容易许了这么好个条件，我可得仔细盘算盘算拿啥跟你做交换。"

说完端了为郭万刚擦洗身子已经脏了的水出门去了。

郭万刚欣慰地笑着，淑芳这是真正理解自己了，他觉得无比轻松，翻了身就又很快沉入了梦乡。

三十一 八步沙里安坟

俗话说热急了生风，旱急了生雨。旱了大半年的八步沙，终于在立秋前夕迎来了一场久违的大雨。这场让人爱恨不得的雨终于在一天夜里洒遍了八步沙，洒遍了武威大地。雨丝绵绵不紧不慢地下着，润泽着沟壑田野和天地万物，以及人们即将干涸的希望。风夹着雨水滴滴答答地打着屋顶，前半夜声势浩大，到了后半夜势头渐渐转小。人们在睡梦中就享受着屋外的雨声沥沥，那湿漉漉的风从门缝里、窗缝里悄悄溜进来，用微凉的湿润给盼下雨盼了许久的八步沙人送来了一个舒心的、绿草如茵的好梦。

天刚蒙蒙亮，郭老汉就把烟锅别在腰上，拄了拐站起来往门外走，郭老太太追到门口笑着问他：“大早晨的，你干啥去？你个死老头子，一晚上翻过来掉过去在炕上烙饼，害得别人也没有睡好。这下了一夜的雨，你该高兴了吧？”

郭老汉未见得多高兴，沉沉地说：“是呀，我出去看看八步沙去，顺便再去看看老钱。”一个晚上的彻夜不眠，让郭老汉愈加衰老憔悴，他撂下一句话就拄了拐杖走出屋门。

郭万刚出了自己的房门正好听到了他爹说的话，也三两步赶上去在院里跟郭老汉说：“钱叔自己还不知道他得的啥病，您看给他说不说实情呢？”

郭老汉气冲冲的，不知道是对谁，他就是感觉心里有气，就硬邦邦地说：“都六十多七十的人了，没啥不能让知道的，你们不敢说，我去说。”

郭万刚还是阻拦：“我只怕钱叔受不住。”

郭老汉突然笑了，笑得很凄凉：“当初我们六个人曾经说过，一定要把八步沙治理好再去见马克思。现在有你们了，我们谁先走谁后走都是个走，有啥看不开的？”

郭万刚和跟出来的郭老太太及淑芳面面相觑，任郭老汉拄着拐走出了院门，一步一拐地往八步沙方向走。郭万刚一看老爹这么坚持，拿了雨衣防着白天再下雨就追出门，对郭老汉说：“要是去八步沙您就等等，我骑了摩托车去送您！”

郭老汉想了想还是改变了主意，说：“那我先去看老钱吧。”

不知道郭老汉是怎么跟钱老汉说的，钱老汉要求钱林兄弟把他自己、郭老汉、老场长和雒老汉四个人送到八步沙去，他们要看看雨后的八步沙。郭万刚知道后，派人安排车辆，把他们拉到了八步沙。

沙梁上，四个老汉站在湿漉漉的地上，目光聚焦在眼前铺满植被的沙地和不太稠密的树木上，这是他们曾经的战场。是下雨就能灭掉灰斑古毒蛾吗？他们必须得亲自确认了才能踏实。钱老汉得知自己的病情之后，回家就拒绝一切治疗了，短短几天他的病情急剧恶化，到了坐都坐不住的最后阶段。此时此刻，天地间氤氲着朦胧的薄雾，八步沙的树木沐浴在雨水中，多了几分鲜活，往日灰黄色的沙漠浸了雨水，变成了深褐色，踩在脚下沉重而涩滞。患难与共的老哥儿几个在沙漠里互相搀扶着蹒跚而行。

近了，更近了，钱老汉救过的白榆树下有零落的枝叶贴在沙地上，一如生命最后的挣扎。钱老汉在儿子的搀扶下双手抚上树干，抬头看着稀疏的枝杈摇摆着向四面展开，不远处是史老汉孤零零的坟冢，这里也将是自己的归宿，他没什么不满意。再往前走，正是遭了虫害的花棒林，灰斑古毒蛾和它们的幼虫或僵死在光秃秃的枝条上，或半死不活地掉落于地，在绵绵的细雨里苟延残喘。钱老汉看着地上密密麻麻、层层叠叠、半死不活的灰斑古毒蛾，放心了……他跪在沙地里，仰头去接受这雨水的洗礼。

郭老汉要求郭万刚把车上的一箱白酒打开，给老汉们人手一瓶，他们像过去一样，把拧开盖子的酒瓶碰了一下，然后敬天、敬地、敬神灵，一瓶子酒就下去了半瓶。接下来，他们才咣当一声碰了一下瓶子：“为了八步沙年年有雨水，月月添绿地，老哥儿几个干了！”

一口烈酒下肚，老场长感叹：“半辈子都给了这八步沙，才种下这么点树，还要跟人斗，跟畜生斗，跟老天爷斗，现在要命的灰斑古毒蛾也让我们给打跑喽。伟大领袖毛主席说得多好啊，与天奋斗其乐无穷，与地奋斗其乐无穷，与人奋斗其乐无穷啊！咱八步沙人有艰苦奋斗的勇气与决心，又有美好的前景，只要我们坚持下去，八步沙一定会变成草长莺飞、遍地绿色的塞上江南！”

钱老汉的癌细胞扩散得很快，整个人枯槁得就像一截老树干，他眯着眼不甘心地说：“我是看不到那一天了。你老张、老郭、老雒可要替我们先走的人好好看着。”

郭老汉最近火气很大，看什么都是恨恨的眼神，说话更如同吃了火药，闻言气咻咻地说：“你们忘了愚公移山了？我就不信了，只要子子孙孙不绝，还不会有整个八步沙草青树绿的那一天！”

钱老汉微笑接话：“对着哩！当初也约定了，咱们这辈人不行了，就让儿孙接替。我打算让钱林接班。”

郭老汉无端发了顿火，似乎也觉得不合适，口气柔软下来问：“好嘛！老钱，你还有啥心愿？”

钱老汉指向前面一块高高突起的沙丘，“那里是咱们栽下的第一棵白榆树，如今长得已经有腰粗了。”他淡然地说，“跟老史一样，等我闭了眼，也埋在八步沙吧！我要亲眼看着八步沙变绿，每天看着现实中的草木繁盛、湖水碧蓝的样子，就再也不用去追那个海市蜃楼了。除此之外，我再没啥遗憾的了！”说完这句话，他长长地舒了一口气。

老场长红了眼睛，转头偷偷抹了一把脸颊上的泪水，也把目光看向那棵白榆树：“行哩，到时候我也来跟你们继续做邻舍，咱们一起看现实里的海市蜃楼。”

“沙枣花棒苗健壮，破土已闻漠花香。那百年之后就都在一起吧，我也来。”郭老汉朗声大笑，眼睛里却涌上一层浑浊的水雾。

钱林看到钱老汉气喘吁吁的样子，急忙去扶，含泪苦劝：“爹，咱们回去吧！您也看到了，这虫害随着雨水自然而然就灭了，您的身体要紧……”

钱老汉露出了笑容喃喃道：“下雨了，哈哈，终于下雨了，咱们的树保住了！”

“爹，回去吧！”钱林快要哭出声来了。

钱老汉留恋地看着八步沙。面对眼前的苍翠，他握着钱林的手笑了笑说：“好，回了。儿子，爹这辈子没有给你们留下啥，这摊子树，你们可要好好地保住呀！”

钱老汉说完，扭头看着郭老汉，感慨地说：“八步沙我是真舍不得呀，我还舍不得你们老哥儿几个！”话音刚落，人便缓缓仰躺在了湿漉漉的沙丘上，他的身下是受到雨水滋润已经明显有了生机返绿的沙米草。

郭老汉扔掉拐子，毫不犹豫坐倒在湿漉漉的沙地上，把钱老汉的头扶到了自己的大腿上枕着，含泪看着钱老汉静静地闭上了眼睛……

钱林弟兄俩扑上去哭喊：“爹，爹，您醒醒啊……”哭声悠长，缠绵在八步沙高高低低的沙梁间……树上的鸟惊叫着，扑棱棱地飞走了。

雨后碧空如洗，远远的天边有人在唱粗犷的凉州贤孝：

独木桥来真可恼，苦害行人为哪遭？此一去对我公父表，派来人役另修桥。行上马来坐下轿，来往人再不受煎熬……

钱老汉的丧事按惯例置办起来了，请来了土门街上的道爷世家王道来念经发送，从他经营的纸货铺子里又买了不少的时兴纸货，有小汽车和电视机，还有什么录音机、电风扇一类紧跟时代潮流的纸糊的家用物品。钱林哭着跟郭万刚说：“我爹一辈子省吃俭用没享过福，就让他老人家在阴世里享受几天好日子吧！”一句话倒把郭万刚又惹得心酸难受了好久。是啊！这几个老汉都是从苦难里过来的，但是他们宁可自己受苦受罪也要把沙漠治理好的信念从来没有打过折扣，可谓是鞠躬尽瘁死而后已了，他们的行为堪称典范，他们的精神更是八步沙林场永远的财富，让人一想起来就忍不住感动得落泪。

钱老汉的丧事办得很体面，村里的老年人都夸八步沙林场办事周全，也夸钱家弟兄俩是孝子，他们一边用老人特有的审视眼光评价钱老汉的丧礼，一边缅怀着亡者在世时一切与人为善的事件和他的品德，句句都是褒扬，声声皆为美诵，可见钱老汉是个好人已经可

八步沙里的樟子松

以盖棺论定了。郭万刚和钱林兄弟商量了一下，便按照钱老汉的遗愿，没有让他入钱家的祖坟，而是把他葬在了八步沙，和史老汉挨着做了邻居……

丧事办完，生活又回到了原来的轨道，八步沙林场按部就班地进行着既定的工作。在这些看似没什么改变的表象背后，却有一个人再也坐不住了。这些日子，吕急人正闹心，自从钱老汉挨打住院，他就一直心神不宁。据说钱老汉被打的事都报案了，警察也来做了调查，但没有下文，吕急人惶惶得怎么也踏实不下来。于是，他私下里约了尕娃到三道梁见面。

尕娃如约而来，和吕急人在三道梁深处的榆树下见了面。

吕急人烦躁地推开尕娃敬上的香烟，直接问他："钱老汉是不是你们打的？"

尕娃点点头如实说道："三哥，的确是我们的人，但不是有意的。那是我花钱雇来的一个伐木工，当时钱老汉纠缠得厉害，死活不让砍树，那兄弟急了就顺手给了他一下子，没想到钱老汉那么不经打，一下就躺倒了，大家伙儿一看怕闹出人命就都散了，树也没敢再砍。"

吕急人一听就火了，抬腿踹了尕娃一脚骂道："你他妈的脑子里装的啥？是驴粪沫子是不是？老子一再告诫你们小心小心，怎么还敢捅出这么大的娄子来？"

尕娃不敢犟嘴，赔着小心说："那谁知道那个老家伙会突然出现的嘛！荒漠里那棵树又不是属于八步沙的，他还非要护着拦着不让砍……"

吕急人气得翻着白眼骂他："不让砍树就打人，谁给你的狗胆子？钱老汉住院期间就报了案了，当时林场的人忙着防虫害，后来又因为各种事情耽误下来，现在大家都不忙了，我就怕他们旧事重提。要是让警察盯上咱们可就都得着活（遭殃，倒霉）了。"

尕娃一听也吓住了，半晌才磕磕巴巴地说："按说不……不能吧？当时钱老汉是抓下了那个伐木工的帽子，但那时候天黑，他不一定就看清楚长相。不过那个人是个秃子，我怕他的秃瓢太打眼，已经让他出去躲起来避风头去了。三哥，你放心，即便有啥事，我也绝对不会牵连到你。"

吕急人微微放了心，想了想说："不怕一万就怕万一，我们还是处处小心些的好。好在钱老汉得癌症死了，也不怕他再说出啥来。"说完又瞪着尕娃警告他："就算这样你也给我把嘴夹紧了，要是走漏了风声，咱们一个都跑不掉，都得着活，知道吗？"

尕娃赶紧点头附和，奉承道："好好，都听三哥的。不过三哥……"

他打量了一眼林区，贼头贼脑地奸笑着又说："看看你们林场还真有不少的价值呢！大树不让砍，目标太大，那我们是不是能弄点花棒出去卖？兄弟最近实在有些转不开了，你也知道今年没啥收成。"

吕急人没急于答应，暗暗盘算了一下才说道："这事我要好好计划一下，林场今年也是损失惨重，现在虫害止住了，他们就指望着剩下的那些花棒，我们要想做得神不知鬼不觉还得费点功夫。"

尕娃一听有希望，急忙给吕急人再敬香烟，谄笑着巴结："我就知道三哥一定会有办法的。三哥，我昨天刚杀的羊，家里还有个羊脖子给您留着呢，晚上到我家喝酒去，咱哥儿俩好好唠唠？"

吕急人见尕娃这么上道，把心上的那点愁烦都不当回事了，终于露出笑脸来假意无奈地教训着说："你呀，真是成事不足败事有余！要是把这点细心用在正事上，还至于担心惹来麻烦吗？好吧，晚上等我回村里就找你去。"

尕娃嘿嘿笑着，一脸听话乖顺唯马首是瞻的样子，吕急人看了暗自得意，接过香烟来深深嗅了一下，觉得四肢百骸都满足而轻松起来了。反正钱老汉死了，唯一的人证又躲出去了，他起码有一大半的心可以放回肚子里了。

安葬了钱老汉之后，钱林正式到林场上班来了，他那白森森的光头昭示着还在热孝中的悲痛。庄稼汉子面色都偏黑，一头黑发保护下的头皮就显得格外白净，顶着一个才剃了没几天的锃亮的秃脑袋，看起来既扎眼又荒凉。武威的风俗，父母去世，儿子就得剃了光头来治丧，老人们总说是一种讲究，却讲不明白为什么，那么深晓当地俗礼的郭万刚就会告诉你，这与身体发肤受之父母的古训有关。父母不在了，儿子剃头发有还恩、报恩的意思。

钱林来报到，郭万刚征求他的意见，是要继续管护钱老汉生前一直负责的四道梁林区呢，还是想着换一片其他林区来看护。四道梁比较远是一个原因，郭万刚也怕钱林去那里睹物伤情。

钱林却毫不犹豫："场长，我不嫌远，就继续去那儿吧。我爹病重的时候都不肯歇一天，瘫到炕上了还心心念念着他的树。我得替他去。"

郭万刚很欣慰林场又来了一位这么好的护林员，动情地说："好兄弟，四道梁交给你，钱叔放心，我们大家都放心。"

提起钱叔的去世，大家黯然神伤，都不说话了……

吕急人慢悠悠地插言："也没啥不放心的，反正死得也没剩啥了，看不看都一样。"

众人皱眉看向吕急人，这个人真的该叫吕气人更合适一些，他总说一些消极的闲淡话，在别人的伤口上撒盐。

吕急人的嘴损，八步沙人都知道，可不代表钱林也了解，他一听这话，一把揪住吕急人的前胸衣服，瞪着眼睛质问："你说啥？你说谁死了？你再给我说一遍！"

"我是说树都叫虫害闹得快死完了，你别误会我的意思。"吕急人挣扎着辩白，他也没料到随口说的话会刺激到钱林。

众人忙上前劝架，钱林不肯松手，办公室里乱成了一团。

郭万刚不由得发火，大声喝骂："对。树都死大半了，你们还留着做啥？都给我滚！"

大家见向来好脾气的场长突然发火，都瞥着郭万刚的脸色沉默下来。钱林狠狠地松开了吕急人的衣领子，低头站在了一边。吕急人捋平了衣服，气呼呼地坐下。

郭万刚点了支烟猛吸了一口，慢慢平息了一下自己的火气。他这个场长就是个操心费力不讨好的活，还要时不时地扮演辅导员的角色。他叹口气，缓缓开口："树是死的，但人是活的。咱们是遇到了困难，可困难是暂时的。现在，灰斑古毒蛾已经死光了，也就是说，虫害因为一场雨，已经彻底解决了。当然了，灾害虽然解除了，可林区的损失没有几年怕是恢复不过来的。我们有问题就得想办法解决，自己先泄了气，这路还怎么走下去？"

屋里更加安静，谁也不敢出声。

"林场现在很艰难。其他树木虽然长势不错，但花棒大面积死亡，已经到了给大家发不出来补贴的境地。现在，我索性一次性告诉你们吧，还有更坏的消息呢！"郭万刚都不忍心把他刚刚得知的消息说出来，昨夜他翻来覆去睡不着，就在预想今天消息一出的场景。

众人还在懵懂当中，都抬头看着郭万刚，等他继续说下去。

郭万刚把昨天到县林业局开会时朱局长说的话跟大家说了一遍。原本治理完一亩林地只有 5 块钱的造林补助费，好不容易这两年涨成了 25 块，可今年起，这笔补助款不能再发下来了。不仅如此，随着南方大量的竹编帘子涌进市场，代替了花棒，老百姓盖房子有了更多的选择，已经不再单一依靠花棒了。也就是说，花棒就算没有遭遇这次的灭顶之灾，也不会继续保持着独霸市场的地位了。真是屋漏偏逢连夜雨，船迟又遇打头风啊……

大家一听郭万刚的话，都傻眼了，一个个大眼瞪小眼，仿佛有种1993年“5·5”沙尘暴来临时的感觉：世界末日到了！

郭万刚继续说：“现在，林场自身没有了经营收入，造林补助经费又停止了拨发，这意味着八步沙林场从此将没有任何出路了。你们有闲心打架骂仗，还不如都好好想想看，是散伙出去搞副业，还是想出新的法子来，继续在八步沙里坚持吧！”

吕急人大惊失色，从凳子上“呼”地一下站起来叫道：“这是啥时候的事？我咋没听说？”

其他人也一副难以置信的样子，这个消息太突然、太让人吃惊了！

郭万刚扔了烟头闷声答：“昨天我去县林业局，朱局长亲口告诉我的。”

吕急人愤然：“那我们咋办？散伙回家种地？还是出门搞副业去？县上不能不管我们的死活吧？我们可是受过市里、省里和国家表彰的，要不是为着有那几个造林补贴，我早都……”

虽然吕急人讪讪住了口，气呼呼地又坐了回去，但接下来的话，大家没有不明白的，他噎在喉咙口没说出口的下半句应该就是“我早都离开这个鬼地方了”。众人都对吕急人侧目而视，言下之意无一例外都只有一句：“你快滚吧，八步沙有你不多没你不少。”

郭万刚瞪了眼吕急人，沉着脸继续说：“这个问题大家要正确看待。咱们县是全国重点贫困县，处处都要用钱，经费也确实困难。不过，人活着得靠自己。眼下这情况，只能想办法自救。”说到这儿，他停顿了一下，目光扫过众人，又说：“今天既然话说到这儿了，趁着大家都在，不如一次性说透彻了。谁有啥想法或是意见都提出来，要走要留都表个态，我也好规划接下来咱们八步沙该咋办。”

到底该怎么选择，这是个难题。大家都低着头不说话，何去何从一时之间又怎能决断？办公室里唯有沉默，就连刚刚还信誓旦旦地要替他爹继续守护八步沙的钱林也在愕然之后无精打采起来。

世上有一种合作伙伴叫作“黄金搭档”，对于郭万刚来说，他的黄金搭档就非史金泉莫属了。这么些年来，他们两个配合默契，想事情也总能想到一起去，遇到难题，只要找他商议，他一定会有非常好的建议。现在遇到这样重大的变故，郭万刚心情也不好，晚饭后揣了瓶酒，就去了史金泉家。

在史金泉家的炕上，两个人喝着酒，探讨着林场的未来。当时，他们都清醒地认识到，八步沙林场的生死存亡也许就在他们的一念之间，而如何在八步沙生存下去，却实实在在是个沉重的话题。

郭万刚和史金泉对面而坐，一口绵甜的酒入喉，秋夜的寒凉也随之荡然无存。郭万刚问：“金泉，白天的事有主意了吗？”

史金泉捏着酒瓶，给两个人的杯子里斟满了酒，灯光下，他的脸色因为喝酒而变得白皙不少，据说这是能喝酒的一类人，也是郭万刚羡慕的一类人，郭万刚总是几杯酒下肚就脸红脖子粗，看起来很狰狞的样子。

“场长，你肯定不想离开八步沙吧？”史金泉反问。

郭万刚苦笑一声：“我离开了八步沙，能去哪儿呀？”

史金泉提醒郭万刚：“你有地方去呀！你老同学大林不是在兰州等着你去当他的副总经理吗？”

郭万刚一巴掌拍在了桌子上：“金泉，难道连你都不了解我吗？我要是去兰州早就走了，还能等到现在吗？”

史金泉笑了：“场长，我等的就是你这句话。”

郭万刚抓起酒杯和史金泉碰了一下：“为我们离不开八步沙干杯！”

史金泉和郭万刚碰了一下酒杯，狠狠地喝下一口酒：“你不走，我也不走。不然，谁给咱算账呀？”

“林场的收支账簿都在你脑子里，你还不知道吗？往后怕你这个会计没有账目可算了。”郭万刚的玩笑属于冷幽默。

史金泉果然没笑，一本正经地说：“那就不算账了，你给我升官，我当副场长。”

郭万刚调侃道：“我可不是说笑，现在林场一分钱没有，造林补助也没了，连买树苗的钱都没着落了，你这个时候来当副场长，可是只有付出，一点儿回报都得不到啊。”

史金泉自顾自地端杯抿了一口，龇着牙道：“就你老郭有情怀，我就不能进步一点儿？还记得你当场长那天，站在林场大院说‘八步沙不绿，我哪儿都不去’的话吗？那时候我觉得你这人只会唱高调。可是一路走下来，你做了多少事，我心里却有本账、有杆秤。”

很快，一瓶酒快见底了。郭万刚微有醉意，听史金泉这么说很有些感动：“金泉，哥哥我第一个来找你，心里也清楚着呢！为了我们八步沙的娃娃有一个未来，为了我们八步沙能有花红柳绿的一天，我们再苦都值了！来，祝贺史副场长走马上任。”他拿起两个酒杯子碰了碰，把另一杯递给了史金泉。

两个人一仰脖子，把各自的酒灌了下去。

酒也喝完了，史金泉胳膊肘支在炕桌上问：“你说吧，接下来咋办？”

郭万刚等的就是这句话。他从怀里取出红皮的笔记本递给史金泉，示意他打开看。

史金泉打开笔记本浏览了一遍，一下子清醒了，抬头惊讶地盯着郭万刚，怔住了：“场长，你吃了熊心豹子胆了？这是不顾一切啦？”

郭万刚嘻嘻笑着说：“我的勇气不需要熊心豹子胆来壮，这是背水一战。金泉，八步沙林场的生死就在眼前，要不要救活它全都在此一举了。你呢？你真有胆子跟我干？”

史金泉眯眼看着一脸戏谑的郭万刚，他明白这是郭万刚的激将法，但道理却是实实在在摆在眼前的，他和他死去的爹在八步沙林场留下的不单单是血汗，老人的尸骨也埋在了那里，怎么可能轻言放弃呢！史金泉一拍桌子道：“你有熊心我就有豹胆，咱们怕什么，说干就干。”

郭万刚听了起身下炕，给了史金泉一个大大的熊抱，激动地说：“兄弟，我就知道你也不能眼睁睁看着让八步沙散了伙。咱们说干就干。”

两个人傻乎乎地相对笑出了声，就这么达成了共识。

从史金泉家里出来，郭万刚醉歪歪地又去了和生家。和生是八步沙林场最憨厚的一个人，他只顾闷头干活，对于郭万刚的到来也不往别处想，热情地将郭万刚让到了炕上。

“和生，好兄弟，你想不想当副场长？”郭万刚笑呵呵地问他。

和生给郭万刚端了杯水，老实地说：“场长，我没那个本事，也没那个想头。”

郭万刚醉眼蒙眬，大手一挥道：“不行，我就要让你当副场长，跟金泉……唔，不不不，跟史副场长一样，都是副场长。”

和生把水递到郭万刚手里，笑道：“场长，你说得还真拗口，是跟谁喝得这么醉呀？”

郭万刚笑呵呵地不回答，从兜里拿出一张纸，拍在炕桌上示意和生来看。

和生伸头看了一眼：“场长，这是啥？你知道的，我没啥文化。”

“这个是生死状，签了你就是副场长了。”喝了酒的人兀自乐呵着。

和生又往纸上看了一眼，可惜字认得他，他却认不得几个字，他挠着头为难道：“这到底是个啥嘛？你也不说清楚。”

郭万刚酒醉心里明，看着和生问：“兄弟，你信不信得过我？”

和生努力点头确认：“信得过的，信得过的。”

“那你就签了它。”郭万刚拉住和生认真地对他说。

和生把郭万刚当个醉汉，哄着他：“好好好，我签。可是场长，我没有笔呀！”

郭万刚从口袋里掏出一支笔，举起来笑着道：“你没有，我有啊！”

和生还要再说，被郭万刚拦住了。和生见郭万刚没有开玩笑的意思，只好在纸上歪歪扭扭地写下了自己的名字。

郭万刚认认真真地看了看和生签的字，然后把那张纸揣起来，也没有给和生继续攀谈的意思，便摇摇晃晃地下了炕往外走去。

和生愣在地上满脸的莫名其妙，他依然觉得郭万刚今晚就是一个喝醉了酒的人，在那儿撒酒疯。既然如此，和生认为没必要当真，反而对他的场长十分心疼。这段时间以来，林场的坏事接二连三，搁谁身上能轻松啊！和生目送郭万刚走远，无可奈何地叹了一口气。岂不知，郭万刚离开了他家，又拐道去了八步沙林场的其他人家。

三十二 出路需要冒险

往日热热闹闹、人来人往的八步沙林场办公室，今天却冷冷清清，门可罗雀。一大早，郭万刚和史金泉都提前来了。到了上班时间，还是迟迟不见再有人来。桌上是摊开的一张纸，上面签的名字字体各异，这是分属于六家人的签名，是郭万刚昨天晚上趁酒醉，挨家挨户去做工作得来的杰作，至于这东西到底要干些什么，恐怕签了字的人中除了史金泉，其他人都在云里雾里。

昨天的消息一出，综合现下八步沙林场的实际情况，这个小集体的解体貌似已成了定局，没有谁愿意守着一地黄沙喝西北风。但郭万刚和史金泉是个例外。郭万刚和史金泉抽着自卷的棒棒烟议论着，林场陷入了困境，而且是前所未有的困境。大家都是上有老下有小，要生活就必须得有点收入，在能够果腹的情况下，才能想办法谋求出路。那么，外出打工无疑是最符合当前形势的。村里的“打工热”近年持续升温，到城里的工地上去干，一天有 20 块钱的高收入，而八步沙林场每个人每月却区区 200 块钱不到，这本来就很微薄的一点钱现在也发不出来了，往后靠什么生活？所以，郭万刚和史金泉都能够理解大家的心情。可是不管怎么说，既然下定决心要在八步沙坚持下去，那么，八步沙究竟何去何从，就成了摆在郭万刚面前的一个大问题。

郭万刚是最早得到消息的，所以他早就对八步沙的未来犯上了愁。林场不能倒，这事毋庸置疑，不论从个人感情还是从大局考虑，都不能动摇郭万刚的决心。因为一旦林场解散，八步沙的那些树谁来管？都砍了平均分配拿去换钱吗？那还不如把他砍了！郭万刚连着两夜没有合眼，有无数种念头滚过他的心头，更有无数种想法涌上脑海。怎么才能把林场继续经营下去，让几家两代人的心血不至于白白抛洒在荒漠里？一句话，林场的出路在哪里？每每想到这些，他肩上的担子犹如万斤之重，压得他喘不过气来。

就在从县上得知造林补助停发消息的那天夜里，郭万刚睡不着了，他偷偷拿出藏在柜子里的那本当年被淑芳从炉火中抢救出来的、被火烧得面目全非的聘书，那还是几年前大林亲自给他送来的。聘书的一半已经烧没了，而剩下的一半，是带着冰冷的黑色烧疤的硬皮。如果当初选择了另一条路，会不会比现在轻松许多呢？也许会吧！但是，一想起那场百年不遇的黑风暴，想起那令人心有余悸的黑色“5·5”，他咬咬牙，又将面目全非的聘书放回了柜子的最下层。

多少年来，八步沙已经成了镌刻在郭万刚内心深处的印记。坚持了这么久，他什么样的困难没有经历过？在这些困难面前，他始终没有妥协过，也没有理由退缩逃避。现在，林场遇上了前所未有、无法逾越的困难，比他以前遇到的所有问题都难办，基本到了束手无策的地步了，但他还是不想轻言放弃。就这么妥协退缩不是他的作风，更不该是八步沙最终的命运。不行！坚决不能够！为了娃娃们的明天，为了八步沙的未来，也为了自己的诺言，就是再苦再难，他也没有理由趴下！

想到这里，郭万刚咔嗒一声关上了柜子，随着柜门被关上，郭万刚心里一下子豁然开朗起来了。当日的誓言还没有实现，八步沙正在治理阶段，老汉们的坟头也安在了沙窝里，总得有人守着才行，否则这些年两辈子人的付出就全都化为泡影了。而且，天无绝人之路，他已然想到了一个拯救八步沙林场的主意。

淑芳被惊醒，略带埋怨地问道：“这都什么时候了，你还不睡捣鼓啥呀？”

郭万刚精神百倍地笑着说：“我看咱们压箱底的宝贝呢！是它给我带来了灵感，让我有了救八步沙的办法了。”

淑芳不明白什么意思，也懒得再问，嘀咕着说了句：“神经病又犯了。”然后翻了个身就又睡着了。

郭万刚没有睡，他连夜把救活林场的想法记录在笔记本上。写写画画了半晚上，郭万刚越来越兴奋，他能够断定这是目前唯一可以救活林场的办法，尽管想法大胆了一些，但只要付诸行动就是一劳永逸的绝好出路。想法固然好，但还需要有人愿意与他一起去尝试，而这个伙伴的第一人选自然就是他的发小史金泉了。就这样，郭万刚首先找上了史金泉，两个人果然一拍即合，随即商定了细节分头行动，郭万刚负责联络其他几家人征求意见，史金泉开始预算所需的资金。这才有了昨夜郭万刚醉醺醺地挨家上门签字的事情。

结果，今天从大清早等到日上三竿，除了他们两个人，林场大院里迟迟不见第三个人来。

史金泉往窗外看了一眼，问郭万刚：“你夜黑里挨家挨户都去过了？”

“嗯，不但去了，都签了字了。”郭万刚用手指在签上字的纸上敲了敲说。

史金泉表示疑惑：“那咋不见再有人来？是不是他们都有了其他打算，不愿意在八步沙干了？”

郭万刚豪气干云地说：“就咱俩，也得干。”

史金泉起身在地上踱了两个来回，思虑着说：“我一黑里没睡着，就想着你说的事了。

没钱买树苗，咱们就自己动手在各家地里育苗，这个没啥麻搭（麻烦）。但是要在八步沙打井开荒，难哪！难于上青天！必须得想出个好办法来。”

这就是郭万刚能和史金泉说到一起的原因，他这个人主意正，不喜欢说废话，要么不做，而一旦决定要做的时候，总能提前去想办法，把事情摆置得顺顺当当，并且提出建设性的意见和建议。

郭万刚微笑着示意他继续说下去，他也想听一听史金泉的想法。

史金泉慎重地开口：“沙窝里无论是治沙造林，还是开荒种地，必须要有水，靠天吃饭肯定是不行。你提出打井开荒，以林养林，的确是个救活林场的好办法。机井必须得打，可在八步沙打井，没有先例啊，这个得找行家打听打听。还有，做这两件事，没人不行，没钱也不行。这些都得想好办法怎么解决。”

郭万刚用欣赏的目光看着史金泉，正色道：“你想到的这些正是我成夜成夜睡不着所琢磨的。打井、开荒，看起来是两件事，其实是一件事，就是找钱的事。”

史金泉点头，翻开自己的本子看着说：“我夜黑里盘算了一遍，按照如今的行市，从雇人打井到箍井，还有其他杂七杂八的花费，这一笔一笔的花销加起来，没有个三四十万可下不来。这么一大笔钱，别说在八步沙了，就是在全县也是一个天文数字，你说说，咱们到哪儿找去？”

郭万刚不由得笑了：“不愧是会计，这么快就把账算出来了。”

史金泉瞪眼，扔给郭万刚一支烟道：“都啥时候了，你倒还能笑得出来。”

青色的烟从唇间飘散，郭万刚淡淡地说：“我准备找银行贷款去。”

史金泉思索着可行性，斟酌道：“这是眼下最好的办法了。只是银行有规定，农民贷款最高 2000，我们两个，再加上他们，一共六户，只能贷 12000 元。这还得是他们都愿意继续留在八步沙，乐意和咱们一起干才得出的数字。即便是这样，一万多块钱与三四十万的巨款相比，这能顶个啥用？还得做好两手准备稳妥些。”

两个人吸着烟都静默了下来。

因为屋里的人太过专注，连有人进到场部来都没有察觉。门外老场长打头，后面跟着四五个人，都屏息凝神地听着屋内的谈话。他们来了有一会儿了，在老场长的示意下都悄悄站在门外听，直到这时，老场长才渐渐地露出了笑容。

原来是这么回事！大家伙儿听得明白，用打井开荒的办法来自救，怎么听着都是个好主意。都是庄稼人出身，为长远考虑，一定离不开土地，能有更多的田地，谁都会赞同、支持。老场长和大家对望，点头微笑。

昨天晚上，老场长连夜去找大家商量留下来继续治沙造林的时候，所有人都没有反对，林场的存亡不单单是一两个人的事，应该是大家共同承担的责任。但鉴于郭万刚把这么重大的事情当作玩笑似的，居然喝得醉醺醺地上门，还含糊其词地故作神秘，到最后也没有说出个子丑寅卯来，老场长和大家商量的结果是先晾一晾郭万刚，谁让他云里雾里的令人着急上火来着。不过嘛，又鉴于他一贯对林场尽职尽责，是个称职的好场长，大家又一致决定再给他个惊喜，趁屋里两个人没注意就悄悄进了场部藏在门外偷听，这下子总算知道这两个人是在盘算什么事了。

见屋内的二人陷入了沉默，老场长给几个人使了个眼色，大声说："有啥国家大事啊，还关起门来不让人知道？"

雒兴国也故意扬声问："写个名字就能当副场长，这么好的事，场长别是今早酒醒就不认账了吧？"

众人嘻嘻哈哈地笑了起来。

郭万刚和史金泉听到外面的说话声，彼此相顾苦笑了一下。

老场长掀帘进门，玩笑着问："你们商量着找钱，我这儿钱没有，一条老命能看上不？"

郭万刚急忙起身相迎，笑道："老场长，您咋来了？"钱林紧跟着进来说："场长，还有我们呢。"

办公室里一下子热闹起来，雒兴国笑着上前："当官的好事，我们咋能不来？"

郭万刚自嘲："这是啥官啊！谁要能救活八步沙，这个场长我就让给谁。"

史金泉含笑抬眼看了一眼后面："咦，急人怎么没来？"

老场长叹口气，摆手道："他夜黑里找我去了，说为了供养娃娃在城里上学，他要到外面打工去，我同意了。还有，尕五说他相上了一个天祝女子，人家要求他入赘，恐怕也是来不了了。"

吕急人的离开是郭万刚和大家意料之中的事情，大家并不意外。至于刘尕五，原本也不属于林场，他能有个家安定下来，能解决自己的终身大事，这是好事，大家都为他高兴。

史金泉负气地说："想走的留不住，不想走的你也赶不走。就咱们几家人，照样能够做成惊天动地的大事情。"

老场长含笑点点头，从兜里取出一本存折，放在桌上。和生也把自己的存折放在旁边。钱林、雒兴国的是现金，都上前搁在了桌上。

郭万刚和史金泉对视一眼，表情复杂地又向众人看去。

老场长把面前的存折和钱一股脑儿推到郭万刚面前："郭场长，我今天必须得这么称呼你。这是我半辈子攒下来的，拿它入个股，咱爷们儿再干一回。"

此情此景，说不感动是假的。要说感动嘛，也是自然而然的。这叫什么？这叫患难见真情。郭万刚动容道："老场长，这可是您的养老钱……"

老场长摆手打断了郭万刚的话："哎，说这个做啥？只要八步沙好了，你郭万刚还能不管我的死活？再说，我的憨儿虽然不能接班，但我大女婿说了，往后他来接替我。"

钱林诚恳地接上说："我的钱不多，但家里还有粮食、牲畜，改天都卖了，有多少凑多少，不能把先人们的尸骨撂在八步沙不管。”

郭万刚一向不是个寡言的人，但此刻他却什么话都说不出来，只觉得喉头浓浓的酸涩哽得他一阵阵难受。

“对，我也是这么想的，我爹将来还要在八步沙安坟呢！”雒兴国嘿嘿一笑，说出了这话，惹得众人都笑起来，屋里的气氛轻松了不少。

郭万刚不由得笑骂：“你小子这么说，不怕挨雒叔的揍啊？是不是把娶媳妇的钱都拿出来了？”

雒兴国挠头笑着：“那林场将来管我娶媳妇不？”

史金泉打趣：“管！咋不管？给你娶个西海母夜叉。”

雒兴国悻悻地坐下去，面对大家的取笑，他早已学会脸不红心不跳了。

和生憨厚一笑，搓着手说：“场长，这是我的全部家当了，媳妇说，要是挣不上双倍回去，下半辈子就让我给她当长工，洗脚倒尿。”

众人哄堂大笑。

选址打井，备战开荒。这两件事同时铺开，从县上办完了打井、开荒手续，六家人全员出动，在荒漠里干得如火如荼。

沙漠里打井不比别处，必须得有专业技术员做检测和指导，而打井工程队据说是兰州最好的，几番辗转才请到八步沙来。人员、设备呼隆隆地开进了荒漠，平静了许久的八步沙深处，柴油发电机的声音和叮叮咣咣的清脆机器声，交织成一首欢快的乐曲，整个八步沙充满了热火朝天的浓烈气息。

史金泉作为打井的现场总指挥，在打井工地和开荒现场两头跑，除了会算账，他的调度能力又被迫开发了出来。而真正找钱的人是郭万刚，他专管贷款和外交，整天奔波于县里、市里的各银行间申请贷款。

不干不知道，一干吓一跳。预算和实际总有很大差别，等真正动工才发现，每天的花费如流水一般，各家凑的那些钱眼看就用光了，而这才仅仅是个开头。技术员预测，机井的出水深度至少在 100 米，这就意味着原计划的 30 万元根本不够。这么一大笔巨款，到现在还连一分都没有着落呢！

与群众一起治沙造林

组织群众在北部沙区秋季造林

三十三

困难前所未有

武威城里的道路坚硬而繁忙，眼前是川流不息的自行车、摩托车、汽车……午饭时分，街道上更加热闹起来，嘈杂声里，人们脚步匆匆。郭万刚坐在武威城里的马路牙子上，从包里掏出自带的馒头吃着，身后就是一家牛肉面馆，浓郁的饭香透过敞开的玻璃门飘散在空气里。闻着人家饭馆里的饭香就馒头吃，让他想起了阿凡提的故事，那个穷人在财主家墙根下吃馒头却被勒索。非常时期，能省一分是一分，郭万刚快速啃完一个馒头，起身拍拍屁股上的土，往街对面的另一家银行走去。半个凉州城都转遍了，每条街上都有银行，可是他从大大小小的营业厅到柜面都问过来了，根本没有哪一家银行愿意贷款给他。

郭万刚私下里想了想，也许那些银行，比如工商银行类的，前面有个“工”字应该是比较倾向于工人的吧？想到这个，他就专挑农业银行进去问，但是得到的回答和工商银行如出一辙，他一次次遭到拒绝而告贷无门。

光可鉴人的大理石地面明亮干净，午饭前后，银行大厅里排队的人稀稀拉拉的，很快就轮到了郭万刚。

“同志，我贷款。”郭万刚说得格外客气谦卑。

银行职员许是每天办理同样的业务，声音里都是机械运转的咔嘣脆响，眼睛盯着电脑，头都不回地以制式的话问道：“贷多少？身份证、申请表。”

郭万刚赶紧递上身份证和填好的申请表：“30 万。”

话音一出，另一边的一个男职员抬眼打量过来，惊讶地提高了嗓门问：“30 万！有没有搞错？”

女职员也惊着了，俊俏的眉眼也甩过来了：“什么？你贷多少？”

郭万刚继续笑着重复：“没错，就是 30 万。”

“你这老同志真能张嘴说啊！ 30 万那是多少，你见过吗？真是癞蛤蟆打呵欠好大的口气！”一声冷笑从柜面后响起，女职员用看神经病般的眼神表示着她的嘲笑。

30 万是多少郭万刚的确没有见过，但他知道的是，这 30 万能救活八步沙林场，可以打一眼机井、开 300 亩荒地，有了这笔钱，他们就能一边种着地一边继续种树治沙了。当时还没有专业的词汇来说明概括或者定义他们的自救办法路子，后来才有人把这个主意叫作“以农促林、以林治沙、以副养林”的多种经营新思维。

自从申请贷款以来，见过太多的银行工作人员，也遭遇了种种冷漠的拒绝，但像今天这样的讥笑还是第一回听见。郭万刚不由得恼怒：“你们这是怎么说话的？啥工作态度？”

女职员不屑地瞥了一眼郭万刚，像撵苍蝇似的挥着葱白的小手：“去去去，一边做白日梦去，后面还有人排队呢！”

郭万刚更觉得屈辱，拍着柜面怒吼：“能不能贷你说清楚啊！就这么打发人？”

柜面那边，隔着精致的玻璃墙，女职员的冷漠口气中难掩一丝不耐烦：“肯定不行呀，还问？下一个。”

郭万刚被后面的人挤到了一旁，他气恼地离开柜面，出门时从银行玻璃大门上看了一眼自己黑黝黝的脸。老同志？我有这么老吗？

又是一次铩羽而归，郭万刚站在银行的台阶上，要不是努力忍着，他的眼泪就要流下来了……

坐上回家的班车，满身心的疲惫袭来，让郭万刚感觉到深深的无力。原来所谓的近乡

铺开的治沙天地

情怯是无法面对亲人的惭愧，和不敢去看他们因为希望破灭而失落的眼神。他不怕被人一次次推出银行大门，只害怕那些跟他一样黝黑的脸孔上一双双渴望惊喜的眼眸，害怕看到他们希冀的眼神渐渐黯淡下去的那种失望。郭万刚甚至质疑自己的决定是否正确。几家人变卖家产到了家徒四壁的窘境，难道就这样放弃吗？不行！他咬着后槽牙暗下决心，我不能就这么算了，我一定得想办法把钱找来！

这一天夜幕降临的时候，郭万刚才回到了家里。奔波了一天又累又饿，回家吃着热乎乎的晚饭，有片刻的满足。

看着狼吞虎咽的郭万刚，淑芳忍不住埋怨："让你折腾，这回碰到钉子了吧？银行又不是咱家开的，哪能你去了就把钱提出来了呀？"

郭万刚把空碗推过来："废啥话，再盛一碗。我这又冷又饿的，还淘了一肚子的气，回来你还叨叨个没完了。"入了冬，早晚天气骤然冷下来，郭万刚从镇上骑着摩托车回来，刚进门时手脚都冻得麻木了。

淑芳盛了饭，带着火气"砰"的一声放到郭万刚面前，没好气道："又不是我让你去的，活该。"她的话虽然硬邦邦的，其实却有心疼在里面。

可惜郭万刚今天心情太糟糕，他对淑芳的态度极为不满，"噌"一下站起来，发火道："你还越说越来劲了！动辄摔碟子掼碗的，无法无天了？"

淑芳也生气了，寸步不让、针锋相对地往前一冲，嚷道："咋？你还有理了？当年让你去省城当总经理，赚大钱享福，是你不去的。穷日子过到现在，知道错了吧？你这么歪干什么？要干仗是吧，给你打，给你打……"淑芳一边骂着，一边把头直往郭万刚怀里砸。

女人撒泼往往是最难应付的，郭万刚也束手无策，把淑芳掀开说："你再闹，再闹我可真下手了！"

淑芳顿时大哭，一声比一声高地哭骂道："这日子真是没法过了。家里值钱的东西都被你拿去砸进了沙窝子，我说啥了？当年你先是辞掉供销社的工作去种树，后来又放着体面的总经理不干，死活要进八步沙，我说啥了？这还没发迹呢，就想着打老婆，你还有良心没有？"

那是郭毅姐弟俩见过的父母之间吵架最凶的一次，淑芳边哭边数落着郭万刚的不是，吓得两个孩子赶紧往爷爷奶奶的屋里跑。一般这种情况下，到了最后郭万刚都会选择沉默，然后点起一支烟猛抽起来，把自己埋在浓浓的烟雾之中。

郭老汉和老伴儿站在院子里，儿子和儿媳妇吵架让他们也不得安生，而且村里有的是以传闲话为乐的长舌妇，巴不得谁家有点事儿，她们也好从中寻求乐一乐的趣味。尤其是像夫妻不睦、家庭不和之类的事情，是长舌妇们最爱的话题，传着别人的闲话，表面上一副忧国忧民的样子，无非是借此做个对比，来炫耀自己家的满门和谐，以彰显自身的优越感。

好面子的人脾气大多比较暴躁，比如郭老汉就是典型，他拄着拐杖站在院里吼骂："大半夜的闹腾啥？也不怕邻舍们笑话。”

郭老太太急忙阻拦，被老头子一把甩开：“能过就过，不能过该离就离，该休就休。都四十的人了，见天闹有脸啊？”

老太太深知村里长舌妇们的底细，害怕自家成了村头巷议的笑柄，惊慌地阻止着老头子，拽着他进屋。儿子和儿媳妇吵架，那是小两口子之间的事情，别人越掺和越麻烦，她不能任由老家伙再裹乱了。

郭老汉在老伴儿的拖拽下还是怒气冲冲，那么大的吼喊声，郭万刚在屋里自然是听得清清楚楚，只好隔门回了一声：“爹，您回屋睡吧，没事。”他不愿意把狼狈呈现在二老面前。

郭老汉骂骂咧咧地进了屋，院里又恢复了平静，月光洒落一地，清冷而惨淡。

到了第二天，郭万刚还是一早出去跑贷款的事了，史金泉全盘负责八步沙的打井和开荒事宜。打井点上机器还在轰鸣，史金泉给打井的师傅们挨个儿散发着劣质香烟。打井队长抽着烟，把史金泉拉到离机器稍远的地方说：“史场长，这沙窝里土质太软，井打下去20米可就得放箍圈了，不然再打下去就怕塌方，那可就前功尽弃了。你们把箍井的水泥圈都买回来了吗？”

这话，打井队长已经问过好几遍了，史金泉只能含糊其词地打着哈哈：“快了快了，你们干你们的就行。”

打井队长不满意史金泉的回答，很严肃地告诉他，打机井那是需要技术和所需材料同步配合的，要是材料不到位，他就只能命令停工了。100多米的机井，这可不同于普通的水井，没有相应的配套材料和工具根本不行，没有水泥圈层层巩固下放更是天方夜谭。八步沙是典型的流沙地貌，或许一夜大风，刚挖下去几米的井坑就被沙子填平了，第二天又得返工。

史金泉怎能不知道这些，可是哪还有钱买水泥圈呢？粗略算算，一只圈高50厘米，100米就得200只水泥井圈，还不算运输途中裂了不能用的以及其他环节万一发生的损耗。而根据技术员的预测，100米只是一个最保守的估算，100米和199米的差别可大了，打不到出水，谁也说不清楚到底是多深，那井圈的购买量就不止200只的数字了……但，钱在哪里？到目前为止，贷款还一分钱都没有见到呢！

史金泉极力撑着笑脸保证：“放心，一定不会耽误的。”打井队长半信半疑，又吆喝人继续干活去了。史金泉转身就愁容满面，款项落实不了，他真的拖不住了。

与副场长史金泉同样焦虑的郭万刚，一大早又装好了馒头准备出门进城去。他一夜没睡，想了一个迫于无奈的办法，决定今天到市委、市政府去寻求帮助。叫寻求帮助是符合实际的，说成上访也无不可，因为他是要去找市长反映情况，争取能够解决贷款的难题。推了摩托车才出院门就碰见了隔壁的王大嫂，矮胖的王大嫂是村里出了名的闲话婆娘，郭万刚不想跟她多搭话，但架不住王大嫂探究别人家是非的好奇心，她堵在郭万刚的摩托车前面问：“他郭家爸，一大早急慌慌的，这是要去哪儿啊？”

郭万刚骑上摩托车，一脚蹬地发动车子，随口应付道："到市里去办点事。"

王大嫂凑近两步，头上包着花头巾，只露出两只眼睛，兴味盎然地问："夜黑里你们两口子吵架啦？"

郭万刚最厌烦这个女人的长舌，冷冰冰地否认："没有的事，你听错了。"车子发动，排气管里呼呼冒出淡蓝色的青烟，郭万刚整了整头盔，一脚油门往前走了。

王大嫂翻了个白眼，轻蔑而刻薄道："哼，还不承认呢！瞎折腾的，婆娘都养不住了，当谁不知道似的。"

摩托车早已走远，郭万刚没有听见这句话，但正好出门的淑芳却听了个清清楚楚。她跟王大嫂不同，毕竟上过中学，有文化，不屑于和一个大字不识、以传闲话为乐趣的泼妇一般见识，但王大嫂的话实实在在很伤人，淑芳憋着气瞪着那女人的肥胖身子摇摇晃晃进了隔壁院门，眼里的泪水"哗"一下就开了闸。这过的什么日子啊！连一个以前穷得一直来借醋却从不还的人家都可以看不起我家了吗？淑芳脚步僵硬地回屋，看看空荡荡的家里，既心疼那些卖掉的家具，又心疼郭万刚。那个女人说什么？折腾得婆娘都养活不住了？这话多伤人哪！她为此不是没有埋怨，但绝不能够被别人看了笑话。想起昨晚的吵架，淑芳深深后悔，她决定今天要蒸面皮子，等郭万刚回来吃，借此弥补吵架带来的不快。面皮子虽然做起来麻烦，但那是郭万刚最爱的吃食，淑芳一点都不怕麻烦，就动手准备上了。说到底她还是心疼丈夫，心疼他没日没夜地操劳，不过气头上冲口而出的那些话也是自己一直憋在心里的，日子越过越不如人，她是在担忧啊！

三十四 四处告贷无门

市委办公楼低调庄严，院里干干净净的，一点都不嘈杂，一门之隔的大街上却人声喧闹，车流如织。门房的“大盖帽”看过了郭万刚的介绍信，填了登记表就客气地让郭万刚进来了。还好，临出门时老父亲得知他此行的目的，特意提醒他要去找镇上开介绍信，否则进不了市委大门。开介绍信的时候，郭万刚耍了个小聪明，告诉人家是找市里的领导请示治沙先进报告会的准备情况的。实话坚决不敢说，别说镇上，就是县上如果知道他是去上访，这路就别想能走通了。人都活不下去了，还开啥先进报告会？林场众人的抱怨里也有郭万刚的声音，贷款再解决不了，就没有八步沙林场了，所以他今天必须要见到市长。

长长的走廊肃静整齐，郭万刚抬头看着房门上的标示牌，挨着找市长办公室。一间办公室里走出来一位像是办事员的年轻人，看到郭万刚就迎上来问：“你找谁？”

郭万刚忙客气地微笑着问他：“我找李市长，请问他在哪间办公室？”

办事员警惕地打量了郭万刚一通，不无戒备地又问：“你找市长？什么事？”

郭万刚掏出介绍信递过去：“我来找李市长解决贷款的。”

办事员看都不看，态度轻慢地说：“市长不管贷款，你去找银行吧！”

“银行贷不上我才来找市长的。”郭万刚收回介绍信，执拗地往前又找过去。

办事员上前拦住，很没有耐心地说：“那不还是银行的事吗？市长忙着呢，你这样鸡毛蒜皮的小事，自己想办法解决吧！”

市长还没见到怎么能走？郭万刚急了，直着脖子就冲对方喊道：“你这位同志咋这样说话？你都不了解情况怎么就知道是鸡毛蒜皮的小事？”

办事员急忙示意噤声，拽住郭万刚的一只袖子把他往外面带，面色不善地说：“这里是办公大楼，你嚷什么嚷？走，出去说。”

郭万刚很着急也很气愤，他的声音更大了：“我不出去，我是来找市长救命的，为啥要出去？”

郭万刚的声音太大，各个办公室都有人开门出来看。办事员惊得脸都绿了，连连摆手让郭万刚安静。

“发生了什么事？”一道威严的声音从走廊一头传来。

办事员赶忙转身，指着气咻咻的郭万刚给那人说：“李市长，这位老乡说要找您。”

李市长？郭万刚越过办事员的肩膀看过去，一位看上去五十多岁的人正站在走廊上盯着他们。

李市长一听，带着责备说：“找我就带来我的办公室嘛，在楼道里喧哗影响大家的正常工作。”

办事员连连点头，转头对郭万刚介绍：“这位就是李市长。”

郭万刚有点蒙，呆呆的没有说话，想不到见到市长是在这种情况下。

看着李市长转身进了办公室，办事员苦笑着对郭万刚说：“你厉害，把整个办公楼都惊动了。进去吧，李市长要接见你。”

这就见到市长了？郭万刚攥着介绍信还在呆愣中，办事员又叫了一声，他才木木地跟着走进了市长办公室。

李市长的办公室除了大，摆设并不稀奇，只摆放着简简单单的桌椅沙发。郭万刚略显局促地站在那里，目光却放在了靠窗边的一盆绿植上，翠绿的宽大叶片一尘不染，瓷盆那洁白的胎底上烧制了蓝色的花卉图案，看起来漂亮极了。如果八步沙的那些树能长成这样该有多好啊！郭万刚艳羡地多看了几眼。

李市长静静地打量着郭万刚，和蔼地一笑，叫郭万刚过去坐下谈。

郭万刚搓着手走了过去，站在李市长的桌前，他有点儿紧张。

李市长含笑打趣：“刚刚不是胆子很大，嚷着要见我吗？怎么现在反倒拘束起来了？有什么事先坐下来慢慢说。”

“李市长，我……我头回见您这么大的官。”郭万刚少有地腼腆起来，说话还结巴上了。

李市长好笑地敲了一下桌子：“我的时间可是十分宝贵的，你要再不抓紧时间把你的事告诉我，我可就得忙其他工作了。说说吧，你是谁？找我是解决哪方面难题的？”

说到难题，郭万刚一下子镇定下来了，他鼓足勇气说：“李市长，我是八步沙林场的郭万刚，林场要贷款打机井，可是银行都跑遍了，没贷到一分钱，我们是实在没办法了才来麻烦您的。”

“你就是八步沙的那个郭万刚啊？嚯，大名鼎鼎嘛！坐下谈，坐下谈。”李市长笑容更盛，亲切地看着郭万刚按了按手示意坐下。

郭万刚这才放心落座，憨厚地笑了。

李市长反倒起身转出办公桌，来到郭万刚旁边坐下问：“你说打机井？是在八步沙打吗？”

郭万刚点点头，把在林场打井的必要性和八步沙面临的生死存亡问题跟李市长细说了一遍。

李市长听得很认真，然后担忧地问："荒漠里打井，这可是相当冒险的举动，你确定能打成？不要到时候没打出水来还劳民伤财。"

只要一谈到林场，郭万刚的自信就能瞬间恢复："李市长，我们都调查了，也请水利专家研究了，说能成，但出水层预计在100多米以下。"

李市长颇感兴趣，点点头又问："这么深，那可是个大工程了，你们预算了没有，需要多少钱？还有，水利局的手续都办了没有？"

"都办好的，县水利局也给了批复。"郭万刚如实汇报，他知道李市长问这话的意思。西北是缺水地区，这两年为了涵养水源，防止地下水过度开采，市里下了文对打井进行严格控制，以免滥用导致地下水匮乏。郭万刚回答了第一个问题，又紧接着汇报说："李市长，从打井到出水，全部完工得30多万。之前，我们六家人变卖牲口、粮食，共凑了近10万元，可是离30万还差得很远。"

李市长之前还频频点头，听到这儿忽然沉下脸来，批评道："你们倾家荡产地去打井，万一打不成，考虑过后果吗？胡闹嘛这是。"

"李市长，不这么做，八步沙林场就倒闭了。我们也是为了自救，不然大家散伙了，我们八步沙几十年栽下的那些树就都是个死，我们舍不得啊！"郭万刚如实地说出了林场的困难，还有坚决治沙造林的决心。

李市长叹了口气，半是批评半是夸赞地说："你这个郭万刚哪！让人真是又爱又气，做事情完全不计后果嘛！"

郭万刚不是个笨人，从李市长的话里听出了希望，很精明地问道："李市长，您是答应帮我们了吗？"

李市长拿过桌上的纸笔，"唰唰"写下一张便条递过来："我只能试一试，还不知道能不能帮到你呢。"

郭万刚双手接过，开心地笑着说："您是市长，您说了话，银行还能不答应吗？"

李市长严肃地看了过来："我是市长，但也要按银行的贷款制度办理。希望你们坚持治沙，不要辜负了关注和关心你们的人。"

"市长放心吧，我们一定按您说的办。"郭万刚万分宝贝地把李市长写给他的便条装进包里，再三感谢后离开了市长办公室。

事情办得这么顺利，真是超出预料。郭万刚脚步轻快地出了市委办公楼，脸上神采飞扬。很快就可以贷到款了，郭万刚仿佛看到八步沙的井已经打成了，那蓝莹莹的水已经浇灌到开垦的荒地上了。实话实说，八步沙能不能活，全在机井上，他早就做好规划了，等打了井，就把那开好的300亩地种起来，不能单种小麦，还要种其他经济效益比较好的作物。

只要救活了八步沙，一切就都有奔头了。郭万刚掏出李市长给他的条子又看了一遍，越看越觉得上面龙飞凤舞的字体异常可亲，市长都说“请农业银行予以支持办理”了，那这事就八九不离十了吧？郭万刚正兴奋地计划着八步沙的未来，冷不防后面一个人猛地拍了他的肩膀一把，惊得他抖了一抖，回头一看却认得此人，正是陪钱老汉在市医院住院时，一个病房里认识的省报记者王天云。

王记者大笑：“老郭，可真有你的，都敢大闹市委大楼了？”原来之前郭万刚跟那个办事员起了争执在楼道里嚷嚷的时候，被恰好也到市委办事的王记者给看到了，当时问旁边一间办公室出来的人发生了什么事，那人还说是个农村老百姓上访来着。王记者从背影看着就确定是郭万刚，所以办完事便在大院里等着了。

郭万刚苦笑一声，跟王记者吐苦水说：“王记者，这也是实在没办法了逼出来的。你不知道，我来的时候都想好了，要是市长不管，我就一根绳子吊死算了。我现在的处境就像钻进风匣里的老鼠，几头子受气。”

王天云看着郭万刚的面容，的确是比前段时间在医院见到时还要憔悴，便问起了郭万刚的境况，郭万刚便把林场遇到的困难都一五一十地告诉了王记者。

王记者了解了郭万刚的难处，热心地领着他一道往外走，他说自己正好要去银行办点事，邀了郭万刚同行。但是到了银行，他直接带着郭万刚去找了信贷科科长。郭万刚这才知道，王记者竟是专门陪他来的，这令郭万刚十分感动。

信贷科科长反复看着手上的条子，不太相信这就是李市长的亲笔。王天云看不下去了，自报了身份，又将记者证给信贷科科长看了，他才相信了郭万刚说的话。

“科长，能行了吧？我那边还急等着救命用呢，你看能不能给赶快办一下？”郭万刚焦急地问着。

科长没有表情，还是公式化的问话：“身份证、资质证明、营业执照都带来了吗？”

郭万刚很诧异还要这么多的证明，但一想 30 万不是小数目，就照实说：“咋要这么多证明？身份证有，其他的没有。”

“是没有还是没带？”信贷科科长瞟着郭万刚问。

郭万刚顿感不妙，但依然老实回答：“没有，我们那是个小集体林场，没有办过那些证。”

科长把条子递还到郭万刚手里，一口回绝：“那就不行，没有资质贷不了。”

“李市长批示了也不行？”郭万刚不甘心，更不敢相信，市长的话都不管用吗？他又把条子双手递给科长，急切地说：“你再仔细看看，这真的是李市长亲自写的。”

信贷科科长把郭万刚的手推回去，很有些不耐烦地说：“我知道是李市长给你写的，但我们银行有自己放贷的规章制度，没有资质，就是省长来也不行。你们手续不全，贷款放出去了没能力还，让我们找谁要？”

郭万刚急眼了："你咋这么说话？咋就知道我们还不上呢？你们这是以貌取人，我要见你们行长。"

信贷科科长冷冷地下了逐客令："见谁都没用，这是我们的贷款规定。你们走吧，我还有更重要的事要办呢！"

郭万刚还要再争辩，却被王记者拉着离开了银行。

原以为万无一失的事情就这样没了希望，郭万刚的颓丧达到了极点。看着快速穿梭的车流，他有种想要冲过去一死了之的冲动。六家人的全部家当都砸进了八步沙，只为相信他能带领大家找到一条新的出路。可现在别说出路了，连活路都没有了，他要怎么向大家交代？都说男儿有泪不轻弹，郭万刚努力仰起头看着雾蒙蒙的天空，努力地忍着没有让眼泪落下来，但他的心却浸在冬日的冷风里，又重又咸。

王记者硬是拉着郭万刚到了一家凉州行面馆，买了两碗面端来劝郭万刚吃饭。郭万刚抱着头，颓败地说："连市长的话都不管用，我看我们八步沙是走到绝路上了。"

王记者也很无奈，只能做个倾听者，并劝慰道："不论多难，先吃饭，这可是凉州城最攒劲的'三套车'，你尝一下满福不满福？"

"我一个人满福有啥用啊？六家人四十多张嘴都在等米下锅呢！我就是他们的罪人。要不是我提出来开荒打井的主意，各家也不至于踢倒掉家业跟着我折腾了。"郭万刚唉声叹气地自责着。

王记者推了一下鼻梁上的眼镜，想了想对郭万刚说："你先吃饭，吃了饭我给你想办法行不行？"

郭万刚此时就像一个溺了水的人，只要有一线希望都要紧紧抓住，他满脸希冀地看着王记者："你能想到办法？可别骗我，老郭的心脏受不了。"

王记者不忍心再刺激郭万刚，勉强一笑劝道："山重水复疑无路，柳暗花明又一村。知道什么意思不？就是天无绝人之路。吃饭，吃了饭咱们一起合计合计究竟该怎么办。但在办事儿之前，我得到你们那儿亲自去看一看。"

郭万刚这才略略打起了精神，但还是不太敢相信一个记者能够解决八步沙的问题。不过，万一这个王记者真的有办法呢？就这样矛盾着，他愁眉苦脸地端起了碗。这是凉州城最负盛名的"三套车"，可吃在他的嘴里却一点儿都尝不出来味道好坏，他只是机械地往嘴里填着……

王记者当天就跟着郭万刚来到了八步沙。惨淡的冬日，八步沙更显苍凉。300亩荒地开出了雏形，划成一块一块方正的田地样子，打井点上的机器停下了响动，但搭起来的铁架子还矗立着，打井的师傅们已经停了工，一而再再而三地被八步沙人哄骗，到现在都没有等来井圈，他们这就要撤走了。

王记者参观完了八步沙，站在八步沙的高处迎风惊叹道："老郭，你的设想太伟大了。

瓜果飘香的八步沙设想多年后成为现实

如果成功，若干年之后这里就是花红柳绿、瓜果飘香的世外桃源了。”

郭万刚最喜欢的就是有人夸八步沙，尽管困难重重压得人喘不过气来，他还是跟王记者笑着说：“只要渡过这次难关，那将来可不就是你说的那样了嘛！”

王记者从沙梁上下来，轻叹：“只是这找钱的事的确麻烦。”

“八步沙的情况就是这样，王记者你有什么办法能帮助我们贷到款吗？”现在的王记者在郭万刚眼里不啻为救命稻草。

这么重要的事情，王记者也不敢轻易打包票，摇摇头回答：“不好说，只能尽力一试吧！”

听到这样的话，郭万刚的眼神又一次黯淡下去，市长说了话都不行，一个记者又有什么办法呢？他的心再次沉到了谷底。

三十五

报道引起重视

短短几天时间，郭万刚的头发白了不少，眼睛也深深地陷了下去，整夜睡不着觉，就抽烟打发时间。那段日子，郭毅和姐姐每天早上醒来，眼睛和鼻子都又干又痛，这就是间接吸烟的结果。淑芳知道郭万刚心烦，又怕孩子闻多了烟味儿对身体不好，就让姐弟俩到奶奶屋里去睡。可爷爷奶奶的屋里也不是世外桃源，郭老汉也沉着脸不停地抽烟，姐弟俩只好蒙了头睡觉。古浪的冬天家家睡的都是热炕，被窝里土炕的烟熏味夹杂着时不时窜进被子里的旱烟味，简直让人受不了。那个时候的郭毅虽然还年幼，但他亲眼见证了父亲的挣扎和无奈，于是咬着牙又发了一次誓，长大了一定要走出去，离开这片生他养他却让人看不到希望的地方。

晚上下了雪，林场的大院里也没有人打扫，只有两行脚印从大院外面一直延伸到办公室门口。院里几只麻雀蹦蹦跳跳地在雪地上寻觅吃食，探头探脑的样子，看起来十分机灵。

办公室里烧了火炉，却依然有点寒凉，史金泉把账本推给双手抱着头的郭万刚。

“还看啥？就那仨瓜俩枣的，不看我都算得出来。”郭万刚盯着窗外雪地里的那几只麻雀，苦笑了一声说。

史金泉苦着脸：“打井队因为我们付不了钱撤走了，现在临近腊月，婆娘娃娃天天问啥时候买糖买肉去。还有，前些天开荒，村里干了活的人追着屁股要钱过年，再这么下去，你我就都成那戏里唱的杨白劳了，过年还得逃年荒去。”

郭万刚烦躁地揉了一把脸，抱着头无奈道：“我也是跑断了腿，银行那边就是不肯松口。”

史金泉又问：“王记者那儿也没办法吗？”

郭万刚摇摇头，低落道：“这么长时间了不见动静，估计也不行。金泉，你说咱们是不是做错了？在八步沙的历史上，压根儿就没有打出过水来，也许咱们就不该做这些事。”

史金泉张了张嘴，最终什么也没说。郭万刚继续说：“我这个人从来都没有怕过失败，自信这个世界上没有做不成的事情。可我们在八步沙打井这件事，看来是做不成了。”

史金泉摇摇头：“老郭，办法会有的，俗话说天无绝人之路嘛！你得打起精神来，你要是垮了我们可就更没指望了。”

郭万刚摇摇头说：“那个王记者还说过，山重水复疑无路，柳暗花明又一村呢！金泉呀，你说那个王记者会帮助到我们吗？我是真的感觉走投无路了。”

史金泉不忍心泼冷水，但还是按照自己的认为如实说道：“我看玄乎。”

接下来又没可说的了，两个人陷入了沉默，只有炉子上的水壶里咕嘟咕嘟冒着热气。

忽然，院里的麻雀呼啦啦一哄而散，雒兴国兴冲冲地跑了进来，在院里就高喊：“场长，场长，有好消息。”

林场好久没有过什么好消息了，郭万刚和史金泉相继出来，望着眼前直喘粗气的雒兴国。

年轻人就是爱小题大做，史金泉厌厌地问：“兴国，瓜喊瓜叫啥呢？”

雒兴国兴奋地笑道：“英子带信来了，说有个王记者从省城把电话打到学校了，让英子转告场长，贷款的事有着落了，让场长马上到省城去一趟。”

郭万刚不敢相信，一把揪住雒兴国的前襟，厉声问：“真的？真这么说？”

雒兴国看着郭万刚狰狞的面孔，狠劲地点头：“场长，是真的，是真的。你不是让英子给咱当话务员吗？王记者亲口跟她说的。”

郭万刚推开雒兴国，跌跌撞撞地跑出了大门……不知道是雪光模糊了眼睛还是这突如其来的消息把郭万刚激动到了，雒兴国与郭万刚擦肩而过时，分明看见了场长眼里涌出了两行热泪。

史金泉百感交集，揽过雒兴国的肩拍了两下：“跟英子说，我们谢谢她。等你们结婚的时候，咱给她添嫁妆。”

雒兴国搓着头嘿嘿笑了，一排矮松树上的麻雀叽叽喳喳飞上飞下，扑啦啦抖落了一捧雪，被西北风一吹，刮到脸上寒浸浸的。雒兴国兴致高昂地提议：“金泉哥，咱们支笸箩逮麻雀吧，好久没有吃过肉了，烧几只麻雀来解解馋。”

麻雀放进炉子里慢慢烤熟，那香味足以抵得上山珍海味了。被雒兴国这么一说，史金泉也蠢蠢欲动起来，两个人忙跑到库房里去找家伙什，不一会儿就在雪地里支起了捕鸟的陷阱。贷款有了着落，大家心头阴云尽散，史金泉和雒兴国像两个孩子似的玩乐，一个下午就逮了十数只肥肥的麻雀。雒兴国找来一圈用花棒皮搓成的细麻绳，把麻雀一只一只地串起来，分成了好几串。晚上回村时，给六家人各送了两串。那晚，孩子们第一次尝到了阔别已久的肉香味，如果没有记错，几家人已经大半年没有吃过荤腥了。

一趟省城之行，郭万刚顺利地贷到了20万元贷款，全在一张绿色的卡里，他把银行卡装在贴身的衬衣兜里，还别上了别针，比自己的心脏还看得宝贵，之后便从家里搬去了八步沙打井点的帐篷里，开始重新筹谋打井事宜。20 万元是一笔巨款，但用来打井还是紧紧张张，老场长形容得好，“比着尻子裁裤子”，意思就不言而明了，这笔钱千万不能浪费一分一厘。史金泉前段时间跟打井队打交道比较多，跟那个技术员颇为投缘，那技术员曾告诉他，如果自己有设备，完全可以不用外雇打井队，只需要一个经验老到的技术员指导，机井就能打成，还能省下不少钱呢！以后凭着这套设备，承揽些别处打井的活儿，很快就能把买设备的钱赚回来。他把这个信息一说，大家都兴奋起来，郭万刚立即决定自己动手打井，其他人也十分赞成。之后，郭万刚通过在金川公司工作的一位同学，联系到了一台打井设备。于是，郭万刚就风风火火地把老场长、雒老汉等活着的老汉们请到了八步沙。

自己打井固然能够节省不少成本，但为了最大限度地调动大家的积极性和主人翁精神，郭万刚和老场长商量，制订出了一套“出工记账，折价入股，按股分红”的新型管理办法，把各家前期投入的钱和人工都折价成股份，参与这次开荒打井的工时也按价换算记入股份，作为林场将来经营收入分配的依据。这套办法一出，大家的积极性果然空前高涨，每个人都把林场的事当成了自己家的事来做，既利于团结又快速高效。俗话说三个臭皮匠顶个诸葛亮，郭万刚前些年在供销社当主任的商业思维都贡献出来了，史金泉把自学的会计学知识也融入其中，加上老场长和郭老汉等几个老汉过去当村支书、村主任时积累的经验，才总结制订出了八步沙的管理办法。这个办法，在八步沙未来的发展中竟异常管用。

规划做好后，郭万刚就即刻着手购买设备了。他安排史金泉留在林场请技术员并准备其他材料和工具，自己和老场长去金昌市的金川公司购买打井设备，那边有郭万刚的老同学，可以请他帮忙，收拾收拾两代场长就马上出发去了金昌。郭万刚他们去金昌的时间是腊月二十三，小年。淑芳为了预祝郭万刚他们去金昌市旗开得胜，还特意给郭万刚做了灶干粮，让他带去路上吃。灶干粮有手掌的一半大小，是用白面和胡麻油、香豆子做成的，是献给灶王爷的礼物。每年的腊月二十三给灶王爷上供，请灶王爷上天言好事，来年保庄稼人风调雨顺。在郭毅的记忆中，那一年他们家的灶干粮特别好吃，一晚上把肚子吃成了“锅锅”还不算，还藏下了好几个，第二天带到学校里，和最要好的同学分享。

小年过后，春节转眼就到，史金泉按照郭万刚的意思，给每家先支了一点过年钱，乐得婆娘、娃娃们直咧嘴，开开心心地上镇里买年货、扯布做新衣服去了。有钱没钱，过年这件大事都不能含糊，三百多天里最惬意、最欢畅的也就是过年这几天了。再说，今年事情都聚在一起，颇有些流年不利的霉头，借着过年好好放几挂鞭炮冲冲喜，来年就能顺风顺水了。有这么些美好和希望在里头，谁不盼着马上过年呢？

郭万刚和老场长到金昌市，天就黑了。他们登记住在金川公司招待所后，遇上了一个来自内蒙古的自称“老高”的业务员，说内蒙古的阿右旗有郭万刚他们需要的打井设备。郭万刚一问价格吓了一跳，他的价格才是金川公司的一半。郭万刚和老场长一合计，决定先上阿右旗去看看，要是东西差不多就买价格更便宜的打井设备。郭万刚让老场长住在招待所里等他，他一个人去阿右旗，老场长年纪大了，就别让他奔波受累了。可老场长不干，说什么也要和郭万刚一起去阿右旗。

两个人第二天就跟着“老高”来到了阿右旗，在这个人的引路下很快来到一家铁厂，打井的设备也看到了，跟金川公司的质量还真的差不多。看完了设备郭万刚和老场长都觉得十分满意，主要因为价格便宜了那么多让他们觉得简直捡到了宝。按照这边的办事流程，需要先交上 2000 块钱的定金，郭万刚毫不犹豫就把定金给了“老高”，就等着设备装车之后再一次性交清货款就算买妥了。结果，到了晚上“老高”又来找他们，说把设备款全部先交给他才能装车。面对突然的变卦，郭万刚感觉到了不对劲。经过一开始认为省了一大笔钱的兴奋之后，他开始冷静下来思考问题了，既然这个“老高”是这家国营厂子的业务员，他应该知道国营企业的财务制度，设备款不是应该要交到厂里的财务处，还要开票的吗？为什么“老高”要私自来收购买设备的款子呢？

郭万刚想了想觉得可疑，就找借口说钱在卡上得到银行上班了才能取到，“老高”一看现在是晚上也的确是没办法取钱，就告辞走了。等“老高”走了，郭万刚越想越觉得这件事情漏洞百出，等到了第二天刚天亮，赶在“老高”来找他之前，他先一步去了昨天那家厂子打问详情。

昨天来的时候一心只顾着看设备，没留意其他的。今早再来，郭万刚先到这家厂子的门房打听，把“老高”的名字一说，守门的大爷告诉他厂里压根儿就没有这么一个人。再到厂里的财务处一问，会计也说他们厂里没有叫这个名字的业务员，只是前几天倒是有个外地来的人，说是来这里联系供应打井设备配件的，后来东西没买成就走了。郭万刚一听就明白了，他这是遇上骗子了，出了铁厂的门就直奔当地派出所报了案。等他带着民警到旅馆的时候，却找不到那个“老高”了，问旅馆前台说刚刚退房走了，走得还挺急的。看来是发现不对劲跑了，想起被骗的 2000 块钱，郭万刚后悔得直砸胸膛，要是早一些发现那人是个骗子，他就不会白白把钱打了水漂了，那可都是贷款啊！

郭万刚和老场长在阿右旗等了好几天，警察一直没有找到“老高”，而“老高”骗去的设备定金更追不回来了。眼看是没啥希望了，郭万刚这才当机立断马上返回了金昌，到金川公司重新购买设备。在老同学的帮助下，郭万刚与金川公司机械厂成功地谈拢了设备的购买事宜。因为有老同学的斡旋，打井设备比原报价低了 2000 块钱，正好把骗子骗去的 2000 元顶上了。这算怎么一回事呢！郭万刚和老场长既心痛又觉得万分庆幸，还好发现得及时没有被骗光，否则他们就是八步沙的罪人了。

郭万刚说什么也要请他的老同学吃个饭，可对方体恤他，推辞说：“等你们打好井发了财再请吧。”看老同学如此理解自己，郭万刚不知道该怎么感谢他，就把从家里特意带来要顺路捎给金川表姐家，现在还存在招待所服务台的胡麻油送给了老同学，然后才急慌慌地雇来了一辆货车拉运设备。

设备总算是装上车了，郭万刚不放心，围着货车检查了好几遍，生怕落下一颗螺丝钉。老场长也在边上叮嘱："千万仔细些，这套打井设备太金贵了，可不能再出差错了。"

"您放心，都妥当了。"郭万刚拍着衣服上的灰土走过来说，"等司机吃了饭就出发，最迟夜里 11 点就能到八步沙，明早这些铁家伙便可以投入使用了。"这样的好事，郭万刚想想都兴奋。

老场长慢悠悠地卷着旱烟感慨着说："难怪人要叫娃娃们念书哩，有文化就是好呀。你要没文化，我们的救命钱就被那个叫'老高'的骗子骗走了！"

郭万刚惭愧地说："老场长，这都怪我呀！要是让骗子得逞了，你说我还有脸面回八步沙吗？这不是活杀人嘛！"

老场长安慰郭万刚说："也不能全怪你呀！我不是还怂恿你要给人家付钱来着。如果不是你看出了问题，我们的麻烦可就真的大了！"

"好了。"郭万刚说，"老场长，这事儿就翻篇了，再不提了。"

老场长点点头说："好好好，再不说了。我们说点别的，这回甘肃日报社那个王记者可给咱们帮了大忙了。"

郭万刚靠在货车的车头上笑道："是呀，王记者把咱们面临的困境写成了一篇报道，刊登在省报上，引起了全社会的关注，尤其是打动了省农行纪委的陈书记，陈书记这才派人暗暗来考察我们八步沙林场，最后才愿意贷款给咱们。不过，离预算还差一截呢，咱们现在是一分钱掰成两半用呢！"

老场长鼓励说："只要思想不滑坡，办法总比困难多。勒紧裤腰带坚持吧，再难还能有我们'六老汉'当年在八步沙那样的日子难吗？"

郭万刚含笑点头："是，老场长您说得对。等设备买回去，咱们自己动手打井，就能省一笔钱。只是天寒地冻的，还让您亲自跑这一趟。"

老场长摆摆手，表示自己这是心甘情愿。

郭万刚忘不了自己去省城兰州见省农行纪委陈书记的情形。在那间窗明几净的办公室里，他的心一直都紧紧地揪着。因为被拒绝怕了，他真怕陈书记突然再说一句"银行的主，我这个纪委书记也做不了"的话。短短的两页林场基本情况介绍，陈书记看得认真，而郭万刚手心里全是汗，那是极度紧张攥出来的。陈书记的一个皱眉、一个摇头都能让郭万刚心惊胆战大半天，如果这次再贷不上款，八步沙就真的完了，而郭万刚则成了致使六家人穷困潦倒的罪魁祸首，他的压力如山大。陈书记终于看完了八步沙林场的基本介绍，抬头看过来时表情复杂，镜片后的眼睛审视着郭万刚。良久，陈书记叹口气问："你们的基本情况我都看了，现在你能不能告诉我，面对如此艰难的境地，你们为什么还要继续下去？甚至不惜变卖家里所有的家产也要坚持在沙漠里种树？"

听到这样的问话，郭万刚的心凉了半截，贷款不是应该问有没有偿还能力还有将来林场的发展前景吗？只有了解了这些，才能作为能否达到贷款条件而决定要不要放款给你吗？来的时候，他还特意找了王记者和自己的老同学大林，这些都是大林给他普及的。但是，事情似乎有些出乎意料，看陈书记先是叹气，又问这些和贷款无关的问题，想必是空欢喜一场了。

郭万刚先入为主的认定反而令自己顿时平静了下来，他缓慢而铿锵有力地对陈书记说：“因为那是我们赖以生存的土地和给我们遮风挡雨的家园，所以必须坚持。两代人的血汗都洒在那里，老汉们的骨头也埋在那里，我们有责任守住八步沙，舍不得让它埋没在黄沙里。”说完这话，郭万刚眼圈红了。

他转过身抓起桌上的材料就要走，可陈书记却按住了他的手：“等一下。”郭万刚用粗糙的大手悄悄抹了一把泪水，惊讶地看着陈书记。

“就为了你们这种精神和这份情怀，我也有责任提供帮助！”陈书记起身紧紧握住了郭万刚的手，微笑着问：“郭场长，我已经暗中派人去八步沙考察了。你现在告诉我，你经得起我们的考察吗？”

郭万刚双眼泛着光，坚定地说：“陈书记，只要你派人去，你们一定会看到八步沙治理的规划，还有以后的发展规模，我相信考察组会被我们八步沙人治沙造林的决心打动的。”

陈书记含笑握着郭万刚的手说：“既然你这么自信，相信我们去考察的人一定不会白跑一趟！”

峰回路转说的大概就是这样的情形吧？山重水复疑无路，柳暗花明又一村。王记者说的没错，上天并没有堵绝八步沙的生路。郭万刚握着陈书记的手，久久说不出话来，只是一个劲地点头。

与当初王天云记者来时一样，陈书记派到八步沙的省农行考察组，不但暗访了八步沙的治沙造林情况，而且掌握了八步沙的治沙规模。紧接着，陈书记又听了郭万刚对八步沙未来发展的设想。陈书记首先被郭万刚和八步沙人的决心打动了，他眼前仿佛真的出现了郭万刚描绘中的八步沙未来世界。治沙不容易，但只要有这样一群可爱、执着的人在，没有理由不相信沙漠变成绿洲的奇迹会在八步沙出现。在等待考察结果的时间里，陈书记向郭万刚详细询问了八步沙的过去和今天，还有他们对八步沙的明天的一些具体规划，听完高兴地说：“我没有理由不支持你们，我相信八步沙的明天会更美好。”

又等了一天，省农行考察组的人才从八步沙回到省城。陈书记特意通知郭万刚也来参与论证会，他认真倾听着考察组负责人的汇报，不时地点点头。会议异常顺利，最后省农行决定向八步沙林场放款，办完手续，陈书记来送郭万刚，语重心长地对他说：“好好干吧，为了守护咱们共同的家园。”

是啊！八步沙不仅是土门人的家园，还是所有生活在这个地球上的人们共同的家园，有什么理由要对它不管不顾呢？这是陈书记告诉郭万刚的道理，也是他在那个会议上对参会的所有人说过的话。郭万刚常常想起这句话，原来他只是以为治理八步沙是自己的责任，是土门镇的责任，是古浪县的责任，可时至今日他终于明白，治理荒漠绿化祖国并不是一个漂亮的空头宣传语，而应该是去脚踏实地践行的真行动。保护一家一户、一村一镇的土地不叫责任，保护地球才是每一个人应尽的义务啊！陈书记的话醍醐灌顶，为郭万刚的心灵和眼界打开了一扇阔大无比的窗户，让他真正明白了什么叫作地球生态保护和治理环境的重大意义所在。从此以后，郭万刚不再单纯地去考虑八步沙的治理了，他暗暗发誓，终有一天要把治理荒漠的脚步延伸到八步沙以外更荒凉广袤的沙漠里去。在浩瀚的腾格里大沙漠面前，八步沙仅仅只是微不足道的一小块沙地，而治理沙漠、扼守家园的道路还很长很长。

大年三十这一天的晚上，郭万刚坐在金昌市的马路牙子上，思绪悠长，他还沉浸在自己的世界里，却突然被一阵震耳欲聋的鞭炮声惊醒。城市的夜晚灯火璀璨，一对年轻男女嬉笑着路过。

郭万刚笑着问："年轻人，你们这儿是在办什么喜事吗？"

男子狐疑地看了一眼郭万刚："你不知道吗？今天是大年三十。"

女子嫌恶地催促着："走吧。一个神经病，你理他干吗？"

郭万刚真的是忘记了今天是什么日子。于是他苦笑着摇摇头，在大年三十，还打听为什么放鞭炮，难怪人家骂他是神经病。

老场长这才笑着说："你看我也忘了说了，今天就是年三十，我们回去还能赶上吃年夜饭呀。"

既然是大年三十，那就抓紧赶路吧！这时候，正好司机吃饭回来了，郭万刚催着发动了车，即刻驶出金昌，往武威八步沙赶。

三十六

不一样的年味

城市的火树银花渐行渐远，货车行进在两边都是大戈壁的公路上。因为是除夕，道路上基本没什么车，旷野里只有风声呜咽，再有就是这辆除了发动机不响其他哪儿都响的货车，它如同一个哮喘病人般吃力地喘息着，让人揪心它随时都可能停止呼吸。果然，才走到金川峡，“哮喘病人”就罢了工，趴在公路上熄火了。

金川峡东西贯通，西北风尤为畅快地肆意呼啸，凛冽如刀子一般直往人的皮肉上割。郭万刚打着冷战从车厢里爬出来，这已经是第三次熄火了，如果一直这样下去，赶不回去过除夕事小，冻死人才是大事。又偏偏是在金川峡这个前不着村后不着店的地方，而且正处于风口地带，一下车连避风的地方都没有。何况，车里也并不比外面暖和多少，年久失修的货车密封不严，驾驶室也四面漏风。郭万刚把老场长让到中间坐着还稍微好一点，他自己靠车窗而坐，右半边身子基本上一路都是僵硬的，旧棉袄根本就抵挡不住寒冷的侵袭。

司机弯腰在车底下查看，哈着手说：“还是老毛病，天太冷，把油管子冻住了，要不你们另找车吧。”

郭万刚不由得急了：“这里是金川峡，前不着村后不着店的，你让我们到哪儿再找车去？”

司机也生气了，搓着耳朵嚷嚷：“大年三十了，你以为我愿意干活啊？本以为赶零点一个来回足够了，可谁能料到这个鬼地方这么冷啊！”

这倒是实情，突然之间的降温始料不及，西北风卷着雪花洋洋洒洒地飘落，地面上很快覆上了一层薄雪。

老场长急忙劝和：“都互相体谅吧。现在车出问题了，就想办法抢修，吵吵着也解决不了什么问题。师傅，再烤烤，总不能停在这儿不走了吧？”说完又来劝郭万刚：“事已至此也没有办法了，无谓的生气没有必要。”

司机无奈地拿来手提喷灯开始烤车。柴油车就这个毛病，你急也没用，只能用火烤热了才能走。

喷灯刺眼的火光里，郭万刚看见老场长的胡子上都结了冰。他打着手电筒转身往路边上去寻找，希望能找到一些可以引火的柴草。戈壁滩上最缺的就是柴草，不过还算运气好，公路下面的一个沟坎里有不少风吹来的马齿盖，再加上这个沟坎里还算窝风，郭万刚引了一个小小的火堆，让老场长下来烤火取暖。火着了，僵硬的手脚微微活泛了一点儿，就着火光看手表，离零点只有十来分钟时间了，回家守岁显然是不可能了。

正如郭万刚所想到的那样，此时的老郭家一家人正围坐在炕上等待着零点的到来。电视中正在播放春晚，歌舞里的喜庆溢出荧屏，感染着千家万户，孩子们早瞌睡得不行了，但还要在奶奶的絮叨里撑着守岁。小小的电视机几次都差点被郭万刚拿去卖了，还是在郭毅姐弟俩的哭闹和郭老汉对孙子的疼爱下，才最终幸免于难留下来的。

零点到了，村里瞬间鞭炮声大作，家家户户都在上香“接神”。这个风俗由来已久，腊月二十三送灶王爷上天去汇报人间疾苦，过了年三十就得返回值守灶头了，所以零点一到，人们献上馒头、水饺、各种炒菜，燃起鞭炮来接神、接先人，也接灶王爷的回归，寓示着新一年从这一刻就开始了。

鞭炮声停歇，守岁也就结束了，男女老少怀着美好的期待入睡，暖暖的土炕承载起了无数人的香甜好梦，村庄即刻寂静下来……

淑芳坐立不安，听着外面的动静，时不时地从门里、窗户里往外看着。郭老汉和老伴儿也焦虑地不停地看墙上的挂钟。

淑芳一遍遍焦急地念叨：“都这个点了，咋还不见回来呢？”

郭老太太也十分挂心：“是啊，出去好多天了，咋也得赶回家来过年吧？”

“不行，我到村口再看看去。”淑芳说着就要出门去。

这个时候，郭老汉就是家里的定海神针，他镇定地说：“急啥急？要是没有回来，你出去了又能怎么样？算了，别出去了，估计是事情没办完。”

老太太觉得有理，又转过头安慰淑芳：“你爹说得对，咱们再等等。”

淑芳无奈，万家团圆的日子，家里的顶梁柱却不在，只能将忧虑和牵挂压在心里，然后渐渐变成了遗憾。

金川峡的风雪依旧，小小的火堆燃烧殆尽，郭万刚扶了老场长到货车跟前。“师傅，差不多了吧？”郭万刚问。

司机也冻得够呛，收起喷灯上了车去发动车子。

老场长望了一眼黑魆魆的大戈壁，苦笑着说：“这个时候，别人家都老婆孩子热炕头守岁了，咱们看来是赶不上咯！”

郭万刚很自责：“也赖我，为着图便宜找了这个车，害您也跟着挨冻受罪。”

老场长豁达地笑了一下：“我知道你是为省钱呢！过去护林、巡林也有赶不上的时候，

再苦再难也要坚守治理荒漠的梦想

又不是第一次没在家过年三十，没啥大不了的。”

还能说什么呢？为了林场，为了能早日打井成功，这些吃苦受罪的事情在所难免。货车发动了，喷着黑烟又行驶起来。雪后的公路有些滑，司机小心翼翼地驾驶着货车缓慢前行。寒风一阵又一阵地钻进驾驶室，郭万刚竖起棉袄的绒领子遮挡着右边脸颊，觉得右半边脑袋渐渐麻木了。此刻，他顾不上别的，只默默祈祷着这车少熄火几次，能够尽快到达八步沙。

在接下来的路途上，司机又烤了几次油箱，硬是折腾了一夜才到达八步沙。大年初一的清晨，当卸下一车设备时，太阳公公已经在漫天雪粒子飘飞中露出了白惨惨、瘦凛凛的脸盘子来。

郭万刚右边的脸颊整个被冻肿了，一说话就扯着牙，疼得龇牙咧嘴，他嘴里漏着风对老场长说：“东西终于运回来了，您回家过年吧！”

老场长抚摸着冰冷的设备，笑着感叹：“不容易呀！为了这些宝贝，一晚上尽爬到车老爷肚子底下烤那油管子了。”

郭万刚也很开心，捂着腮帮子笑道：“总算挨过来了。有了打井设备，马上就能开工，用不了多长时间，机井就打好了。”

老场长关心地看着郭万刚高高肿起的脸：“要不让其他人来替换你一下吧，从打井到现在，你可是好长时间没有回家了呀！夜黑里冻坏了，你看你这半边脸肿成这样，还是回家去及早抓点药吃吧。”

郭万刚摆手，无所谓地说：“不打紧，回头喝点热水暖和了就好了，回家不回家的也不差这一天，这些宝贝疙瘩，我还是亲自看着比较放心。”

设备不容有失，老场长也不再坚持：“那行，你先看着。我迟些来换你，咋的也要回家过个年嘛！”

郭万刚点头，含笑送老场长离去。一转身感觉嘴里异样，张嘴吐出一个硬硬的东西来，一看竟是一颗牙！原来昨天夜里实在太冷，他右边的牙冻裂了，直接掉下来一颗。郭万刚傻傻地看着掌心里的牙，无奈又好笑地摇了摇头。当时他并不知道，这只是第一颗冻坏了的牙齿，在接下来的几天里，随着脸颊的消肿，还有三颗牙也悄然脱落，有一颗掉下来的时候就裂成了好几瓣。

“要不是亲身经历，我根本就不相信，人的牙也能冻掉。”采访的时候郭万刚说。现在，郭万刚右边的几颗大牙都是后来又镶上去的。

古浪民间有讲究，大年初一是不拜年的，更不会去叨扰别人家。但是，就在郭万刚好不容易将设备运回八步沙，对着冻掉的牙齿唏嘘不已的时候，他家的屋里却围满了人。他们都是本村的村民，是来问郭万刚要账的。一屋子人吵吵嚷嚷，吓得两个孩子心惊胆战地缩在炕上的一角里。淑芳是村里数得着的能干要强之人，但要应付这些人也并不轻松，一阵阵吵闹快要揭破房顶了。

村民们七嘴八舌，淑芳不由得气恼：“你们这些人咋能这样？还让不让人安心过年了？”

要账的领头人是村西的挂面匠李四叔，他有祖传的挂面手艺，能做出从房顶到地上、又长又匀的挂面。李四叔平日里以做挂面为主业，闲暇时也常常到林场打零工，刚好参与了前段时间的开荒。

听淑芳这样说，李四叔代表村民们开口了：“李淑芳，不是我们不让你家过年，你也知道账不跨年。沙窝窝里干了活的钱这么长时间了还不给，我们也要过年的呀！”

淑芳忍住心里的怒气，好言好语地讲道理：“咱们这儿老辈里就有讲究，小年开始到正月十五就不兴要账，你们这是故意为难人哩。再说，郭万刚去买打井的设备，到现在还没回来，你们就是逼死我，我也拿不出钱来呀！”

这是实情，挂面匠李四叔也觉得大年初一要账过分了，但受不住村民们的怂恿，此时正好就坡下驴地妥协，劝说村民们离开。可这些人不肯给他这个面子，其中不知道是谁高声问：“李淑芳你说实话，郭万刚该不会是欠了大伙儿的钱，给不起跑了吧？”

一石激起千层浪，要账的人群又炸锅了似的嚷开了：“跑得了和尚跑不了庙。我们就在你家等着，看他郭万刚回来不。”

“就是，我们今天要不到钱就不走了！”

这是摆明了要闹事。淑芳赌气不言语，心里早已翻江倒海般难受，屈辱和愤懑齐齐涌上喉咙，令她憋闷得如同嗓子眼里塞了一大团棉花。

正在这时，一个村民从外面进来高声嚷嚷："我早起看见一辆汽车拉着东西路过村口，往八步沙那边去了，是不是郭万刚回来了？要不咱们去林场看看去？"

村民们嚷闹着呼啦啦出了郭家，往林场方向走去。

屋里终于安静下来了，淑芳忍不住抹泪："这都是些啥人嘛，简直比那《白毛女》里唱的黄世仁还过分啊！"哭了两声，她又担心起郭万刚的安危来，安抚了两个孩子好好在家，自己擦了眼泪急急往打井点上去找郭万刚。这些人是在逼人上吊呢！她怕郭万刚一个人应付不过来，而郭老汉和老伴儿一大早也不知道去了哪里，到现在也没见到他们的身影。

打井点上数十个男女，一帮人围着设备指指点点。

打井队撤走后，搭起的帐篷还在，郭万刚现在正在帐篷里临时搭建的木板床上写写画画，计划着开工的事宜。听到外面的人声，郭万刚紧了紧棉袄便走出了帐篷。见都是相熟的村民，他诧异地问："大家伙儿这是来做啥？"要知道，八步沙离村里可是有段路呢！

有人的话语里全是酸溜溜的味道："郭万刚你就不要装了，你不清楚我们来是做啥的？看来你有钱了嘛！这么大的铁家伙都买得起，那就把我们的工钱给结了吧。"

村民们都跟着嚷嚷起来。

郭万刚叹口气，诚恳地说："大家伙儿听我说句实话，我真的没有钱，这些都是贷款买回来的打井设备。能不能再缓缓，等林场有个转圜了给你们结工钱？我郭万刚不会赖账，八步沙林场更不会赖了大家的账。"

村民的言语更加刻薄："不行，你今天就给我们结！沙漠里打井就跟让公鸡下蛋一样，那是绝对不可能的事情，你打井失败了不是更给不了了吗？就今天给我们结。"

村民们又吵嚷起来，把郭万刚围在中间硬逼着拿钱……

忽然，有个声音暴喝一声："大年初一要钱你们可是真开得了口呀！好呀，到我这里来领！"

人们往后一看，就看见郭老汉一脸盛怒地站在人群之外，他的身边还有老场长和雒老汉。毕竟大年初一要账理短，村民们安静下来，不好意思再嚷闹，都静静地看着几个老汉走过来。在众人注目里，郭老汉拄着拐杖，和老场长、雒老汉三个人缓缓地走到了帐篷前面。

郭老汉因为激动，脚下一滑，打了个趔趄，身后老场长和雒老汉要扶，被他一把甩开。他走到跟前看了一眼郭万刚肿胀的脸颊，转身眼一瞪，对众人说："行啊，欠债还钱天经地义。我儿子没钱给你们，我给。"说着从怀里掏出一沓钱，猛地往一个打井设备的平面上一掼，注视着人群又说："八步沙林场不会少任何人的一分钱！"

村民们看他这副架势都面面相觑起来，反倒谁都不好上前了。

郭万刚十分惊疑："爹，您哪来的钱？"家里的情况他很清楚，早都把所有值点钱的东西拿出来变卖了，不可能再有多余的钱。

老场长叹气道：“你爹把他的棺材板卖了。”

郭万刚大惊失色，痛心又气恼地喊道：“爹，您咋能卖做寿房的板呢？那可是……”

郭老汉摆手制止：“废啥话！咋也得先紧着活人哪！如果等我死了，咱八步沙还没缓过劲来，你就卷张席子，把我这把老骨头往沙窝里一埋就完事了。”

郭万刚扑通跪下来，堂堂七尺男儿泪雨滂沱，“爹，儿子不孝啊！”

郭老汉微红着眼圈，威严地吼道：“起来，先把眼前的难关过了，咱爷俩不欠别人的账！”

郭万刚点点头，站起来指着打井设备平面上的钱，咬着牙抹掉泪水，走到大家面前说：“欠着谁的多少有记账，我这就给大家伙儿结工钱。”

村民们有的低下了头，有的却摩拳擦掌高兴起来，准备领钱。

老场长气急而笑，高声说：“这就是平日里称兄道弟的好邻舍，几辈子一块儿土里刨吃的好乡亲啊！行啊，你们可是让我长了见识了呀！不要乱嚷，排个队领工钱吧。如果郭老汉棺材板的钱不够，我的也卖了顶上！”

雒老汉也平静地开口：“还有我，也算一个。”

众人你看我，我看你，都怔怔地站住，不敢动了。

半晌，挂面匠李四叔红着脸说：“各位叔爷，我们是被猪油蒙了心了，工钱今天不要了，你们也别卖棺材板了，我们错了。郭叔，您老的棺材板卖给谁了？我去追回来。”说着又扬手对众人道：“大年初一的，我们这样做太不仗义了！人家说，宁和日本人拼刺刀，不跟我们古浪人打交道！我看这话不假呀！我都羞死了，都回家过年吧，回吧，回吧！”

村民们你推我，我拽你，都慢慢撤去了。三个老汉虽余怒未消，但不约而同地悄然松了一口气，而郭万刚却扑通一声栽倒在地，晕了过去……

随后赶来的淑芳正巧看到了这一幕，哭喊着扑上前抱住了郭万刚。真的是一分钱逼死英雄汉哪，淑芳的哭声悲愤而惊慌。

闻讯而来的林场其他人也急忙上前，大家七手八脚抬起郭万刚送到帐篷里去了。

硬气了一辈子的郭老汉落在人后，一把老泪潸然而下。他的泪水里有心疼也有愧疚，他当年要求儿子扔掉铁饭碗来林场接班，把自己的理想强加在儿子的身上，时时刻刻耳提面命地要求儿子把八步沙变绿，而他从来都把那份愧疚深深埋在心底。过去，无论郭万刚遇到什么困难，郭老汉都不担心，他知道自己的儿子能够处理。但这回不一样，商量打井时他也质疑，也觉得惊世骇俗，甚至不敢相信能把打井的钱凑齐了。现在，他的儿子硬是把天文数字一样的几十万元争取来了，这是多大的能耐啊！于是，他二话不说放下与生俱来的大男子主义那一套，跑到嫁出去的几个姑娘家借钱、借粮……只要是对八步沙有利的事情，郭老汉都毫不犹豫选择了投入，包括今天的卖棺材板。

村里把老人离世入殓的棺材叫寿房，是寿终正寝了的归宿。一般人家都是很早就开始准备老人做寿房的木料了，杨树最为常见，但家境宽裕些的通常看不上杨木，会选用松木、柏木或者更好的木料。郭老汉和老伴儿的寿房还是林场效益最好的那两年，郭万刚特意花了高价购置来的好木头，就在家里粮仓上面整整齐齐地靠墙码放着。听说，预先置办这些，一来是做儿女的趁殷实时防备着将来的措手不及，二来还有冲喜的作用，早备办了寿房材料，老人反而更长寿。所以，一旦准备好的寿房是不允许轻易挪作他用的，就是家里再困难、拮据，老人的寿房也不能变卖，否则会被乡邻亲友们笑话，同时也不吉利。现在，郭老汉为了应对大年初一要账的村民们，竟然忍痛咬牙，把郭万刚给他准备的寿房材料卖掉来顶账，这是真正被人给逼到绝路上才会干的事啊！

大年初一卖寿房材料，郭老汉做得神不知鬼不觉。早上在被窝里听到了村民们要来讨债的消息，本来他要大发雷霆，好好地教训一下这些不懂规矩、落井下石的庄邻，可一转念，他放弃了，说到底是林场欠着人家的工钱呢！为了支持儿子，他乘人不备悄悄地溜出去找到了邻村专门贩运木材的杨木匠。杨木匠不用看就知道郭老汉的寿房是上好的柏木，因为当年郭万刚就是从他这里买走的木材，他心里有数。杨木匠是本地人，岂能不知道老人的寿材不可贩卖的规矩，但架不住郭老汉执意要卖的决心和央告，他心里头把账一算觉得还有很大的买卖在内，便嘴上说着让郭老汉想好了，实在不行就卖掉一副，留下一副，心里已经在盘算着往哪儿卖能卖出好价钱来了。郭老汉是吃了秤砣铁了心，坚持要把两副寿材都卖掉。杨木匠见状，就马上取了钱把两副寿房的材料钱付给了郭老汉，并说好寿房材料先在他们家里放着，等过完年了再拉走，大年初一拉寿材实在不像话。郭老汉其实也舍不得，但为了郭万刚的事业，不得不痛痛快快地答应了：“好，说定了，钱我先拿着急用，寿房你等年过完了找个时间拉走！”

郭老汉接过一沓钱，眉头紧锁着揣进了怀里。舍不得能怎么办？林场生死存亡的关头，个人的身后事哪还能顾到？再说，自己身体硬朗，还答应过钱老汉要替他看着八步沙完全变绿的那一天呢，现在还用不着这些。郭老汉安慰了自己，又劝慰了老伴儿，做出了这件让古浪人都觉得惊世骇俗的事情。

三十七 那口救命的井

正月初二这一天，打井点上重新开工了，八步沙再一次喧嚣起来。在机器的轰鸣声里，人们有条不紊地各自忙碌着。初升的暖阳照在高高矗立的井架上，反射着耀眼的光芒。八步沙荒漠上基本都是一个色彩，那就是黄黄的土色，八步沙人穿着发白的大棉袄，基本上也融进了这荒漠，成了一个色调。他们臃肿的身躯在荒漠里欢快地跳着慢镜头似的舞蹈，阳光把他们的笑脸染成了红褐色，镀上了油亮亮的光彩。

直到正月初八，打井已经进行了六天。大家有条不紊、日夜不停地劳作，技术员估测这两天就能打到出水层上。这是一个令人万分期待而又紧张的时刻，能否出水，答案就在眼前了。郭万刚的心其实是紧紧揪作一团的。这一段时间以来，太多的节外生枝让他犹如惊弓之鸟，一点点风吹草动就令他惊悸难安。

真是怕什么就来什么！忽然，隆隆轰鸣的机器声戛然而止。郭万刚赶忙跑过去，众人也停了手里的活赶到了井口处。

“咋了？咋停下了？”郭万刚问技术员。

技术员摇头：“估计是井下套管出了问题。”

郭万刚又问：“确定是套管？”

技术员不敢确定，推了一下鼻梁上的眼镜说：“现在是150米，按测算应该打到了出水层，这个深度我也只能凭经验估计，要想解决问题，还得下去个人亲眼看看，如果是套管问题倒也不是大问题，把套管提上来检修一下，再放下去就好了。”

“行，那我下去看看。”郭万刚马上脱了衣服，斩钉截铁地说。

钱林上来一把拽住了郭万刚，自告奋勇地说：“场长，我年轻，我还有经验，还是我下去看吧！”

“我下！”

“我下去！”

雒兴国、和生也不甘示弱，争相要下井。150米的深度，下面究竟是啥情况，谁也不知道。贸然下去并不是小事情，且不论是否有危险，光是克服黑暗和恐惧都是大问题。

郭万刚还要阻拦时，钱林已经脱掉棉裤，拉过绳子绑上了自己的身体。

技术员一看，走到钱林跟前问他："你以前下过井吗？"

钱林满不在乎地说："放心吧，我下过好多次了。"

技术员嘱咐："那就好，你下去会看到一个铁爪，那上面有铁丝绑着。如果手工提不上来，你用手钳子夹断外面的铁丝就可以了。"

钱林点头："好，我知道了。"铁索带着钱林慢慢往下放。

越往下光线越昏暗，但跟地面上不同的一点是，井下气闷之余还有些湿热。钱林打开手电筒，下面一片黑暗。抬头看井口，只能看到那圆圆的井口像是筛子大小圆心状的一团朦胧亮光。钱林的腿有些发颤，吊在铁索上更觉得酸软。其实，他这是第一次下井！技术员如果知道他没有下过井，那是无论如何也不会让他下去的。

钱林颤抖着身体往下移动，直到底部，手电光照射下隐隐漾出一片水光。钱林惊喜自语："真的有水了啊，有水了啊！"

借着手电的光，钱林找到了技术员描述的那个套管。果然，套管提不上来的原因是这个铁家伙的嘴张不开了。钱林摸索着下到了齐腰深的水里，试着要提起这个套管，但它的口闭得太紧，根本就提不上来。没办法，钱林只能用技术员教他的办法，拿钳子剪断了铁丝。随着三根铁丝一根接一根被剪断，套管慢慢松动，"呼隆呼隆"地发出了震耳欲聋的响声，钱林全身湿透，被井下的水喷成了水人。紧接着，那套管与铁索猛地绷直了，然后高速旋转起来，把吊着钱林的那根铁索带上，瞬间拧成了一股，带着钱林像陀螺一样急速旋转起来。钱林本能地大叫了一声，跟随着惯性强有力地旋转起来……

地面上，郭万刚和大家提心吊胆地看着井口。

钱老大姗姗来迟，一听说下井的是他兄弟，急得直拍大腿，都快要流泪了。

技术员安慰他："你兄弟下过好多次井了，经验丰富，不会有事的。"

钱老大急眼了："下过个屁啊！他从小就怕黑，在家里进个菜窖都吓得两腿软，他什么时候下过井啊！"

技术员气呼呼地说："他没有下过井，那瞎逞什么能？不知道下井有危险吗？"

钱林媳妇眼泪都快下来了，着急道："那咋办？那咋办？他常跟我说郭场长对咱家有恩，肯定是想着报恩才逞能下去的。"

郭万刚既感动又生气，沉了脸骂道："谁让他报恩的？简直乱弹琴！技术员，你赶紧把人拉上来吧！"说着就把技术员拉到了井口，让他马上把钱林拉上来。

技术员安抚郭万刚，井下现在还不知道是什么情况，既然人都已经下去了，那就索性让他看清楚了再说。要是套管的问题还好办，如果是其他地方出了故障还要研究解决的办法，那个时候再派别人下去也就是了。

地面上正讨论要不要把钱林拉上来的时候，猛然间钱林凄厉的叫喊声从井下传来，众人大惊失色，都拥到井口去看。郭万刚趴到井口焦急地大喊："快！快把强光灯拿过来！"

强光灯照到了井下，大家看到了像陀螺般上下高速旋转的钱林，都惊骇得不知所措。

钱林媳妇见状，脸如死灰，跌坐在地，哇哇大哭起来……

郭万刚也慌了，扯着绳索命令："快！快把钱林拉上来！"

技术员拉住郭万刚的胳膊阻止："郭场长，不能这样，这时候人与钢索搅到一起了，操作不当会发生重大事故啊！"

"都到这么要命的境地了，救人要紧！无论如何都要把钱林给我救上来。"郭万刚急红了眼，对着技术员吼开了。

技术员很害怕但也很坚决地说："不行，我不能同意这样做，这是违规操作啊，弄不好要出大事故的！这口井眼看就打成了，出点事可就前功尽弃了。"

郭万刚揪住技术员的领口把他掀到一边，大吼："人命关天你懂不懂？是人重要还是井重要？我命令你给我救人！"

技术员是个倔性子，从地上翻起来挡住围上前来的众人，也大吼："我不允许你们这么做！这口井是我打过的最深的井，而且对于你们来说也至关重要，你们要是毁了它，巨额的债务怎么办？于公于私，我都不能让你们胡来！"

技术员说的都是实情，有人迟疑了。

郭万刚急怒难当，对身后的和生说："你把他给我弄远些，其他人听我的命令救人！"郭万刚的心里很明白，井没有了可以再打，但人没有了却无法挽回。他冷静地指挥着大家扯钢索救人。大家一看郭万刚这样顾惜人命，宁可废了好不容易即将打成的机井都要先救钱林，每一个人心里都暖和和的。他们全都上前听从郭万刚的号令共同去拉钢索，都使出了全身的力气。

技术员喊叫着，挣扎着，一心想要阻止这种得不偿失的做法，却被和生钳制得死死的，两个人滚倒在沙地里……

终于，钱林湿漉漉的头顶随着钢索出现在了井口，他软软地捆绑在钢索上，早晕过去了。

郭万刚脱下自己的棉袄赶紧裹住了钱林的脑袋，又命人立即解开了钢索，把钱林救下来，然后指挥大家把钱林抬进了帐篷。众人七手八脚帮忙，倒热水的倒热水，换衣服的换衣服……一杯热水下去，钱林慢慢醒转，大家这才心有余悸地长出了一口气。

钱林媳妇跪倒在郭万刚面前，哭着说："场长，是你给了钱林一条命啊！我们全家人都感激你。"

郭万刚急忙搀起钱林媳妇，对她好一顿安慰："钱林没事就好，这是最大的喜事，倘若他出了什么不测，我郭万刚肯定不能独活。至于感激则不需要，如果真要论，应该是我们八步沙林场感激钱林才是，有这么一帮子甘愿奉献自己的人在，林场才能走到今天，而八步沙未来的一切才有存在下去的希望。”

一场抢险过去，钱林牙关打战地告诉大家井下出水了，众人都高兴地跑出去继续干活。不幸中的万幸，钱林好端端地救回来了，而井也没有技术员所说的那样出现大事故，大家喜悦之际回想适才的惊险场面，郭万刚宁可冒着毁了井的风险也要把职工的生死放在首位，这样的情义多么值得尊崇，他们对郭万刚的信服更进了一层。

正月初八，八步沙林场一鼓作气打到了出水层下，井水伴随着水泵的轰鸣声喷涌而出。看着源源不断的水流，众人欢呼雀跃着像一群孩子。井打成了，这口救命的井总算是打成了！

史金泉激动地大叫，这一路行来真的好艰难，几次把人逼上绝路，终于……终于在今天，所有的付出得到了回报！

郭老汉拄着拐子，双眼泛红对老场长说：“真的是天无绝人之路啊！老家伙，我们八步沙从此有希望了。”

老场长感慨地说：“是啊，我们八步沙的新生到来了……”

郭万刚则激动地跪在井边，泪流满面，什么话也说不出来……

所有人都高兴地笑着、叫着、跳着、奔跑着……

“我们成功啦！我们有救啦！……”

有水灌溉，300 亩荒地变良田

三十八 彻底焕发新生

八步沙林场真的迎来了新生。

这一年的夏天，300 亩荒地变成了良田，绿油油的庄稼有着喜人的长势。史金泉带着职工们浇灌麦田，他们蹲在渠边，看着清冽的井水流进了嘶嘶冒烟的平整好的大田里。

史金泉悠闲地点起一支香烟："谁说沙窝里不能种庄稼？你们看，这 300 亩荒沙地从此就变成良田了！"

"今年咱们肯定是大丰收，我总算不用给婆娘洗脚当长工了。"和生说的是实话，倒惹得大家哄堂大笑起来。

雒兴国撩着凉凉的井水洗脸："还是场长办法多，当时那个出工记账、折价入股、按股分红的法子真好，我就是后悔没再多投一点。"

钱林笑着说："你还不满足啊！你知道吗？吕急人现在都后悔死了，又想回来呢！"

雒兴国不屑地翻了一个白眼："他？就知道占便宜捞好处，林场有难的时候，他跑得比兔子还快，还好意思厚着脸皮再进来。"

史金泉笑笑，拦住了他们的话题："别说人闲话，他来就来，但从今往后他跟咱们可不一样了。咱们是股东，他来就是个打工干活的。"

和生疑惑地问："股东是啥？"

史金泉刚要解释，雒兴国笑着抢话，调皮地说："金泉哥别告诉他，不知道就学习去。当年老爷子们睡地窝铺的时候，还不忘读报纸学习呢！"

和生捞了一把水扬到雒兴国身上，笑骂："等你跟英子结婚时，我们一定红红火火给你闹一场洞房去，到时候你就当场给我讲讲啥是股东。"

雒兴国顿时求饶，向和生举手投降。

"对了，兴国，你们结婚的日子定到哪天了？我答应过要给英子添嫁妆的。"史金泉一直没忘八步沙还欠着人家英子一份人情呢。

雒兴国挠挠头笑道:“定在10月1日了,英子说将来结婚纪念日就和国庆节一起过了。”

“看把你们年轻人给时髦的!”史金泉嘴上说笑着,心里却默默地合计着该给英子添置个什么礼物合适。那是个好姑娘啊!现在考取了正式的国家教师还能够义无反顾地嫁给雒兴国,值得林场所有人引以为傲。

八步沙人的日子正向着美好靠拢,因为这里已经是生机勃勃的八步沙,是充满希望的八步沙……

八步沙因为有了机井的灌溉,300多亩荒地变成了良田。这些地按比例分到了六家人手里,统一承包种植。麦子、玉米、土豆等作物一块块整整齐齐、层次分明。春天,绿油油的大田小麦长势良好;夏天,土豆花开的时候紫莹莹一片,和不远处的花棒林交相辉映,形成了八步沙最艳丽的风景;冬天,塑料大棚里的蔬菜生机勃勃,长势良好。

八步沙人以农促林、以林治沙、以副养林的多种经营机制真正实现了,大家再不用担心林区没有收入而养活不了家小了。郭万刚再也不用发愁一年两回造林的苗木无处解决了。

在八步沙开出的良田旁边,专门开出了育苗田,健壮的树苗郁郁葱葱,随时能够移栽。超出八步沙栽植量的部分,林场还会向外面出售。这是多么喜人的改变,是多么令人骄傲的成就啊。八步沙林场的人走到街上,腰杆子都能够挺得直直的了。整个县城里,只要提起八步沙林场,大家都会竖起大拇指,都会说八步沙人是好样的!

八步沙第二代人经过了十年的艰苦创业,7.5万亩的治沙任务终于圆满完成了。现在,整个八步沙都披上了绿装。人生能有几个十年?最早从郭老汉他们开始算起,这已经是第4个十年了。40年的时间,八步沙绿了,郭老汉也和钱老汉、史老汉等人一个个走了。他们即便离世,也依然选择把自己交给半生守护的这片沙海绿洲。一座座坟茔矗立在八步沙的白榆树下,日日夜夜瞭望着他们心底热爱的这片家园。

现在,郭万刚过早地白了鬓发,过早地秃了头顶。与他脱落的无数发丝相对应的是一系列以“万”为单位的数据。如今,八步沙林场每年的纯收入达10万元以上。据林业专家评估,目前,八步沙林区已经有1000多万株的树木长势良好。这1000多万株木材的积蓄量在1.5万立方米以上,可年产鲜草800万公斤,薪柴500万公斤,其经济价值在1000万元以上。

有顺口溜说“八步沙不绿,土门子不富”,而今,八步沙人带头引领着土门镇积极脱贫。这顶贫困的帽子是土门镇的紧箍咒,人们都在努力挣脱它的桎梏,在新时代的号角声里全力奔跑。而这些目标的实现不单需要吃苦耐劳,还要依赖先进的技术和专业做支撑。自从那年的花棒虫害开始,经过一连串的事件,郭万刚深深意识到文化知识对于林场的重要性,他一直都在尝试着让年轻人、有文化和有专业技术的青年人加入林场。但是,治理荒漠太苦了,林场几次通过招聘引进了数名高学历的技术人员,可那些人长则三两个月,短则十天八日,都摇着头离开了。郭万刚从不轻言放弃,他心里又有了一个大胆的想法,而这些想法的实现，急需要招揽人才来共同实现。他对于引进人才有着无比的热情。

郭毅，在郭万刚眼里应该就是属于他比较看好的那种具有高学历的人才。从儿子上大学开始，他就向郭毅灌输着回家种树的思想。心理学上有一个“暗示”的说法，指用旁敲侧击、潜移默化的方式，悄然改变或者影响他人心理的一种方法。已然成了大学生的郭毅十分相信他爹在这方面有着非常巨大的潜力，因为他的影响，郭毅小时候发誓要离开老家的思想不知何时彻底改变了，在选择就业时，他居然毫不犹豫地回到了家乡，进入乡镇机关当了一名普普通通的公务员。为此，他与热恋的大学女友也分道扬镳了。从县上又回到土门镇后，郭万刚的思想教育工作更加频繁，休息日还要拉上郭毅进沙窝里去，把他骄人的成绩在儿子面前炫耀一番，以至于郭毅也越发加深了热爱家乡的情结。等郭万刚说出他的伟大设想的时候，“疯了”的郭毅毅然决然地跟随他来到了八步沙林场。种树、治沙、再创业、奔小康……种种字眼和一系列的设想，都有着超强的诱惑力，吸引着他想去试一试。

郭毅到八步沙的时候，林场通过翻建，面貌发生了天翻地覆的变化，焕然一新的会议室里，众人团团围坐。

郭万刚满面笑容地说：“今天开会有两件事。一是我们八步沙来了两位大学生：一位是大学生志愿者连肖红，她是治沙造林专业的研究生，是专家，她是到我们八步沙来调查研究的，她未来出版的《治沙造林研究》就是以我们八步沙为蓝本的一部学术专著；另一位是我们本地的大学生陈军，他是我们土门镇土生土长的大学生，是正式到咱们林场来工作的。让我们以热烈的掌声欢迎他们的到来！”

在大家热烈的掌声中，连肖红、陈军落落大方地站起来向大家鞠躬致谢。众人一看眼前两位朝气蓬勃的大学生都不由得呆了，其中这个女娃娃不正是吕急人家的大丫头吗？几年不见长成了气质绝佳的女子，但眉眼间依然可以认得出来是当年为了上学把他爹告到镇政府，后来又彻底和吕急人闹翻再也没回过土门的吕家大丫头。啥时候她不姓吕了，叫什么连肖红了呢？

郭万刚看到大家惊呆的眼神愉悦地大笑，对连肖红说：“丫头，把你的事情跟大家伙儿说说吧！”

连肖红落落大方地站起来，口齿伶俐地用一口标准的普通话说道：“谢谢各位叔叔、伯伯还记得我，我就是这些年来一直受咱们八步沙林场的资助才上完了学的吕小红。不过，我现在不叫原来的那个名字了，已经改名叫连肖红了。”

早在连肖红进来的那一刻就石化了的吕急人，此刻听到她的自我介绍再也按捺不住，站起身怒声问道：“你这个不孝女，怎么敢随随便便就改了姓，老子还活着哩！”

连肖红气定神闲地反问：“这位大叔，请问你是我的什么人？”

吕急人愤怒地指着连肖红骂道：“你说我是什么人？老子是你爹，你也敢睁着眼睛说

公路穿过八步沙腹地

瞎话！”

连肖红冷笑一声道：“爹？我爹早就在我上高中那一年和我断绝父女关系了，这些年要不是有郭家爸的资助，要不是有八步沙林场在，你的丫头恐怕早就沦落街头当了乞丐了，你这会儿跑出来说是我爹，不觉得太迟了吗？”

“你……你……”吕急人气得说不出话来。

连肖红继续冷冷地说：“我之所以有今天全是因为郭家爸的支持和关爱，而我考上了林业大学，又去研读沙漠化治理的专业，就是为了学成以后回来报恩，遵守当时的诺言建设八步沙林场。所以，我来为的是工作，不是认亲。”

说完，连肖红看都不看一眼自己的亲爹就坐回原位了。

大家这才知道，原来这些年丫头上学全都是郭万刚在承担，而他却跟谁都没有提起过，即便前些年为打井变卖得家徒四壁的时候，他都没有问谁张过嘴，还是默默无闻地独自供养着这个孩子上大学。这该是多么大的胸怀和担当，才能承担得起的付出啊！众人把内心里对郭万刚深深的敬佩和爱戴凝聚于眼神，向他送上最高褒扬的注目礼。

郭万刚淡然地起身，拉着吕急人走到连肖红面前，替他们父女缓和关系道：“丫头，你看看你爹，他现在也不年轻了，过去的事情虽然他有做错的地方，但毕竟血浓于水，你们怎么着也还是亲生的父女，你看在郭家爸的面子上，就原谅你爹吧！”

连肖红淡淡地看了一眼吕急人，依然不为所动地说：“郭家爸，请原谅我不能答应您。这辈子如果我还有一个父亲，那就是您了。您供我上学，供我读研，却早早让自家的孩子就业工作了，这是比天还要大的恩情。郭家爸，生恩不如养恩大，这个道理我早就懂得了，您就不要勉强我了好吗？”

郭万刚知道丫头心志坚韧，这些年来虽说自己给她资助了学费，但其他的花费都是她自己靠校外兼职和假期打工赚取的，肯定是吃了很多苦心生怨恨才这么狠心不认她的亲爹。但他还是想要劝丫头放下心结：“可是，他毕竟是你爹啊！”

连肖红冷漠地看了一眼吕急人说：“是亲爹就不会那样对待自己的女儿，当年他把才15岁的我吊起来打得伤痕累累，只为逼我退学。后来我在县里上高中，他又追到学校去要求我把政府和郭家爸给的钱都让给弟弟读书用，我不答应就公然在学校的操场上打了我几个耳光，还说从此断绝父女关系，就当我死了……”

连肖红说着说着不禁流出了眼泪，哽咽着又说：“自从那年他就不认我了，家门都不让我进，我放了假没地方去，只能跑到武威城里的小饭店里去打工，每天从早到晚洗菜刷碗，人家才愿意让我在关门之后睡在厨房一个油腻腻的角落里，那些年他可想过我的死活？”

丫头说得声泪俱下，在场所有人都听不下去了，都跟着她一起落泪，原来这孩子还受了那么多的委屈，难怪她不肯认吕急人了。

吕急人讷讷无言地站在连肖红身边，被自己的亲生闺女揭穿，他有些后悔，但更多的还是难堪。他甚至抽空瞪了一眼连肖红，暗自腹诽："这种事怎么能够当众说呢？即便说也该到家里去，只有自己一家人的时候说嘛！"

雒兴国听不下去了，"呼"一声站起来指着吕急人就骂："你说说你还是不是人？就没见过世上有你这么自私冷血的人，我要是丫头我也不认你。你也好意思站在这里给人家当爹？"

其他人虽然没有出言骂人，但一个个眼神里的怒火都掩藏不住，都狠狠地瞪向吕急人，在无言地谴责他。

郭万刚见好好的欢迎会闹成了这样，十分无奈地把吕急人推出了会议室，然后回来安抚众人的情绪，自责说："这个事情也赖我，原想着丫头回来了给大家伙儿一个惊喜哩，结果闹得大家都不愉快。"

连肖红此时反倒镇定下来了，擦干眼泪笑着说："郭家爸，各位叔叔、伯伯，咱们都不要提那些不开心的事情了，我都好多年没有回来过了，你们见到我难道不高兴吗？今天既然是给我和陈军开的欢迎会，那就继续进行吧！"

众人经连肖红这么一说也都看开了，吕急人什么样他们又不是不知道，好在丫头是个知恩图报的人，有了那么高的学历还愿意放下大城市的优越条件回来，这是大家应该感到高兴的事情啊！他们都真心欢喜地鼓掌，暂时把那些不愉快给自动忽略了。

郭万刚欣慰地看了眼连肖红，这丫头终究是不负所望呀！他也高兴起来，继续主持会议往下进行，笑着说："连肖红、陈军，今天是你们到我们八步沙的第一天，你们的加入，给我们八步沙增添了新生的力量。但是，我们八步沙条件有限，可能还会有很不好的地方，你们要及时地提出来，我们好及时研究解决呀！"这是每一个大学生来八步沙的时候，郭万刚都会第一时间说明的开场白。

连肖红调皮地眨着眼说："郭场长，您是我们的榜样和力量，请您以后多教导。"她漂亮白皙的脸庞早已不再是小时候在八步沙晒出来的那般黑红粗糙，这不由得令大家担心，这样出挑的女娃娃能否经受得住沙漠里的风吹日晒？

陈军刚刚看了一出大戏，想不到这个女神一样的学姐还有这么一段不堪回首的过往，他为连肖红和郭万刚之间不是父女胜似父女的情义所深深感动。看来八步沙林场他是来对了！此时，他也由衷地承诺道："场长，从此以后我就是八步沙林场的人了，您就给我压任务吧！我一定以第一代、第二代八步沙人为榜样，为八步沙美好的明天努力奋斗！"陈军的豪言壮语不是心血来潮的一时口快，但在座的人可看不到。他们虽然欣喜着连肖红和陈军的加入，但也忍不住质疑，这些才出大学校门的年轻人哪一个刚来时不是踌躇满志，可最后怎么样？一个都没有留下来。怕只怕眼前的这两个年轻人也跟以前走马观花般来了又走了的那些大学生如出一辙啊！

不过，不管能不能留住，他们能来首先就是值得鼓励的，八步沙人都予以热烈的掌声欢迎。

郭毅进来的时候，热烈的掌声已经落下了，他笑嘻嘻地喊道：“掌声别停啊，大家也欢迎欢迎我呗！”八步沙林场于他而言并不陌生，他从小到大来过这里无数次，和这些叔叔、伯伯自然是相熟的。

见儿子进来了，郭万刚的笑容里满含了骄傲：“哦，对了。我们一并欢迎郭毅同志即将成为我们八步沙林场的员工。”

众人愕然地向郭毅看来。

雒兴国惊疑地问：“场长，郭毅可是咱们镇上最年轻的副镇长，你确定他要来咱们林场工作？”

这个问题，今天在座的所有人恐怕都想不通吧。在这之前，郭万刚要求儿子辞去公职来种树的事并没有透露给任何人，恐怕也是担心郭毅给他“放鸽子”。

“怎么？大家伙儿不欢迎我吗？”郭毅自己找了个位置坐下，然后看向他们。

雒兴国依然不敢相信，机械地拍了两下手掌，又不无玩笑地道：“欢迎，热烈欢迎！”

此时，大家的表情放松下来，大约是觉得作为副镇长的郭毅和大家开了个玩笑吧，所以都凑趣地鼓起了掌，只有对面的连肖红盯着郭毅的脸探究，然后露出一个值得玩味的笑来。她可是清楚得很，当年郭家爸也是出人意料地辞了优越的工作到的八步沙，他们家一度被人笑话是“疯子”，她毫不怀疑郭毅也要这么做的可能性。

郭万刚示意大家安静，然后继续宣布：“接下来第二件事，我们讨论一下林场下一步再创业的问题。”

再创业？众人都严肃起来。过去很多年的经验告诉他们，创业有多么不容易，而再创业又从何谈起，他们都是一头雾水。

郭万刚今天心情大好，郭毅私心里觉得，他爹这样高兴更多的是因为他的到来，让他爹想到了自己二十多年前的样子。郭万刚认真地解释说：“截至目前，我们八步沙 7.5 万亩的治理任务已经圆满完成，该想想接下来的事情了。林场将来要发展，我们就不能光守摊子，还要另寻出路。这就是二次创业。”

雒兴国恍然大悟。一直以来，他作为八步沙林场具有最高文化水平的人，理解能力和接受能力也是快人一步的，他说：“哦，原来是这个说法呀！那场长想好咱们做什么了吗？”听雒兴国这么一说，众人兴趣十足地看着郭万刚。

郭万刚缓缓地、一字一句地说：“我提议我们八步沙林场承包黑岗沙，开辟八步沙第二战场。”

“啊？”

郭万刚这一句话，不亚于平地上落下了一颗炮弹，一下子把众人给炸晕乎了……

今天的八步沙景色

大家的反应是郭毅早预料到的。黑岗沙只是一个笼统的叫法，那里还有双槽沙和漠迷沙两大沙漠，与黑岗沙连成一片风沙地域，占地面积 11.4 万亩。黑岗沙距离八步沙 25 公里，在古浪县城东 60 公里，是腾格里沙漠南缘的余漠，属于河西走廊沙尘暴策源地之一。每年春天的沙尘高发季节，黑岗沙就是风沙肆虐的恶魔头领，严重威胁着干武铁路、省道 308 线的畅通，制约着黄花滩移民开发区的发展。郭万刚的构想并不单单是为了治沙而治沙，其实还有一个向沙漠要效益的愿望，他能够获得儿子的理解和支持，但要说服其他人似乎有些难度。

三十九 新生力量加盟

片刻后，副场长史金泉第一个出言反对：“老郭，咱们这才消停了几天呀，依我看，咱们就不要再折腾了。”

其他人跟着点头，表示他们都赞同史金泉副场长的意见。

郭万刚显然有些出乎意料，他本来有思想准备，也预料到会有人反对，但绝没有想到第一个站出来反对的却是史金泉，这个他最信任和倚重的好搭档。

“金泉，别人反对，我能够理解，怎么你也不同意？我一直觉得你事事都能跟我想到一处，没发现你的思想不知不觉就滑坡了。当初打井，林场最困难的时候，你都是第一个站出来支持我的，现在呢，你的那股子冲劲儿哪去了？”郭万刚不淡定了，他忍不住激动，站起来不能理解地说。

史金泉叹了一口气：“老郭，我不是要跟你唱反调。咱们好不容易过了几天舒心日子，就不能安安生生下去吗？大家伙儿都折腾怕了。”

从来寡言的和生今天也破天荒地争着插言附和：“我觉得如今的日子已经很好了，也该缓缓了。”

钱林和雒兴国还没有发言，但看他们的眼神就知道，也是站在反对一方的。只有老场长低头只管卷旱烟，他应该是在权衡，还没有拿定主意。

郭毅第一天来八步沙上班，就遇上了林场在重大事情上决策上的争论，他虽然支持自己的父亲，还是承包黑岗沙的策划者，但在没有完全受到林场众人接纳的时候还不适合发言，便坐在一旁静观其变。连肖红与陈军也是一样，望望这个又看看那个，在这样的大事上，他们都没什么发言权。三个人都选择了默默观望。

郭万刚用很少有的疾言厉色继续说道：“我说了，这是为了林场的长远发展考虑，不是你们认为的瞎折腾。不发展，祖祖辈辈守着这一亩三分地，什么时候能真正过上好日子？咱们要为儿孙后代做打算吧？再说了，我们治理了八步沙，仅仅是改造了自家门前一小块风沙地，只是堵住了风沙侵蚀我们家园的一个小口子。而我们古浪县的新区，也就是正在兴建的黄花滩移民区，还裸露在黑岗沙的风口上，如果不治理黑岗沙，新区就没有保障，那我们叫喊的人进沙退就是一句空话。咱们活人不能只顾自己啊！”

郭万刚这番话虽然掷地有声，但众人七嘴八舌提出了不同的意见：

“这都是政府考虑的事情，我们八步沙仅仅是一个六户人家组成的小林场，这些事不应该是我们管吧？”

“就是，人家说吃得不多管得多，黄花滩居民区那是县上的事情，咱们又不是县委书记、县长，操那么多心干什么呀！”

“我们打井贷不上款的时候，谁管过我们的死活呀？现在，林场好不容易渡过了难关，我们管好自己就可以了！”

……

大家众说纷纭。

郭万刚默默地听完这些话，抽着史金泉给他递来的一支烟，在地上踱着步说：“大家别忘了，我们是怎么发展起来的。如果没有国家和政府的支持，我们能够发展到今天吗？老话说，吃水不忘挖井人啊！我郭万刚是一个共产党员，就必须得按照共产党员的标准严格要求自己。这话可能你们听着都觉得很土、很老套，可我就是这么想的，咱们活人一辈子不能只顾着自己。今天如果你们乐意和我一起干，我热烈欢迎；如果你们不愿意，我郭万刚也没啥意见，绝对不硬性要求你们加入。你们不干，我一个人也得干！”听了郭万刚的话，大家都沉默了，但眼神中的不赞同却仍然显而易见。

史金泉想了想说：“长远发展我们谁都理解，但想一想走过的那些路，真是让人后脊背发寒，最艰难的生活仿佛就在昨天，谁又敢轻言尝试？从头再来不但需要足够的勇气，也需要坚实的基础。八步沙是绿了，那是我们两代人用了几十年的心血浇灌出来的，可黑岗沙还是原始的不毛之地，是比当初的八步沙条件还要恶劣的荒漠。治理黑岗沙，太冒险了！”

不知什么时候吕急人进了会议室，当大家都安静下来后，他才从犄角旮旯的位置上站起来，慢悠悠地说：“按说，我没有发言资格的，但今天这个场合，我必须得说两句。”大家觉得惊奇，都向他看过去，吕急人清了清嗓子继续道：“过去几年，我临阵脱逃，没有参与林场的大建设，大家伙儿都对我有意见，我都能理解。但不瞒你们说，我出门打工好几年，才知道守住家业比在外闯荡要好得多。现在我决心再来林场，就是为了好好守住这块阵地。所以，场长你说咋干我就咋干。你怎么可能一个人去黑岗沙呢？我陪你去！”

想不到率先支持郭万刚的人竟然是他！众人都惊疑地看着吕急人，从他脸上挖掘着可信度。

郭万刚也没想到吕急人有这样的转变，但既然有所进步还是可以肯定的。他向吕急人点点头，示意他坐下慢慢说。不论过去发生过什么样的龃龉和纷争，这个时候能说出这样的话来，能够为郭万刚的正确意见投上赞成票，让所有人对这个治沙中的“逃兵”都刮目相看了。了解郭万刚脾气的人都知道，他只要下定决心了，就是十头牛也拉不回头。那也就意味着八步沙的再创业势在必行，今天创业还是明天创业，只是早晚的问题。这一点目前大家可能都没办法接受，但郭万刚笃定，他们很快会想通的，除非八步沙人情愿永远在温饱线上安于现状。

吕急人刚坐下，耿直的钱林就出言攻击：“你以为你是谁呀，你站着说话不腰疼。我们卖粮食、卖马牛，挖窟窿借债苦熬的时候你在哪里？这会儿日子好过了跑来充好人，你靠边站着去，这里没你说话的地儿。”

雒兴国也适时接话：“就是，没有坚持下来的人就没有发言权。”

吕急人涨红了脸，坐到角落里气咻咻的。但他深知郭万刚的脾气，也知道八步沙再创业是不可能改变的，因此即便受人奚落嘲讽，他也得紧紧抱住郭万刚的大腿。也许是吕急人在城里打过几年工的原因，一改过去散漫的作风，说话做事很有些上道的感觉，尤其是在搞好领导关系上不惜力气，今天说出来的话就特别对郭万刚的胃口。他顶着压力反驳说：“你们这些人，简直是井底之蛙。你们知道外面的世界什么样吗？没有发展你就是嫩怂（没本事的人），整天就知道守着自己那一亩三分地，连往外扩一条地埂子的眼光和本事都没有，坐吃山空将来你就得当街要饭！只有不断发展才有长远的吃饭路数！我特别替我们郭场长抱屈，怎么就遇上了你们这些头脑简单，只有娃娃老婆热炕头思想的嫩怂了呢？”

这话一出，钱林和雒兴国立马不答应了，他们站起来扑到了吕急人面前就要动手：“姓吕的，你算哪根葱也敢骂人了？再给我骂一个试试！”

郭万刚这时候异乎寻常地冷静，呵斥道：“钱林，兴国，都给我坐回去！你们这是干啥？我们是在开会商量大事呢，允许有争论但不许动手。发展才是硬道理，这话急人没说错！”

郭万刚说出这样的话，显然是认可吕急人的。钱林和雒兴国赌气回到位子上坐下，大家见郭万刚这个态度就明白他是怎么想的了，一个个都不说话，会议室里更加静默。

一直默不作声的老场长一撂烟袋，把铜嘴的烟锅在桌腿上“哐哐”敲了两下，面无表情地说：“你们都不要吵了，这么吵就是坐到天黑也出不来啥结果，我看还是散会吧！”

说完这话，老场长便佝偻着腰先走了，其他人也纷纷起身离开。大家不欢而散。

会议室里只留下了郭万刚，还有三个新来的大学生职工。郭万刚沉默着抽烟，郭毅和连肖红、陈军也不好搭话。

林场里的争论是属于男人们的事情，但爱妻如命的雒兴国早通过手机偷偷把这些告诉了家里。现在正值学校放假，已为人母的英子老师急忙去老郭家院里找淑芳，要把林场这里的新动向告诉淑芳。

郭家水泥地坪的院里晾晒着才收的新麦，淑芳拿着木锨细细地搅过一遍后，看着金灿灿的麦子，却高兴不起来。庄稼是丰收了，日子也一年比一年好过了，但她的心却越来越烦躁。主要还是因为儿子郭毅，应该说主要是为着郭毅的婚姻大事，淑芳操心得不行。看着别人家跟她年龄差不多的大婶们都抱上了孙子，淑芳催婚的节奏也越发紧锣密鼓，甚至偷偷地张罗着请媒人介绍。可是郭毅却有不同的看法，他 28 岁，着急结什么婚呢？何况他现在刚刚新处上了一个女朋友，只是两个人工作都比较忙，平常接触得也少，双方还不太了解，更没有到谈婚论嫁的阶段。跟姐姐一样，郭毅也怕极了老妈的催婚，很多时候宁可以工作忙为借口，都轻易不敢回家去听淑芳的唠叨，自然没有把各自感情上的事向家里交代过，害得淑芳一直做着剃头挑子一头热的无用功。

院门推开，先是英子来了，紧接着，钱林媳妇等人也齐齐进来了，倒吓了淑芳一跳。

英子焦急地对淑芳说："嫂子，快到林场去看看吧，听说他们又吵起来了。"

"为啥吵呀？不用理他们！我还不知道吗？再争吵也能很快就没事人一样亲热得穿一条裤子。"淑芳不以为意地笑着说。

英子夺过淑芳手里的工具，着急道："这回不一样，是真的在吵架呢！兴国发消息来说是郭场长提出要承包黑岗沙沙漠，大家伙儿不同意就吵开了。你还是赶紧过去劝劝吧！"

淑芳一拍大腿："哎哟，这不是胡整吗！黑岗沙那是人去的地方吗？走，咱看看去。"

英子拽了淑芳出门，发动摩托车载着淑芳先走一步直奔林场，其他几家的媳妇或自己骑车或请人捎，几辆摩托车呼啸着风风火火地朝着八步沙开去……

几个女人赶来时，会议已经散了，会议室里只有郭万刚、两个大学生和郭毅。郭毅是深知自己老妈脾气的，这种时候绝不敢出去拦挡，不然那"炮火"就该朝他开了，于是，赶紧拉着连肖红、陈军他们离开了会议室。

淑芳气势汹汹地冲进办公室质问郭万刚："听说你要到黑岗沙种树去？"

"对。"郭万刚淡淡地答道。

淑芳抹着汗埋怨："放着好好的日子不过，你这是又要做啥吗？"

相对于农村里的大多数妇女，淑芳是上过学的人，在很多事情上都看得比较远，唯有在郭万刚每一次做出重大决定的时候，淑芳那被人称道的眼界和头脑就会迟钝许多。这一次，她又重蹈覆辙，反对郭万刚进军黑岗沙开辟八步沙第二战场的大计。

郭万刚也清楚她的性子，知道每过一段时间，淑芳总要钻一回"牛角尖"。他此时正为黑岗沙的事头疼，没有耐心跟淑芳细细解释，烦恼地说："跟你说不明白，你就别添乱了。"

淑芳气恼，见劝不住郭万刚，只能改变战术："行，你要做啥我从来也拦不住。但是，你别攀扯上我儿子。我不同意儿子跟着你来八步沙胡闹！"

郭万刚怒了："你说啥？儿子是你的不是我的呀！？"

"儿子好好的公务员干着，政府里当官不好呀？你非要让他回这破林场来。两辈人都在沙窝里滚，还要让第三辈人也跟着你遭罪吗？"淑芳的眼泪唰唰流下来，哭骂声清晰地传到了院里。

郭万刚一般不发脾气，一旦动了真怒也很有气势，他怒吼道：“你懂个啥？半辈子了胡搅蛮缠，咱儿子要是跟你一个想法那才叫真毁了呢！遭罪咋了？这是他家，从小沙窝里打着滚长大的，接着先人的班继续种树咋就辱没他了？”

到了这个地步郭毅就更加不能露面了，向着哪一方说都是不对的。于是，他给院子里尾随而来的婶子们说了几句好话，希望她们无论如何把自己的老妈劝回去。

几个女人一看架势不对，都进屋去把淑芳拉出了会议室，拽着回村里去了，林场大院里才算安静下来。

喧闹过后，院里还是鸟语花香。林场宿舍门前有两方花园，八瓣梅和大丽花竞相争艳，几只蝴蝶在花丛里翩然翻飞。郭毅静静地想着老爹刚才说的话，这里是他的家，从小就是沙窝里打着滚长大的，接着爷爷、接着老爹的班继续种树是辱没吗？不是。他很清醒，也并非什么英雄主义作怪。刚刚经历的一场场争论中，他看到了老爹的不容易，也看到了他的坚持，年近花甲的父亲都还有移山填海的壮志，他就更没有理由退缩了。每个人总要有信仰，总要有所追求，郭毅终于真正地懂得了过去一直想不明白的事情，八步沙林场的两代人之所以心甘情愿受苦，明面上为的是保护自己的家园，其实他们是在坚守这种保护家园的信仰！而他爹以前说的那句话则是一种信念：“八步沙不绿，我哪儿都不去！”这里头包含的不但有勇气，还有克服困难的决心，这种信仰早已成了八步沙薪火相传的精神。前人栽树后人乘凉，他是站在爷爷和父亲两代人的肩膀上前来创业的，成功已在相当的高度之上，近可咫尺，而把八步沙的精神发扬光大就是自己的责任。所以，八步沙林场，他是来定了，如果这里头还有私心的话，那就是对父亲的心疼……

正在郭毅神思不属的时候，宿舍门被敲响了。他打开门，却是隔壁的连肖红和陈军来访，他热情地邀请他们进屋。

连肖红和陈军与郭毅算是同一时代的人，见面就有三分自来熟，何况连肖红还是郭万刚供出来的学生。郭毅也是今天才知道这件事的，过去从没听他爹提起过。

“吵架的大婶走了？”郭毅尽量表现得轻松地问。

连肖红扑哧笑了：“郭副镇长敢辞了公职来种树，原来也怕妈妈呀！”

郭毅很无奈地摊摊手，笑道：“没听过吗？男人在有老婆之前是要让着妈妈的，这叫提前实习。”

连肖红打量着郭毅，笑道：“没想到第一天上班就这么劲爆火辣，郭副镇长有什么看法？”

“这是一个不好糊弄的、漂亮的女孩子！”郭毅想。面对连肖红的提问他也只能实话实说：“过去，我爷爷那一辈开始在八步沙种树，半辈子治理了八步沙三分之一的荒漠，因为没有让八步沙全绿了，临了都不能闭眼。到我爸他们，累死累活摸爬滚打，才有了今天这样的成绩。可是，你们也看见了，如果没有先进的管理理念和开拓精神，八步沙就只是一片巴掌大的树林子，这跟习总书记说的金山银山差距还远着呢！”

连肖红认真地看着郭毅问：“那你想做点什么呢？”

郭毅拿过桌上的图纸递给连肖红，这是他最近花了心思绘制的八步沙发展规划平面图。陈军和连肖红接过去仔细观看起来。郭毅指着图纸向他俩解说，内心里是忍不住的踌躇满志。在他的规划里不但要进军黑岗沙拓展第二战场，还要进行沙生作物的深加工，把八步沙建成多元化的综合性经济体。这是他的构想，也应该是八步沙第三代人的理想。

陈军听完抬头好奇地问：“综合性经济体？你能说得具体一点儿吗？”

“具体来说就是建厂。”郭毅把图上标注了重点的地方指给他们看，“建沙棘汁饮料厂、沙漠食品厂、林下养殖场、苗木培植园等。将来还要在这里修建高楼大厦、学校、医院，让山区里那些穷困的人都搬来咱八步沙……”

郭毅一口气介绍了自己给八步沙制订的远景规划，连肖红的眼睛也闪光了，说：“不得了，这是乡村振兴的大战略啊！”

对着两个同龄人，郭毅推心置腹地说：“当然，这些计划的实现，第一步还是得从治理好荒漠开始，任重而道远哪！”

陈军握着拳难掩兴奋。“听你的计划，我都热血沸腾了！不过……”他话锋一转更加好奇地问，“你可是镇上最年轻的副镇长，国家干部真的愿意来治沙？”

郭毅微笑着回答他：“这有什么稀奇的，你们两个高才生不是也来了？”

也许是郭毅的话感动了连肖红，她漂亮的大眼睛直直地看着郭毅，说：“我也越听越有激情了，你和郭家爸一样都是特别有想法的人，我必须得支持你。”

“光有激情可不行。今天你们也看到了，所有人都反对承包黑岗沙，他们可是不愿意再创业的。”面对这样两位有激情的大学生，郭毅想留下他们做搭档，但必要的探底还是需要的。

连肖红很笃定地说：“生态文明建设是国家的刚性规划，而郭家爸说的再创业是林场发展的必然结果，他还是有超前意识的，相信过不了多久，大家都会认同。”

真是一个让人惊喜的女孩子，小时候他只记得她学习特别好，每年都是班里的“三好学生”，上台领奖状每次都有她，这些年没见她还是让人仰望。郭毅对她很欣赏，含笑问道：“哦，听起来有点意思，你对这个也有研究？”

连肖红自信地皱了皱鼻子说：“我可是专门研究荒漠化治理的，这个还是能够预见的嘛！”

“捡到宝了！”郭毅心想。他一定得把连肖红留在林场，便郑重地邀请：“英雄所见略同嘛！我正准备大干一场呢，就需要像你们这样有远见的专家一起共商大计。愿意一起奋斗吗？”

连肖红一点都不做作，站起来握住了郭毅的手：“我愿意。”她说得一点儿都不犹豫。

陈军也把手按在了他们的手上，激动地说：“我也愿意！”

三双手紧紧握在了一起，郭毅顿时信心满满。

四十 迈上更高台阶

初秋的八步沙依然绿荫遍地，草木葳蕤葱茏，微风拂来，一阵一阵的清香味儿沁人心脾。沙梁上低矮的蓬蒿一丛丛开出或淡紫色或黄色的小花，逗引着蜂蝶流连忘返，八步沙现在真的是遍地花香了。

这里是八步沙的最高处，也是郭万刚时常驻足观望的地方。也许不止郭万刚，还有很多八步沙人都喜欢来这个地方，因为站在这里可以看到八步沙的全景，看着曾经梦想中的景象变成了现实，那些受过的苦和累就都不算什么了。

这一天，郭万刚约了史金泉在这里喝酒，喝的还是他们最喜欢的那一口粮白酒，他想好好和他的老搭档聊一聊。史金泉提着一瓶酒走上沙梁，一言不发地坐到旁边。两个人都沉默着，背后是八步沙的数万亩绿地，而他们的正前方还是无尽的荒漠。

郭万刚面朝荒漠的方向久久凝望，半晌指着远处说：“你看，那边就是黑岗沙，离咱们这儿 25 公里。还有另一边的巴丹吉林沙漠，与腾格里沙漠相距不过百十公里，两大沙漠正在向我们包抄而来，再不治理，我们的大凉州也许很快就被掩埋了。”

史金泉没说话，眯眼看向远方。

郭万刚继续说：“你算术好，帮我算算，沙漠以每年 15 米的速度侵蚀我们的村庄，多少年后我们的家园就没有了？”

史金泉表情微动：“你咋考虑得那么长远？”

“古语说，‘人无远虑，必有近忧’。现在，我们八步沙的风沙线是倒退了 15 公里，这就叫‘人进沙退’。如果我们能把黑岗沙再治理好，那是啥成色？”郭万刚笑一笑，拿过沙地上的酒瓶，动手拧瓶盖。

史金泉从兜里掏出两个酒杯，这是他们俩经常对酌的器具，一喝就是十多年。他把两个斟满了酒的杯子轻轻碰了一下，一个递给郭万刚，道：“这个账我也算过，但其中的苦不敢想。”说完一仰脖子喝完了。

绿染八步沙

八步沙黄草湾封育区

郭万刚也喝尽了自己的酒，又动手给两个人斟满。他回头看着绿树成荫的八步沙，深情地说："每当这个季节，八步沙就像花海一样，看着它们，我就觉得这个世界上什么苦都没有了！"

史金泉也陶醉在八步沙迷人的花香里，这是他们共同的心理。

郭万刚又利落地灌下一杯烈酒，坚定的口气跟烧着喉咙的白酒一样热烈："可是，苦算什么？比起咱们的父辈，我们治沙的经验和方法已经成熟了，这才是优势，也是底气。"

史金泉微笑："怪不得你张嘴就是吞天的口气，原来都思谋周全了。"

"我不信你就没有思谋过！你听说过机械化压沙吗？听说能省下不少的劳力呢。"郭万刚了解史金泉，就跟了解自己一样透彻明了。那天开会时，虽然他是第一个反对的，但接下来的几天，史金泉在那里时而沉思时而写写算算，他就知道史金泉在干什么。说到底，为了林场的发展，他的副场长不可能无动于衷。

史金泉慢慢地咂着酒品尝，淡笑道："这是郭毅和连肖红他们那几个娃娃说的吧？"

郭万刚含着笑点头说："他们比我们的思维超前啊！我们不服不行。当然了，我也查过资料，治理黑岗沙不仅是基础的治理，还得向沙漠要宝、要效益。"

史金泉微微叹口气："你不会真的打算让郭毅像咱们一样，一辈子交代给沙漠吧？"

在这件事情上，郭万刚总觉得理所当然："这也是他同意了的，他爷爷、老子的心血都在这儿，他还能眼睁睁撂挑子？金泉，你看到没，我的头发已经白了，我们还能干多久？将来我们都走了，这一摊子总得有人接着挑起来。"他指着自己的白头发给史金泉看，话语里多有感慨。

史金泉看着郭万刚凌乱稀疏的华发苦笑了一下，动容道："老郭，你又来将我的军了。"

郭万刚戏谑着问："那你敢不敢接招？"

"趁我的头发还黑着，接就接，谁怕谁呀！"史金泉说得咬牙切齿。

郭万刚直接对着酒瓶仰头喝下一大口，哈哈大笑。

史金泉也不甘示弱，拽过酒瓶去，也有样学样地"咕嘟"一大口烈酒入喉："老郭，那咱们就再创一次业吧！"

郭万刚听了史金泉这句话，高兴地抱起他滚下了沙漠，两个人大声喊道："我们是这里的主人！"

"我们是这里的主人"的话在沙漠里回响。是的，他们依然是最默契的黄金搭档。

黑岗沙的治理属于跨区域承包，在秋季造林还没有展开之前，郭毅和连肖红、陈军三人紧锣密鼓地为他们的规划做着前期准备工作。八步沙林场的场部原来是治沙中心点，随着沙漠化被遏制，场部已经是适宜生活、居住的好地方了，所以，郭毅的计划是将来建厂也要在八步沙选址。当然了，他自信黑岗沙迟早会跟八步沙一样，变成人见人爱的绿洲。要想达到这个目的，光靠八步沙人是不够的，他要把黑岗沙交给更多的人去开发。北部山区还有一部分人在闭塞的大山里头苦苦求生，郭毅希望将来他们可以走出大山，到平原上生活。“黑岗沙，只要给我们足够的时间，一定可以再现八步沙今日的绿色神话。”郭毅踌躇满志。

八步沙的治理，前后用了将近50年的时间，黑岗沙的面积比八步沙还要大，沙化更为严重，条件更为恶劣。但是，时代在进步，各种现代化机械的利用将会使这次的黑岗沙治理比较乐观。根据三个年轻人的推算，只要不发生严重的干旱，5年之内，黑岗沙的治理任务必定能够完成，这与郭万刚提出的“5年计划”不谋而合。只不过，郭万刚是本着拼死拼活治理八步沙时的那种精神，而郭毅则选择了运用机械化治沙造林。把人力劳动彻底解放出来，这将是往后的新时代里八步沙人的工作宗旨。

治沙与经济产出同时进行，这是个大投入，遇到阻力也在情理之中。为了劝说林场前辈运用机械治理沙漠，郭毅和连肖红、陈军三个人几乎每天都淹没在各种数据和资料里，向他们提供具有十足说服力的论据、论断。建厂、做实业都要建立在治沙的基础上，林场有规模建厂才有资本，才能通过市场运作搞活经济，这是未来八步沙发展必然要走的路，郭毅说：“我们等不起50年。”而郭万刚所说的林场再创业，其实也是他们几个年轻人的创业机会，相对于实地治沙经验丰富的林场前辈，他们只有理论依据和满腔激情，难免会在提出机械治沙方案时一再遭到大家的反对。幸好郭万刚不是一个拘泥、迂腐的场长，在三个年轻人出具的一大摞资料论证和坚持面前，他答应先购买一台小型压沙机试试。

真理在于实践，郭毅需要一次真正的实战来向大家展示机械化的优势。对于这一点，他有信心。坐等秋季造林开始之余，他们仨兴致勃勃地提前计划上了未来，照着图纸在这儿测量一下，在那儿标记一下，惹得不明究竟的八步沙人好奇不已。

钱林和雒兴国一直饶有兴趣地坐在沙梁上观望。“你说他们到底在做啥？”钱林捅了捅雒兴国问。

雒兴国摇摇头：“看不懂，要不你下去问问？”

钱林表示不屑：“我看就是几个二杆子在胡闹。越有文化的人越是冒料，尤其是郭毅，放着好好的国家干部不当，偏要来这八步沙逞能，我看比你当年还‘二’。”

雒兴国瞪他：“滚蛋！我看他们是在谋划啥大事哩，夜里都在写东西，三个人还一阵阵地吵架争论呢。”

钱林感叹着：“现在的年轻人世面见多了，脑袋里装的东西也多，真是看不透啊！”

连肖红无意中发现了观察他们的二人，指给郭毅看，笑着说：“你看看，他们两个人还在执着地坐在远处看着我们呢！”

郭毅想了想说：“这两个人虽然和我爹是同一个时代的人，但年龄上偏小，比较接近我们，应该没有多么深的代沟吧。”他试探着打招呼：“钱叔、兴国哥，下来聊聊？”

雒兴国爽快地应一声，起身就往沙梁下来，钱林犹豫了一下，也慢吞吞地走过来。

“郭毅，你们这是在做啥呢？”雒兴国伸头往连肖红手里的图纸上瞄了一眼问。

郭毅听过他的很多传奇故事，包括当护林员时和牧民打架不要命的故事，还有他和英子老师之间的爱情持久战。那时候英子老师还给他们班代过课，他们俩开启了土门镇上自由恋爱的风尚，在被无数年轻人推崇的同时，还一度被老年人骂作败坏风气。这位土门镇新婚恋观的带头人，从他脸上不难看出风霜的印痕，黝黑健硕的体格也为他的传奇增添了些许英雄气概。可有谁还记得，曾几何时，他也是如现在的郭毅、陈军一样的“白面书生”呢！想一想不得不让人感叹，岁月真的是一把杀猪刀啊。

“兴国哥，把你的私房钱拿出来入股办厂敢不敢？”郭毅笑着问他。

雒兴国打量着郭毅，似乎第一次见面似的，完了瞪他一眼道：“你别没大没小的，叫叔。还跟我称兄道弟起来了，也不怕乱了辈分。”

一旁的钱林嘿嘿笑了两声，揶揄他：“本来林场就是你最小，现在好不容易逮着这几个小辈，你就在他们面前要起威风来了。”

大家听了哈哈大笑起来。郭毅把图纸上的规划给他们讲了一遍，听得二人目瞪口呆。在他们看来，郭毅的构想比郭万刚一次次大胆的尝试还要像天方夜谭，不等听完，他们就双双找借口跑了。

“咱们场长一家人都是能折腾敢做梦的主啊！”郭毅听见他们的啧啧惊叹声消失在了沙梁那边。

或许他们跟年轻的新一代人还是有很大很深的代沟吧，郭毅、连肖红和陈军摇头苦笑。看来，他们在八步沙再创业，还是要付出更大更多的努力。要让自恃行家的父辈们相信事实，再慢慢地适应，到最后一定能取得他们的支持，个人敢做梦，时代能圆梦！郭毅信心满满。

在大家的期待中，这一年的秋季造林运动终于在黑岗沙拉开了序幕。

从八步沙西北方向一路过去，25 公里外的地方就是黑岗沙，再往前延伸就是双槽和漠迷两大沙漠。这里有近 12 万亩沙漠，如果光看数字，是没有多大感觉的，一旦置身其中，茫茫无际的荒漠将会用苍凉和绝望来接待你。没错，就是绝望！寸草不生、毫无生气的黑岗沙，现在已经呈现在了大家面前。

在唐代诗人岑参的笔下，沙漠除了人烟稀少，还是富有诗意的：“走马西来欲到天，辞家见月两回圆。今夜不知何处宿，平沙万里绝人烟。”在唐代诗人胡皓的《大漠行》里，沙漠是将士们驰骋杀敌的战场：“三军遥倚伏，万里相驰逐。旌旆悠悠静潮源，鼙鼓喧喧动卢谷。”在王之涣的《凉州词》里，沙漠既有将士们对边塞荒凉苦寒的哀怨和思乡的极度苦闷，又有军人悲壮的宽广胸怀：“羌笛何须怨杨柳，春风不度玉门关。”

但是，进入黑岗沙荒漠的人们是来治理沙漠的，所以他们只看到了沙漠丑陋的本来面目，这个时候，郭毅总算理解了林场所有人对他爹提出的承包黑岗沙的质疑和反对。实话实说，如果从治理的角度来看，这里仿佛压根儿就不属于人类，不属于这个地球。可是，它却真真实实、堂而皇之地存在着，就在离他们的家园只有几十公里的地方。如果以八步沙治理以前沙漠侵蚀土地的速度来计算，在他们这一代人之后，八步沙很有可能就会和黑岗沙一样嚣张，把古浪县乃至周边地区一口气吞进它们的肚子里去，就像传说中的楼兰古国一夜之间就被沙漠吞噬而消失在天地之间。

连肖红和陈军脸上的震惊不比郭毅少多少，他们的脸上毫不遮掩地露出一种叫作“迷茫”的东西。郭毅知道，此刻的自己表情并不比他俩好多少。他们还是太过低估了这片荒漠，在这无边的空旷荒凉里，感觉人竟然渺小得跟一只蚂蚁差不多。

郭毅一直以为八步沙人都是只知道出苦力，没有开拓精神和创新思维的落伍者，甚至内心深处还曾偷偷嗤之以鼻过。当面对浩瀚的荒漠，他们三个第一次踏足黑岗沙的年轻人都蒙了的时候，郭万刚却带着他的老职工们表情淡然地走进了沙漠，开始有条不紊地展开劳动。过去的很多年，他们与沙漠较量，早已锻造出了无惧无畏的心态，这是初出茅庐空有一腔激情而并无实际参与经历的三个年轻人没办法相比的。现在，他们再也不敢轻视这群“老古董”了。面对一望无际的大沙漠，只有满怀着敬服的心情跟上前辈们的脚步，进入荒漠之中……

经过稍稍的适应，年轻人从初进大荒漠的震惊中回过神来，他们的优势就充分显示出来了。根据郭毅的要求购回来的机械化压沙机呼呼隆隆开过去，后面的沙漠上就留下了整齐划一的草方格。漂亮的草方格在父辈们的啧啧称赞中，一方方、一块块地增加，很快，眼前就出现了令他们惊叹不已的图画。郭万刚黑黝黝的脸上绽开笑容，还是得与时俱进啊！他对自己听从儿子的建议所做的决定感到十分满意。

当时反对过郭万刚的人们也被压沙机这个庞然大物震住了，大家都七嘴八舌起来：“好家伙，这一个铁疙瘩还真能，速度不比我们这些老家伙加起来干得慢啊！”

“早知道有这么好的机器，我们早就来了，何必要等到今天才敢对黑岗沙下手。”雒兴国玩笑着说。

史金泉笑话他：“你倒是好大的口气呀！这铁家伙是好，可你知道这得多少钱吗？”

和生感兴趣地接话：“那你说是多少钱。”

史金泉笑着说：“人家郭毅跟厂家签合同了，如果我们把这块沙漠治理了，这机器就算捐赠的，不让我们掏一分钱！”“是不是啊？”和生觉得不可思议，“要真是这样那这些大学生可真是不得了！比起郭场长他们来更厉害啊！”史金泉感叹着说：“是啊！这叫青出于蓝而胜于蓝，一代更比一代强啊！”

如今的八步沙林场可以借助现代化的机械压沙造林，可以运用专业的技术管护培植，但必须每一步都脚踏实地。这是郭毅亲身参与黑岗沙治理一个月后的深刻总结。当然，在他们三个年轻人实践、适应的过程中，郭万刚他们也在学习、接受。压沙机的高效他们看到了，这个家伙开挖植树沟就是比人工快速高效，也的确省时省力。随着机械化治沙造林的推进，林场老职工们的抵触和质疑慢慢地不见了，随即变成了接受和肯定，雒兴国还自告奋勇地学会了驾驶和操作压沙机，吆喝着治沙队伍，兴高采烈地往荒漠里栽种希望。

一轮治沙造林过后，大家惊喜地发现，往年累死累活地拼上一个月，顶多也就完成三五千亩的治沙造林面积，这一次因为有了机械助力，一个月下来竟完成了一万多亩的造林任务；往年造林高峰期，多的时候要雇用数百人来干活，现在人力节省了一大半，但栽种面积却超出了往年的一倍还要多，人工的节省就是造林成本的极大节省，这是大家喜闻乐见的结果。在接下来的日子里，大家对那台压沙机赞不绝口，以后有了这个宝贝就不用半夜里爬起来赶着去种树了，轻轻松松也能超额完成治沙造林的任务。

这一年，八步沙林场两代人顺利、超额地完成了治沙造林任务，也顺利地完成了观念上的对接，在林场的重要会议上，三个新加盟的年轻人终于有了发言权。经过讨论，大家一致同意他们办厂的提议，但经费有限，只能先从投入少、收益快的项目入手。这一点改变已经大大超出了郭毅他们的预期，他和连肖红、陈军决定先在八步沙既有的条件下把林下养殖场搞起来，其他的再循序渐进。

郭万刚对新生事物接受能力很强，所以他对儿子挂帅的新项目也给予了极大的支持。同时，他还积极地向年轻人学习如何用电脑，不久都能进行简单的操作上网浏览、咨询了。

郭万刚的身上不存在因循守旧，相反，他肯于变通、善于学习、敢于创新、乐于吃苦，这种精神应该就是八步沙林场能够在一次次濒临倒闭和解散的困境中坚持到今天的根本原因。而在林场其他人身上，也总能发现他们具备同样的品质。这样的精神，他们或许并不自知，却在实际劳动中体现得淋漓尽致。尽管有时候也会有分歧，也会有一时的顾虑，但一旦决定去做，他们就会把所有精力投入其中，全力以赴地去达到目标，承包治理黑岗沙就是最好的证明。

有如此可爱的一群八步沙人，又有青年的一代再接再厉，新鲜血液一旦注入其中，八步沙再次创业的道路一定会更加宽阔。

大黄

圆锥石头花

四十一 情怀无法更改

有积累了几十年的成功的治沙经验，再加上年轻人和现代化、机械化的助力，横行肆虐了许久的黑岗沙，在八步沙人面前收起了狂暴的脾气，低下了它嚣张的头颅。几年来，随着草木的大面积覆盖，它渐渐服了软，为人类送还了一份份厚礼。驯服的黑岗沙果然是一块风水宝地，逐渐治理好的荒漠地域广阔，正适合接下来在这块不毛之地上创造人间奇迹。

郭毅通过网上招标和互联网宣传，又招聘到了数名相关专业的大学生和技术型人才，建起了沙生植物深加工产业园，把产自黑岗沙种植基地的枸杞、沙棘、肉苁蓉和锁阳等药材开发成了系列食品。饮料厂生产的纯天然枸杞汁、野生沙棘汁十分畅销，具有保健养生作用的锁阳咖啡、肉苁蓉咀嚼片远销全国各地，林下养殖园的“溜达鸡”也供不应求……而所有的商品都冠以“八步沙”的商标，成为林场的延伸产业，更为林场带来了可观的收益。那些因为八步沙林场运用机械化造林而失去打工收入的村民，则纷纷进入八步沙下属的各个工厂里当起了工人，感受着八步沙日新月异的变化给大家带来的经济实惠。

“以农促林、以林治沙、以副养林”，这个多年前的经营理念，现在升级为以沙产业带动农副业，以经济效益促进林业发展的新格局。

“这一切成绩的取得，除我们自身的努力和年青一代的加盟外，还有赖于国家这些年的政策扶持。一句话，没有强大的祖国，哪有我们个人的这些成绩！”郭万刚的“碎碎念”像极了以前的郭老汉。如今，他真的老了，那些记录着对八步沙一往情深的皱纹，在他的额头上越发深刻了。因为常年超负荷的劳动，他的腰提前塌了下去。但是，那微微佝偻着的清瘦背影却依然倔强。

“治沙还未成功，后辈继续努力！”郭万刚的电脑屏保上是他写给自己，也是写给林场所有人的勉励。

如今的林场管护还是郭万刚他们在操心，人们的环境保护意识总算增强了，不需要让人整天一刻不离地守护林区了。因此，除春、秋两季造林运动外，他们其他的时间都各自忙碌在自己分管的下属实体上。随着“八步沙”品牌系列食品的开发与销售，八步沙人一个比一个忙。

在网上发出的公益林实践活动很快引起了网友们的积极回应。这一天，郭毅正在做接下来的线下实地运作计划时，连肖红悄悄地进来了。

“郭毅，那边怎么样？”连肖红问道，并倒了杯水给他。

郭毅示意她看电脑，把南方一个公司组织队伍要来八步沙参与实地治沙实践的事告诉了她。生态文明建设过去只是倡议，而现在提到了国家刚性建设的高度，人们也越来越意识到保护生态环境的重要性，八步沙林场发起的活动很受大城市人的青睐。

连肖红高兴地说：“这可太好了！你知道我今天有什么收获吗？”

“说说呗！”郭毅饶有兴趣地望着她。

连肖红得意地夸耀自己的成绩：“我发出去的网页浏览量过百万了，有不少人回复，对咱们梭梭嫁接肉苁蓉的技术非常看好，有不少人提出要学习种植技术呢！我让他们亲自到咱这儿来学，第一批学员已经定好学习时间了，下周一就到。”

“你真是个实干家。这样一来，既宣传了八步沙，也把新技术推广出去了，公益、效益两不误啊！”对于这名得力干将，郭毅的夸赞从不吝啬。梭梭嫁接肉苁蓉是一门新兴技术，利用梭梭十分发达的根系播种肉苁蓉种子，使肉苁蓉寄生在梭梭的根部，通过梭梭汲取营养，达到自身生长的需求。这个过程一般需要三年，梭梭种植后到长成适宜播种，又需要至少三年的时间。肉苁蓉在地下生根长大，能够为人所用并产生经济效益着实不易。这个嫁接技术不仅耗时，还要有足够的耐心和得力的管护，才能长成号称“沙漠人参”的这一珍贵药材。大漠从来不缺奇葩，肉苁蓉是奇葩里的奇葩，而嫁接技术则算是顶级奇葩了。梭梭防风固沙能力一流，种植成本不高，成活率却高，当梭梭长成一片林子，就有足够的力量对抗风沙，而将梭梭和肉苁蓉种植在一起，就能够拯救一片沙漠，同时为人们带来经济收入，从而提高人们育林护林的积极性，这是一个良性循环。

看郭毅和连肖红聊得热闹，陈军也停下手中的活插言：“你们别光顾着自己的事啊，咱们的林下养殖也不错哦！快来看，网上抢购‘溜达鸡’的订单，今天可是破纪录了。”

这真是三喜临门啊！好消息接二连三，今天绝对是个好日子。

连肖红笑道：“要不要庆祝一下？今晚去我那里，咱们涮火锅吃。”

陈军举双手赞成。这家伙从来就是个吃货，他老婆就是两个人吃饭吃出来的，常常被大家拿来当作茶余饭后的消遣话题。

郭毅叮嘱他：“那今天得加班了，既然接了订单就尽快发货，服务和信誉、质量一样，都马虎不得。”

“好嘞，都安排好了，你放心吧！幸亏咱们又招聘了一批年轻人，不然都忙不过来了。”

花开了，郭场长笑了

陈军做事一直都让郭毅很放心。

连肖红打趣："这叫运筹帷幄，懂吗？郭毅可是管过一个镇子的副镇长。"

陈军嘿嘿一笑，贼贼的目光看看郭毅，又看看连肖红，取笑道："拍个马屁也拍得这么护短吗？"

连肖红扔过去一个纸团砸他。

郭毅笑了笑，有意转移话题："不过，咱们可不能骄傲啊！现在取得的成绩，离我们当初制定的目标还有距离呢！"

"总算干出点实事来了，不然那些叔叔大爷还总觉得咱们是纸上谈兵呢！"连肖红如释重负地说。

三个人深有同感，老一辈人跟他们的接触面不一样，产生分歧很正常，他们对一些新做法有误会也能理解。事实证明，只要把新观念落实成看得见的实事，他们还是会赞成并支持的。记得刚开始，无论他们做什么，林场老职工都非常怀疑。给他们泼凉水说，钻在阴凉房里鼓捣个电脑和纸片子就能来钱是白日做梦。现在，这些话都没有了。这是他们认可了年轻人的劳动成果，接受了新鲜事物了。

郭毅感慨地说："不过我们也不能沾沾自喜。其实，老辈人真的很苦，几万亩的沙漠绿洲，他们都是一步一步用双脚丈量，用汗水浇灌出来的，每个人在沙漠里走过的路，不知道有几个两万五千里了。咱们得多体谅他们。"这些话郭毅也时常跟他团队里的年轻人说，恐怕比郭万刚的"碎碎念"也不遑多让。

陈军、连肖红点点头，林场前辈们的辛苦操劳，大家有目共睹。

连肖红又问："场长同意成立绿化公司了吗？"

提起这个郭毅就开心，笑着告诉她："放心吧，等这一季的造林结束，就筹备这事。"

等绿化公司成立起来，八步沙就有继养殖场、沙棘饮料厂、枸杞采摘园和沙生药材厂之后的第五个子公司了。连肖红和陈军一听事情能成都不由得欢呼，庆祝是必须的。

郭毅含笑看着连肖红因兴奋而涨红的脸，心头波澜顿起，真想把她抱在怀里，告诉她自己有多喜欢她。最近不知怎么搞的，郭毅做梦都在叫着连肖红的名字，可是，这别样的情思要怎么跟她提起？郭毅犹豫着，他不敢把自己对连肖红的感情宣之于口。其中的原因有好多，最主要一个不是怕连肖红拒绝，而是害怕她顾虑着受过他爹的恩而勉强答应，那才是自己不敢开口的最为难之处。

淑芳已经无数次地催促着让郭毅带连肖红回家去认门了呢！在淑芳的心目中早就认定了这个能干的漂亮又懂事的儿媳妇人选，她甚至暗暗赞叹郭万刚当时有眼光，他资助那丫头上大学是承担了不小的经济压力，但要是能把连肖红娶回来当儿媳妇，那就相当于是提前投资了呀！淑芳对连肖红非常满意，尽管她亲爹吕急人不招人待见，但那孩子哪哪都不随他爹，真是怎么看怎么讨喜，不论面场（样貌）还是其他条件，都绝对是能够撑起门庭的最佳儿媳。所以，淑芳催促儿子的频率更高了，她已经等不及要把连肖红按进自家的户口本里来。鉴于老妈的这种迫切心情，郭毅琢磨着找个合适的机会跟连肖红好好谈一次，在表白之前，他得把连肖红心里一切关于报恩的想法都剔除干净，那时他们两个人才能平等相处，也才能甩掉道德包袱开诚布公。

郭毅其实是个没有女生缘的人，大学里处的第一个女朋友，冲破家庭的阻力，执意跟着他回老家就业，回到老家工作后，又因为他辞了公职到林场种树，一通歇斯底里的吵闹后决然离去了。后来他又找了一个谈婚论嫁的准媳妇，可是为了结婚而结婚，没有感情和缘分的相处，让郭毅望而却步。他甚至都没拉过那姑娘的手，对方嫌他木讷就自动离开了。现在，和他同龄的人，孩子都能打酱油了，而他还是单身，除了工作就是工作。不知不觉，日子在繁忙中匆匆流逝，一晃就成了快要“奔四”的“油腻大叔”了，淑芳为了抱孙子愁出了不少白发，一见儿子的面就跟见到仇人似的怒目而视。吃饭的时候，每次给他盛饭就故意把碗放在桌子上当当响，说这盛饭的差事早应该换人了，论理她应该是太后的角色，得要儿媳妇接班端饭了……

唉！找媳妇要有缘分，没感觉怎么过日子？抱孙子也得先有儿媳妇呀。郭毅表示无奈，他现在这么忙哪里有时间去找那个另一半呢？是，也曾有姑娘对他表示过好感，但吃饭可以将就，感情的事又怎么能凑合，总得互相喜欢才有走到一起的可能吧？何况，和前面两任女友分手给他埋下了心理阴影，她们都有着相似的观点和结论，都说郭毅这样胸无大志的傻男人绝不会有女孩子愿意嫁，除非是有人瞎了眼。不知道她们说的“志向远大”具体是指留在城市里还是钻营在官场里。也许她们说得对，郭毅就是没有那些志在必得，还一再推翻小时候就发下的离开八步沙的“宏愿”，最终毅然选择了回来，选择了一条别人都认为是走下坡路的漫漫“绝路”，也就难怪人家看不上他了。

这个世界上，有没有回头路可以走郭毅不确定，但是，每当看着荒漠又长出了一片绿荫，治沙的脚步又往前推进了一步，工厂的产出又递增了一成，郭毅就觉得一切都值了。血汗浇灌下去，体会着一季又一季的春华秋实，沙漠有了绿色，人们脸上有了欢笑，八步沙人所做的努力就没有白费。至于儿女情长，他想还是不必强求吧！如果非要选一个，那把连肖红留下来这件事他自认为做对了，只是不知道是她瞎还是自己傻。这是一个问题，需要两个人好好地研究一下。

郭毅不傻也不笨，每次连肖红看他时躲闪的眼神他能视而不见吗？随着这几年的相处共事，他知道连肖红的心里是有自己的，而他每次看到她时，心脏也会加速蹦跳。也许，这就是心动的感觉吧！可是连肖红早已不是吕家大丫头了，她只是来八步沙做论文调研并顺便报恩的，自己又怎么能挟恩要求她接纳呢？反反复复的纠结，成了郭毅的心病。

郭毅没敢做出其他的任何举动。说不自信也行，说胆怯也行，反正自那以后工作越来越忙，也没有过多的精力去纠结感情的事。就这样几年下来，陈军都结婚了，成了孩子他爹，而郭毅还单着，连肖红也单着。

第三代人的事业逐步崛起，连肖红的贡献和付出也有口皆碑。作为八步沙的中坚力量，大家在认可她工作能力的同时，也把她的个人问题提到了八步沙能不能发展的高度。尤其以淑芳的热心程度，最可作为表率。淑芳会时不时地做好吃的邀请连肖红到家里去，或者送到公司里来，她对连肖红比对儿子要好太多了。至于连肖红到底是怎么想的，或者说准备什么时候摊开来说，郭毅想，可能还缺一个合适的时机吧！眼下太忙了，还有许多事情要全力以赴。

这时候，正值沙漠作物的成熟期，枸杞采摘园里工人们在劳作。今年与各学校合作开展了一个研学活动，每天都有中小学生前来实践劳动，他们还要派人一边指导劳动，一边普及宣传生态文明建设的知识，所以大家都格外忙碌。

采摘园大片的绿色田地里，枸杞鲜艳欲滴，像一颗颗红色的玛瑙点缀枝头，给沙漠带来了盎然生机和如画景致，也为八步沙人提供了经济基础和生活意趣。小学生们穿梭在绿树红果的田间，脸上晶莹的汗水和灿烂的笑容与鲜红的枸杞构成了一幅美丽的图画。

宽阔平整的晒场上，火红的枸杞铺开一地，满场满院都是浓郁的果香，这是晒制干果的一部分，还有一部分则进了饮料厂，做成了鲜甜滋补的枸杞汁销往外地。饮料厂流水线上，一瓶瓶枸杞汁透着诱人的色彩，整齐有序地从生产线上滑过……而厂区院里，正在装运的厢货车身上印着“八步沙”三个大大的绿色字体，满载了“八步沙”牌产品，开往火车站或者是长途汽车站……

这是丰收的时节，也是八步沙一年里最繁忙的时节。

几百亩的大田小麦收割了，金黄的麦子堆成了一座小山；葵花沉甸甸地垂下了头，也到了马上就能收获的日子；紫色的葡萄一串串缀在藤上晶莹剔透，蛇果在翠绿的枝叶间欲语先羞地露出娇艳的身姿；还有几十亩地的土豆和玉米……地里的活计一茬一茬相接着，大家都在各自的岗位上忙得脚不沾地。白天的时间都满满当当，连开个会也只能选择晚上。

这一天晚上开会的议题是关于承包地貌恢复绿化工程的问题。国家能源大动脉“西气东输”和“西油东送”项目施工要经过林场封育区，势必会对植被造成一定程度的破坏，那么项目施工完成后，地貌的恢复工作就必须尽快进行。尽管这些年八步沙的治沙工作取得了很大的成绩，但相对于浩瀚的腾格里，治理荒漠的道路还很漫长，一块草皮、一棵树木都起着至关重要的作用。能源输送要保证畅通，还有省道308线和干武铁路的保护都需要生态绿化来维持，更不要说周边各村十数万亩的良田保护，这些责任和义务不可避免地又落到了八步沙人的身上。

这一次的会议没有一个人有异议，郭万刚才说了打算，大家就都举手赞成通过了。地貌还原绿化是八步沙人的强项，交给外行去做谁也不放心，那是聚集了两代人青春和热血的劳动成果，还原再建，他们义不容辞，即便苦累也心甘情愿。

职工在机械化作业下漂亮的
草方格中播撒草籽

为营双高速做尼龙网格
技术治沙

国庆节后，地里的农活才渐渐收尾，秋季造林运动又接踵而至。这回不但要继续在荒漠里种树，还有地貌还原工程要干。

郭万刚在林木栽种管理方面驾轻就熟，30 年来在沙窝窝里奔走，哪里的沙丘高多少，哪里的野兔是几窝，他都清清楚楚，堪称“沙漠活地图”，说起林场的事来总是如数家珍，又被大家称为“八步沙活字典”。郭毅给林场的前辈们人手配置了一部 GPS，是为了让他们在沙漠里不至于迷路。别人都用上了，就郭万刚看了两眼，撂在一边再没动过，他带着人进沙漠从来不需要刻意去辨别方向，不论是八步沙 7.5 万亩的林区，还是黑岗沙十几万亩的封育区，就没听说过哪里是他没有踏足过的。

秋季的早晚已经有了些许寒凉，林区干活的人却挥汗如雨。刚挖好一方树坑，钱林直起腰擦了把汗：“场长，现在咱们的活可真多啊！你说干着这么多的活儿，咋还越干越有劲了？”

郭万刚把一株红柳立在树坑里，边填沙土边说：“日子越来越有奔头了，当然苦就不算苦了。”

和生在一旁听到了，憨笑着凑趣：“我就觉着顿顿有肉吃，手里还有钱数就有劲。”

郭万刚踩实了树苗周围的沙土，拄着铁锹擦汗道：“现在知道我非要承包黑岗沙的用意了吧？‘西气东输’‘西油东送’，还有干武铁路、省道 308 线，这些经过沙漠的大型项目后的生态恢复工程还得是咱们来干哪！”

史金泉哈哈笑着插言：“要不咋说你老郭天生就是企业家呢！玻璃脑子化学头嘛！还好当初咱们没有把这好事给推出去，否则眼下的工程也没咱啥事了。”

想起当初，郭万刚也不由得笑了：“那个时候其实也冒险，谁也不知道能发展得这么快啊！不过，咱们八步沙人治沙造林是实实在在的，人家也是看中了咱们的实力，所以就把地貌还原绿化的工程交给我们做。这事是大事，可开不得玩笑。好好干吧，要不就被咱们的学生娃笑话咯！”

雒兴国接话：“再不能小瞧学生娃了，人家都是高科技人才，那个 GPS 我已经学会怎么用了。那些学生娃说了，今后我们再也不用骑着摩托车、开着汽车去巡林了，还要用无人机来干活，只要连接电脑就能远程控制，咱们坐在家里，林区的角角落落就像电视节目一样显示在屏幕上了。”雒兴国说得有趣，大家都停下手中的活儿坐过来，听得一脸向往。

钱林有些半信半疑：“听着是好事，可也太玄乎了吧，是真的吗？”

郭万刚笑道：“当初我们还不相信机械化治沙，结果呢？又省事又高效。所以，这次大学生们提议购买无人机来巡林，我已经同意了。”

史金泉感慨着：“哎呀，真是不敢想啊！过去靠双腿走、靠毛驴驮，后来自行车、三马子、摩托车、小汽车，现在巡林都用上飞机了，我看咱八步沙是鸟枪换炮啦！哈哈，想不到咱们八步沙人也能有扬眉吐气的这一天。”

站在这里，刚好能看见黄花滩移民新区，新农村的楼房白墙红顶，一幢幢气派、雄伟、整齐地矗立在昔日的风沙线上。从山区走出来的人们都搬到了移民新区，在开阔的田野里种地，过起了新生活。平坦的柏油马路延伸向更为广阔的沙漠深处，公路到处就有人烟，人烟到处就有希望，大家拧成一股劲与沙漠抗衡，拼的不过是一方人进沙退的生机盎然。

“谁能想到那儿曾经是人畜难行的荒漠呢？”看着不远处的景象，八步沙人曾经畅想的理想未来，距离他们越来越近了。

在八步沙，每一个人都是全力奔跑者，也都是敢于创新者。在郭万刚他们承接了绿化工程的同时，郭毅的八步沙绿化公司也相应成立了，这里面还与一个人息息相关，那就是郭万刚和淑芳的老同学大林。

大林早在几十年前就开始搞绿化工程，那时候还几次三番动员郭万刚去省城跟他一起做，郭万刚一度也很动心，后来好不容易下定决心要离开八步沙了，又赶上了那场百年不遇的黑风暴。“八步沙不绿，我哪儿都不去！”为了践行这句誓言，郭万刚毅然谢绝了大林的邀约继续留在八步沙，即使在最困难的时候他都没有退缩，硬是撑到了今天，令八步沙林场数次起死回生。林场发展了，可是大林为着郭万刚的食言很是恼火，多年来还一直憋着气，不肯跟郭万刚言归于好。

在郭毅筹备成立绿化公司的时候，郭万刚才想起有这么一个人，顿时就生出招商引资、联合成立绿化公司的想法来。然后，郭毅央着郭万刚去省城找了一趟大林，最终把联合公司的事情谈拢，也把大林反招回了老家来。

八步沙顺利招商引资，为了弥合老爹、老妈和大林叔叔三个人之间的感情，郭毅不遗余力地充当着润滑剂，终于把大林请到了八步沙。一个有眼光、有责任的企业家，一个对家乡怀着无限留恋的游子，在考察了八步沙之后毅然决定投资，大林带着他的技术骨干和落叶归根的情怀投入了八步沙。

这一天，绿化公司顺利挂牌，鞭炮声喜庆而热烈。数条“热烈庆祝八步沙绿化公司成立”的长幅在微风中飘扬，明净而蔚蓝的天空中，一群鸟欢叫着飞过头顶，往绿树碧草间寻找属于它们的乐园。

主席台上的剪彩仪式圆满完成，郭万刚代表八步沙和大林签下了合约。台下掌声四起，一张张笑脸灿烂如朝霞。

郭万刚拿出一本陈旧的、烧煳了的聘书递到大林面前，含笑示意他打开。

大林狐疑地打开看了一眼，惊讶道：“这不是……”

郭万刚点点头：“对，这就是你二十多年前给我发的那本聘书，可惜只剩皮了。”

大林不由得失笑，把聘书按进郭万刚怀里，没好气地说：“你这个人就是个倔驴脾气！当年没去我的公司，还把我的聘书糟蹋成这样，现在反倒把我给招回来了。”

郭万刚抚摸着烧煳的聘书轻轻叹了一口气，他不想告诉大林，曾经有好几次，他其实是动摇过的。不过，看着如今的八步沙，他并不后悔。

淑芳笑着插言："这也是你的家乡。为了家乡建设把公司搬回来跟我们合作，你难道不高兴？"

大林拿手指着郭万刚和淑芳，含嗔带怨地笑骂："你们两口子倒是夫唱妇随，把我的半辈子可都给坑了啊！"

郭万刚正要再说什么，一阵鞭炮声震耳欲聋地响起，舞狮队耀武扬威地冲进了大院。这是为开业仪式特地邀请的助兴表演，两只金黄的雄狮威风凛凛，在场部大院里腾挪跳跃，十分博人眼球，大家都被吸引过去。大林也极有兴趣地走过去，津津有味地观看起来。

淑芳趁机拿胳膊肘捅了捅郭万刚，低声问："刚大林那话啥意思？他咋还怨怅上我们了？"

郭万刚瞥了一眼远处的大林，颇为得意地说："他那是在说你当年没有嫁给他呢！为了等你，他这把岁数了还没成家。"

淑芳窘了，嘴上不肯承认："胡说八道！他不成家跟我有啥关系？明明是你招商把他招回到八步沙这事刺激了他。"

郭万刚微笑着哼了一声，把聘书递给淑芳示意她收起来，眯着眼睛道："谁知道是不是又来撬我墙脚的？你少跟他搭话！"

"老都老了，没正经！"淑芳羞恼，在郭万刚胳膊上掐了一把埋怨着，却又忍不住觉得好笑。

夫妻俩含笑并肩看着台下的表演。

大林悄悄移开投注在他们身上的目光，伸手抚平花白的头发，微笑着叹了口气。风风雨雨几十年，蓦然回首，那些葱茏岁月就如同沙粒，在时间的手掌里悄然流逝。八步沙的草木里驻留着他们夫妻的青春年华，而自己的脚步原来一直都是向外的。好在自己现在也回来了，落叶归根也是一种慰藉，他该放下了。想到这里，大林释然了。

四十二 一场心灵救赎

晚上，八步沙林区的月亮分外皎洁，月华的清辉洒向人间，照得地面上亮堂堂一片清朗。如此美好的夜晚，几个鬼鬼祟祟聚在一起的身影，却给这生机盎然的八步沙带来了极不和谐的气氛。

月色里看得分明，是重回林场低调做人的吕急人。他拽过一个人，压低声音呵斥：“都装好了吗？咋这么磨叽？装好了就赶紧给我滚蛋。”

那人冷笑着回他：“吕三哥真是越活越回去了，不就是砍了几棵树嘛！胆子这么小，可脾气倒见长了，往后还怎么继续合作啊？”原来，这伙人勾结在一起，正在盗砍八步沙林区里的树木呢！

吕急人不耐烦地说：“废啥话！要不是我儿子在城里结婚买房急等着用钱，你以为我愿意干这偷偷摸摸的营生啊！这是犯法，搞不好会进大牢的，你知不知道？”

盗伐者是个光头汉子，很不屑地耻笑：“你少吓唬人了，这种事以前也没少干哪，还假模假式地装啥装啊！”

吕急人烦躁地催促：“闲叨叨啥！到底要不要了？不要就给我走人。”

光头汉子哼了一声，吩咐手下几个人散开干活去了。

吕急人坐在树下，长长地叹息了一声。

这是一个月圆之夜，郭毅借着巡察养殖园的理由，约了连肖红一起往林区深处走去。现在各项工作日趋规范，总算有时间可以坐下来考虑一下他们自己的事情了。再加上受父母与大林他们年轻时的故事的影响，郭毅深深觉得感情这件事真的经不起等待，也不能再蹉跎下去了，他准备借此机会向连肖红正式表白，如果连肖红没有意见，他想尽快完成人生的另一件大事——给老郭家添一个新接班人。

不过，想法固然美好，告白这件事对郭毅来说似乎还是蛮难为情的，明明鼓足了勇气要表白，张口却变成了：“肖红，刚看了一圈，林下养殖园新投进去的一万只鸡崽很适应嘛！

一定要时时留意把围栏扎紧了，不能让野狐子祸害，咱们的‘溜达鸡’现在可是供不应求呢。”话一说出，连他自己都有些懊恼。

果然，连肖红白了郭毅一眼，埋怨道：“晒星星晒月亮的浪漫夜晚，你跟我在一起除了工作还是工作，我们就不能说点别的吗？”

“那你说，你希望听点什么呢？”郭毅赔着笑说完，内心里再一次为自己的情商着急。

连肖红顿住脚步，幽怨道：“我来八步沙都多久了，眼看着成大龄剩女了，我妈老是催着让我嫁人呢！”

这么漂亮能干怎么会成剩女呢！郭毅心里滚过这句话，但舌尖上打了个转又咽了下去。连肖红刚来八步沙时非常抵触她的爹妈，不止一次说过要和吕急人老死不相往来，后来在林场众人的劝说下，尤其是在郭万刚一家人的有意撮合下，她逐渐放下仇恨开始尝试着接近自己的爹妈，这两年来总算跟吕急人老两口能说上几句话了。但是，连肖红从不当着面叫他们爹妈，只有背着人才这么称呼。

郭毅没好意思搭话，正在紧急组合词汇想着怎么跟连肖红坦露心意，却听连肖红直刺刺地问道：“这件事你是怎么想的？”

郭毅一呆，顺口回答：“我？你的终身大事，我能说什么……”

连肖红跺脚，生气地掐了郭毅一下：“你……你也不想想我留下来是为了什么吗？让你说句‘喜欢’就跟上刀山下油锅似的，我都怀疑你是故意的。”

话终于说开了。确定了连肖红的想法，还犹豫什么呢？郭毅想，她说得对，自己就是太懦弱了！天知道他喜欢她都喜欢到骨子里去了，此时不表白更待何时？郭毅含笑看着连肖红，认认真真地对她说：“肖红，其实我……我喜欢你好久了！”

“我也喜欢你！”连肖红说完这句，一下子扑到了郭毅的怀里。两个人紧紧拥抱，各自都听到了彼此心脏狂跳的声音。

正在这时，一阵异样的声音从不远处传来，打乱了两个年轻人的美好时刻。

连肖红抬眼望着郭毅，大眼睛里的娇媚潋滟也顿时消失。

郭毅一把按住连肖红的肩膀矮身蹲下，向她低语：“有情况！”不远处，一阵阵铁锯锯木头的声音清晰地传来，紧接着，“轰隆”一声重物倒地，他们百分百地肯定，那是大树被推倒的动静。是盗砍树木的！郭毅的心头不由得气血翻涌，绕过沙梁就冲了上去。

而不远处的林地里，吕急人如愿拿到了一沓钞票，指头上啐了唾沫开始点数。

光头汉子很不满地说：“别数了，不会少你一分钱的，都合作这么久了还这么不相信人。”

吕急人把钱揣在怀里，往前走了两步指明方向道：“往北走，那里有条路。虽然不太好走，但沿路没有人巡夜，安全。”

光头拉长声调，不无揶揄地道：“行吧，为了安你吕三哥的心，我们就多受点罪好了。”

吕急人摆手，似乎对他的废话很是厌烦，闷闷地问：“下一车啥时候来运？我急等着钱用呢。”

光头点火抽烟，跟吕急人讨价还价：“我知道你的难处，这一车 30 根榆木，已经是你这儿最大的了吧？下一回你可得找些再大点的，兄弟我跑一趟要雇人还要雇车，耗费挺大的，总得有点油水才有干头。”

吕急人一把夺下光头手里的香烟，怒道：“这是林区，禁止抽烟，你想引起火灾吗？”他把烟头扔到地上使劲踩灭，又说：“这里的情况你又不是不知道，树能长那么大容易吗？做得太过，让林场那些人发现了，你我就吃不了兜着走了。”

光头妥协道：“好好好，这都不说了。我明晚再来，还是这个价没问题吧？”

吕急人不说话，算是默认了。

几步外，吕急人、光头之间的交易和谈话郭毅看了个清清楚楚，听了个明明白白，眼看那些人就要运走木头，他从藏身的一丛梭梭后跳出来大喝了一声：“站住！”对方被突然出现的人吓了一跳，怔怔地看过来，有些惊慌。

真是可恶！借着月光，郭毅看到了那些白惨惨的新锯的树桩子，仿佛能感受到树木身上的疼痛。八步沙的树跟别处不一样，它们受沙漠干旱的影响，成活不易且生长缓慢，长成一根可堪盖房用的椽子，至少需要 10 年的时间。而正因为这一特点，树木的坚韧性、耐潮性注定了它们在生活应用中不易变形，是上好的建筑和家具木料。也正因为这个原因，才引得木材贩子们垂涎三尺。过去，在林场数次陷入困境时，有人就想过砍伐了树木去换钱，被他爹和林场众人都毫不犹豫地否决了，宁可变卖家产去救急，也绝不能打那些树一根树枝的主意。可是，这个吕急人竟敢和盗伐者里勾外连，下手毁坏这些来之不易的树木，是可忍孰不可忍。郭毅愤怒地质问：“好啊，济仁叔，你敢盗砍国家三北防护林里的树木，你知不知道这是犯罪？”

吕急人想要上前说什么，被光头阻止住，两个人盯住郭毅一言不发。

连肖红打完报警电话后，也大胆地跟了过来，一看居然是自己的爹带头盗伐，不禁气得浑身发抖，站在郭毅身边对他们高声斥责道：“你可真是监守自盗啊！沙漠里植树多不容易，你应该知道的，怎么还敢勾结外人来做坏事。你们违法盗砍，我已经向森林派出所报案了。”

吕急人推开光头，慌乱地上前两步：“郭毅，肖红，你们听我说，我也是没办法啊！”

“盗卖林场树木还敢辩解？”连肖红冷冷地看着他说，“我本来以为你变好了，都准备原谅你了，结果还是自私至极，你可真让我失望。啥也别说了，还是到派出所去解释吧！”

吕急人连连摇手，还要再说，一旁的光头掀开他，冷笑着向郭毅和连肖红走过来，不屑一顾道：“少拿派出所吓唬人。告诉你们，拘留所、大狱老子都进出几个来回了，还怕你们？”说着从腰后掏出一把匕首，一步步逼近。

匕首冷冽的锋芒在月光下闪闪发亮，郭毅护着连肖红慢慢往后退，脑子里快速想着应对的办法。看这个光头的行径和言谈，并不只是一个混混那么简单，看样子，或许果真如他自己所说，是一个亡命之徒。说实话，郭毅有那么一瞬间的惧怕，他不敢保证能够拿下这样一个有前科的歹人。但是，不管能否打得过他，作为八步沙人，都必须要挺身而上，因为八步沙林场的树木一棵都不能少！

吕急人一看光头拿出了凶器，不由得大惊失色地阻拦："你拿刀干啥？有话好好说，不能伤人，那……那是我姑娘。"

光头甩开了吕急人，拿着匕首气势汹汹地说："哪个是你姑娘？没听见人家都要报案抓咱们了，还能好好说？你别管，老子今天豁出去了！"

"老子也豁出去了！"郭毅咬着牙回骂，他一边护着连肖红后退，一边警惕地盯着逼上来的光头。

光头步步逼近，不远处的其他几个盗砍者也纷纷围了上来。光头就在郭毅的一步之外，他眼神凶狠，在夜里像极了一匹吃人的恶狼。

郭毅一把将连肖红推下了沙梁："你快走！"然后，就冲上前去和光头对打起来。

光头有凶器在手，一个来回就把匕首扎进了郭毅的胳膊，郭毅的手臂上顿时血流如注，剧痛之下几乎没了还手之力。

光头盯住紧捂胳膊的郭毅，嗜血地笑了两声，又要来行凶。郭毅急急退了两步避开，胳膊上不停流出的血黏糊糊的，透过指缝滴到了沙地上。透过光头的肩膀，他看到吕急人惊慌失措地跑了过来。

"别打了，别打了！你快点走吧，有人来了！"吕急人拽住光头朝郭毅的身后示意。

郭毅的身后是八步沙林场的场部，他不由得回头一瞥，远处点点灯火正向这里靠近，一定是林场值班室接到了连肖红的电话，急忙忙赶来了。知道林场的人来了，郭毅非常高兴，勇气大增，对光头怒喝道："这回看你往哪里跑！"

光头阴沉沉地盯着郭毅，忽然一矮身捞起一把沙子向他的脸上扬去，郭毅下意识地转身躲避。就在这时，光头握着闪亮的匕首扎了过来。

连肖红正好从沙梁下爬上来，一见情况危急大叫着扑上来护住郭毅，大喊道："郭毅小心！"

郭毅被扑倒在地，怀里软玉温香，全是连肖红的气息。他伸手去扶怀里的人，胳膊上的疼痛更甚，更为痛心和无助的却是一把明晃晃的利刃刺来，他眼睁睁地看着它扎进了连肖红的后背，却来不及阻止。

"肖红！"郭毅吼着她的名字，感觉身上的人沉沉地软了下去。

连肖红的下巴抵在郭毅的肩窝处，贴着他的耳际吐出一句："我爱你，不是为了报恩！"

警笛声呼啸着渐渐近了，郭毅无力去关心其他，只盼望着他们快点到来，救一救心爱的人。“肖红，我爱你！”他望着连肖红，希望这份表白还不是太迟……

连肖红显然是听到了，她眼里的泪水哗地流了下来。

面对着心爱的人，郭毅泪如雨下。

而一旁的吕急人呆呆地看着连肖红被刀子扎进后背，直到森林派出所和林场的人走近，才猛然双膝一软跪倒在地上，声泪俱下地哭道：“肖红，丫头，爹不是想要害你，爹对不起你啊！爹不是人，爹不是人！”他接连打了自己几个耳光，然后被民警带走了。

森林公安连夜追击，将盗砍、盗卖林区树木，还故意持刀行凶的一干人等尽数抓获归案，他们被关进了看守所。当然，一同被关进去的还有吕急人，整件事情他罪责难逃。

一个从来都没有存在感的人，前前后后在八步沙当了数十年的护林员，居然监守自盗，做出了这样恶劣的事情，而且他也承认了多年前盗伐木材、打晕钱老汉的也是这伙人。听到消息后，八步沙人都不敢相信，因为他盗卖的那些白榆，都是八步沙人几十年的血汗浇灌出来的，包括他自己，难道他一点都不心疼吗？

老场长听说后，去看了那些新鲜湿润的树桩，他趴在树墩上老泪纵横的样子令大家纷纷落泪。人人都对吕急人恨得牙痒痒，要求严惩他。郭万刚带着大家对吕急人的谴责和愤怒来到看守所探视。

几天的拘留，吕急人的胡子和头发都白了不少，表情复杂地和郭万刚隔着监栏相对而坐。

“想不到你还愿意来看我。”吕急人嗤地笑一声，不知是对郭万刚还是对他自己。

郭万刚微笑着回他：“半辈子磕磕绊绊着过来了，我没把你当过外人。”

吕急人不信，苦笑着说：“我以为你是恨我的。连我的亲生姑娘都不认我，你们巴不得看我今天这个下场吧？”

郭万刚板了脸，挺直腰板严肃道：“是，我是恨你，恨你对丫头那么狠心，更恨你有了难处不跟我说！你多次冒险盗砍林场的树木出去卖钱，都不跟我们张嘴寻求帮助，你要是说了，大家伙儿不可能不帮你。”

吕急人摇头：“我张不开那个嘴，半辈子了，我没有求过人，尤其在你跟前。我总觉得自己不比你差。老场长退休前，谁都说接下来就该我当场长了。可是，你来了。我在沙窝里熬过的日子比你长，为啥你来了就是场长？”

“你真糊涂啊！”郭万刚叹了口气，恨铁不成钢，“就为了这个破场长的虚名，你跟我置气这么多年？早知道你有这么一个糊涂念头，我真该让你来当场长，让你尝一尝在我们八步沙当场长的苦楚。”

吕急人颓废地一笑：“那都是过去的事了，我如今这个样子，还提那些有啥用。难道说当了场长就能卖树了？”

他鼻子里甚至冷哼了一声，隔着铁栏杆看着郭万刚，又说：“第一次盗卖木材是给儿子凑学费，这一次只想着替儿子在城里买房，看着他结婚成家，能在城里站住脚我就满足了。”

郭万刚气恼：“你还是看重虚名。咱们在八步沙附近建设的新农小区 100 多栋高楼，哪里比城里差了？”

吕急人嘲讽地看了一眼郭万刚：“你知道我最看不上你哪一点吗？明明有更好的出路，有正经的工作不干，偏要赖在林场跟我争抢，处处显得你比别人有觉悟。”说到这里，吕急人哼哼笑了两声，又轻蔑地说：“新农小区？说到底还不是在农村，再好也还在八步沙。我儿子在城里的楼房就差装修款了，只要我再努力一把，就能让他成为地道的城里人。”

郭万刚对吕急人的言论颇为无奈，原来自己不知不觉和他结下了这么大的仇恨，可是治沙为的不是子孙后代吗？吕急人未免有些以小人之心度君子之腹了。看着眼前须发斑白的吕急人，郭万刚生不起气来，耐心地跟他说：“其实你的心思我都理解。过去，你偷着掖着卖过树苗，卖过花棒，我假装不知道，体谅着你是为了娃娃。可是，你不该再回到林场又打上那些大树的主意，那是老一辈一滴汗、一滴血护下来的，你怎么能忍心砍伐？”

听郭万刚这样说，吕急人勃然大怒，歇斯底里地吼道：“我也舍不得，可我没有办法啊！我不能让儿子像我一样，在沙窝里窝囊一辈子。我要让他在城里有房，有小车……”

他的吼声在接见室里异常刺耳。

管教走过来呵斥：“安静！”

吕急人瞪了一眼郭万刚，垂下头安静下来。

郭万刚摇摇头：“济仁，你真是大错特错了！好了，话不投机半句多，你还是好好想想吧，我先走了。”他叹口气转身准备离开。

吕急人忽然出声问道：“那个……丫头她……”

郭万刚回头看了吕急人一眼，叹口气告诉他：“托老天爷的福，苦命的丫头抢救过来了，你还有见着她的那一天。”

吕急人沉默着不说话了，眼神放空不知道在想什么。

郭万刚又深深看了他一眼，才走出接见室。

管教提醒吕急人回监室，语重心长地说：“你是应该好好反省一下了，盗卖三北防护林体系的树木，还伤了人，像你这个情况，至少要判八年的刑。但八步沙林场和受害人都已经决定不起诉你了，你能免于起诉，就要珍惜重新做人的机会，这份自由是人家八步沙林场给你的。”

吕急人抬头，难以置信地看着郭万刚的背影，花白的头颅一下子抵在监栏上，泪如泉涌地哭喊：“老郭，我对不起八步沙，对不起你们呀……”

四十三 永远走在路上

郭毅是个唯物主义者，从不相信鬼神，但在抢救连肖红的过程中，他虔诚地祈祷着，祈求漫天神佛再给他一次当面向她求婚的机会，祈求神灵不要带走她。

五个日夜的相守，当连肖红从重症监护室转到普通病房，医生告诉他终于脱离了生命危险的时候，郭毅忍不住再一次流泪。成年之后，很少有什么事能令他落泪，可是在连肖红这里，在她受伤的短短几天时间里，郭毅不知道自己是第几次情难自禁。

所幸郭毅的伤势属于皮肉伤，恢复得要比连肖红快，所以照顾她郭毅责无旁贷。淑芳听说后，第二天就赶到县医院来探视，那天连肖红还在 ICU 与死神做着搏斗。

“这丫头太可怜了，一个人孤身去外地上学，从小吃了那么多的苦，这回为了林场还差点把命搭上！”淑芳这样说着，之后她就留下来和儿子一起守护着，等连肖红脱离危险后才放心地回去了。她说等出院了就让连肖红住到郭家去，保证把她养得白白胖胖的。对淑芳的提议，全家人都没有异议，连肖红这次受伤于公于私都能承受得住淑芳的照顾。

老天毕竟还不算太无情，连肖红活过来了，虽然虚弱，但眉眼有神，巧笑倩兮，依然还是那个充满活力、热情干练的美丽女子。如果能摆脱掉手背上那根输液管子就更完美了。郭毅这样想着，觉得有些好笑，打开餐盒来照顾她吃饭。在这之前，他都没有发现自己竟然还有如此细腻耐心的一面，连喂女孩子吃饭这件事都做得得心应手。

连肖红吃着郭毅喂的饭，明亮的大眼睛里有一种叫作温柔的东西，她含笑看着郭毅的脸。

“看我干什么？不认识了？”郭毅又舀了粥递到她的嘴边。

连肖红的眼神从郭毅脸上扫过一遍，认真地道：“咱们第一天到八步沙林场上班的情景你还记得吗？那时候你还是个小白脸。”

郭毅不由得笑出声：“那个时候我在机关里上班，的确是一枚小鲜肉。”

连肖红抬手触了触郭毅的脸，含情脉脉地道：“可我就喜欢脸黑一些的你，健康，有力量！”

这算表白吗？郭毅满心欢喜又有些不好意思。一般这种时候，他说的话都会口不应心：“你怎么比男孩子还直爽啊？”

果然，连肖红微恼地瞪着郭毅：“你不喜欢吗？”

“那我能说不吗？”郭毅耸耸肩反问。

连肖红做了一个自以为张牙舞爪的表情：“不然呢，要不你说一个试试！”

看着一向雷厉风行的连肖红难得露出萌萌的样子，郭毅忍俊不禁，连肖红自己也扑哧笑起来。

病房的窗外有一片小花园，几株国槐还傲立在秋阳里展现着枝头葱茏，小小的雏菊却已然开出了黄灿灿的花朵来，青绿的草地茸茸软软，看得人心底也柔情一片。

春有百花秋有月，夏有凉风冬有雪。多少文人墨客笔下的季节都是鲜明的，各有各的景致，各有各的心情。但是，在八步沙人的眼里，一年只有春秋两季。春季造林加上秋季造林，日子就在起早贪黑奔赴沙漠的忙碌里过去了。

去年是中华人民共和国成立70周年，八步沙林场只有50来岁，正是年富力强、蒸蒸日上的时候。年轻人，撸起袖子加油干！面对郁郁葱葱的沙漠，他们没有理由止步不前。

转眼之间，又到了来年的春季治沙造林的时间，由八步沙林场第三代人组织的造林队伍，向黑岗沙以外的腾格里更深处进发。这是郭毅这个八步沙第三代人的代表当上八步沙林场场长后的第一次行动，也是八步沙人将要开辟的第三战场，那里有26万亩沙漠在等着他们，那里是距离八步沙80公里以外的中国北部沙区——甘肃和内蒙古边界地区的大沙漠。

郭老汉那一辈人摸爬滚打挣下了八步沙，郭万刚这一辈人又跌跌撞撞地拿下了黑岗沙，每一代人都有一片属于自己的疆场。而到他们这一代，治沙技术成熟了，人们的认识也改观了，怎么能比前辈们逊色呢？郭毅和连肖红、陈军，还有这两年陆续进入八步沙的其他年轻人研究商讨了一下，再次向林业局申请到甘蒙边界开辟治沙造林的第三战场。郭万刚很高兴，他不但全力支持年轻人的行动，还请求参与到他们年轻人的行列里。

这一天清晨5点，天空中星光点点，大地还在沉睡之中，汽车的发动机声却悄悄催醒了黎明。紧接着打破万籁俱寂的是五辆大卡车和坐在车里说说笑笑的年轻治沙队员们，以及装载了压沙机械、治沙造林机械的大型运输车辆……

5点过10分，汽车启动，他们浩浩荡荡地往北部沙区一路进发。早先有来林场打短工的村民编过一段顺口溜，其他的记不得了，但有一句让所有人都记得特别清楚，他们说：“早上麻乎乎，中午一乎乎，晚上黑乎乎。”这说的是八步沙造林的时间，早上天麻麻亮出发，中午不休息，只有很短暂的吃午饭的时间，而晚上却要天黑了才收工。这话说得一点儿都不假，两季造林时，沙漠墒情最适宜的也就那短短的二三十天，过了那个阶段，栽下去的树就没办法保证成活率。为了在一个月之内完成目标任务，八步沙人只能起早贪黑地跟时间赛跑。

荒漠造林的节奏就是这样。记得有个大学生刚来林场时，正赶上黑岗沙造林，通知说要早起进沙漠，他还特意定了闹钟 6 点起床。第二天睡眼蒙眬地赶到出发点一看，一个人都没有，还以为是自己起早了，打电话给其他人才知道，别人一个小时前就出发了，现在树都栽下去几百棵了。大学生照着地图急忙往黑岗沙赶，等他蹬着林场里闲置的破自行车到植树点，已经是中午吃饭时间。筋疲力尽的小伙子吃过干馒头就白开水，又跟着种了一下午的树，然后就向郭万刚提出来要走。“太苦了！”小伙子丢下一声感叹，离开了八步沙。

有吃不了苦的人，也有知难而上的人。现在有更多的年轻人加入治沙队伍中来了，这是最值得八步沙人高兴的事。

“治沙军团——八步沙林场青年突击队”的大字横幅悬挂在卡车两边，不知谁唱起了《歌唱祖国》这首歌，大家都跟着唱了起来，洪亮的歌声响彻大漠，这些青春的面庞上洋溢着无畏和自信……

往北而行，经过黑岗沙时天已经亮了。这几年的治理管护成效显著，昔日的不毛之地黑岗沙，现在已经是绿野遍地了。沿途沙枣树上还结着头一年秋季留下的红艳艳的果实，几只早起觅食的黄羊听到汽车声，警觉地昂着脑袋向车队看过来……一阵喇叭声，它们就惊得迈开长腿连跑带奔地往林区深处去了。卡车上的年轻人高声呼喊着，给睡眼惺忪的沙漠带来了一束初阳，红彤彤的地平线遥远而又苍茫。

郭毅开车跟在卡车后面，车里是郭万刚、连肖红和老场长。

郭万刚一路都觉得过意不去，跟老场长絮絮叨叨着：“北部沙区的 26 万亩荒漠又是一块硬骨头，路途这么遥远，您年纪大了就别去了，可咋就是劝不住呢！”

老场长捋着长长的白胡子，含笑说：“我记得你不是个唠叨的人啊，咋还净说个没完了？”

郭万刚无奈：“您说现在咱们的队伍里就剩下您一个‘老革命’了，我们咋能忍心再让您这把岁数了还进沙漠呀？”

老场长手抚着车窗玻璃感慨：“看着这些娃娃，我就想起了年轻时候的我们，还有我们一步步走过来的影子。趁我还能动，就让我跟你们去一次新承包的治沙区域吧，尤其是第一天，咋也得凑足了咱们八步沙三代‘愚公’啊！”

郭毅从后视镜中看着老场长老树皮般皲裂的笑脸，发现他的长相里有郭老汉的影子，也有小时候见过的其他几位老爷子的影子。也许是他们都留着长长的胡子，都一律清瘦的身板，又或者如出一辙的皱纹和骨节粗大的手掌……他微笑着对老场长说：“秦爷爷，您是老骥伏枥，志在千里。这次去治理的甘蒙边界不远处就是巴丹吉林大沙漠，要不我带您去看一看又一片威胁着咱们的大沙漠吧？”

郭万刚从后面拍了一把儿子的头，瞪着眼道："净出馊点子！你也不怕把你秦爷爷累着？那巴丹吉林沙漠离这儿说远不远、说近不近，秦爷爷能受得住长时间坐车吗？"

"哎，不要紧！"老场长摆摆手，不服气地说，"你们咋忘了，年前我还坐了飞机去北京领奖来着，那个像足球一样的奖杯还是我亲手捧回来的呢！"

连肖红笑着说："秦爷爷说的这个奖我们都知道，叫地球奖，奖杯就陈列在八步沙林场的纪念馆里，它不但是对治沙人治沙工作的肯定，也应该是秦爷爷您最为骄傲的事情吧？"

"丫头说得对！"老场长点点头，半是炫耀地说，"领奖的时候，我还去天安门广场了，还观看了升旗仪式哪！首都真好，真好！"

郭毅开玩笑地问他："秦爷爷，那您说是首都好啊，还是咱们八步沙好？"

老场长想都没想，呵呵笑着说："哪都好！首都好，八步沙好！咱们国家处处都好！"

车上四个人齐齐笑了起来。

连肖红衷心地说："秦爷爷，这回治沙，只要您去往那儿一站，我们干活就更有决心和信心了！"

老场长非常开心，跟他们夸道："听这丫头说得多好！这形影动作跟我们郭毅还真像呢！"

连肖红大方地笑着说："对象对象，总有相似的地方嘛！谢谢秦爷爷您这么有眼光！"

郭万刚这下子有话说了："郭毅呀，你听听人家肖红，多大方！"

郭毅从后视镜里望了一眼偷偷吐舌头龇牙笑的肖红："肖红，我们得抓紧时间了。否则的话，就拖八步沙的后腿了呀！"

连肖红的脸上腾地起了一片红晕，嗔怨道："这话能拿出来当众说吗？秦爷爷和郭家爸还在呢！"

郭万刚淡淡地笑着接道："肖红，以后可得改口了，一家人叫什么郭家爸。"

连肖红含羞点头答应，甜甜地叫了一声："知道了，爸。"

老场长看得直捋胡子，笑呵呵地看着这一家人，越看越觉得满意。

郭万刚没有再说话，可他的眼睛里，却有着无限的喜悦。郭毅深深了解自己父亲的脾气，他越老越跟爷爷像了，哪怕是对儿子再满意也不会轻易开口夸奖，对外面人的赞美和歌颂也是一如既往地淡然相待。比如，林场纪念馆的陈列柜里，各种奖杯、奖状满满当当，已经拥挤得再也放不下了，可还有一系列的荣誉在等着去领取。每次有记者或是媒体前来采访时，面对他们的赞叹，郭万刚都会很谦虚地说："没有啥，没有啥，不值一提！"

每当这时候，郭毅就想，真的不值一提吗？他从不这么想。而父亲还有八步沙林场的老职工们淡定的话语里，无不彰显着一份低调的荣耀。也许之所以能做到宠辱不惊，是因为他们从一开始就不是为了得到褒奖才去治沙的！爷爷那一代，为的只是守住庄稼地有吃有喝；父亲这一代，为的是坚守和完成爷爷他们不曾达到的目标，为儿孙留下一方没有沙尘的晴空，接下来才能摆脱贫穷；而到了他们这一代，用高科技来治沙造林，要想致富奔小康就得把创造效益当成不断前进、不断努力奋斗的目标。

三代人终于一步步地让八步沙走出了武威，走向了全国。今天，八步沙人的思想境界升华了，他们要为绿水青山的家园继续努力，还要为振兴美丽乡村不遗余力……荣誉，对于八步沙来说当然重要，但更重要的是通过八步沙精神激励、鼓励更多人投入并参与进来……

又是一个特殊的日子，八步沙林场的会议室里挤满了人，大家站的站、坐的坐，都围在电视机前屏息凝神。

偌大的屏幕上正在直播一场颁奖盛会。电视里，灯光璀璨的大背景上映出了一行大字：第五届 CCTV 年度慈善人物颁奖晚会。

郭万刚走上台的时候，大家的心情瞬间激动起来，淑芳拉着儿子的手，她的手心里有湿漉漉的汗渍，可见有多么紧张，即便隔着屏幕，隔着几千里的距离。

镜头聚焦到了满头白发的领奖人脸上，郭万刚的皱纹在高清镜头下无从遮掩，如同一道道沟壑显明沧桑。

当主持人要他说几句获奖感言时，郭万刚对着镜头憨厚一笑说："山青了，树绿了，财富也就有了，我们的中国梦就实现了。"

屏幕内外响起了热烈的掌声。

郭毅扶着淑芳的肩膀，激动得双手发抖："妈，你看我爹，我真为他骄傲啊。"

淑芳的眼泪像断了线的珠子，她流着泪却笑道："他老了，你看，你爹的头发全白了。"

"治沙六兄弟！"屏幕上又打出一行字来，从郭万刚开始，一个个名字闪过荧屏。郭毅看到在场的所有人都张着嘴傻呵呵地笑了，笑着笑着却又都流下了眼泪……

电视里浑厚的背景音乐响起，那位以出演铁汉闻名的演员铿锵朗诵道："六枚鲜红的指印，六个家族的信仰。数十万亩贫瘠的荒漠，三代人出征的疆场！半个多世纪如风而过，一片绿洲已经茁壮。那是生活的顽强，那是不灭的希望！如铁，似钢！"

连肖红温软的手掌覆上了郭毅的手背，郭毅流着泪回握住她的手，两人久久拥抱在一起。再过几个月，他们将在绿野遍植、鲜花满地、雾岚缭绕、一片生机的八步沙与十几对新人一起举行集体婚礼，他们将心相连手相牵，漫步在鲜花遍野的八步沙，让长眠在那里的几位老汉见证他们的爱情。如果他们泉下有知，一定会在八步沙的美景中哈哈大笑的吧？毕竟看到八步沙变成世外桃源，这是他们一辈子的梦想。

八步沙林场现在已经成了家喻户晓的楷模，经过两代人的艰辛奋斗，新时代的第三代治沙人将用先进的科技和创新的理念迎接崭新的征程，守护家园、保护环境这条征途中每一个人都永远在路上，而他们的身后是生机蓬勃的好日子……

尾 声

八步沙采访工作结束后，八步沙林场场长郭万刚先生邀请我参观八步沙纪念馆。在“‘5·5’沙尘暴警示亭”边，郭先生让我给警示亭撰写一副对联，我欣然领命，写下了“‘5·5’沙尘暴”给我们的警示：

念青山流韵，初心永在；

思玉树依沙，警示长铭。

临别时，郭先生让我给八步沙纪念馆大门两侧立柱题写对联，我也没有推辞：

半生雕琢，无悔青春渐老，诠释中华梦；

三代耕耘，甘心岁月留痕，情牵八步沙。

八步沙、“六老汉”、三代人。这是一个真实的故事，这是一个当代的传奇。经过半个多世纪的不懈努力，数十万亩荒漠变成了绿洲。

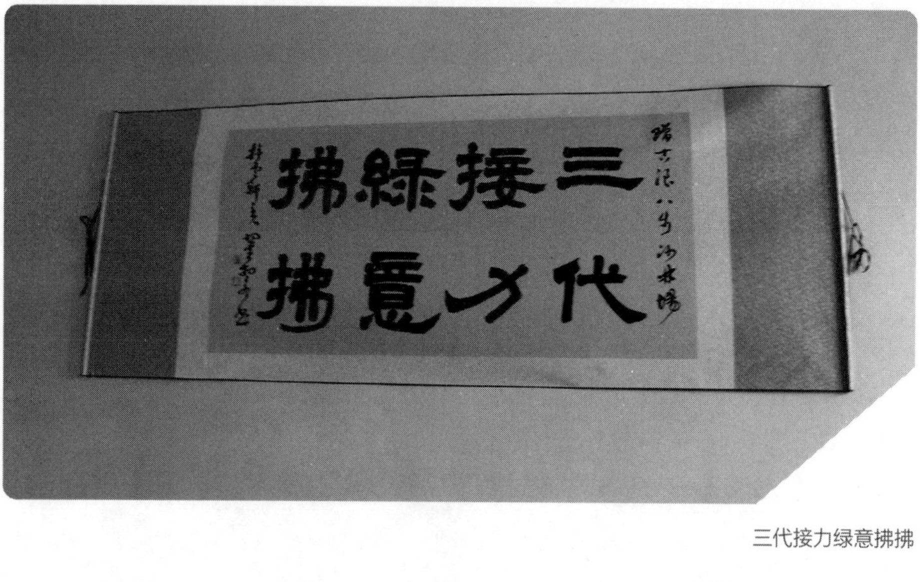

三代接力绿意拂拂

“六老汉”和他们的后人，先后治理荒漠近 40 万亩，形成了一条防风固沙的绿色屏障，让风沙线倒退了 15 公里，有效地遏制了沙进人退的被动局面，确保了当地工农业生产的发展和人民群众的生态安全。他们凝聚的精神脊梁，撑起了八步沙的一片晴空，书写了一段悲壮、豪迈、可歌可泣的故事……

在这支植树造林的队伍里，就有八步沙三代人的身影，就有家乡人的故事。对此我深感自豪和骄傲。自豪的是创造人间奇迹的是我家乡的英雄，骄傲的是这个中国故事的主人公是我的乡亲。

如今的家乡，已经与传说中几千年前的繁华都市不相上下。我们没有理由不去热爱这片土地，也没有理由不去盛赞她：

沁园春·凉州

陈玉福

春犁新翻，极目遥看，祁连峰头。有朝云晴日，平沙落月，天梯映雪，烟锁南楼。莲岭壶天，凌空奔马，千里乡音桑柘稠。谒文庙，学冠之陇右，辞采风流。

此生但入凉州。羡煞了，江东孙仲谋。把夜光美酒，胡笳琵琶，三弦乐舞，一曲相酬。丝路驼铃，已成旧事，瀚海明珠绿野幽。同筑梦，谱中华新韵，唱响金喉。

谨以此书献给当代治沙愚公八步沙“六老汉”三代人！

献给我可爱的家乡——甘肃省武威市！

献给中国奇迹——2020 年中国脱贫攻坚年！

献给敬爱的中华人民共和国！

2020 年 4 月 9 日三稿于甘肃永昌县陈玉福工作室